Die Last eines Yakuza

Florian Drescher

DIE LAST EINES YAKUZA

Bibliografische Information der deutschen Nationalbibliothek: Die Deutsche Nationalbibliothek verzeichnet diese Publikation in der Deutschen Nationalbibliografie; detaillierte bibliografische Daten sind im Internet über http://dnb.dnb.de abrufbar.

Verlag: BoD · Books on Demand GmbH, Überseering 33, 22297 Hamburg, bod@bod.de

Druck: Libri Plureos GmbH, Friedensallee 273, 22763 Hamburg

ISBN: 978-3-7693-6800-0

Inhaltsverzeichnis:

Part 1

Part 2

I

II

Part 1

Kapitel 1:

Das Duell gegen den Anführer

Mein Kopf schmerzt, als hätte mir jemand vorsätzlich mit einem Meißel durchs Ohr hineingehämmert. Mit voller Wucht! Gnadenlos! Es muss ein totaler Bastard gewesen sein, der so viel Ehre wie ein Hurensohn besitzt. *Scheiße, ich hasse den Morgen nach einem Bordellbesuch! Warum muss das Vögeln bei mir auch immer mit Saufen einhergehen?*

Ich öffne meine Augen und massiere mir den Nacken, die Sonne sticht grell hinein und ich kneife die Lider schnell wieder zusammen. Ich musste gestern vergessen haben, den Vorhang zu schließen, sodass mir jetzt die Augen brennen. Na prima! Wahrscheinlich hätten sie auch ohne die Sonne gebrannt, denn Alkohol entpuppt sich zusehends als miesester Kumpel auf der Welt.

Anderseits besitzt ein Bordell den angenehmen Nebeneffekt, trotz Kopfschmerzen neben einer hübschen Frau aufzuwachen. Im Normalfall steigert es bereits meine Laune, meine Hand auszustrecken und …

… jawohl, geschafft! Ich halte einen weichen Busen in meinen Händen! Anstatt mich aus Anstand zurückzuhalten, drücke ich zu, woraufhin zuerst ein überraschtes Quieken, dann ein feminines Gähnen an mein Ohr herandringt. Ich habe die Schönheit aus der letzten Nacht aufgeweckt. Ich kann nicht anders, als meine Augen aufzureißen und mir ein Bild von diesem Ort zu verschaffen. *Scheiße, ich liebe den Morgen nach einem Bordellbesuch!*

Ich liege in einem einfachen Zimmer, dessen hölzerne Decke an mehreren Stellen verschimmelt ist. Gut, meine Geldbörse scheint nicht geblutet zu haben. Links von mir befindet sich das verfluchte Fenster, wodurch gnadenlos das Sonnenlicht hereinsticht, während sich zu meiner Rechten eine fleckige Wand befindet. *Ob das die Wichse von früheren Kunden ist?* Ich widerstehe dem Drang, eine Flut an Flüchen auszustoßen, und wende mich der Schönheit an meiner Seite zu.

Wir liegen in einem relativ harten und ungemütlichen Bett, die Decke reicht mir gerade mal bis zum Bauchnabel. Als wäre meine Schulter gemütlicher als das weiche Kissen, hat die ausländische Schönheit ihren Kopf darauf gebettet. Tief holt das Mädel Luft, unterdrückt ein Gähnen. Die müden Lider, welche ihr regelmäßig zufallen, offenbaren eine grüngraue Iris. Ich wette mit mir selbst, ihr gestern Komplimente für die Augen gemacht zu haben … (… im Umgang mit Frauen bin ich vorhersehbar **und** charmant.)

Mehrfach drücke ich meine rechte Hand, die nach wie vor auf ihrem üppigen Busen ruht, zu. Sie quiekt. Dieser niedliche Laut bringt mich zum Schmunzeln. Sanft streicht mein Daumen über ihren mittlerweile steifgewordenen Nippel. Sie ist – genauso wie ich –

nackt! Sicherlich habe ich gestern mein Gesicht zwischen ihren Brüsten vergraben, einer meiner vielen Fetische.

Ich bin seit langer Zeit Stammkunde in den Bordellen dieses Landes und verprasse dort mein gesamtes Geld. Manchmal an Geishas, manchmal an ausländische Schlampen. Das Bordell, in dem ich mich aktuell befinde, liegt in der Präfektur Tara, genauer gesagt in dem Dorf Kawakami. Seit der komplizierten Trennung von meinem Mädchen gibt es kaum eine Nacht, in der ich etwas anderes mache, als Huren zu bumsen. Fast so, als kompensiere ich etwas … *und ich dachte, ich wäre über diese Gedanken hinweg! Meine Fresse, bin ich armselig!*

Um mich vorzustellen, da wir viel Zeit miteinander verbringen müssen: Mein Name ist *Haru*. Ich besitze keinen Nachnamen, weil ich als Abschaum der Gesellschaft auf den Straßen von Taro aufgewachsen bin und meine Eltern nie kennengelernt habe. Ich fristete ein Dasein als Straßenjunge, bis ich in eine Banditenbande aufgenommen wurde, die mein Leben seitdem vollkommen bestimmt.

Na gut, das Wort *Bandit* passt nicht zu meinen alten Kameraden, denn diese Truppe von unglaublichen Arschlöchern ist eine Yakuza-Organisation aus der Hauptstadt gewesen. Und der Anführer dieser Gruppe war als König der Unterwelt bekannt, bei ihm handelte es sich um den einflussreichsten Verbrecher aus Taro. Damals fühlte ich mich geehrt, als Mitglied in seiner Bande aufgenommen worden zu sein. Aber eigentlich ist er kein ehrbarer König, sondern der größte Hurensohn von allen. Er ist sozusagen der König aller Arschlöcher!

Außerdem bin ich 22 Jahre alt. Scheinbar alt genug, um in den Ruhestand zu gehen, denn sobald ich dieses Bett verlasse, breche ich zu einem Duell auf. Einem Duell, bei dem es darum geht, der Yakuza zu entkommen, von der ich im Absatz zuvor gesprochen habe. Entweder kehre ich ihnen den Rücken zu oder mein Arsch wandert unter die Erde, sodass mich die Würmer ficken können. Klingt doch verlockend, oder nicht?

Es ist so ein verdammter Mist, denn diese Wichser lassen mich erst gehen, wenn entweder der Anführer oder ich tot sind! Beschissene Welt! Solche gottverfluchten, mütterfickenden Bastarde! *Fast so ehrlos wie der kinesische Abschaum hinterm Meer!* Dabei habe ich bis vor wenigen Tagen gedacht, diesen ungewaschenen, stinkenden Killern ein für alle Mal entkommen zu sein.

Ach so … und neben mir liegt außerdem eine Hure. Keine von den schlitzäugigen, flachbrüstigen Weibern der Insel, sondern eine Ausländerin mit einem üppigen Körper, der ihr mit riesigen Titten und einem breiten Arsch ihr einen Sonderlohn in diesem abgewirtschafteten Bordell einbringt. Ein prächtiges Weib! *Eigentlich langweilen mich die ganzen flachbrüstigen Mädels ja, aber ich komme mit den hässlichen Glubschaugen der Ausländerinnen nicht klar. Wenn ich denen ins Gesicht*

14

blicke, habe ich immer das Gefühl, ich würde einen ver-
dammten Affen angucken. Scheiße! Ich muss echt der beste
Lügner der Welt sein, wenn ich ihr gestern Komplimente
für ihre Augen gemacht habe. Habe ich überhaupt schon-
mal mit einem Mädel geredet, ohne sie für ihre Augen zu
loben?

Ich erinnere mich nur verschwommen an die letzte Nacht, weiß aber mit Sicherheit, dass ich sie gefickt habe. Keine Ahnung, ob es ein guter Fick war, aber es war – wahrscheinlich sogar – ein mehrfacher Fick. Ich bin eben berechenbar. Mit Sicherheit hatte ich ununterbrochen mein Gesicht zwischen ihren Brüsten vergraben, damit ich die ausländischen Glubschaugen nicht sehen musste. Ja, so bin ich nun mal. Schonungslos ehrlich, vielleicht aus diesem Grund auch die Definition für ein Arschloch.

Lasst mich euch einen Rat geben: *Scheißegal, wie abstoßend das Gesicht einer Frau auch sein mag, es kann immer von ihrem Körper ausgeglichen werden.* Frauen sind für mich wie Beute und ich bin ein Jäger. Aus diesem Grund liebe ich Bordelle, denn es fühlt sich an, als würde ich auf einem Bauernhof jagen und nur prächtige, aber wehrlose Tiere vor die Flinte bekommen. Vielleicht beschreiben mich die Vergleiche „*Der Traum aller Männer*" und „*Der Fluch für alle Frauen*" am besten?

Langsam dämmert's euch, mit wem ihr es zu tun habt, oder?

„Es ist schön, auf diese Weise geweckt zu werden",

säuselt die Hure, deren Name mir ums Verrecken an diesem verkaterten Morgen nicht einfallen will, ins Ohr.

Weil sie auf meiner linken Schulter liegt, widme ich mich bloß der rechten Brust. Am liebsten hätte ich den Spaß von gestern Nacht wiederholt, aber dafür fehlt mir im Augenblick die Zeit. Mein Aufbruch ist überfällig. Dank einem Blick in Richtung Fenster bemerke ich, dass wir bereits späten Vormittag haben – mittags steigt das Treffen! Ich muss mich beeilen, um mich nicht zu verspäten.

„Heute Abend komme ich wieder", erkläre ich ihr, als ich mich im Bett aufrichte und ein langgezogenes Gähnen meinen Lippen entrinnt.

Sie legt sich derweil auf den Rücken, wodurch ihre prächtigen Brüste in mein Sichtfeld rücken. Wie geleeartige Berge ragen sie empor und meine Hände wandern wie ferngesteuert in diese Richtung. Tadelnd schaut mich die Prostituierte an, ich halte mich zurück. Wenn ich nochmals nach ihren Brüsten greife, berechnet sie mir sicher einen vollen Stundenlohn. Ich breche lieber auf, als mir das Geld aus der Tasche ziehen zu lassen.

„Wohin gehst du?"

„Zu einem Duell", lautet meine knappe, aber wahre Antwort.

„Einem Duell?" Eine fragende Falte bildet sich zwischen ihren geschwungenen Augenbrauen. „Bist du ein guter Schütze, Haru?"

„Der Beste!", versichere ich.

16

Das ist keine Übertreibung, ich gewinne gegen jeden. Mist … es ist eine Übertreibung, denn es gibt einen Mann, gegen den ich niemals gewinne: Meinen heutigen Gegner! Dieser Mann liebt seinen Revolver, seit er als kleiner, ambitionierter Ganove in den verschachtelten Hauptstadtstraßen von seiner Krönung zum Unterweltkönig geträumt hatte. Wenn er sich anstrengt, schießt er einer Fliege feinsäuberlich die Flügel vom Rücken. Seine Schießkünste wirken – und das sage ich nicht als sein ehemaliger Bewunderer, sondern als sein heutiger Feind – schier übermenschlich. Ich war Augenzeuge, als er einer aufdringlichen Frau die Wimpern gestutzt hatte! Und ich war beim legendärsten Kampf aller Zeiten anwesend, als ein Mann es allein mit unzähligen Polizisten aufnahm. Vollkommen egal, wie viel ich trainiere, sein Niveau bleibt unerreichbar!

Gedanklich beim Duell, bemerke ich nicht, wie sich die junge Frau im Bett aufrichtet. Ihre schneeweiße Haut zieht mich in den Bann. Ich wähle grundsätzlich immer die hellhäutigste Frau im Bordell aus. Das ist eine weitverbreitete Vorliebe auf unserem Inselreich, denn es beweist, dass das Mädel selten in der Sonne arbeiten musste. *Wer mag schon mit ehemaligen Bäuerinnen schlafen?* Beinahe hätte ich mich mit einer Bäuerin verlobt … Frauen verdrehen einem den Kopf! (Bei diesem Gedanken zieht sich mein Herz zusammen.) *Nein, nein, nein … ich darf an alles* **außer** *dieses Mädchen denken!*

„Möchtest du's mir zeigen?"

Ich hebe fragend eine Augenbraue. *Du hast **ihn** doch gestern zur Genüge gesehen ...*

„Deine Schusssicherheit! Mich würde interessieren, wie gut du mit deinem Revolver umgehst ..."

Ich zucke mit den Achseln, nicke. *Klar, sie meint das.* Es kann nicht schaden, mir vor dem Duell Selbstbewusstsein zu verdienen. Entschlossen, mich in Szene zu setzen, stehe ich aus dem Bett auf, schnappe mir meine dunkle Lederhose und schlüpfe in diese hinein. Schmachtend zieht die Hure hinter mir die Luft ein, weshalb ich arrogant grinse. Mein breiter Rücken, die muskulösen Arme und die sichtbaren Bauchmuskeln zeichnen das Bild eines Mannes, bei dem jede Frau ein feuchtes Höschen bekommt. Zwar zahlte ich gestern ihren Lohn, aber sie wäre mir auch so verfallen, wenn ich mir Mühe gegeben hätte. Dieses Selbstbewusstsein beruht auf meinem jahrelangen Erfolg bei den Frauen. (Ich habe schon Huren so sehr beeindruckt, dass sie am Ende des Tages auf ihre Bezahlung verzichteten. Kein Scherz!)

„Hey, Haru", nimmt sie das Gespräch wieder auf, während ich derweil meinen schwarzen Gürtel mit der silbernen Schnalle schließe, „was hat es eigentlich mit dem Tattoo auf sich?"

Mein gesamter Oberkörper wird von diesem Tattoo bestimmt. Es stellt einen schlangengleichen Drachen dar, dessen offenes Maul auf meiner Brust eingraviert ist. Der Leib schlängelt sich über meine Schulter und meinen Rücken bis zum Steißbein hinab. Es wurde von einem Meister seines Fachs angefertigt, der in der

Hauptstadt bis zu seinem Tod arbeitete und einen Legendenstatus erhielt. Das Tattoo nennt sich: Der Drache des Königs!

„Ach", ehrfürchtig fahre ich mit den Fingerspitzen über meine Brust, „dieses Tattoo trägt jedes Mitglied unserer Bande. Wer beitritt, muss es sich stechen lassen. Früher trug ich es mit Stolz, mittlerweile sehe ich darin eine Last. Es ist der Anker meiner Vergangenheit, von der ich mich längst lossagen wollte."

Eine leichte Schwere, die von einem Fremden als Abneigung interpretiert werden würde, schleicht sich in meine Stimme hinein. Kein Wunder, dass es ihr die Sprache verschlägt und sie auf eine Nachfrage verzichtet. Das stimmt mich zufrieden, denn ich habe überhaupt keine Lust, ihr von meiner Vergangenheit zu erzählen.

Eilig schlüpfe ich in mein schlichtes Hemd und die dunklen Stiefel hinein und verstaue den Revolver im Holster. Bevor ich startbereit bin, wende ich mich dem Wandspiegel zu und spucke in die Hände. Ich *style* meine Haare, weil ich der Überzeugung bin, dass ein Mann von meinem Format nicht *ungestylt* das Haus verlässt. Eine lebenslange, selbst auferlegte Regel, für die ich schon öfters als Tunte beleidigt wurde und schon den ein oder anderen Mord beging. Niemand beleidigt mich ungestraft!

„Komm, gehen wir. Dann zeige ich dir, wie gut ich schieße, Mädel."

Ich laufe zur Tür, während sie sich das Bettlaken um den Körper wickelt und eine improvisierte Toga erstellt. Ihre linke Schulter bleibt frei. Barfuß folgt sie mir aus dem Zimmer heraus. Ihr dunkles Haar bildet nicht nur zur Haut, sondern auch zum Bettlaken einen starken Kontrast. *Kleiner, reg dich heute Abend wieder, jetzt haben wir keine Zeit für so was!*

Auf dem Weg durch das Bordell kommen uns zwei Huren entgegen, knapp grüßen sie uns und ich erwidere den Gruß mit einem angedeuteten Nicken. Dann steigen wir die Treppe zum Foyer herab, laufen zum Innenhof weiter. Da ich vor dem Kampf mein Selbstbewusstsein verbessern möchte, in dem ich mich von ihr loben lasse, nehme ich diese morgendliche Übung gerne in Kauf.

Bevor wir in den Garten gehen, schlüpft sie in zwei herumstehende Sandalen hinein. Wir betreten einen Hof, in dessen Ecken blühende Büsche mit gelben Blüten wachsen. Hier scheinen die Rendezvous der Bienen stattzufinden, denn die Mistviecher surren als Plage herum. Ein gepflasterter Pfad führt durch den Hof, in dessen Mitte sich ein stolzer Kirschblütenbaum erhebt. Dank des Baums zieren rosa Blütenblätter den gesamten Boden und segeln durch die warme Morgenluft. Einige Insekten pilgern wie eifrige Händler von Blüte zu Blüte. Der Hof erstrahlt in einer frühlingshaften Atmosphäre.

Da wir uns noch immer in einem Bordell befinden, stehen zwei Prostituierte in der Nähe des Eingangs und rauchen. Meine Begleiterin blickt sehnsüchtig zu den Zigaretten hinüber, woraufhin ich eine Kippenpackung aus meiner Hosentasche zaubere und ihr

20

einen Glimmstängel hinüberreiche. Mir selbst stecke ich auch einen in den Mundwinkel, krame zusätzlich ein Feuerzeug aus der Hosentasche heraus und ordne ein paar widerspenstige Strähnen meines Haares. Ich bin verflucht eitel.

Sobald ich ihr Feuer gebe, nimmt sie einen tiefen Atemzug, behält den Rauch kurz in der Lunge und stößt ihn anschließend durch die Nase aus. Sie scheint süchtig zu sein; ich hingegen rauche bloß, um stylish zu wirken, wie ich es schon als Kind gemacht habe. Anstatt tief einzuatmen, lasse ich die Zigarette machohaft im Mundwinkel hängen und genieße, wie sogar die beiden andere Huren mir schmachtende Blicke zuwerfen.

Ich suche nach einem passenden Ziel; meine Hand liegt auf dem Revolver, der noch im Holster steckt. Ich könnte meiner Nutte die Asche von der Zigarettenspitze wegschießen, würde sie aber dadurch nur erschrecken. Das gleiche gilt, wenn ich die Asche der beiden anderen Raucherinnen stutze. Ich will keinen Ärger in einem Bordell verursachen, sondern ihre Begeisterung wie ein Bauer sein Getreide im Herbst ernten.

Überzeugt, anders mein Talent zur Schau zu stellen, wandert mein Blick zu den Insekten hinüber. Wie eifrige Postboten fliegen diese von Blüte zu Blüte. Mir kommt eine fabelhafte Idee! Schon vorher dachte ich mir, dass *er* – mein baldiger Gegner, das Arschloch aller Arschlöcher – genug Talent für diesen Wahnsinn hat. Warum ich nicht auch?

„Ich schieße den Insekten die Flügel vom Rücken herunter!", prahle ich.

Ihre grüngrauen Augen werden noch größer. Von diesem Effekt bin ich wirklich kein Fan. *Glubschaugen! Wer von deinen Vorfahren hat's mit einem Frosch getrieben, Mädel?* Ich grinse breit bei dieser Vorstellung, woraufhin mich die Frauen irritiert anschauen, da sie es nicht verstehen.

„Unmöglich ...", haucht sie.

Ich schmunzle, schüttle den Kopf. „Nein, ich könnte den Ladys dort drüben jeden Knopf einzeln von der Bluse wegschießen oder dir den Knoten deiner Toga mit einer Kugel öffnen. Wenn du ansatzweise so phantastisch träumen könntest, wie ich in der Realität schieße, würdest du's verstehen."

Für eine Antwort fehlen ihr die Worte. Jedoch haben die zwei Prostituierten meine Prahlerei gehört. Neugierig kommen sie zu uns herüber. Eine von ihnen hat blondes Haar, die andere eine sonnengebräunte Haut. Beide sind Ausländerinnen, also haben sie Glubschaugen – scheiße! Ansonsten besitzen beide einen atemberaubenden Körper. Ich checke unverhohlen ihre Vorzüge aus.

„Du willst den Insekten die Flügel stutzen? Wurdest du gestern entjungfert? Brodelt deswegen dein Blut?"

„Absolut unmöglich!", haucht die andere und atmet schnaubend aus.

Ihre Aussagen entlocken mir ein Lächeln, grinsend zücke ich den Revolver. Die Blonde zündet sich eine weitere Zigarette an, ich ziele derweil auf eine Libelle und verschiebe meine eigene Kippe in den Mundwinkel. Die Frauen beobachten das Tier, ich drücke ab. Schneller als der Schall rauscht die Kugel durch die Luft, ein zischendes Geräusch entsteht. Feiner als ein Hauptstadtchirurg trenne ich der Libelle den rechten Flügel ab und sie sinkt wirbelnd zu Boden. Ob einer Libelle speiübel werden kann? Na ja, sie wird eher wegen des abgetrennten Flügels leiden. Angeberisch puste ich den Rauch vom Revolver weg und bereite mich auf das staunende Lob vor.

Meine Bettgenossin applaudiert, die Blonde staunt bloß und das dritte Mädchen sieht mit offenem Mund zu mir herüber. Ihre Zigarette fällt zu Boden, wobei ich ihr lässig eine neue anbiete. Als Mann gehört es dazu, sich um die Probleme der Frauen zu kümmern. *Ich höre ja beinahe schon eure aufgeregten Herzen pochen, Mädels.*

„Danke …", stammelt sie, als könne sie nicht glauben, was sie gerade sah. Sie nimmt sich eine Zigarette.

„Kein Ding", gebe ich knapp zurück, als ich der abstürzenden Libelle noch den anderen Flügel abschieße.

Anstatt länger zu warten, drehe ich mich um. Die drei Frauen schauen mir nach, während sie damit hadern, welcher geniale Schütze bei ihnen eingekehrt war, ohne dass sie es wussten. Ich kämpfe derweil gegen das aufsteigende Grinsen an, denn es gehört zu meinen liebsten Hobbys, Mädchen sprachlos zu machen. Das hat sich von meiner Pubertät in der Gosse bis zu meinem gegenwärtigen Ich auf der Flucht nicht geändert.

Nachdem ich aus dem Bordell herausgekommen bin, stehe ich auf einer belebten Straße. Viele Mütter in Alltagskimonos laufen umher, Kinder rennen von Ort zu Ort und Bauern fahren mit beladenen Wagen herum. Landwirtschaft und viele kleine Dörfer prägen die Präfektur Tara, ich finde den Anblick weder gut noch schlecht. Immerhin huschen ein paar hübsche Mädels umher, die meinem Großstadtcharme nichts entgegenzusetzen haben – in erster Linie ist das gut.

Es wird viel herumgeschrien, das gehört hier zum Alltag. Es handelt sich um ein munteres Dorf, in dem ich untergetaucht bin, bis mich meine früheren Kameraden aufspürten. Diese Mistkerle gönnen einem Mann einfach keine Ruhe! Ich seufze. Auf dem Land haben die Menschen alle gebräunte Haut und viele Mädchen sprödes Haar. Es ist ein Trauerspiel, wenn ein Mädchen seine jugendliche Schönheit durch harte Arbeit verliert. Ich vermisse die Hauptstadt, in der ich aufgewachsen bin. Die Suche nach einem prächtigen Weib für die Nacht gleicht auf dem Dorf Perlentauchen in der Kloake, aber wenigstens zieren sich die Perlen nicht, wenn ich sie pflücke. Licht- und Schattenseiten.

Eine dreiviertel Stunde bis Mittag. Mein Blick hängt an der Sonne, ich seufze wieder. Vielleicht hätte ich die Hure doch noch mal ficken sollen, denn plötzlich verflüchtigt sich mein Zeitdruck. Blöderweise hängt meine Eile mit meinen Nerven zusammen. Anstatt zurückzugehen, pilgere ich durch die Straßen und kaufe mir schmackhafte Früchte. Mir fallen ein paar hübsche Frauen auf und ich flirte mit ihnen. Dabei gibt es ein Mädchen, welches mir besonders ins Auge sticht. Von einer gutproportionierten Händlerin lasse ich mir einen Wein andrehen. Erst zu diesem Zeitpunkt realisiere ich meinen Durst. Ich genehmige mir ein zweites Glas, aber züchtige mich gleichzeitig, nicht mehr zu trinken. Ich bin zum Duell verabredet, betrunken schießt es sich beschissen! (Zumindest mildert der zusätzliche Alkohol meinen existenten Kater.)

Einige Passanten schauen mich wegen meiner Kleidung an. Hose und Hemd gehören in der von westlichen Einflüssen dominierten Hauptstadt zur Norm, aber bilden auf dem Land eine Ausnahme. Anderseits tröpfelt der schädliche Einfluss der anderen Länder mittlerweile bis in die Provinz, siehe das Ausländerbordell. Obwohl ich fremde Kulturen verachte, gestehe ich mir ein, wie praktisch eine Hose im Vergleich zum Yukata ist. Genauso praktisch, wie ein Revolver im Vergleich zu einem Katana ist. (Mein künftiger Gegner hätte keinen dieser Vergleiche unterschrieben, obwohl er ein Meister der Schusswaffen ist.)

Nachdenklich schlendere ich weiter, biege von der Haupt- in eine Nebenstraße ein. Zwei Kinder zeichnen mit einem Stück Kreide auf dem Boden herum.

Anstandshalber mache ich einen großen Schritt über ihr „Kunstwerk" hinweg, wobei ihre Blicke auf meinen Revolver im Holster fallen. Kein Wunder, denn solche Waffen gibt es auf dem Land nicht.

„Wow."

„Wie cool."

Das Staunen der Jungs verschafft sich Gehör; ich zwinkere ihnen zu. Kurz spiele ich mit dem Gedanken, auch ihnen mein Können vorzuführen, verzichte jedoch. Vor hübschen Frauen prahle ich gerne, vor Kindern kommt es mir wie Zeitverschwendung vor. Ich eile weiter zum abgemachten Ort, an dem es zur Entscheidung kommt.

Als die Mittagsstunde naherückt, erreiche ich den Duellplatz vor dem Dorf. Knappe zweihundert Meter nach dem letzten Haus befindet sich der Ort, eingekreist von stachligen Büschen, blühenden Bäumen und den Überresten eines zerfallenen Zauns. Der Boden besteht aus einer Mischung aus Erde und Sand, mehr Unkraut als Blumen wachsen dort. Wegen der blühenden Bäume zieren auch vereinzelte rosafarbene Kirschblüten den Grund, ein Vorgeschmack auf den nahen Sommer.

Den kleinen Pfad herablaufend, bemerke ich, dass dort zwölf Männer stehen. Bärtig, schmutzig, besoffen – ihr wisst ja, wie Banditen ausschauen! Ekelhafte Gestalten, die man nicht einmal mit einer Greifzange berühren möchte. Und mitten auf dem Platz steht ein Mann, dessen Aussehen sich tiefer als mein erstes Mal mit einer Geisha ins Gedächtnis eingegraben hat. Dort

26

steht der Anführer, den ich für meine Freiheit niederschießen muss!

Minimal weicht mir die Kraft aus den Beinen, ein leichtes, wohlbekanntes Zittern erfüllt mich. Egal, wie oft ich gegen diesen Mann angetreten bin, er hat mich ununterbrochen besiegt. Eine schaurige Bilanz. Dabei spielt nicht mal das Themengebiet eine Rolle, denn er ist eine absolute Koryphäe in jedem Fach. Ein Alleskönner!

Angespannt kneife ich die Augen zusammen und meine Muskeln spannen sich an. Eine Vielzahl an Erinnerungen sprudelt wie eine Fontäne empor und es kostet mich eine Menge Kraft, diese zu unterdrücken. Ich hatte diesen Mann wie einen Vater verehrt und habe ihn wie einen Feind zu hassen gelernt. Dabei erkenne ich ihn kaum wieder. Scheinbar ist und bleibt das gefährlichste Raubtier für den Menschen die Zeit, eine gnadenlose Täterin. Früher war er der Inbegriff eines Mannes, der Traum aller Frauen, gewesen. Pechschwarzes, langes Haar, elegante Gesichtszüge, einen muskulösen Körper. Seine maskuline Schönheit verzückte alle Frauen. Er hatte sie innerhalb von Monaten verloren.

Mittlerweile mischt sich graues Haar ins dunkle Schwarz, das Gesicht gleicht einem Sammelbecken für Falten. Sogar die wachsamen, intelligenten Augen haben an Glanz eingebüßt und einen matten Grundton erhalten. Zusätzlich wich die Stärke aus seinem Körper, er gleicht einem in die Jahre gekommen Kämpfer. In meinen Augen stellt er die unwürdige

Verkörperung einer Legende, dessen schäbiges Aussehen sogar ein Barde mit Hang zur Theatralik für übertrieben halten würde, dar. Gekleidet in einen dunklen Mantel, der ihm bis zu den Knien reicht, lugen zwei Pistolen an seinem Gürtel hervor. Wie ein echter Bandit spuckt er regelmäßig auf den Boden; er hatte sich diese Marotte in seinen Jugendtagen, als er Tabak kaute, angewöhnt.

„Hey, Junge!", ruft der Anführer, als ich ankomme. „Ich dachte, du kneifst! Aber bist kein Feigling, sondern ein Mann mit Rückgrat. Gefällt mir, dass ein Funken Ehre trotz deines Verrats überlebt hat."

Seine raue Stimme kommt von Schnaps, Zigarren und gebrüllten Befehlen. Sogar in seinem gealterten Zustand verkörpert er das Idealbild eines Banditen, an das ich als unreifer Junge und ambitionierter Jugendlicher herankommen wollte, was mir aber niemals gelang. Während Frauen in meinen Augen an der Zeit zerbrechen, kann sie eine begabte Bildhauerin für einen Mann sein. *Täterin und Künstlerin ... was denke ich eigentlich für einen Scheiß? Ich glaube, langsam verliere ich den Verstand1*

Um das verfluchte Zittern zu unterdrücken, rufe ich mir die Gründe für meine Flucht aus dem Lager in Erinnerung. Es wirkt auf Anhieb, der Zorn kocht hoch. Damals hatte er mich von einem Tag auf den anderen gehasst, das verzeihe ich ihm nie. Er faselt etwas von Ehre, aber seine falsche Art gehört zu keinem Mann – er hatte sich wie ein hinterlistiges, von Neid geplagtes Weib verhalten!

„Du sprichst von Ehre, Alter?" Der Zorn fließt unbewusst in meine Stimme hinein. „Verzeih, wenn ich deswegen kotzen muss, aber diese Doppelmoral ekelt mich an. Hast du so gut zu lügen gelernt, als du deine hässliche Mutter hinter dem Rücken deines Vaters gefickt hast?"

Trotz meiner Angst vor dem Kampf, meinen gemischten Gefühlen wegen des Verrats und meiner Nostalgie aufgrund der gemeinsamen Vergangenheit trete ich wie ein charakteristischer Bandit auf – ich beleidige ihn fürs Erste! Und natürlich beleidige ich seine Mutter, da das sogar im kaltherzigsten Arschloch auf der Welt etwas auslöst und zum guten Ton unter Yakuza gehört.

Ein boshaftes Grinsen umspielt seine Lippen und offenbart das vom Tabak zerfressene Gebiss. „Belle noch ein wenig, Haru, aber ich habe jemanden mitgebracht, den ich dir vorstellen möchte. Ein Prachtweib! Es ist deine Lieblingsschlampe gewesen, bevor du triebgesteuerter Affe dein verkümmertes Ding in die Fotze von anderen Weibern rammen musstest."

Ich bleibe stehen, verharre in der Bewegung, sacke beinahe auf die Knie. Es kostet mich alle Kraft, aufrecht dazustehen. Die einzige Frau, die ich jemals respektiert hatte, steht hinter dem Anführer. Mein Herz zieht sich zusammen, als er beiseitetritt. Ein Mädchen, dessen strahlende Schönheit sogar die Sterne in einer wolkenlosen Nacht in den Schatten stellt, reißt ein Loch in mein Herz. Anders als die Männer, deren Mäntel und Stiefel westlich wirken, ist das Mädchen in einen Kimono gekleidet. Ein aufwendiges Blumenmuster ziert den Stoff. Sie trägt traditionelle Holzsandalen, hat sich die Haare hochgesteckt und die Lippen zusammengepresst. Sie war von engelsgleicher Schönheit gesegnet, bis das Leben ihr einen traurigen Anstrich verpasste.

Das Mädchen ist eine ehemalige Bäuerin gewesen, bis es sich den Banditen angeschlossen hatte. Deswegen besitzt ihre Haut eine leichte Bräunung, wobei das feingeschnittene Gesicht zu einer Bilderbuchprinzessin gehört. Weiche Haut, eine schmale Stupsnase, kirschrote Lippen, ein geschwungenes Kinn. Zusätzlich hellblaue, für unser Inselreich untypische Augen, deren schier unendliche Tiefe mich zu jedem Moment verzückt hatte. Sie besitzt große, runde Augen wie jene Leute, die aus dem Westen kommen und Handel in den großen Metropolen des Landes treiben, ohne an Glubschaugen zu erinnern.

Ihren himmelblauen Augen verdanke ich es, dass ich mich zum ersten Mal in meinem Leben verliebte. Sie hatte mich verzaubert, verflucht und mir das Herz gestohlen. Sie hatte mich wie eine Hexe in ihren Bann gezogen. Damals, als sie mich vom Reisfeld aus anschaute, hatte mein Herz schneller als je zuvor geschlagen. Ich kann nicht glauben, dass sie nun auf der Seite der Banditen steht …

„Meine Ex …", hauche ich zarter als ein Windhauch am schwülen Sommerabend. Meine coole Fassade gerät nicht nur ins Wanken, sondern bricht völlig zusammen.

„Haru!", ruft sie, bis sie die Lippen zusammenpresst und die Nässe in ihre Augen schießt. Eilig blinzelt sie diese hinfort und ihre langen Wimpern umrahmen verführerisch ihre runden Augen.

Unzählige Erinnerungen rauschen durch meinen Kopf, fast jede besteht aus nostalgischer Melancholie. Wir reiten gemeinsam über die Straßen in ihrem Heimatdorf, angeln lachend am Fluss hinter den Reisfeldern, picknicken am See, spaßen im Wasser, plaudern über den Alltag, zerbrechen uns den Kopf über Sorgen und tauschen heiße Küsse, innige Umarmungen oder intensive Nächte unter dem romantischen Apfelbaum aus. Alles, was ich mit ihr erlebte, besitzt einen goldenen Glanz! Sie war, ist und wird immer ein Mädchen von Format bleiben! Ein Mädchen, dem ich mehr schulde, als ich zahlen kann! Und leider ist sie **das** Mädchen, wegen dem mein Leben den Bach hinabging!

Mädchen sind wie Blumen auf einer Wiese. Manche lassen einen kalt, andere erregen die Aufmerksamkeit und wieder andere pflückt man vor Neugier. Dabei ist es egal, wie lange man nach den Blumen sucht, irgendwo – wahrscheinlich an einem geheimen und verborgenen Ort – wächst jene Blume, deren himmelblauer Glanz einen einnimmt und nur für einen einzigen Mann bestimmt ist. Vor mir erstrahlt jene Blume, deren Schönheit mich bis ins Herz getroffen hat! Eine schüchterne, neugierige, schöne Blume. Eine Blume, die am Ende des Tages in ihrer Blüte einen Stachel verbarg. Oder, um es genauer zu sagen, deren Stachel erst durch meine Taten wuchs, weil sie davor kein Misstrauen kannte.

„Hana!", gebe ich als Antwort, hauche ihren Namen beinahe. „Was … was machst *du* hier?"

„Ich wollte dabei sein …", sie holt tief Luft, „…, wenn unser Anführer dir eine Kugel zwischen die Augen setzt!"

Autsch! Tausende Nadeln stechen in mein Herz hinein, als sie mir gnadenlos den Tod wünscht. Ich blinzle, als sei mir ein Insekt in die Augen geflogen. Ich kann nicht anders, weil tief in mir die Liebe lodert und diese Beleidung meinen Kampfgeist lähmt.

„Aber … Hana … ich …" Gedankenverloren strecke ich wie ein Ertrinkender einen Arm nach ihr aus, bis ich mich rechtzeitig zügle. *Warum will ich mich entschuldigen? In meinem ganzen Leben habe ich mich noch nie entschuldigt.*

Mein verkümmerter Arm wird träge, bis er wie ein gebrochener Ast heruntersackt. Schweigend starre ich sie an, wobei mir die innere Fassung fehlt, meinen coolen Stil hinzubekommen. Als der Anführer meine Verunsicherung spürt, legt er eine Hand auf Hanas Schulter ab, zieht sie zu sich heran und legt einen Finger unter ihr Kinn. Als er sanft ihren Kopf anhebt, fürchte ich mich vor dem, was gleich geschehen wird. Während mein Verstand die offensichtliche Lösung abstreitet, drückt er ihr einen Kuss auf die Wange. Der Anführer, den ich für einen geschätzten Ziehvater gehalten hatte, küsst das Mädchen, das ich einst geliebt habe und … ich will's mir kaum eingestehen … weiterhin liebe. Eine neue Welle des Hasses hüllt mich ein.

Ein fieses Schmunzeln gleitet über Hanas Gesicht, als sie meine Pein bemerkt. Ein böses Funkeln, das ich für unmöglich gehalten habe, erfüllt ihre blauen Augen wie ein aufziehendes Gewitter den sonnigen Horizont. Scheiße – sie genießt den Kuss! (Oder zumindest genießt sie meinen brennenden, alles verzehrenden Schmerz.)

„Nachdem du sie verlassen hast, hat sie in meinen Armen Trost gesucht", spottet der Anführer. „Du bist Hals über Kopf aus dem Lager geritten … dabei ist es kein Wunder, wenn sie mit jemanden reden wollte. Und schon sehr bald haben wir nicht nur geredet … du verstehst?"

Ich überlege mir eine gute Antwort, scheitere aber. Vor den Huren habe ich mich in Szene setzen können, aktuell fällt es mir unglaublich schwer. Egal, welche Antwortoptionen ich im Kopf durchgehe, alle klingen nach einem trotzigen Jungen, der sein Mädchen zurückwill. Überall komme ich mir wie ein echter Mann vor, außer ich stehe vor dem Anführer. *Ich hasse diesen gottverdammten Hurensohn!*

„Ich interessiere mich nicht für deine Sexgeschichten mit ihr!", knurre ich, meine Stimme ähnelt einem Wolf. „Na komm, lass uns einfach das Duell hinter uns bringen! Lass mich dir ein zweites Arschloch mitten auf der Stirn verpassen!"

Die Mundwinkel des Anführers heben sich zum

Grinsen an. „Gut, kommen wir zu *deinem* Entscheidungsduell."

Das Pronomen *dein* gefällt mir überhaupt nicht, immerhin habe ich nicht um das Duell gebeten. Nach meiner überstürzten, spätnächtlichen Flucht aus dem Lager wurde ich von Banditen verfolgt. Sie hatten mich aufgespürt und das Todesduell als Bedingung für den Austritt festgelegt. Es ist also nicht mein, sondern **sein** Entscheidungsduell!

Angespannt und gefühlskalt laufe ich an den beiden vorbei und positioniere mich an der gegenüberliegenden Seite des Duellplatzes. Neben meinen Stiefeln blüht ein Löwenzahn, bei einer weiteren Blume haben sich die Blüten weiß gefärbt. Ich befürchte, wenn ich die Pusteblume zum Fliegen bringe, ist das ein schlechtes Omen für das Duell; so, als würde mein Leben im Winde verwehen ... (... in der Hinsicht bin ich ein wenig abergläubisch.)

Um mich herum grölen meine ehemaligen Kameraden. Keinen von diesen übertrieben hässlichen Hurensöhnen habe ich seit meiner Flucht vermisst. Bei einem Drittel kotze ich wegen der grässlichen Gesichter, beim nächsten Drittel wegen des abartigen Körpergeruchs, beim letzten Drittel trifft beides zu. Kurz überlege ich, wie sie reagieren würden, wenn der Anführer vor ihren Augen niedergeschossen wird. *Wahrscheinlich werden sie mich angreifen.* Anstatt mit diesem Horrorszenario meine Angst zu steigern, hoffe ich, dass sie sich an die Regeln eines Duells halten. *Andernfalls schieße ich nicht einen, sondern dreizehn nieder.*

34

(An Arroganz und Selbstbewusstsein hat es mir noch nie gemangelt.)

Ich richte meinen Blick zum Anführer hinüber, schnell senke ich ihn jedoch wieder. Er genehmigt sich einen Kuss mit Hana, bei dem beide die Zunge einsetzen. Verfickt eklig! Das ist fast so eklig, als müsste ich zwei Männern beim Knutschen zusehen – *du alte Sau darfst kein Mädchen küssen, das zwanzig Jahre jünger ist! Bei deinen ganzen Falten dreht sich mir der Magen um!*

Nach dem Kuss tippelt meine große Liebe auf ihren Holzsandalen zum Rand des Duellplatzes. Der gealterte Anführer stellt sich derweil mir gegenüber hin. Lässig zieht er seinen Mantel aus und schmeißt ihn einem der Banditen am Rand zu. Er trägt dunkle Lederhosen, ein schmutziges Hemd und zwei Revolver an den Seiten. Obwohl er alles, was von Ausländern kommt, verachtet, hat er sich gegen die traditionelle Kleidung bei diesem Kampf entschieden.

Gedankenverloren erinnere ich mich an den Kampf zurück, bei dem er dreizehn Marionetten des Shoguns mit zwölf Kugeln ins Jenseits geschickt hat. Wie er das hingekriegt hat? Ein Geheimnis, über das sich viele Legenden ranken, aber ich hatte es mit eigenen Augen gesehen. Er hat eine Kugel in der Luft getroffen, sodass zwei Menschen mit einem Schuss starben. Eine Meisterleistung, aufgrund der ich mir geringe Siegeschancen ausmale! (Zumindest in dieser Hinsicht bin ich Realist.)

Wegen dieser Geschichte kann ich an nichts anderes

als an unsere gemeinsame Vergangenheit denken. Ich trat schon als unreifer Junge seiner Bande bei und hatte ihn in meiner ganzen Jugendzeit als Vorbild betrachtet. Heute werde ich entweder den Helden meiner Kindheit niederschießen oder werde selbst von diesem niedergeschossen. Ich glaube, ich werde heulen, wenn ich meinem Ziehvater ein Loch in den Kopf ballere! Anderseits hat er es nicht anders verdient, nachdem er von einem netten Ziehvater zum Arschloch mutiert ist. Einem Arschloch, das nun mit meiner Ex schläft!

„Du kennst die Bedingungen, Junge?", fragt er, seine Hände auf den Revolvergriffen.

Ich lege meine rechte Hand ebenfalls auf den Revolvergriff. Er schießt mit zwei, ich mit einer Waffe. Kein Grund, sich darüber zu beschweren, weil ich mit meiner linken Hand wie eine Oma ziele. Es würde also keinen Unterschied machen, wenn ich zwei Revolver bekäme. Na gut, er schießt mit seiner linken Hand besser als ich mit der rechten, also macht es einen Unterschied. Ich besitze genug Ehre, um mich nicht zu beschweren!

„Ja, Arschloch!", kontere ich. „Entweder gewinne ich und bin frei – du stirbst! Oder du gewinnst – ich sterbe! Für diese Bedingungen braucht es keinen Doktortitel, du gottverdammter Hurensohn!"

Er grinst. Genauso hatte er immer gegrinst, als er mir früher durch die Haare strich und mich für einen erledigten Auftrag lobte. Ich erinnere mich an die Lobesworte und die gelegentliche Rüge, wenn ich einen

36

Auftrag verkackte. Ich erschieße heute nicht den Anführer einer gefährlichen Banditenbande, sondern meinen Vater.

„Hey Mädel, könntest du von zehn herunterzählen?", fragt mein ehemaliger Vater und jetziger Feind. Sie nickt.

Damit beginnen die letzten zehn Sekunden, bevor mein Vater oder ich sterben. Die kultivierten Wichser aus der Hauptstadt könnten daraus ein Theaterstück machen … oder? *Höchstwahrscheinlich machen sie's nicht, weil diesen Sake schlürfenden Bastarden mein Leben gleichgültig ist!*

„Zehn", sagt sie mit ihrer engelsgleichen Stimme, die kein bisschen zittert. Anscheinend hat sie ihren moralischen Kompass endgültig verloren.

„Neun." Meine Hände verspannen sich, mein Herz trommelt und meine Handflächen werden feucht. Ich habe schon unfassbar viele Männer abgeknallt, aber noch nie zuvor eine derart himmelhohe Angst verspürt.

„Acht." Ich fokussiere mich vollkommen auf den Gegner. Er erwidert meinen Blick.

„Sieben." Für den Bruchteil einer Sekunde schaue ich zu ihr hinüber, sie funkelt mich an. Ihr Hass springt mir förmlich ins Gesicht.

„Sechs." Natürlich lassen wir die Waffen bis zum Beginn in den Holstern, aber die Anspannung steigt an und mein Blick wandert wieder zum Anführer zurück.

„Fünf." Mein Herz trommelt, als wolle es im

Alleingang einen Marsch spielen. Vielleicht überanstrengt es sich und beschert mir einen erbärmlichen Tod?

„Vier." Jetzt zittert sogar ihre Stimme minimal, Hana ist aufgeregt. Irgendwie wünsche ich mir, wenigstens ein Funken Zuneigung für mich schlummere noch in ihr. Wenigstens das habe ich verdient, oder?

„Drei." Ich beginne noch stärker zu schwitzen. Der Schweiß läuft über meine Wange herab.

„Zwei."

Die ganze Umgebung hält die Luft an. Die Männer beugen sich erwartungsvoll vor, meine linke Hand ist schweißnass und meine rechte Hand liegt auf dem Griff des Revolvers. Eine minimale Windböe rauscht über den Duellplatz hinweg, mein notdürftig gestyltes Haar verliert seine Form.

„Eins."

Mein *Vater* hatte mir früher erzählt, vor jedem Duell schlage einem das Herz bis zum Hals und ein einziges Duell koste den Schützen Monate seines Lebens, weil das Herz diesen Druck kaum aushält. Oft belächelte ihn, ab heute teile ich diesen Gedanken; scheint, als sitze ich selbst dann nicht bei meinen Enkelkindern, wenn ich überlebe.

Hektische Atmung, verspannte Muskeln, starker Schweiß und ein Herz kurz vor dem Explodieren. Ich frage mich zweifelnd, ob momentan hilfreiches Adrenalin ausgeschüttet wird oder ich vor Angst schlechter als ein Besoffener schieße. Als ich kurz herunterblicke, sehe ich, wie eine Windböe die Samen der

38

Pusteblume mitnimmt. *So eine Scheiße!* Ein verdammt schlechtes Omen!

„Null!", ruft Hana.

Blitzschnell zücken wir unsere Revolver, innerhalb kürzester Zeit erschallen *vier* Schüsse. Das ruckartige, aber kurze Lied des Todes. Ein hektisches Atmen verfolgt von einem umfallenden Körper – scheint, als wäre der Kampf entschieden worden und der Gewinner stünde fest!

Ich liege am Boden, den Blick zum blauen Firmament hinauf gerichtet. Ganz ehrlich, die Augen meiner *großen Liebe* sind hübscher als der Himmel in seinen besten Momenten. *Warum denke ich jetzt über ihre Augen nach? Ist doch scheißegal, ihre Augen gehören der Vergangenheit an … ich sterbe nämlich! Scheiße! Scheiße!*

Ich sterbe auf eine so lächerliche Weise! Der Anführer hatte absichtlich mit seinem ersten Schuss verzogen, war anschließend meiner Kugel ausgewichen und hatte mir zwei Löcher mit seiner *linken* Hand hinterlassen. *Ich bin eine Schande für jeden Revolverheld im Land!*

Die erste Kugel bohrte sich in meine Brust hinein, hatte meine Lunge zerfetzt und sich in mein Rückgrat gefressen. Das zweite Geschoss grub sich in den Bauch hinein, zerfetzte meine Organe. Ich bin kein Arzt, doch die Diagnose hätte ein Behinderter stellen können. Meine blutigen Organe gleichen Hackfleisch! Das Blut sprudelt aus mir heraus, meine Kleidung färbt sich rot und die Kälte kriecht meine Glieder herauf. Ich bin derart geschockt, dass ich im Augenblick weder Schmerz noch Angst verspüre, sondern fast beruhigt dem Tod entgegenblicke. Vielleicht ist es besser, von seinem Vater erschossen zu werden, als diesen selbst niederzuschießen?

Keine Tränen in den Augen, keine Wut im Herzen, keinen Frust im Bauch. In mir herrscht einfach nur eine innere Leere, bei der ich mich fühle, als wäre ich nach einem Marathon in der Sommerhitze endlich beim ersehnten Schlafplatz angekommen. Nein, eher als wäre ich von einem Pferd hinterhergeschleift worden, bis glücklicherweise das Seil gerissen ist. Ich würde beinahe das Wort *angenehm* benutzen.

„Absolut erbärmlich, Junge!", knurrt der Anführer und steckt seine zwei Revolver in die Holster. „Den ersten Schuss habe ich aus Liebe und Respekt, weil du einst mein Schüler und Gefolgsmann gewesen bist, absichtlich vorbeigeschossen. Ich dachte mir, nachdem ich so viel stärker als du bin, könnte man dir eine faire Chance geben. Aber na ja, selbst mein Funken *Liebe* hat dir Möchtegernrevolverheld nicht genügt, denn ich musste mich nur zur Seite herumdrehen, um auszuweichen. Sogar in deinem letzten Kampf bist du eine Enttäuschung, Haru!"

Am liebsten hätte ich diesen verhöhnenden, hochnäsigen und herablassenden Hurensohn mit einem Schwall Beleidigungen überschüttet, doch mir fehlt im Augenblick die nötige Kraft. Ich kann mich nicht aufrichten, nicht meinen Mund öffnen und kriege keine Silbe über meine Lippen. Ohne eine passende

Antwort auf den Lippen muss ich mich von meinem Mörder beleidigen lassen.

Zusätzlich höre ich das Gelächter der Männer. Unter diesen Bastarden kann man nicht einmal friedlich sterben, das nehme ich ihnen richtig übel. Mein kleiner Wunsch lautet, zumindest die traurigen Schluchzer meiner Ex zu hören, doch sie scheint zu schweigen. Kein Wunder, immerhin hasst sie mich von ganzem Herzen!

„Geschieht dir recht, nachdem du uns verraten hast!"

„Hoffentlich verreckst du schmerzhaft!"

Öfters höre ich solche Schmährufe. Als ich schon denke, dass es nicht schlimmer werden kann, spuckt einer dieser Barbaren mir ins Gesicht. Die Mischung aus Rotze und Spucke fließt an meiner Wange herab. Ich will sie wegwischen, doch mir fehlt die Kraft. Mir bleibt nichts anderes übrig, als diese Schmach in den letzten Sekunden meines Lebens zu ertragen.

Sie lachen. *Bilde ich mir ein, eine weibliche Stimme unter dem Gelächter auszumachen, oder ist das real?* Es muss Einbildung sein! Sie ist ein gutes, offenherziges Mädchen! Sie hatte nicht einmal gelacht, als ich beim unaufmerksamen Reiten von einem tiefhängenden Ast heruntergestoßen wurde. Sofort hatte sie sich besorgt gezeigt. Meine Ex-Freundin würde niemals über meinen Tod lachen!

Anderseits habe ich auch gedacht, mein Ziehvater schösse mir keine Löcher in den Körper, also sollte ich auf meine Gefühle wenig geben. Besonders, wenn das offenherzige Mädchen eine Komplizin der Banditen ist. Mühsam blende ich diesen schmerzhaften Gedanken aus.

Gleichzeitig dreht sich der Anführer um, läuft von mir weg. Er würdigt mich keines weiteren Blickes. Anscheinend hat er sich entschieden, mich elendig verbluten zu lassen. Offensichtlich hat er jede Gefühlsregung in seinem Herzen abgetötet, dieses verfluchte Arschloch!

Ich sende ein leises Gebet zu den Göttern, die mich längst verlassen haben, dass sie mir einen schnellen Tod gewähren. Der anfängliche Schock, wegen dem ich keinen Schmerz gespürt habe, vergeht. Ein unfassbares Brennen, als hätte jemand in mir ein Feuer entzündet, erfüllt mein Inneres – mit einem Loch in der Lunge und einem im Bauch sollte es sich nur noch um Minuten handeln!

Lange Minuten …

Platsch!

Einer der Hurensöhne hat eine überreife Tomate nach mir geschmissen. Volltreffer. Sie klebt mir mitten im Gesicht und der Saft brennt mir in den Augen. Egal, wie sehr diese Ärsche jemanden hassen, einem Sterbenden wirft man kein Gemüse ins Gesicht! Keine Ahnung, woher sie das Gemüse überhaupt bekommen, jedoch werfen sie unter lautem Gelächter weitere Tomaten. Ein stechender, brennender Schmerz zuckt durch meinen Körper, als eine Tomate auf der offenen Brustwunde landet. Der Tomatensaft läuft in meine Lunge hinein, als Resultat beginne ich zu husten. Mein Körper verkrampft sich, meine Wunden brennen wie Feuer und meine Augen tränen. Noch nie zuvor habe ich solche Schmerzen erlitten!

Wenn ich einzuatmen versuche, höre ich, wie die Luft durch das Loch in meiner Brust entweicht. *Gebt mir einfach den Gnadenstoß, ihr Kameradenschweine!* Ich blinzle mehrmals, bis ich relativ verschwommen die Umgebung wahrnehme. Ich plane, zum Schutz vor weiteren Wurfgeschossen meine Lider zu schließen, bis plötzlich der Tomatensaft aus meinem Gesicht weggespült wird.

Einer der Männer erleichtert sich auf mir, der Gestank von Pisse sticht in meiner Nase **und** der Urin läuft mir in die Nasenlöcher hinein. Dieses verfickte Arschloch kennt keine Zurückhaltung, er ist wie ein Tier! Prustend huste ich, jetzt schmecke ich die Pisse sogar auf meiner Zunge. Soll diese Demütigung etwa mein Ende sein?

Ich will … ich … scheiße, ich will bloß noch sterben! Falls es einen Hurensohn gibt, der sich selbst Gott schimpft, soll er mich erlösen.

Lass mich sterben …

Lass mich sterben …

Lass mich …

Meine Ohren – die noch am besten funktionieren – melden mir, dass sich die Männer entfernen. Anscheinend haben sie mich genügend gequält, die letzten jämmerlichen Atemzüge darf ich ohne Schikane durchleiden. Ich bin froh, ihnen entkommen zu sein, als ich leise Schritte höre.

Keine schweren, sondern zarte Schritte. Hier handelt es sich offenbar um das schöne Geschlecht. Mit aller Kraft wende ich meinen Kopf um wenige Zentimeter und erblicke zwei Holzsandalen. Ihre femininen Füße haben mir schon immer gefallen, wobei sie diesmal einen grünen Nagellack auf ihren Zehennägeln trägt.

Während die Banditen gegangen sind, ist meine Ex hergekommen. Jetzt gleitet sie in die Hocke, schweigt, sieht mir beim Sterben zu. Es klingt makaber, doch ich hoffe, dass sie aus Mitgefühl gekommen ist. Ob sie letzte Worte an mich hat? Ob es irgendetwas gibt, was sie mir unbedingt sagen will?

„Haru …", murmelt sie. Ich liebe es sogar in dieser schlimmen Situation, wenn sie meinen Namen sagt. Es kommt mir vor, als seien wir dadurch verbunden.

Irgendwoher schöpfe ich die Kraft, meinen Mund zu öffnen, und bringe keinen Ton heraus. Meine Luftröhre ist voll Blut und Pisse, also kann ich mir ihren Namen nur denken. Doch ich hoffe, sie spürt, dass ich beim Sterben nur sie im Kopf habe und im Herzen trage.

Hana …

Die Bedeutung ihres Namens lautet *Blume*. Ich liebe den Klang, doch finde, wegen ihrer Augen hätte es einen passenderen Namen gegeben. Hätte ich ihr einen Namen aussuchen dürfen, wäre es *Sora* gewesen, weil mich ihre strahlendblauen Augen an den Himmel erinnern.

Tief in mir drin verspüre ich das Bedürfnis, mich bei

ihr zu entschuldigen, doch ich bringe wegen meinen Verletzungen keine Silbe über die Lippen. Stattdessen schaue ich zu, wie sie auf die Knie gleitet und meinen Kopf auf ihren Schoß bettet. Ich kämpfe gegen die Ohnmacht an, rieche ihren unwiderstehlichen Duft. Sie duftet nach Rosen, sie duftet nach Freiheit, sie duftet nach Liebe. Mein dämliches Herz schlägt schneller, obwohl ich dadurch nur noch mehr Blut verliere und dem Tod ein Stückchen näherkomme. Dabei wünsche ich mir, dass diese Szene möglichst lange währt.

Ich sterbe in den Armen *meines* Mädchens! In Hanas Armen! Dem einzigen Mädchen, das ich jemals geliebt habe. Wenn dieser beschissene Tag etwas Gutes hat, dann ist es die letzte Annäherung von ihr.

Ihre zarten Finger streichen sanft über meine Stirn, mein Blick wird trübe. Vielleicht phantasiere ich, aber es sieht aus, als ob sie den Kimono öffnet. Ich will sprechen, scheitere. Dann höre ich sie sprechen, doch kann die Worte nicht verarbeiten, weil mein Gehirn eine Funktion nach der anderen einstellt. *Scheiße, ich will nicht sterben ... ich will bei ihr bleiben!*

Sie spricht weiter, redet sich den Mund fusselig. Während ich den Inhalt nicht verarbeite, spüre ich, wir ihre Stimme düster wird. Anscheinend trägt sie mir ihren Groll ins nächste Leben hinterher ...

Ich spüre etwas im Mund, es fühlt sich weich an. Nein, flüssig. Mist, anscheinend füllt sich bereits mein Mund mit Blut. Jetzt kann ich es endgültig aufgeben, nochmals mit ihr zu sprechen. *Vergib mir, Hana, dass ich dich nicht so geliebt habe, wie du's verdient hast! Falls ich in einem anderen Leben eine zweite Chance bekommen sollte, werde ich dich mit mehr Würde behandeln …*

Nach diesem Gedanken sterbe ich in den Armen meiner großen Liebe …

… und schrecke keinen Augenblick später im Bett neben der Hure hoch!

Kapitel 2:

Hanas Ritual

Ich liege mit trommelndem Herzen, schneller Atmung, feuchten Händen und trockenem Mund im Bett. Der Schmerz, das Leid und die Demütigung meines Todes hallen nach, das kann unmöglich ein Traum gewesen sein. Doch es muss ein Traum gewesen sein, denn andernfalls dürfte ich nicht im Bett mit einer Hure in den Armen daliegen.

Sie bettet ihren Kopf auf meine Brust, schläft. Ich kann und will nicht glauben, sogar das gestrige Erwachen geträumt zu haben. Seit wann träume ich so kreativ? Nein, im Normalfall handeln meine Träume von bildhübschen Frauen, leckerem Essen und triumphalen Duellen. *Ich bin, glaube ich, nicht klug genug, um so was zu träumen …*

Außerdem spüre ich die Nachwirkungen eines Katers, obwohl ich gestern keinen Schluck Alkohol zu mir genommen habe und niedergeschossen worden bin. Vor zwei Tagen schüttete ich mich zu! *Warum … warum zum Teufel spüre ich jetzt den Alkohol?* (Mein schnellschlagendes Herz jagt das Blut so rasch durch meine Adern, dass ich von dem Kater kaum etwas mitbekomme.)

Ich lecke mir über die Lippen, halte überrascht inne.

Ich hätte mit dem metallenen Geschmack von Blut gerechnet, doch schmecke Milch. Nochmals lecke ich über die trockenen Lippen, kein Zweifel – verwirrt kneife ich meine Augen zusammen und rekonstruiere die Überreste meines *Traumes*. Ich überspringe den Kampf, das schmerzhafte Niederschießen, die anschließende Demütigung und bleibe beim Treffen mit Hana hängen. Sie ging vor mir auf die Knie, bettete mich auf ihrem Schoß, streichelte mir durchs Haar. Liebreizend, fürsorglich, zornig – eventuell wankelmütig? Alles Begriffe, mit denen dieses einmalige Mädchen beschrieben werden kann, aber das hilft mir nicht weiter.

Sie redete, plapperte, schimpfte … ich schmeckte Blut! Genau. Keines dieser Tatsachen erklärt den eindeutigen Milchgeschmack. Ich grabe in meinen Erinnerungen, forsche, verzweifle – scheiße! Warum suche ich in einem Traum nach Antworten? Bin ich jetzt total bescheuert?! *Das Treffen mit Hana war ein Traum, ein Traum, ein Traum – EIN TRAUM!*

Höchstwahrscheinlich kommt der Milchgeschmack von anderswo. Entweder habe ich gestern ein Glas Milch getrunken oder die Frau neben mir ist schwanger. Potenziell das Zweite, da in einem Bordell keine Milch ausgeschenkt wird und ich wegen des Alkohols mich nicht mehr an den Sex erinnere. Seit wann trinke ich Muttermilch? *Scheiße, Mann, langsam habe ich echt kranke Fetische entwickelt!*

Am liebsten hätte ich sie aufgeweckt, in dem ich nach ihren Brüsten greife, aber auch davon habe ich geträumt. Nein, das käme mir wie ein schlechtes O-men vor! Spontan fasse ich den Entschluss, die Vorsehung meines Traums zu durchbrechen und rüttle sie an der Schulter.

Todmüde öffnet sie die Augen, gähnt. Strahlendweiße Zähne, eine makellose Haut und große, grüngraue Augen. Alles, was gerade geschieht, schockt mich so sehr, dass ich mir sogar die abfälligen Gedanken zu ihrer Herkunft spare. Ich erinnere mich, warum ich dieses Mädchen für den nächtlichen Spaß gewählt habe, doch realisiere, wie lange dieser zurückliegt. Es fühlt sich nach mehr als eine Nacht an. Im meinem ganzen Leben habe ich keine solche *Nacht* erlebt!

Ich erinnere mich so gut an den gestrigen Tag, als hätte ich ihn zu einhundert Prozent erlebt!

„Bist du schwanger?", frage ich, wobei ich mir ein bisschen dümmlich vorkomme.

Sie schaut mich müde an, ein dünner Speichelfaden verbindet meine nackte Brust und ihre Lippen. „Weil du in mir gekommen bist? Keine Sorge, alle Frauen im Bordell verhüten."

„Nein … ob du schwanger bist! So schwanger, dass deine Brüste Milch geben?"

„Bin ich etwa fett?", erwidert sie bockig, richtet sich auf und betastet ihren Bauch. Ihre schmale Taille leugnet meine Vermutung, aber ich besitze auch keine Vorstellung, ab welchen Monat Frauen Milch geben.

„Du musst nicht im Moment schwanger sein …

stillst du ein Kind?"

„Nein!"

Ich weiche ihrem fragenden Blick aus, befasse mich mit meinen Traumerfahrungen. Der Milchgeschmack existiert, daran gibt's keinen Zweifel. Wenn ich keine Milch getrunken habe und die Hure keine Milch gibt, muss es sich um eine Einbildung handeln. Scheißegal, genug über den Geschmack nachgedacht; es steht etwas Wichtigeres an!

Frustriert lasse ich mich ins Bett zurückfallen, spüre die Verwirrung der Hure. Kurz spielt diese mit dem Gedanken, das Bett zu verlassen, bis sie den Kopf auf meiner Brust bettet und ebenso die Augen schließt. Während ich über das *Geträumte* nachdenke, beginne ich, den warmen Rücken der Prostituierten zu streicheln. Sie schnurrt wie eine Katze in der warmen Mittagssonne, das gleichbleibende Geräusch hilft mir beim Denken.

Genau wie in meinem Traum sticht mir wieder die Sonne in den Augen. Das hat alles prophetische Ausmaße angenommen, aber ich **muss** von der Hypothese *Traum* ausgehen. Ansonsten würde ich verrückt werden! (Trotzdem weiß ein Teil von mir, dass es unmöglich ein Traum sein kann!) Immerhin spüre ich den Nachhall des Schmerzes, erinnere mich an jedes Detail, schmecke – aus unerfindlichen Gründen – die Muttermilch auf den Lippen. *Verdammt, verdammt, verdammt!* In meinem Inneren toben die verschiedensten Gefühle, welche ich einfach nicht in Einklang bringen kann.

Die schmerzhaften, nostalgischen Erinnerungen an meinen Ziehvater, die Wiedersehensfreude mit Hana, die Nervosität vor dem Schusswechsel, die Schmerzen nach der Ermordung, die Demütigung beim Sterben und letztendlich die angenehme Wärme von Hana. All das soll in meinem Kopf stattgefunden haben? – unmöglich!

Anderseits hieße das, aus irgendeinem Grund wieder am Morgen des Tages herausgekommen zu sein, ohne eine halbwegs logische Erklärung zu besitzen. Niemand springt durch die Zeit! Wenn eine Kugel dir deine Eingeweide und Lunge durchbohrt, ist der Tod der Preis. Ich habe schon genug Menschen abgeknallt, um das zu wissen.

Vielleicht hatte ich einen überrealistischen Traum, dessen Nachwirkungen mich aus der Ruhe bringen? Irgendeine Scheiße muss passiert sein – so etwas wie Wahrsagerei? Besteht dafür eine Chance? *Verfickt nochmal … keine Ahnung, was ich davon halten soll! Das … das sollte alles nicht real sein! Ich sollte längst unter der Erde liegen!*

Ich kneife meine Augen zusammen und unterdrücke den Drang, frustriert aufzuschreien. Keine dieser Schlussfolgerungen bringt mich weiter, ich tappe auf der Stelle. Am sinnvollsten wäre es, den Tag zu leben, aber diesmal das Duell zu gewinnen und ein besseres Ende zu erzwingen! Der pragmatische Weg, für den ich als Revolvermann stehe.

„Hey, Haru …", sagt die Hure, reißt mich aus meinen Gedanken heraus, „… hältst du mich wirklich für dick?"

Ich öffne wieder meine Augen, unbewusst habe ich
ihr ständig über den Rücken gestreichelt. Mit ihren
Glubschaugen, denen ich an diesem Morgen sogar
eine gewisse Schönheit aberkennen kann, blickt sie zu
mir hoch. Eine tiefe Sorgenfalte trägt sie im Gesicht,
als Prostituierte ist ihr Körper ihr Kapital. Wenn sie
von Männern nicht begehrt wird, landet sie auf der
Straße. Meine Schwangerschaftsvermutung hat das
arme Mädel falsch interpretiert, denn ich halte ihren
Körper für makellos.

„Ich finde dich nicht fett, Süße. Ansonsten hätte ich
keinen Yen für dich bezahlt und dich nicht die ganze
Nacht gebumst", beschwichtige ich sie, ziehe sie zu
mir heran und küsse sie auf die Lippen. „Du bist das
hübscheste Mädel in ganz Kawakami."

Sichtbar zerstreue ich ihre Sorgen, blöderweise bleiben meine eigenen Probleme haften. Plötzlich kann
ich nicht anders, als sie auf meine Schießvorführung
anzusprechen, bei der ich eine Libelle um ihre Flügel
erleichtert habe. Ob sie an diese Prahlerei eine Erinnerung besitzt?

„Beim Schießen mit deinem Revolver? Nein, nie!
Willst du mir dein Können zeigen?"

Ich habe mit ihrer Verneinung gerechnet, denn
diese Schießvorführung fand in meinem Traum statt.
Hiermit war endgültig bewiesen, dass der gestrige
Tag für die Hure nicht stattgefunden hatte (*und* wahrscheinlich ein Traum ist.) *Es wäre zu schön gewesen,*
wenn ich wirklich einer Libelle die Flügel gestutzt hätte,

ohne deren Körper zu erwischen.

„Sorry, aber ich muss los. Vielleicht zeige ich es dir ein anderes Mal."

Ein Teil von mir hätte sich gerne das Selbstbewusstsein aus der angeberischen Schießvorführung geholt, aber der überwiegende Teil von mir will nicht wie im Traum handeln, um beim gleichen Ausgang zu landen. Deshalb steige ich aus dem Bett heraus, die Hure fragt kein weiteres Mal nach. Immerhin kennt sie mein wahres Können mit dem Revolver nicht, also hält sich ihre Neugier in Grenzen.

Ich schlüpfe in meine dunkle Hose hinein, die Hure beginnt ein lockeres Gespräch über mein Tattoo. Unruhig fasse ich mir an die Brust und den Bauch, dort wurde ich im Traum durchlöchert. *Nein, nein, nein … bloß nicht daran denken!* Ich lenke mich ab, in dem ich mir überlege, ob ich im Bordell oder auf dem Markt frühstücken soll. Es ist höchste Zeit für den Aufbruch!

„Denkst du, mir würde ein Tattoo stehen?", fragt die Hure, zeitgleich knöpfe ich mein Hemd zu.

Schon während des ganzen Gesprächs merke ich, wie sie nach einer Zigarette sucht. Ich erinnere mich, in meinem Traum hat … *scheiße, nein!* Bestimmt ist mir gestern aufgefallen, dass sie eine starke Raucherin ist. Kurzum, ich schmeiße ihr meine Packung zu. Falls ich in dem Duell sterbe, brauche ich keine Kippen …

„Tattoos bei Frauen sind sexy, also lasse dir eines stechen", empfehle ich, obwohl es mir scheißegal ist, was diese Frau mit ihrem Körper macht. „Am besten etwas mit deinen prallen Titten, daraus lässt sich was machen."

„Findest du?" Dankbar hebt die Hure die Zigarettenschachtel auf, die Decke ist ihr bis zur Hüfte heruntergerutscht und ihre Brüste sind entblößt. „Vielleicht berede ich das Thema mal mit der Puffmutter, bevor ich den Zuhälter um Erlaubnis frage?"

Geistesabwesend nicke ich, sie steckt sich eine Zigarette in den Mund. Als ich mein Hemd zuknöpfen möchte, halte ich inne. Vollkommen egal, wie sehr ich das Déjà-vu zu verdrängen versuche, die Wunden in meinem Traum kommen mir immer wieder in den Sinn. Ich erinnere mich an das Blut, die Schmerzen, mein schwindendes Bewusstsein. Eine Gänsehaut umspült meinen Körper, die Farbe weicht aus meinem Gesicht. Mein Tod fühlte sich dermaßen real an, dass es mich ängstigt!

„Also, ich gehe dann!", rufe ich ihr zu, eile schneller als notwendig heraus.

Nackt sitzt sie im Bett, eine Zigarette hängt zwischen ihren roten Lippen und sie rätselt sichtbar über die beste Stelle sowie ein geeignetes Motiv für ein Tattoo. Ein stilles Gebet liegt mir auf den Lippen, weil ich hoffe, diese Frau niemals wiederzusehen. Falls ich neben ihr aufwachen sollte … *warum halte ich das überhaupt für eine Option?*

Ich laufe die Treppe herunter, komme im Flur an. Eine Frau, der ich in meinem Traum nicht begegnet war, läuft mit ihrem morgendlichen Stecher in eines der Zimmer. Kurz blicke ich zum Garten, in dem der blühende Kirschblütenbaum steht und an dem meine Schießvorführung stattgefunden hatte. Ein Schaudern lässt alle meine Körperhärchen stehen, weil zwei Nutten dort rauchen. Es sind jene Mädchen, die mir gestern beim Schießen zusahen. Mir fällt kein Grund ein, warum die zwei in meinem Traum und der Realität das gleiche machen, obwohl ich ihnen niemals begegnet bin!

Außerhalb des Bordells angekommen, erschlägt mich das Bild vom realistischen Traum. Tratschende Mütter beim Einkaufen, frohgelaunte Kinder beim Fangenspielen, mürrische Bauern mit vollgepackten Wagen. Natürlich sieht jedes Dorf im Land so aus, doch ich glaube, alles folgt einem bekannten Muster. Alles gleicht einem Déjà-vu.

Ähnlich wie bei den rauchenden Nutten versuche ich, mir ein paar Details einzuprägen, falls ich nochmal über die Türschwelle treten muss. Obwohl mein Menschenverstand das für vergebene Mühe haltet, ermahnt mich die Skepsis zu dieser Sicherheitsvorkehrung. Ich sehe einen weinenden Jungen, der über seine eigenen Beine gestolpert ist; einen wütenden Bauern, der die Kinder anschreit, wenn sie über die Straße rennen und er die Pferde zügeln muss; eine junge Mutter, die versucht, bei einem Händler durchs Flirten den besten Preis zu bekommen. Gedanklich notiere ich mir diese drei Bilder. Ich bezweifle zwar, morgen wieder diese Straße zu betreten, doch bestätige damit den Tag. *Weinender Junge, wütender Bauer, flirtende Mutter … das muss ich mir merken!*

Im Anschluss mache ich mich auf den Weg zum Duell. Ich kaufe mir schmackhafte Früchte zum Frühstück, die Händler ähneln denen aus meinem Traum aufs Haar. Mir kommen hübsche Mädchen sowie verführerische Frauen entgegen. Manche schwinden aus meiner Erinnerung, doch eine Schönheit bleibt hängen. Dieses Mädchen – ungefähr sechzehn Jahre alt? – hat sich schonmal in meine Erinnerung gegraben. Verflucht nochmal … sicherlich alles Zufall!

Mit einem mulmigen Gefühl im Magen bleibe ich stehen, schaue die Straße entlang. Zwei Stände entfernt verkauft eine Frau mit perfekten Rundungen Wein, gestern habe ich zwei Gläser bei ihr getrunken. Ich kann nicht anders, als einen Schauer zu verspüren. Das wirkt real! Alles wirkt verdammt real, als wiederhole ich den Tag! Ich schüttle den Kopf und klatsche mir gegen die Wangen. Das schwarzhaarige Mädchen schaut mich skeptisch an, ich kümmere mich nicht um ihre Meinung. Möglicherweise verliere ich den Verstand?

Schnurstracks gehe ich am Weinstand vorbei, steuere direkt den Duellplatz an. In einer Nebengasse malen zwei Kinder mit einem Stück Kreide herum, ich fühle mich an ein fieses Déjà-vu erinnert und entscheide mich für einen Bogen. Ich nutze die nächste Querstraße, die vom Brunnen abzweigt. Bevor ich einbiege, stille ich meinen Durst beim angenehm kühlen Brunnenwasser und wasche mir das Gesicht. Der Schweiß verschwindet, aber meine Sorgen bleiben.

Wenigstens hat die ganze Nervosität den Vorteil, dass ich vom Kater nichts spüre. Ob das reicht, um **diesmal** – was ist das für eine Wortwahl? – das Duell zu gewinnen?

Keine zwei Minuten vergehen, bis ich am letzten Haus des Dorfes angekommen bin und zum Duellplatz hinüberschaue. In diesem verlassenen Haus muss der Bauer gelebt haben, dem das Grundstück gehört hat, bevor es zerfallen ist. Wie am gestrigen Tag sehe ich die Überreste eines Zauns, früher wurden hier Schafe und Ziegen gehalten. Die blühenden Bäume verbreiten eine friedliche Stimmung, alles eine große Lüge.

Zweihundert Meter trennen mich zu meinen früheren Kameraden. Die schmutzigen Männer kann ich deutlich sehen, unter ihnen sticht Hana wie eine Rose im Winterwald hervor. Wegen unserer schmerzhaften Trennung umgibt sie eine traurige Aura, wobei das ihre Schönheit keinesfalls trübt. Wie in Trance mustere ich sie für eine Weile. Dann reiße ich mich von ihrem Anblick los, mache mich auf den Weg. Möglichst lässig laufe ich den Pfad herab, will – wie ihr euch denkt – cool erscheinen. Je näher ich diesem wohlvertrauten Anblick komme, desto schwieriger fällt es mir. Jetzt kommt mir in den Sinn, dass Hanas Anwesenheit eine Überraschung ist, die ich wegen meines Traumes als Gewissheit ansehe. (Wie lange will ich an der Theorie mit dem Traum noch festhalten?)

„Hey, Haru", ruft mir einer der dreckigen Männer

zu, als ich den Duellplatz erreiche, „seit wann gehst du ungestylt aus dem Haus? Hast du Schwuchtel nicht immer auf deine Frisur wie ein Mädel geachtet?"

Erschrocken bleibe ich stehen, fasse mir an den Kopf. Mist, meine Haare stehen wirr ab. Weil ich verunsichert aufgewacht bin, habe ich das Styling völlig vergessen. Die Aussage des ungewaschenen Arsches stimmt. Ich kann mich nicht erinnern, schonmal mit ungestylten Haaren unter Leute gegangen zu sein. Trotz der angespannten Situation ist mir dieser Zustand echt peinlich.

Mit einem selbstsicheren Lächeln wische ich die Zweifel weg, vor Hana will ich brillieren. Egal, ob sie mir die Trennung nachträgt, vor ihr muss ich lässig wirken.

„Ich wünschte, wenigstens einer von euch Barbaren würde sich mal waschen! Da musst du dich nicht wundern, dass dich keine Frau anrührt", erwidere ich mit gerümpfter Nase. „Mit euch Jungfrauen habe ich richtig Mitleid."

Der Anführer schmunzelt, die Männer funkeln mich an, Hana hält sich kichernd eine Hand vor den Mund. Unter Yakuza gilt das Motto, dass man sich jederzeit Beleidigungen an den Kopf wirft. Das war eine der wenigen Dinge, die ich an meinem früheren Banditenleben genossen habe. (Eigentlich eine Sache, die Hana gehasst hat.)

Wie gestern beleidigt mich der Anführer und schmatzt auf seinem Kautabak herum, ich provoziere zurück. Viele der Umstehenden brüllen mir Beleidigungen zu, sie blöken wie Tiere. Aus unerfindlichen Gründen läuft es minimal anders als gestern ab, denn meine Ex verbirgt sich nicht hinter dem Anführer, sondern steht neben ihm. *Hat mein ungekämmtes Haar diesen Effekt ausgelöst? Bin ich ein paar Minuten früher erschienen, was dazu geführt hat, dass sie sich nicht verstecken konnte? Oder lässt es sich auf die ausgetauschten Beleidigungen mit dem schmutzigen Banditen zurückführen, worüber sie lachte?*

„Ich hätte gedacht, du reagierst überraschter auf Hana!", begrüßt mich der Anführer enttäuscht, als habe er sie nur zur Provokation mitgebracht.

Ich habe überraschter reagiert, denke ich mir. *Beim ersten Mal, wo ich Hana gesehen habe, wären mir beinahe die Beine eingeknickt.* Doch der Effekt schwindet, je öfters ich ihr begegne. Kein Wunder also, dass ich sie diesmal anschaue, ohne einen Herzinfarkt zu riskieren. (Ich nehme den beschissenen, prophetischen Traum viel zu ernst!) Am liebsten hätte ich mir vor Frust gegen den Schädel gehämmert, aber wage das vor den Leuten nicht.

„Wolltest du mich damit aus der Ruhe bringen?", kontere ich eisig. „Wusste gar nicht, dass du dich vor deinem ehemaligen Schüler fürchtest und zu solchen Methoden greifen musst! Bist und bleibst halt eine Pussy. Anscheinend bist du wirklich alt geworden und nichts ist von dem genialen Schützen übriggeblieben."

Wenn ich schon zum zweiten Mal das Todesduell

durchlebe – egal, ob Traum oder Realität –, kann ich wenigstens einen lässigen Auftritt hinlegen. Er will mich provozieren, doch ich schieße (mit Worten) gnadenlos zurück. Dabei wundert mich sein altes Aussehen auch dieses Mal, denn er hat bei meiner Flucht viel jünger ausgeschaut.

Eine Ader erscheint an seiner Schläfe, sein grauschwarzes Haar wischt er sich zornig aus dem Gesicht und spuckt einen Schwall schwarzbraunem Speichel auf dem Boden. Für einen Moment funkelt er mich an, als verachte er mein vorlautes Mundwerk, bis sich seine Lippen zu einem gemeinen Lächeln anheben. Einen düsteren Blick, bei dem Funken sprühen, hat er immer beherrscht. Blöderweise wird sein sowieso altes Gesicht beim Lächeln noch faltiger.

„Scharfzüngig wie gewohnt! Wenn ich dich aus der Ruhe bringen möchte, sollte ich wohl offenbaren, dass ich mittlerweile Hana ficke!"

Autsch!

Selbst beim zweiten Hören bin ich nicht darüber hinweg, ich kämpfe den Kotzreiz nieder. Schlagartig wird meine Atmung schneller, ich balle die Fäuste und meine Knöchel ragen wie weiße Berge hervor. Mein ganzer Körper verkrampft sich und das Bedürfnis, diesem Hurensohn mit einer Kugel das Grinsen aus dem Gesicht zu ballern, nimmt ein brennendes Verlangen an. Insbesondere *ihr* – ja, ich meine die einst unschuldige Hana – lüsternes Grinsen, als wolle sie mich absichtlich provozieren, schlägt Narben in meine Seele hinein. *Hana, wie verzweifelt musst du sein, um diesen alten Knacker heranzulassen? Ich ... ich erkenne dich kaum wieder.*

Natürlich bekommt der Anführer meine Verunsicherung mit, was ihn dazu bringt, finster zu lachen. Anschließend zieht er Hana heran, ich wappne mich auf den Kuss. Dieser findet aber nicht statt, weil der Anführer direkt auf das nächste Level hochschaltet und eine Hand in ihren Kimono steckt. Der Anstand von Banditen. Minimal verrutscht die Bindung ihres Kleidungsstückes, ihre gebräunte Haut von der früheren Feldarbeit erscheint. Ungeniert, als seien die übrigen Banditen nicht da, greift er meiner Ex an die Brüste und knetet diese. Ich hätte nie gedacht, was für einen Zorn diese Geste in mir entfachen würde. Voller Schmerz erkenne ich, wie gequält Hana guckt, als wäre die Beziehung mit dem Anführer niemals einvernehmlich gewesen.

„Hey, du verfluchtes Arschloch ... siehst du nicht, dass sie angepisst ist?!", knurre ich, falle in die Tonlage eines angriffslustigen Wolfes. Ich wünsche mir so sehr, ihm ein fettes, blutiges Arschloch exakt zwischen seinen Augen zu verpassen, damit er sein Erbsenhirn ausscheißen kann.

Ich greife bereits nach meiner Waffe, meine Stimme schallt über den Duellplatz. Da er jedoch weiß, dass ich vor dem Beginn des Duells nicht schieße, knetet er ungeniert weiter. Und als Hana merkt, wie mich diese Brustmassage anekelt, beginnt sie zu grinsen und schmiegt sich an ihn heran. Wie sehr muss mich diese Frau hassen? Anscheinend genug, damit sie sich dieser Behandlung aussetzt **und** sogar genussvoll zu schnurren beginnt.

Nach einer kurzen Stille beendet der Anführer die Massage ... oh nein, falsches Wort – diese offene Provokation. Als ich denke, jetzt beginnt das Duell, zieht er Hana nochmal heran und drückt ihr einen Schmatzer auf die Lippen. Ich befinde mich Sekunden vor der Explosion, bereit, auf diesen Zweikampf zu scheißen und ihm eine Handvoll zusätzlicher Arschlöcher zu verpassen. Als die aufsteigende Wut fast meinen Verstand benebelt, wandert meine Aufmerksamkeit auf seine Hand. Er wischt sie sich über die Hose, als hätte er eine Flüssigkeit abbekommen. Vielleicht Schweiß? Oder ... *wartet! Verfickt nochmal, wartet mal alles ab! Kann es sich um Muttermilch handeln? Ich meine* ... plötzlich erinnere ich mich an den Geschmack beim Aufwachen.

Sicher nicht! Hana hat kein Kind und sie ist nicht ... oder ist sie etwa? Eiskalt laufe ich wieder an ihnen vorbei, positioniere mich auf dem Duellplatz. Was für beschissene, unnötige Gedanken gehen mir durch den Kopf?

Erneut schallt das Grölen meiner ehemaligen Kameraden heran, deren Verhalten beim Erschießen des Bosses ein Rätsel ist. Ich kümmere mich nicht darum, denn erstmal müsste ich dieses unerreichbare Ziel packen und die Legende besiegen. Dann könnte ich mir überlegen, wie ich mit dem Rattenpack fertigwerde.

„Du bist echt ein besitzergreifender Hurensohn!", ruft der Anführer mir zu.

Gleichzeitig schickt er Hana weg, in dem er ihr einen Klaps auf den Hintern verpasst. Erneut funkelt sie ihn düster an; ich weiß, dass sie diese Behandlung nicht mag. Da sie sich jedoch rächen möchte, hält sie den Mund, reibt sich schweigend über das Gesäß und geht. Ihre Holzsandalen verursachen klappernde Geräusche auf dem sandigen Boden, der Staub tanzt in der Luft.

„Inwiefern?", gewähre ich ihm die Vorlage für seine geplante Beleidigung, aber ich bin neugierig. Ich will wissen, wie die Antwort auf diese grenzdebile Frage lautet, obwohl ich keinen Bock auf ein Gespräch mit ihm habe.

„Na, du bist zornig, wenn jemand anderes deine Ex fickt! Ist doch besitzergreifend, oder? Lass doch das Mädel ficken, wen es will, Junge. Und wer kann ihr den Spaß verübeln, wenn meiner länger als deiner ist?"

„Und du bist zornig, wenn einer deiner Untergebenen die Bande verlassen will! Ist doch besitzergreifend … oder?" Ich genieße, wie ihm das Lächeln von den Lippen fällt und bemühe mich um einen süffisanten Tonfall. „Lass mich doch hingehen, wo ich will, *Kumpel*."

Von meiner scharfzüngigen Antwort überrascht, hält er seinen Mund, während mehrere Kameraden in Gelächter ausbrechen. Auch Hana schaut zu mir herüber, weil sie es beachtlich findet, wie ich seine Provokationen zurückschieße. Sie weiß, dass ich einer Legende gegenüberstehe.

Wutentbrannt schreit er, jeder möge seine verdammte Fresse halten, während er von Hana den Countdown verlangt und ein weiteres Mal Tabak ausspuckt. Dieser Mann hat seine frühere Coolness vollständig verloren und ist zu einer jämmerlichen Existenz verkommen. Ich schäme mich, ihn als Idol betrachtet zu haben.

Auch die Komponente mit dem Countdown bleibt gleich. Es scheint, als würden wir mit der melodischen Stimme meiner Ex-Freundin den Zweikampf einleiten. Gespannt schaue ich meinen früheren Ziehvater an, eiskalt funkelt dieser zurück. Sichtbar sprühen die Funken zwischen uns. Früher hatte er mich nie mit diesem Blick angeschaut, sondern immer ein Lächeln im Gesicht getragen, wenn wir miteinander gesprochen hatten. Früher war er freundlich, hilfsbereit und nett gewesen. Die Mischung aus seinem Charakter und Können hatte ihn zu meinem Vorbild gemacht, dann begann sein Fall. Als die Beziehung mit Hana in die Brüche ging, wandelte sich aus unerfindlichen Gründen sein Verhalten. Gerne hätte ich ihn vor unserem düsteren Ende nach den Gründen gefragt, die Worte kommen nicht über meine Lippen. Sein aktuelles Verhalten lässt mich zornig die Zähne zusammenbeißen. Dieser Mann ist weder mein Freund noch mein Vater!

„Zehn, neun, acht, sieben, sechs, fünf, vier …" Ihre Stimme hallt über den Platz.

Letztes Mal hatten wir die Regeln für unseren Kampf durchgesprochen, wobei dieser Fakt durch die

64

Beleidigungen in den Hintergrund gerückt ist. Mir ist das egal, denn an den Bedingungen ändert sich nichts.

„Drei, zwei, eins – NULL!", beendet sie den Countdown mit einem lauten Schrei.

Diesmal verzichte ich auf das Ziehen des Revolvers, denn ich weiß, dass ich langsamer bin. Bei der ersten Kugel bewege ich mich keinen Zentimeter, sondern erinnere mich, dass er sie aus Gnade vorbeischießt. Da er mit zwei Waffen antritt, kommt das nächste Geschoss eine Sekunde später und ich lasse mich auf den Boden fallen. Ich spanne meine Bauchmuskeln an, dämpfe mit den Händen den Sturz und spüre die Kugel wenige Zentimeter über meinen Kopf vorbeifliegen. Da hinter uns niemand steht, werden ein Fels und ein Baum erwischt. Schon jetzt läuft es besser als beim letzten Mal.

Hana atmet erstaunt ein, die Banditen grölen, der Anführer schnalzt genervt mit der Zunge. Alle bewundern mein Vorgehen, wobei das bloß geschieht, weil ich diesen Kampf schonmal – mir egal, wie verrückt das klingt! – gefochten habe. Leider befinde ich mich ab jetzt auf fremdem Terrain und ich kämpfe weiterhin gegen den genialsten Revolverschützen des Landes!

Ich nutze den einzigen Vorteil, der mir bleibt. Geschickter, wie ich es mir selbst zugetraut hätte, zücke ich meine Waffe und erwidere das Feuer. Er kämpft mit zwölf, ich mit sechs Kugeln – ein prinzipieller Nachteil! Besonders, wenn ich vor Nervosität wie eine betrunkene Oma schieße und die Kugel an seinem Kopf vorbeijage. Ich kann nicht glauben, schonmal die Flügel einer Libelle gestützt zu haben. (Habe ich das überhaupt?)

Ein kleiner Teil von mir freut sich, als sein erschrockener Gesichtsausdruck meinen Mut preist. Dann hebt er seine zwei Revolver, drückt ab. Ich weiche mit einem Purzelbaum, dessen schlechte Ausführung die Zuschauer zum höhnischen Grölen verleitet, nach vorne aus. Die Kugeln des Anführers schlagen rechts von mir ein, weil er gedacht hat, ich weiche mit einer Seitenrolle aus. Dieser Vorteil zaubert mir ein Lächeln auf die Lippen.

Ein guter Schütze sieht die Schüsse des Gegenübers voraus. Ein noch besserer Schütze sieht die Voraussicht seines Gegners voraus. Ich grinse, weil ich meinen Ziehvater und Lehrmeister überrascht habe. Anschließend komme ich wieder auf die Beine!

Es wird Zeit, für Unruhe zu sorgen. Schnell sprinte ich auf die Zuschauer zu, weiß, dass der Anführer die eigenen Männer treffen könnte. Während diese erschrocken in Deckung gehen, flüchten manche auf die andere Seite des Kampfplatzes und sorgen für Chaos. Je geordneter das Duell abläuft, desto besser sind seine Karten. Langsam besitze ich ein annehmbares Deck.

„Kleiner Mistkäfer!", brüllt der Anführer. „Denkst du, mit diesen schmutzigen Tricks gewinnst du? Du besitzt keine Ehre! Du Schandfleck unserer Yakuza-Organisation!"

„Bist du's nicht gewesen, der mir diese schmutzigen Tricks beigebracht hat?"

Schlitternd bleibe ich stehen, die sechs Männer sind auf die Gegenseite geflüchtet. Das bedeutet, ich stehe alleine da, doch mein spontan gefasster Plan wächst. Mein Blick wechselt schnell zwischen den Männern umher, mein Herz pocht wie nach einem Marathon. Mittlerweile ist der letzte Rest vom gestrigen Kater verschwunden und mein Blut rauscht durch die Adern.

Damit hast du nicht gerechnet, oder?, kommt mir ein verächtlicher Gedanke.

Gnadenlos, als scheiße ich auf meine früheren Kameraden, schieße ich einem in den Kopf. Mein Mitleid hält sich in Grenzen, denn ich erinnere mich an die Pisse in meinem Gesicht, meinem Mund und meiner Nase. Jener, der am Anführer vorbeirennt und den größten Effekt hat, um meine Chancen zu erhöhen, habe ich für die zweifelhafte Ehre des Kopfschusses ausgewählt. Wie eine reife Melone platzt sein Haupt, Gehirnmasse und Blut spritzen fontänenartig in die Höhe. Der Mann sackt wie eine leblose Puppe zusammen und spritzt den Anführer voll, sodass dieser geblendet wird. Das Blut verklebt seine Augen, sein Gesicht sieht schlimmer wie das eines unsauberen Metzgers aus.

Ich nutze meine Chance und drücke zweimal ab, damit er keinesfalls ausweichen kann. Seine guten Reflexe werden für einen Ausfallschritt sorgen, also schieße ich bewusst links und rechts an ihm vorbei.

Ständige Voraussicht war zu meinem Mantra geworden.

Der Anführer bleibt wagemutig stehen. *Scheiße bist du gut!* Diesen Trick habe ich von ihm gelernt, also ist es kein Zufall, dass er ihn durchschaut. Sofort schieße ich eine weitere Kugel ab, diesmal in die Mitte. Als lese er meine Gedanken, weicht er nach rechts aus und lässt auch diese ins Leere gehen. Nein, sie knallt in die Zuschauer hinein und durchbohrt einem der Männer den Bauch. Ich habe zwei dieser Arschlöcher erschossen, aber den wahren Gegner nur zum Lachen gebracht! Sein überlegenes Gehabe ist unerträglich für mich!

„Dieser Hurensohn erschießt seine früheren Kameraden!"

„Boss, knall die Schwuchtel ab!"

„Schieße ihm den Schwanz weg, damit er 'ne Fotze bekommt!"

„Lass ihn leiden!"

Eine Flut an Beleidigungen rauscht heran, immerhin habe ich zwei Zuschauer abgeknallt. Zwar ein gutes Gefühl, aber es gleicht einem wahrhaftigen Wunder, dass die Männer nicht ihre eigenen Waffen zücken, um mich zu killen. Das liegt nur daran, dass sie ein blindes Vertrauen zum Anführer verspüren, dessen Schießfertigkeiten einer Legende gleichkommen.

Ich festige den Griff um meinen Revolver, bis ich erschrocken feststelle, dass ich Vollidiot meine Kugeln verballert habe. Ich verharre! Eine Kugel befindet sich noch im Lauf, der Anführer verfügt über acht.

68

Verfickt, meine Chancen stehen katastrophal!

Wie soll ich handeln?

Schießen?

Rennen?

Mein Kopf beschleunigt sich, ohne eine hilfreiche Antwort zu liefern. Für den Bruchteil einer Sekunde wandert mein Blick zu Hana hinüber, deren Augen erschrocken aufgerissen sind. Es entzieht sich ihrer Vorstellung, wie geschickt ich kämpfe und trotzdem mit dem Rücken zur Wand dastehe. *Ob es für uns eine gemeinsame Zukunft gibt, wenn ich diesen Zweikampf gewinne?*

Er hebt einen seiner Revolver, zieht den Hahn zurück, schießt mir vor die Füße. Anstatt intelligent zu reagieren, erstarre ich wie eine Statue. Mein Herzschlag beschleunigt sich, ich sehe keinen Ausweg und die Todesangst klopft mir kumpelhaft auf die Schulter. Als direktes Resultat bricht mir der Schweiß am ganzen Körper aus.

Sein zweiter Schuss geht haarscharf an meinen ungekämmten Haaren vorbei, ein paar Strähnen fliegen durch die Luft. Er spielt mit mir wie eine Katze mit ihrer Beute. Grausam! Wenn er wieder seinen beschissenen Spruch mit Respekt wegen unserer gemeinsamen Vergangenheit bringt, schwöre ich, dass ich ausflippe.

Als mein Gehirn fast heiß läuft, um einen Ausweg zu finden, schießt er mir den Revolver aus der Hand, als sei es ein Kinderspiel. Er besiegelt mein Schicksal. Die Waffe schlittert über den sandigen Boden hinweg, mein Kampfgeist rutscht in den Keller herab und meine Beine schlottern wie bei einem Feigling. Letztes Mal hatten sie mich mit verfaultem Gemüse beworfen und ins Gesicht gepinkelt. Wie würden sie diesmal reagieren, nachdem ich zwei Männer erschossen habe? Meine Angst klettert in ungeahnte Höhen hinauf! Und blöderweise fällt mir genau jetzt die Pusteblume auf, als schmeiße mir dieser Kampfplatz die schlechten Omen hinterher. *Ich habe schon wieder das Duell verkackt!*

„Wie waren eure Vorschläge?", fragt er, gestikuliert lässig mit seinen Revolvern. „Ach, eigentlich hat es nur eine gute Idee gegeben. Für sein feiges Zittern verpasse ich ihm eine Fotze! Eine Fotze passt besser zu einem Feigling ... oder, Leute? Machen wir aus unserem Haru ein Weib!"

Bevor ich den Inhalt der Worte verstehe, hat er gehandelt. Die Kugel bohrt sich in meinen Unterleib hinein, ich stöhne und wieherndes Gelächter brandet auf. Am Anfang fühlt sich mein Gehirn gehemmt an, nichts geht hinein oder hinaus und meine Nerven arbeiten langsamer wie ein Bürokrat. Aus einer entfernten Perspektive kriege ich mit, wie ich auf die Knie sinke und die Hände zwischen meinen Beinen falte.

Dann kommt der Schmerz!

Wuchtvoll!

Wie eine Welle im wilden Sturm rauscht das Gefühl des Leidens heran, überschwemmt mich, treibt mir die Tränen in die Augen. Beim letzten Mal habe ich nicht geweint, diesmal weine ich. Das Blut rinnt zwischen meinen Fingern hindurch, und ich spüre, dass mein bestes Stück fehlt. Sogar eines meiner Eier fehlt, während das andere als aufgerissener und fleischiger Beutel herabhängt.

Scheiße – es tut weh! Unendlich weh! Ich wünsche mir, dass meine Nerven versagen oder mir jemand einen Kopfschuss verpasst. Ich winde mich wie ein Wurm auf dem Boden, schmeiße mich von einer Seite auf die andere und blute den Boden voll. Zusätzlich ekle ich mich vor meinen Händen, in denen ich die blutige, fleischige Masse fühle. Dieses Arschloch, das ich einst wie einen Vater geliebt habe, hat mir gnadenlos zwischen die Beine geschossen. Ich spüre, dass mir die Kugel zwischen den Lenden – vielleicht in der Blase? – steckt! Nicht nur Blut, sondern auch Pisse fließt aus meiner Wunde heraus.

Jeder klare Gedanke setzt aus, überall nur noch ein Meer aus Schmerzen. Ich kann die Umgebung kaum noch wahrnehmen, meine Sinne spielen verrückt und mein Gehirn arbeitet auf halber Leistung. Ich verblute wie ein abgestochenes Schwein, während die spöttischen Beleidigungen der Banditen herandringen, deren Bedeutung ich bloß an der Lautstärke des Pferdegelächters ausmachen kann.

Ich schäme mich, wie ich vor Hana sterbe! *Gibt es einen ehrloseren Tod?* Ja, den gibt es, denn die Banditen lassen meine Albträume wahrwerden, als sie mich verhöhnen. Ein grausamer Bandit, ein Mitglied der Yakuza, kennt keine Gnade. Sie spucken auf mich, pissen auf mich, schmeißen zum zweiten Mal

Gemüse auf mich. Ein Arschloch reibt mir Pferde-scheiße in die Augen. (Zumindest hoffe ich, dass es von einem Pferd stammt.) Außerdem treten sie mich und genießen es aus vollen Zügen, den kastrierten, schwanzlosen Mann leiden zu lassen.

Mich kümmert das alles nicht, denn ich durchleide hundertmal schlimmere Schmerzen als diese kindi-schen Tritte. Ich will vor Leid schreien, bis mir die Stimmbänder reißen, aber mein Mund öffnet sich nicht, weil die Schmerzen mir den Verstand rauben. Wahrscheinlich kann ich weder Sätze noch Worte for-men, sondern nur wie ein Tier stöhnen, grunzen und blöken.

Mit dem Gesicht liege ich im Dreck, die Hände habe ich über mein fehlendes Gemächt gefaltet und eine blutige Lache bildet sich um meinen Arsch. Zitternd, wimmernd, erbärmlich, gefallen, schwanzlos, be-spuckt, getreten, vollgekackt, vollgepisst, verhöhnt und halbtot. Je schrecklicher das Adjektiv, desto bes-ser beschreibt es meinen Zustand.

Als ich kurz denke, meine Qualen würden abklin-gen, tritt mir ein mutterfickender Hurensohn zwi-schen die Beine und die Schmerzen explodieren wie Dynamit. Deren johlendes Gelächter vermischt sich mit meinem Schrei, der trotz des andauernden Leides über meine Lippen tritt und animalisch klingt. Mein vernebeltes Gehirn hört, wie sich manche Banditen beraten, ob sie mir ein Messer zwischen die Beine schieben sollen, um mich zu ficken. Sie nennen mich eine Schlampe, die von dem Messer entjungfert werden soll.

Sie entscheiden sich zum Glück dagegen. Mir fehlt jedoch die Kraft, mich zu freuen, weshalb ich kläglich liegenbleibe und auf den Tod warte. Es wäre nicht das erste Mal, nachdem ich bereits in einer andere Zeitlinie von zwei Schüssen durchlöchert wurde. Mittlerweile bin ich überzeugt, dass es sich um keinen Traum gehandelt hat.

Zum Verbluten lassen sie mich liegen. Die Stimmen verklingen, bis eine bedrückende Stille herrscht und mein Leben langsam vergeht. Sie lassen mich wieder zum Verrecken zurück, als wäre ich ein blöder Köter, der eine Kugel abbekommen hat und nun in einer Seitengasse verendet. Keiner dieser Drecksäcke verspürt auch nur einen Hauch Verbundenheit zu seinem ehemaligen Kameraden.

Wie ein Engel gleitet sie heran, bei jedem ihrer Schritte verschwimmt mein Blickfeld. Sie wirkt fern wie ein Geist und nah wie die eigene Mutter. Dabei gräbt sich der Blumenkimono in meine Erinnerung hinein, ein einzigartiger Anblick. Die Sonne spiegelt sich in ihren himmelblauen Augen, lässt diese wie Saphire glänzen.

Sie zieht ihre Holzsandalen aus, um sich besser hinknien zu können. Elegant sinkt sie herab, bis sie mich auf den Rücken dreht und meinen Kopf auf ihren Schoß bettet. Trotz der schrecklichen Schmerzen und meinem nahenden Tod entspanne ich mich. Spürbar springt die Wärme von ihr auf mich über und dringt

– wie soll es bei ihr anders sein? – bis in mein Herz
vor. Ihr Schoß überbietet jedes Kissen! Auch meinen
zweiten Tod verbringe ich in ihrer Nähe.

Ihre zarten Finger wischen die bitteren Tränen beiseite. Ihr blumiger Duft besänftigt die lodernden
Schmerzen in meinen Lenden und ich konzentriere
meine gesamte Aufmerksamkeit auf sie. Einfach nur
sie anzuschauen, ist schöner alles andere auf der
Welt. Als sie ihren Kopf senkt, erkenne ich ihre himmelblauen Augen und die kleine Stupsnase. Dieses
Mädchen ist schöner als ein Engel! Es fühlt sich an, als
wäre die Sonne an meinem persönlichen Firmament
aufgegangen.

Ich beruhige mich, aber die starken Schmerzen pochen im Hintergrund und hemmen mich beim Denken. Mir fehlt die Kraft zum Sprechen, weswegen ich
zum Schweigen verdammt bin. Nein, ich fasse mir ein
Herz und will es versuchen, als sie mir einen Finger
auf den Mund legt und mir durchs verschwitzte Haar
streicht. Auch ihre Fingernägel sind so grün wie ein
blühender Wald im Frühjahr lackiert.

Ihr Verhalten erinnert mich an früher, als wir einander geliebt hatten, wobei dieses Mal die Positionen
getauscht sind. Damals war sie auf meinen Schoß ge-
legen, hatte verträumt zum Himmel geschaut und ich
hatte sie wie eine Prinzessin gestreichelt. Wir hatten
nur über Banalitäten gesprochen, aber es hatte uns genügt. Obwohl bei diesen Treffen keine wichtigen Entscheidungen gefällt wurden, gehören sie zu den
schönsten Erinnerungen meines Lebens. Die Zeit mit

Hana vergesse ich nie, sondern trage sie für immer im Herzen!

„Haru", murmelt sie, „ich habe dich geliebt! So sehr, dass es wehgetan hat! So sehr, dass unser gemeinsamer Sommer der Schönste meines Lebens gewesen ist und ich nach der bitteren Trennung unendlich viele Nächte geweint habe. Ich habe so viel und so lang geweint, dass ich ganze Flüsse hätte füllen können. Ich wusste immer, dass du ein Herzensbrecher bist, aber hätte niemals gedacht, dass du mein Herz brichst. Du mieser … charmanter … unberechenbarer Frauenheld!

Ich erinnere mich noch gut an den Tag, als du in mein Dorf gekommen bist. Papa hat gesagt, ich solle im Haus bleiben, damit die Banditen nicht auf mich aufmerksam werden und mich stehlen. Ich habe ihn ignoriert, mich herausgeschlichen und dich kennengelernt. Du warst die erste Liebe und der größte Fehler meines Lebens! Unsere romantische Liebesgeschichte ist so schön gewesen … und so tragisch geworden. Mittlerweile gleicht sie den melancholischen Geschichten aus früherer Zeit.

Unsere ersten Dates waren wie ein Traum. Du warst freundlich und nett, wortgewandt wie ein Charmeur zu einem unerfahrenen Mädchen vom Land. Du hast mit deiner Silberzunge Honig in mein Ohr geträufelt und Bilder gemalt, von denen ich zuvor nicht einmal träumte. Du hast mein Herz erobert, wie es nur in Geschichten funktioniert …

Und ich hätte niemals erwartet, auf einem kleinen

Hügel meine Unschuld im Mondlicht zu verlieren. Du hast mich entweiht, Haru, sodass ich niemals einen anderen heiraten kann … und hattest nie den Schneid, mich zu heiraten! Ich schätze, es hätte niemals eine Frau gegeben, die dich bändigen könnte, und doch hatte ich mir gewünscht, dich zu bändigen. Hättest du dich nicht zügeln können, nachdem du dich in mich verliebt hast? Oder … oder hast du nur gelogen, um mich zu verleiten, ohne jemals Gefühle für mich zu entwickeln?

Die ersten gemeinsamen Monate waren so wunderschön, dass mir die Worte fehlen, um sie zu beschreiben. Sogar dann, als wir meiner Heimat den Rücken zugewandt hatten und ich für dich zur Banditin wurde, glich unsere Liebe noch immer der naiven Vorstellung eines weltfremden Mädchens. Deinetwegen verließ ich meine Eltern und bürdete ihnen die Scham einer aufrührerischen Tochter auf. Bestimmt schämten sie sich meinetwegen im Dorf, aber für dich war mir alles egal. Für dich hätte ich die Sterne vom Firmament gepflückt; selbst, wenn ich dafür den höchsten Berg besteigen und die Leiter zum Himmelszelt erklimmen müsste. Für mich warst du nicht nur die Sonne … nicht nur der Mond … nicht nur die Sterne; nein, du warst für mich das Ein und Alles auf der Welt!

Aber warum musstest du mein Herz zerquetschen, meine Liebe bespucken und auf unsere gemeinsamen Erinnerungen treten? Warum hast du mich so oft betrogen?! Und warum … warum musste ich das herausfinden und konnte nicht unwissend bleiben?! Oh Haru, du Frauenheld! Mistkerl! Elendiger Casanova! Du nimmst dir jedes Mädchen auf der Welt, ohne an dessen Gefühle zu denken! Dir ist sogar egal, ob sie dich will oder nicht … dir ist egal, ob du ein Mädchen zuhause hast, das dich liebt! Dir ist alles egal! Du Ekel denkst nur mit deinem Schwanz! Du triebgesteuerter Affe!

Meine Liebe hat sich in Hass gewandelt – du hast mich in ein verbittertes Mädchen verwandelt! Trotz meiner Jugend bin ich im Herzen schon eine alte, nun männerhassende Frau. Ich frage mich, ob ich mit meinem vereisten Herzen jemals wieder einen Mann lieben kann? … oder ob es überhaupt einen Mann außer dir gibt, der einen Platz in meinem Herzen erringen kann. Du warst für mich einzigartig … und ich … ich … ich schien für dich beliebig und austauschbar zu sein. Du warst für mich eine Blume auf einem rauen Berg voller Granit; ich dagegen für dich nur irgendeine Blume auf einer blühenden Wiese. Wir haben uns nie gleichwertig betrachtet!

Deinetwegen habe ich viele Nächte geweint, deinetwegen habe ich mich an eine unlautere Person gewandt, deinetwegen habe ich unfreiwilligen Trost beim Anführer gesucht, deinetwegen habe ich tagsüber und sogar in meinen Träumen Depressionen verspürt. Deinetwegen habe ich mich von meinen Eltern abgewandt und bin zur Banditin geworden! Deinetwegen habe ich von einer schönen Zukunft geträumt, die nur in meinem Kopf existiert hatte!

Deinetwegen … deinetwegen … nur wegen dir ging alles in die Brüche!

Haru, ich hasse dich von ganzem Herzen! Ich wünsche dir den Tod! Ich bin unendlich froh, den Tag deines Todes erwirkt zu haben! Jetzt muss ich nur noch mein Wort halten, damit ich mit deinem Leben abschließen kann, du Frauenheld! Charmeur! Frauenverführender Bastard! Du Arschloch! Schwein! Du … du ehemalige Liebe meines Lebens!"

Schweigend höre ich ihr zu. Die ganze Zeit hält sie mir den Finger auf die Lippen, als könne sie es nicht ertragen, meine Stimme zu hören. Dabei will ich nicht sprechen, weil ich nach ihrer Ansprache außer einer kläglichen Entschuldigung nichts vorbringen kann. Sie bricht mir mit jedem Wort das Herz und hat mit jeder Silbe recht.

Ich bin ein frauenjagender Mann, dessen ganzer Lebensinhalt dem anderen Geschlecht gilt. Nur habe ich nie gewusst, wie sehr ich Hana damit verletze. Ich wünsche mir, ich wäre für Hana dagewesen und hätte mich mit ihr begnügt, ohne ständig anderen Mädchen die Röcke zu lüften. Scheiße, sie war und bleibt eine Frau, deren Schönheit einem normalen Mann genügen müsste!

Als ich spüre, wie es mit meinem Leben zu Ende geht, will ich mich entschuldigen. Bevor ich sprechen kann, öffnet sie ihren Kimono. *Was ist jetzt los?* Perplex starre ich sie an.

Ihre nackten Brüste sind geformt wie fallende Wassertropfen, sie passen perfekt in meine Hand hinein.

Weich und elastisch, bildschön! Kein anderes Mädchen hat solche Brüste, sie sind ein Unikat. Als handle es sich um die Kirsche auf der Torte, erstrahlen ihre Nippel in einem zarten Rosa. Aber warum zum Teufel zeigt sie mir nach ihrer traurigen Rede am Sterbebett ihre Brüste?

Mit der linken Hand hebt sie meinen Kopf an, mit der rechten öffnet sie meinen Mund. Bis ich erkenne, was sie vorhat, hat sie mir die Brust hineingedrückt. Sie flößt mir ihre Muttermilch ein. Erklärt das den rätselhaften Geschmack beim Aufwachen? Mein gelähmtes, sterbendes Gehirn fällt kein plausibler Grund für ihr Verhalten ein.

Tatsächlich stützt sie meinen Kopf auf ihrem gewölbten Bauch ab. Verdammt, sie ist schwanger! Sogar hochschwanger! Obwohl es keine logische Erklärung für ihr Verhalten gibt, erfahre ich dadurch vom Kind. Dieses Kind kann nur von einer Person stammen … mir!

Der Milchgeschmack füllt meinen Mund aus, zögerlich schlucke ich. Die Milch ist warm, weil sie direkt aus ihrem Körper kommt. Ich will sie fragen, warum diese seltsame Aktion stattfindet, aber mein Bewusstsein schwindet. Hat sie eine Erklärung geliefert, bevor sie derart irrational gehandelt hat? Ich … ich kann mich nicht erinnern!

Das Loch zwischen meinen Beinen, dem meine Männlichkeit zum Opfer fiel, hat ununterbrochen Blut gefordert und mich immer näher ans Delirium herangeführt. Ich spüre, wie mein Leben davongleitet und eine befriedigende Antwort werde ich nicht erhalten. Mittlerweile stiehlt sich die Frage, ob ich einen dritten Versuch bei dem Duell bekomme, in den Vordergrund, aber ich widme ihm wenig Aufmerksamkeit. Dafür schwimmt mein Bewusstsein zu schnell davon.

Dann wird alles pechschwarz, die Umgebung verwischt und Hanas Nähe vergeht. Ich falle in ein tiefes Loch hinein, bei dem ich weiß, dass es sich um meinen Tod handelt. Als hätte ich eine Vorahnung auf die nächste Zeitschleife, bleibt meine Angst vor dem Tod bescheiden klein.

Als ob das Schicksal mich verarschen möchte, wache ich neben der Hure auf …

Kapitel 3:

Wiederholung auf Wiederholung

Ich liege im Bett, beobachte mit geweiteten Augen das einfach eingerichtete Zimmer. Die Sonne blendet mich, der Kater plagt mich, die Hure schläft neben mir. Alles wie immer. Mein Herz pocht wild, der Schmerz zwischen meinen Beinen hallt nach, der Geschmack der Milch bleibt bestehen. Ich lecke mir über die Lippen, gleichzeitig wandern meine Hände zwischen meine Beine und ertasten meinen kleinen Freund.

Warum presst mir Hana ihre Brüste ins Gesicht?

Die harte Erkenntnis, dass es sich um keinen Traum handelt, erschüttert mein Weltbild. Ich hätte niemals gedacht, jemand könne durch die Zeit reisen, um ein bestimmtes Geschehen zu wiederholen. Jedoch bin ich der lebende Beweis, dass so etwas möglich ist! Ob jemals ein Mensch wie ich gelebt hat? Oder bin ich der erste Zeitreisende? *Was ist hier los? Verdammt nochmal!*

Wartet mal!

Wartet alle mal ab!

Wer ist der Vater?

Zwischen meiner grausamen Ermordung, Hanas herzergreifender Rede und der mysteriösen Zeitreise existiert ein weiterer Fakt: Ihre Schwangerschaft!

Nachdem sie mir aus unerfindlichen Gründen Muttermilch eingeflößt hat, hat sie mir ihren gewölbten Bauch offenbart. Meine Ex trägt eindeutig ein Kind unter dem Herzen.

Vor ungefähr sechs Monaten bin ich aus dem Lager davongeritten, habe mich versteckt gehalten und wurde vor einer Woche aufgespürt. Ohne mich mit Schwangerschaften auszukennen, weiß ich, dass neun Monate bis zur Geburt vergehen. Potenziell könnte ich der Vater sein ... oder der Anführer hat sie geschwängert?

Nein, nicht er!, denke ich sofort, dann folgt die Frage: *Bin ich Vater? Bin ich kein Vater?*

Verfickte Scheiße, darüber darf ich mir jetzt keine Gedanken machen. Wenn ich den Anführer besiegt, diesem paranormalen Zeitreisephänomen entronnen bin und mein Banditenleben hinter mir gelassen habe, kann ich mich mit Hana, die mich über alles hasst, aussprechen und das gemeinsame Kind thematisieren. *Habe ich sie wirklich geschwängert?* Bei dieser Frage schlage ich die Hände vor meinem Gesicht zusammen, atme seufzend aus. Bei der Häufigkeit, wie wir Sex gehabt hatten und ich in ihr gekommen war, hätte ich mit einem Kind rechnen müssen. *Ist es nicht die Aufgabe der Frau, zu verhüten? So machen es die Geishas in den Bordellen auch! Hana, du hättest dir mehr Mühe geben sollen! Ist dieses Kind jetzt ein Grund, dieses Duell zu gewinnen oder soll ich weglaufen? Frauen gibt's immerhin überall!*

Instinktiv lege ich einen Arm um die Schultern der

Prostituierten. Im Schlaf seufzt sie, ich ziehe sie näher heran. Viel Spaß mit hübschen Frauen, keine Konsequenzen – so lautet mein Lebensmotto! Dünne Speichelfäden laufen aus ihrem Mund herab und bleiben an meiner Brust kleben. Natürlich ist die Hure schön, aber mein Herz schlägt für ein anderes Mädchen – für Hana! Ich habe schon immer nur eine einzige Frau von Herzen begehrt.

Gedanklich notiere ich mir ein paar Dinge. Ich möchte in dieser Zeitschleife ihren Babybauch als Beweis sehen, ob sie zu einhundert Prozent schwanger ist. Wie ich mich verhalten soll, wenn sie tatsächlich **mein** Kind austrägt, weiß ich nicht. Ihr ein guter Ehemann sein oder sie sitzenlassen? (Über die Frage, ob sie mich nach allem, was geschehen ist, überhaupt zurückwill, mache ich mir erst Gedanken, wenn es so weit ist.)

Zweifelhaft denke ich über ihre Ansprache nach. Vor meinem Tod hat sie mich einen ekelhaften Frauenhelden genannt, dessen Verhalten sie in Depressionen und blindem Hass gestürzt hat. Tapfer hat sie gegen die Tränen angekämpft, während sie mir ins Gesicht schleuderte, dass sie sich meinen Tod wünsche. Diese Narben bleiben in meiner Seele bestehen, sogar in dieser Zeitschleife hängen sie nach. Ich hätte nie erwartet, sie mit meinen Frauengeschichten so stark zu verletzen!

Vielleicht bin ich ein egoistisches Arschloch gewesen, jedoch schwöre ich an diesem Morgen, sie niemals wieder zu verletzen. Von keinem Menschen außer Hana sind mir die Gefühle wichtig, ich will sie niemals wieder weinen sehen. Ihre Tränen bohren sich wie Messer in mein Herz hinein, während ihr Lächeln wie ein Sonnenaufgang nach einer düsteren Nacht ist. *Als du gesagt hast, ich würde dich nur als eine Blume unter vielen betrachten, war das falsch. Wir betrachten einander nicht gegensätzlich, auch für mich bist du einzigartig. Du hast schon immer unter allen anderen Frauen wie die Sonne unter all den anderen Sternen hervorgestochen!*

Aber jetzt genug meinen Kopf zerbrochen, dieses Problem steht später an. Über Hana und ihren Hass kann ich mir Gedanken nach dem Sieg im Todesduell machen, jetzt gilt die skurrile Zeitreise!

Ich streichle der Hure über den nackten Oberarm, wissend, dass dieser Morgen für sie einmalig ist, während ich ihn zum dritten Mal durchlebe. Sie kann sich weder an das Schießtraining am ersten, noch unser Gespräch über ihr Tattoo am zweiten Morgen erinnern. Ich bin der Einzige, dessen Erinnerungen bestehen bleiben, denn kein anderer durchlebt diese Zeitschleifen! Jede weitere Wiederholung gehört mir allein.

Dabei bleibt eine Gewissheit bestehen: Ich muss die Zeitschleifen gewinnbringend einsetzen! Keine Ahnung, warum ich immer wieder am immergleichen Morgen aufwache oder wer die Verantwortung dafür trägt, aber es ist eine einmalige Chance, die überlegene Legende zu schlagen. Egal, wie übermächtig der Anführer ist, in irgendeiner Wiederholung werde ich ihn besiegen.

Die Komponente, ob ich mithilfe eines Sieges die Zeitschleife verlassen kann, bleibt unbeantwortet bis zu meinem ersten Triumph. Falls nicht, müsste ich bis in alle Ewigkeit dieses Duell wiederholen, bei dem mir letztes Mal meine Männlichkeit auf brutale Weise weggeschossen wurde. (Für dieses schreckliche Szenario würde ich mir wie bei Hanas Schwangerschaftsthematik eine Lösung überlegen, wenn ich so weit vorgedrungen bin. Bis dahin wäre meine einzige Aufgabe, dieses Duell zu gewinnen.)

Das heißt natürlich keinesfalls, dass ich nochmals verlieren möchte. Ich will niemals wieder so ein himmelragendes, unendliches Leid durchleben müssen. Ich bete zu jedem Gott, der mir einfällt – an jene von der Insel und den gekreuzten Hurensohn von den Glubschaugen aus dem Westen! –, mir heute den Sieg zu ermöglichen. Wie gut meine Chancen beim dritten Mal stehen, will ich beim Können des Anführers überhaupt nicht wissen.

Mein Blick wandert zu der blonden Schönheit neben mir. Bisher habe ich deren Anblick genossen, im Augenblick wirbeln meine Gedanken um Hana. Sanft will ich mich herausschleichen, um sie nicht zu wecken. Auf den immergleichen Small-Talk habe ich nämlich keine Lust. Ich ziehe meinen Arm zurück, mit dem ich bisher gedankenlos ihre seidige Haut gestreichelt habe. Dann fasse ich zärtlich nach ihrem Kopf, hebe diesen minimal an und erzeuge einen dünnen Speichelfaden. Sie schläft mit offenem Mund

und einem tiefen Atem weiter. Zu gern würde ich diese vollen Lippen küssen, aber halte mich wegen Hana zurück.

Als ich denke, es geschafft zu haben, flattern ihre Lider. Müde öffnet sie diese, offenbart die grüngraue Iris, deren Schein mich bannt. Bevor sie wach wird, stehe ich auf und greife nach meiner Hose. Ich will nie wieder der Grund für Hanas Tränen oder Depressionen sein, deswegen muss ich meine sexuelle Lust zügeln.

Die Hure richtet sich auf, ihre üppigen Brüste bannen meinen Blick. Sie reibt sich schlaftrunken über die Augen, wischt sich den Speichel vom Mund weg und gähnt. Sie besitzt eine feminine, wegen den Zigaretten rauchige Stimme, als sie fragt: „Gehst du schon? Ich dachte, wir kuscheln ein wenig am Morgen, nachdem die letzte Nacht so schön war."

„Entschuldige … ich muss los. Ich habe ein wichtiges Duell vor mir!"

„Ein Duell?"

„Ja, ein Duell!"

Als sie fragend eine Augenbraue anhebt, weiß ich, dass sie sich eine Erklärung wünscht. Weil ich jedoch keine Lust habe, zum dritten Mal die Tatsachen offenzulegen, ignoriere ich ihre Geste und gehe zu Tür. Sie schaut mir hinterher, wirkt unentschlossen. Vielleicht denkt sie, sie hätte mich gestern Nacht enttäuscht? Kurz spiele ich mit dem Gedanken, ihr diese Sorge zu nehmen, weil sie ein Klasse Mädel ist. Da es unterm Strich nichts bringt, verzichte ich.

„Wie heißt du eigentlich?", frage ich abschließend, als ich in der offenen Tür stehe und ein eiskaltes Weggehen sich falsch anfühlt.

„Layla!", antwortet sie.

Höchstwahrscheinlich kam sie mit den Händlern aus dem Westen ins Land, bis sie gemerkt hatte, dass sie als Prostituierte gutes Geld verdienen kann. Daraufhin wurde sie zu einer Hure. Bestimmt keine stolze Lebensgeschichte, aber nicht jeder kann in die Historie eingehen.

„Okay, Layla." Ich drehe mich um, schenke ihr ein charmantes Lächeln; bei diesem Lächeln schmelzen die Frauen wie Eis im Sommer dahin. „Wir sehen uns wieder, ich merke mir deinen Namen. Auch, wenn du beim nächsten Mal überrascht sein dürftest, dass ich ihn kenne."

Schief schaut sie mir hinterher, doch ich warte nicht ihre Verabschiedung ab, sondern laufe die Treppe herab, komme im Foyer heraus und werfe einen Blick in den Garten hinein. Die rauchenden Huren stehen wie bei den letzten Wiederholungen da – qualmen, tratschen, lachen. Solange ich nicht eingreife, verläuft alles in seinem gewohnten Gang. Sobald ich jedoch mit den Leuten interagiere, verändern sich deren Handlungen. Eine interessante Erkenntnis, die ich mir im Hinterkopf notiere.

Da ich dieses Mal Layla keine Zigaretten überlasse, stecke ich mir eine Kippe an. Gemächlich atme ich ein, eilig ordne ich meine Haare. Wenn ich auf die Straße gehe, will ich gestylt sein. Lieber werde ich wieder als

Schwuchtel beleidigt, als auf das Niveau der Banditen herabzusinken. Sobald ich das geschafft habe, verlasse ich das Bordell.

Ich sehe den weinenden Jungen, den wütenden Bauern, die flirtende Mutter. Wenig später laufe ich der schwarzhaarigen Schönheit über den Weg, biete ihr aus Langeweile eine Zigarette an und unterhalte mich beim Rauchen ein wenig mit ihr. Fernab erinnert sie mich an Hana. Dann gönne ich mir ein Weinglas bei der Händlerin. Die kreidemalenden Kinder in der Seitengasse bewundern wieder meinen Revolver, als ich an ihnen vorbeigehe und ein wenig prahle. Ich bin in relativ guter Stimmung, weil der Tod nicht mein Ende bedeutet, sondern mir eine Wiederholung beschert.

Alles läuft identisch ab, immerhin wiederhole ich den Tag. Meine gestrige These, es könne sich um einen Traum handeln, klingt mittlerweile nach einem unrealistischen Hirngespinst. Es war Verdrängung gewesen. Nicht, dass ein Zeitsprung ansatzweise realistisch ist, aber trotzdem machte ich ihn! Zweimal sogar! Ich grüble auf dem Hinweg, ob ich den Sieg oder einen dritten Sprung erhalte, wenn ich das Duell bestreite.

Bevor ich dort ankomme, stecke ich mir eine dritte Zigarette in den Mundwinkel hinein, um möglichst lässig aufzutreten. Diesmal beleidigt kein ungewaschener Affe mein Aussehen, weswegen sich Hana tatsächlich versteckt hält und der Anfang wie in der ersten Schleife abläuft. Bereits dieses winzige Detail besitzt Auswirkungen auf den Ablauf. Ich ahne, wie kompliziert alles noch werden wird, um das Todesduell zu gewinnen …

*

Auch mein vierter Zeitsprung beginnt gewohnheitsgemäß in Laylas Bett. Ich öffne meine Augen, starre zur Decke empor, schäme mich wegen meines Ablebens. Mir wurde durch den Kehlkopf geschossen, sodass ich an meinem eigenen Blut erstickt bin, woraufhin Hana eine halbe Panikattacke durchlebte, sich vor den Männern auszog und mit hüpfenden Brüsten auf mich zueilte. Es scheint, als messe sie dem Milchgeben eine enorme, der Logik trotzende Bedeutung bei.

Zuvor hatte ich einen richtig guten Kampf abgeliefert. Mein zweiter Schuss streifte die Wange des Anführers und hinterließ einen blutigen Kratzer. Danach war er hektischer geworden, doch er blieb der genialste Schütze des Landes und zersprengte meinen Kehlkopf in tausende Stücke, sodass dieser einer fallengelassenen Vase glich. Wieder durchlitt ich höllische Schmerzen, wobei der Tod schneller eintrat. Wenigstens dieser Funken Gnade wurde mir von den Göttern gewährt.

Der Kampf gegen den Anführer war zweitrangig gewesen, denn mein Augenmerk galt Hana. Als mein Hals durchschossen wurde, war der Kampf entschieden gewesen. Gleichzeitig hatte Hana geschrien, war zu mir hergerannt und neben mir auf die Knie gefallen. Noch im Rennen hatte sie die Schleife ihres

Kimonos gelöst, sodass dieser sich öffnete und ihren Oberleib entblößte. Ich hatte ihren gesamten Körper gesehen! Die Männer hatten gepfiffen oder applaudiert, der Anführer nur geschmunzelt. Keiner wusste, warum Hana sich auszog und auf die Knie fiel. Doch ich erkannte, was die Banditen bereits wussten: Sie ist schwanger! Der Babybauch hob sich deutlich von ihrem zierlichen Körper ab. In der dritten Schleife habe ich zum ersten Mal gesehen, dass sie – höchstwahrscheinlich – **mein** Kind austrägt.

Beim letzten Mal wollte ich mich heimlich herausschleichen, dieses Mal wecke ich Layla. Ich rüttle sie an der Schulter, meine Gedanken gehören Hana. Bestimmt hegt meine hochschwangere Ex-Freundin diesen Groll, weil sie befürchtet, eigenständig das Kind aufziehen zu müssen. Wenn ich einen Funken Anstand besitze, helfe ich ihr. Jedoch bin ich als flirtender Revolverheld und Yakuza weder zur Ehe noch zur Vaterschaft geboren.

Anderseits braucht ein Kind einen Vater, damit es ein guter Erwachsener werden kann. Möglicherweise wäre ich ein besserer Mann geworden, wenn ich Mutter und Vater gehabt hätte? Anderseits bezweifle ich, dass aus mir jemals etwas Ehrbares geworden wäre. Ich bin bis zur kleinsten Faser meines Körpers ein verkommener Hurensohn.

Stöhnend erwacht Layla.

„Morgen, Layla", murmle ich. Schlaftrunken reibt sie sich mit den Knöcheln über die Lider, ununterbrochen fallen ihr diese zu.

„Warte mal!" Schlagartig reißt sie diese auf, ihre Müdigkeit wird fortgefegt. „Woher kennst du meinen Namen? Ich habe mich dir nicht vorgestellt! Du hast gestern noch gesagt, dass dich die Namen von Mädels nichts interessieren, weil du sie dir sowieso nicht merken würdest."

Ihre Verwirrung zaubert mir trotz meines wiederholten Todes ein Lächeln ins Gesicht. Stimmt, bloß in der dritten Schleife hat sie mir ihren Namen verraten, also dürfte ich diesen nicht kennen. Ich sollte besser auf den Wissensstand der jeweiligen Personen achten, wobei das mit jeder Wiederholung komplizierter würde. Außerdem wäre ein Versprecher in der nächsten Zeitschleife vergessen.

„Oh ...", ich kratze mich am Kopf, „... du musst ihn mir gestern verraten haben. Weiber schnattern doch irgendwie immer. Bestimmt erinnerst du dich nicht mehr, nachdem du sturzbesoffen warst."

„Ich finde es bemerkenswert, dass du ... ein Mann, für den Frauen nur zum Ficken existieren ... dich erinnerst", lobt sie mich, bis sie grinsend ergänzt: „Haben mein fremdländischer Charme oder meine Titten dir den Kopf verdreht?"

Ich ziehe sie näher zu mir heran, ohne zu antworten. Sie kuschelt sich an mich heran. Dabei verspüre ich keine Erregung, obwohl mich *gestern* ihr prächtiger Körper in den Bann gezogen hatte. Momentan geistert mir nur Hana durch den Kopf, außer ihr besitze ich kein Interesse.

„Hey", mit den Gedanken an meine Ex-Freundin

spreche ich weiter, „möchtest du einmal Kinder haben?"

Zum zweiten Mal reißt sie ihre schläfrigen Augen auf, hebt ihren Kopf und schaut mich geschockt an. Verspätet wird mir die Bedeutung meiner Worte klar. Ich klinge nicht wie ein Revolverheld, sondern wie eine Jungfrau, die sich nach dem ersten Mal in eine Hure verliebt hat.

„Ich habe dir wohl echt den Kopf verdreht! Dabei dachte ich, du wärst keiner von dieser Sorte! Es gibt jeden Monat ein paar von euch, doch ich suche keine Partnerschaft, sondern arbeite in diesem Etablissement. Ich vögle für Geld, Bursche. Wenn du eine Freundin suchst, solltest du Frauen in der Bar anquatschen."

„Du verstehst mich falsch, ich will dich nicht als Freundin. Glaube mir, auf eine Ausländerin hätte ich genauso wenig Lust wie auf ein Mischlingsbalg als Nachwuchs. Mir geht's darum, ob du dein Kind behalten würdest oder es der Straße überlässt. Ich stehe vor einer ähnlichen Situation und rätsle, wie ich mich verhalten soll."

Meine ehrliche Stimme beruhigt Layla, sie gleitet wieder auf meine Brust zurück. Während sie mit ihren eleganten Fingern über meine Haut streicht, ermahne ich mich, mich nicht von ihren Berührungen verführen zu lassen. Bevor ich mich mit Hana ausgesprochen habe, will ich keinen Sex mit x-beliebigen Frauen haben. (Das ausgerechnet mir dieser Gedanke kommt, überrascht mich ...)

92

„Was ist passiert?" Ihr Finger fährt das Drachentattoo auf meiner Brust entlang, wobei eine echte Neugier ihre Stimme erfüllt.

„Ich werde Vater!"

„Echt?" Sie wirkt überrascht. „Warum verbrachtest du die Nacht dann mit mir? Ist dein Mädchen nicht einsam gewesen, Haru? Oder verbietet sie dir, sie zu ficken, solange sie schwanger ist? Manche Mädels haben eine Heidenangst, dass ihr Stecher das Baby wie Porzellan zerbricht."

„Also … ähem …" Ich kratze mich an der Wange. Wenn ich dumm antworte, hält sie mich für ein kolossales Arschloch, das sein Mädchen trotz Schwangerschaft ablehnt. Stattdessen bin ich bloß ein Arschloch, der unwissend sein schwangeres Mädchen betrogen hatte.

„Hm?", hakt sie nach, tippt fordernd auf das Maul des Drachens. „Jetzt spuck's schon aus, du Casanova mit der Silberzunge. Bin ich etwa deine geheime Affäre, Haru?"

„Ich …", … *kann ihr schlecht sagen, dass ich es gestern nichts gewusst habe*, „… sagen wir's so, dass Thema ist kompliziert. Aber könntest du mir ein paar Fragen beantworten?"

„Du bist mir schon einer." Neckisch lächelt sie mich an, boxt mir spielerisch auf den Oberarm. „Hast daheim eine schwangere Frau und vögelst dich durch die Betten aller Mädchen in Kawakami. Zumindest bist du zärtlicher als die bärtigen Hünen in meiner Heimat, bei denen hast du nach dem Liebesspiel ein

Dutzend blauer Flecken. Also meinetwegen, was willst du wissen?"

Ehrlicherweise könnte das Kind auch vom Anführer stammen. Falls Hana direkt nach meiner Flucht mit ihm geschlafen hatte, hätte er sie schwängern können. Jedoch bezweifle ich, dass sie schnell mit ihm intim geworden ist, aber möchte zur Sicherheit den Monat wissen, in dem Hana vermutlich steckt, damit ich den Vater abgrenzen kann.

„Wenn ich dir meine Freundin beschreibe, würdest du dann schätzen können, in welchem Monat sie gerade ist?"

„Mein Gott, du hast ja überhaupt keine Ahnung. Habt ihr euch so lang nicht gesehen? Du bist vielleicht ein besserer Stecher, aber ein noch schlechterer Vater als die Männer aus meiner Heimat. Unglaublich! Und diese schwachköpfigen Wikinger fahren sogar zu Plünderungen in andere Länder, obwohl deren Frauen schwanger sind. Eigentlich sollte ich dir nicht helfen."

Kritisch schaut sie mich an, schnipst mir missbilligend gegen das Kinn. Besänftigend versichere ich ihr, dass es viele Gründe gibt, warum Hana und ich getrennt leben, was sie ein wenig beruhigt. Schlussendlich besteche ich sie mit meinen Zigaretten, weil ich weiß, dass sie ihre nicht mit ins Zimmer genommen hat.

„Gut, mit der Morgenkippe hast du mich geködert." Sie rollt sich auf den Rücken, benutzt meinen Arm als provisorisches Kissen.

Derweil taste ich blind nach meiner Hose, ziehe diese aufs Bett hinauf und hole die Schachtel heraus. Sie lächelt glücklich, als ich ihr einen Glimmstängel reiche und mir einen eigene zwischen die Lippen schiebe. In drei von vier Zeitschleifen fällt mir Laylas Sucht auf. Die Ausländerin ist eine leidenschaftliche Raucherin.

Ich warte, bis sie einen tiefen Atemzug nimmt und den Rauch durch die Nase ausstößt. Sie raucht gierig, ich lässig. Neblig kringelt sich der Qualm zur Decke empor, eine dunstige Luft umgibt uns. Bei der Überlegung, wie ich den Monat von Hanas Schwangerschaft am besten festmachen kann, kommt mir eine einfache Frage in den Sinn: „Ab welchen Monat bekommen Frauen Muttermilch?"

Gedanklich rechne ich die verstrichene Zeit durch. Sechs Monate Flucht, eine Woche im Dorf, plus die unbekannte Zeit im Lager, in der Hana ihre Schwangerschaft nicht bemerkt hat. Wahrscheinlich befindet sie sich im siebten Monat. Vielleicht sogar später? (Außer der Hurensohn von einem Anführer hat sie geschwängert!)

Layla verschiebt ein wenig meinen Arm, damit es gemütlicher für sie ist. „Im Bordell bedienen wir viele Fetische, unter anderem arbeiten manchmal Schwangere in diesem Etablissement. Manche Männer sind echt krank, die nuckeln denen an den Titten! Meines Wissens geben, wobei ich selbst nie schwanger war, Frauen ab dem fünften Monat Milch. Woher weißt du das überhaupt von deiner Freundin, wenn du sie so lange nicht gesehen hast?"

Ich lächle zur Antwort, ignoriere die Frage. Eigentlich habe ich auf den siebten Monat gehofft, weil dann meine Vaterschaft belegt wäre. Wenn Frauen ab dem fünften Monat Milch geben, könnte Hana vom Anführer geschwängert worden sein – scheiße!

„Wie dick ist der Bauch im fünften Monat?", frage ich, möchte mir Gewissheit verschaffen. Gleichzeitig beschwöre ich das Bild vom gestrigen Tag vor meinem inneren Auge hervor. Als der Kimono aufging, erblickte ich ihren gesamten Körper. Von den angeschwollenen Brüsten über die zierlichen Gliedmaßen bis zum kugelrunden Bauch. *Ich kann mir nicht vorstellen, dass noch vier Schwangerschaftsmonate anstehen sollen!*

„Keine Ahnung, schwer zu sagen. Unterschiedlich? Ich denke, auch du könntest zwischen einer Frau im fünften und einer im siebten Monat unterscheiden. Sorry, aber besser kann ich's nicht beschreiben."

„Hast du nicht gesagt, bei euch arbeiten manchmal Schwangere? Vielleicht könnte ich eine von denen sehen, um sie mit Hanas Bauch zu vergleichen?"

„Nee, momentan ist keine schwanger. Aber", Layla schaut zu mir hinüber, pustet mir Qualm ins Gesicht, „warum fragst du deine Freundin nicht einfach? Ich weiß, ich soll keine Fragen stellen, doch wäre das nicht am leichtesten?"

„Na ja ... stimmt, ich frage sie heute! Gleich, nachdem ich das Duell bestritten habe."

„Duell?" Ihr fiel beinahe die Zigarette aus dem

96

Mund. „Doch nicht gegen deine schwangere Freundin, oder?"

„Nein, nein … gegen einen Banditen!"

„Wirklich? Du willst dieses Risiko eingehen, obwohl du bald Vater wirst? Ich hoffe, nach der Geburt deines Kindes wirst du ruhiger. Ansonsten muss sich deine Frau täglich sorgen, was mir dir geschieht und sich zum Schluss als Witwe in einem Freudenhaus verdingen."

„Also", ich stehe aus dem Bett auf, greife nach meiner Hose und drücke die Zigarette in einem herumstehenden Aschenbecher aus, „meine Freundin ist auch bei dem Duell dabei."

„Feuert sie dich an?", fragt Layla, richtet sich ein wenig auf.

„Nein, sie jubelt meinem Feind zu."

„Jetzt verstehe ich, warum du nicht einfach fragen kannst. Was hast du denn angestellt, damit sie deinen Tod will? Dich durch alle Betten in der Präfektur gevögelt?"

„So ähnlich."

„Oh je. Ich schätze, es wird ein langer Weg, bis du dein Kind in Armen halten darfst. Warum müsst ihr Männer auch immer die Herzen von uns Frauen brechen?"

Während ich mein Hemd anziehe und zuknöpfe, rätsle ich, wie ein klärendes Gespräch am besten ablaufen sollte. Vielleicht berede ich dieses Detail in meiner fünften Zeitschleife mit Layla? Jetzt muss ich zum Kampf los. Doch früher oder später wird es an dem Gespräch und der Wahrheit keinen Weg vorbeigeben.

„Ach, das liegt an euch Frauen, weil ihr euch viel zu schnell verliebt und alles verdenkt." Düster schaut sie mich an, schulterzuckend werfe ich ihr die Zigarettenschachtel zu. „Schenke ich dir für die hilfreichen Antworten."

Das wischt ihre Skepsis aus dem Gesicht, dankbar nimmt sie die Zigarettenpackung entgegen. Ich bete für kein weiteres Erwachen in ihrem Bett, aber halte eine weitere Wiederholung für sehr wahrscheinlich. Knapp verabschiede ich mich, als ich aus der Tür eile und die Treppe hinunterlaufe.

Beim Gehen spucke ich mir in die Hände, richte meine Haare. Ich habe keine Lust, das Gelächter der Yakuza abzubekommen, weil ich ungestylt erscheine. Einmal im Leben hat mir diese Scham gereicht. *Beim heutigen Duell frage ich sie, wer der Vater ist.* Das setze ich mir zum Ziel in der vierten Wiederholung!

Natürlich begegne ich auf meinem Weg durch die Straßen den immergleichen Menschen, doch dieses Mal fallen mir besonders die Familien auf. Unweit des Bordells sitzt ein Vater, dessen Sohn neben ihm steht, während er mit den Kellnerinnen seiner Bar spricht. Ob irgendwann der Tag kommt, an dem ich mit meinem eigenen Kind durch die Straße gehe? Bis vor wenigen Stunden hätte ich es für unmöglich gehalten, aber mittlerweile …

Mein Blick wandert zu einer Mutter herüber, die

98

zwei Töchter an den Händen hält und zügig die Verkaufsstände abklappert. Öfters bleiben die Kinder stehen, weil sie etwas haben wollen, was ihnen einen grimmigen Blick der Mutter einhandelt. Ich bin ehrlich, ich würde meinem Kind etwas kaufen, wenn es mich aus großen Augen anschaut.

Als ich loslaufe, bemerke ich den weinenden Jungen. Dieses Mal bleibt mein Blick länger an ihm haften, sodass ich mitbekomme, wie seine Mutter sich herabbeugt und mit einem Taschentuch das Blut vom Knie abwischt. Unterbewusst tausche ich diese unbekannte Frau mit Hana aus, und stelle mir vor, wie sie ihren Nachwuchs umsorgt. Bestimmt wäre Hana eine wundervolle Mutter!

Länger als gedacht irre ich über den Platz. *Seit wann besitze ich eine sentimentale Ader?* Als mir der Stand der Sonne auffällt, eile ich zum Duellplatz. Zügig laufe ich durch die Straße, in der die kreidespielenden Kinder sind. In der ersten Schleife habe ich sie für Straßenkinder gehalten, doch ihre saubere Kleidung beweist, dass sie irgendwo in diesem Dorf ein Zuhause haben. Mit ehrfürchtigen Augen starren sie auf meinen Revolver, ich nicke ihnen knapp zu.

Dann verlasse ich das Dorf, laufe zum Kampf. Schon vom verlassenen Haus kann ich die Büsche, den sandigen Boden, die schmutzigen Männer, den fiesen Anführer und mein schwangeres Mädchen erkennen. Kurz schaut sie auf, sogar aus dieser Entfernung erspähe ich ihre himmelblauen, wunderschönen Augen. In meinem Herzen spüre ich nicht nur

Liebe, sondern auch Reue. Seit ihrer dramatischen Ansprache in der zweiten Schleife betrachte ich unsere gemeinsame Vergangenheit aus einem anderen Blickwinkel.

Ich wünsche mir, mich mit ihr auszusprechen und die Wahrheit zu erfahren. Und vielleicht, insofern das möglich ist, wieder mit ihr zusammenzukommen. Immerhin hat mir ihre Ansprache nicht nur ihren Hass, sondern auch ihre einstige Liebe nochmals vor Augen geführt. Mit Sicherheit existiert eine mögliche Zukunft, in der sie mir verzeiht.

Beim vierten Mal gehe ich zuversichtlich zum Duell, weil ich mich freue, Hana zu begegnen. Jetzt muss ich nur gegen meinen *Vater* gewinnen, damit Hana und ich uns versöhnen können …

Ich kann es nicht glauben, ich habe den König aller Arschlöcher erwischt. Meine Kugel bohrt sich in seinen Arm, er muss einen seiner Revolver fallenlassen und stößt einen Schmerzensschrei aus. Wasserfallartig fließt das Blut über seinen Arm herab, durchtränkt den Mantel, tropft von den Fingerspitzen. Näher war ich noch nie dem Sieg!

Drei Kugeln habe ich verschossen, mein Gegenüber schon sechs. Nachdem ich seinen linken Arm in ein blutendes Hindernis verwandelt habe, steigen meine Siegeschancen auf einen neuen Höchststand. Jeder besitzt drei Kugeln, er ist verletzt – wenn er nicht der beste Schütze des Landes wäre, hätte ich meine Chancen auf siebzig-dreißig geschätzt. Ich gestehe mir fünfzig-fünfzig zu!

Anscheinend hat meine Ausstrahlung eine andere Wirkung gehabt, denn er sparte sich den verhöhnenden, absichtlichen Fehlschuss und war sofort zur Sache gekommen. Jedoch erkannte ich im Kampfverhalten der Legende mittlerweile ein Muster, dank dem ich ausweichen konnte und ihm eine Verletzung zugefügt habe.

Tänzelnd weiche ich zurück, um ihm das Zielen zu erschweren, aber behalte ihn im Blick. Wenn es sein muss, ziehe ich den Kampf in die Länge, damit er an dieser Wunde verblutet. Ich wäre ein schrecklicher Duellant, wenn ich ihm erlauben würde, sich zu verarzten. Außerdem habe ich meine Tode gut vor Augen, den zwischenzeitigen Verlust meiner Männlichkeit verzeihe ich ihm nicht. Nachdem dieser Hurensohn mir den Arsch aufgerissen hat, wird es höchste Zeit, ihm die gleiche Medizin zu verabreichen.

„Scheiße, Junge!", knurrt er. „Seit wann schießt du so gut? Wie du manchen Attacken ausgewichen bist … mir kommt's vor, als hättest du jede meiner Aktionen vorausgesehen. Du blöder Hurensohn verhältst dich fast ebenbürtig! Aber denke ja nicht, du hast gewonnen!"

„Hey, Arschloch", gebe ich als knurrende Antwort, falle wieder in die wölfische Tonlage, „diesen Schuss habe ich aus Respekt nicht in dein Herz geschossen, weil du Hurensohn wie mein Vater gewesen bist. Jetzt genug der alten Liebe, die nächsten Kugeln sind tödlich!"

Vor Tobsucht pocht eine Ader an seiner Schläfe, ich provoziere ihn mit seinem Zitat aus der ersten Zeitschleife. Obwohl ich seinen Zorn genieße, wünsche ich mir, diesen Kampf friedlich zu beenden. Ja, dieses Arschloch hat mir Bauch und Lunge durchbohrt, meinen Schwanz weggeschossen und meinen Kehlkopf zersprengt. Dennoch jagen in regelmäßigen Abständen nostalgische Erinnerungen durch meinen Kopf hindurch, wegen denen ich mich besinne, warum ich diesen Mann einst respektiert und verehrt habe. Seine Verwandlung von einem kumpelhaften Ziehvater zu einem grausamen Mörder kann ich nicht nachvollziehen!

Scheißegal, davon darf ich mich nicht ablenken lassen! Er hat mich bei lebendigem Leib kastriert, er hat sein Recht auf Gnade verwirkt. Flink renne ich los, damit ich kein einfaches Ziel abgebe, während ich gleichzeitig sein Herz anvisiere. Schmerzhaft zieht sich mein eigenes Herz zusammen, denn wie ein Vollidiot denke ich daran zurück, wer mir das Schießen beigebracht hat. Durch das harte Training des Anführers habe ich jenes Können erlangt, das sich jetzt auszahlt. Er hat mich zu dem Mann gemacht, der ich bin!

Schnell drücke ich ab, er weicht aus. Aber das habe ich berücksichtigt! Gut, minimal verschätze ich mich, doch die Kugel bohrt sich in seinen linken Arm hinein. Ein weiterer Schmerzensschrei, der vom Blutregen begleitet wird, erschallt. Hana wirkt wegen meiner Stärke verblüfft, die Männer regelrecht verängstigt. Kein Wunder, denn ich habe zwei Löcher in die

102

lebenden Legende – ihren Anführer, dem ehemaligen Unterweltkönig! – hinterlassen! Wer kann das von sich behaupten?

Schlitternd komme ich auf dem sandigen Boden zum Stehen, schnalze genervt mit der Zunge. Jetzt hat er zwei Löcher in seinem linken Arm, aber weiterhin ein pumpendes Herz und einen funktionierenden Revolver in der anderen Hand. Zur Antwort hebt er diesen, kümmert sich nicht um seinen linken Arm. Geübt, wie er mit seiner lebenslangen Kampferfahrung ist, weiß er, wie nah er dem Tod steht. Die Angst, gegen seinen ehemaligen Schüler und Ziehsohn zu verlieren, spiegelt sich in seinen Augen wider und malt seine Mimik. Verhöhnend grinse ich ihn an und zeige ihm, wie wenig ich ihn respektiere und wie überlegen ich mich fühle.

Ob die Angst vor dem Tod oder der Zorn auf mich ihn abgelenkt hat, kann ich nicht sagen, aber sein Schuss jagt am Ziel vorbei. Niemals habe ich gesehen, wie die Legende verschießt. Ich atme erleichtert auf; aber das zeigt, dass dieser Kampf noch nicht gewonnen ist.

„Du bist erbärmlich! Du siehst nicht nur steinalt aus, sondern schießt wie ein Greis!", spotte ich, benutze meine scharfe Zunge.

Sein Knurren erinnert an einen in die Enge getriebenen Wolf, er wirkt verzweifelt. Seine bereits matten Augen verlieren endgültig die Wildheit eines Raubtiers, die Furcht eine Beutetiers schlummert darin. Sichtbar für alle Anwesenden verschieben sich die

Rollen. *Ich kann gewinnen!* Selbstverständlich habe ich die drei vorangegangenen Niederlagen nicht vergessen, bei denen ich keine Siegeschance gesehen habe, doch diesmal laufen mein Können, mein Glück und meine gesammelte Erfahrung zusammen. Das Schicksal ist auf meiner Seite! Dieses Mal werde ich siegreich hervorgehen, mich mit Hana aussprechen und alles zum Guten wenden.

Er schießt, verzieht wieder. Das ist nicht der Mann, der zum König der Unterwelt von Taro aufstieg. Das ist nicht die gefürchtete Legende von dieser Insel, der beste Schütze von Tarpan. Mit seinen folgenden, panischen Worten unterstreicht er das nochmal: „Hilft mir! Los, hilft mir! Verdammt, sonst bringt mich das verfluchte Arschloch um!"

Ich traue meinen Ohren nicht, nutze nicht einmal die Schusschance – der Anführer fleht seine Kameraden um Hilfe an! Die lebende Legende, der geniale Schütze, mein früheres Vorbild, der König der Unterwelt; der Mann, der eine Kugel in der Luft getroffen hat, sodass zwei Gegner zugleich erwischt wurden, fleht um Hilfe. Was ist aus ihm geworden? Wie tief können Idole fallen?

„Keiner hilft … DAS IST EIN DUELL!", brülle ich zur Antwort. Wissend, dass ich niemals gegen zwölf weitere Männer ankomme, wenn in der Trommel zwei Kugeln sind: „IHR VERFLUCHTEN BASTARDE HÄLT EUCH AN DEN KODEX EINES DUELLS, ALSO HALTET EURE REVOLVER WIE EURE SCHWÄNZE IN DEN HOSEN! DAS HIER IST EINE

ANGELEGENHEIT ZWISCHEN MIR UND DIESEM FEIGEN ARSCHLOCH!"

Unruhig schauen sich die Männer an, murmeln untereinander. Der Zwiespalt zwischen der Banditenehre eines Yakuza und dem Gehorsam konkurriert in ihren Köpfen, verleiht diesen Affen dümmliche Gesichtsausdrücke. Tief hole ich Luft, kläre meine Gedanken, schieße. Dummerweise fehlt mir bei der überstürzten Aktion das Geschick, mein vorletztes Geschoss fliegt in der Ferne davon. Jetzt hat er eine Kugel, ich habe eine Kugel. Er hat die Männer um Hilfe angefleht, mir hilft im Notfall niemand. Ich muss das Todesduell jetzt beenden, da ich beim Nachladen erschossen werde.

„Ich helfe dir, Boss!", schreit einer – fernab erinnere ich mich an seinen Namen, doch dieser interessiert mich nicht – und stürmt los. Das hinterhältige Pfannengesicht kann nicht einmal bis zu meinem Nachladen warten, um mich zu attackieren. Eine von Geschlechtskrankheiten zerfressene Nutte besitzt mehr Ehre!

Im Laufen zückt er seinen Revolver, mir bleibt nichts anderes übrig. Vom Anführer bin ich dreimal niedergeschossen worden, bis ich dieses Mal durch Glück und Können die Oberhand gewonnen habe. Das Niveau zwischen mir und seinen Männern ist gigantisch, es gleicht einem Faustkampf zwischen einem Haufen Krüppeln und einem professionellen Boxer. Gnadenlos strecke ich den Idioten mit der platten Fresse nieder. Anscheinend hat ihm niemand gelehrt, sich aus Duellen herauszuhalten … um ihn ist es nicht schade.

Beim ersten Duell hatte ich befürchtet, vor meinem Sieg seine Komplizen umbringen zu müssen. Beim zweiten Durchlauf hatte ich zwei niedergeschossen, nur die Fähigkeiten des Anführers hielten sie zurück. Ich hatte immer erwartet, die ganze Horde besiegen zu müssen. Nun unterstreichen sie meine Vermutung, alle zücken ihre Waffen. Die ganze Bande gegen mich! Scheiße, ich fühle mich benachteiligt und verraten!

Unsicher steht Hana da, bald kann ich sie nicht mehr sehen. Ich bin bekennender Optimist, doch bei einem leeren Revolver wird mich die schießwütige Meute wie ein ausgehungertes Wolfsrudel zerfleischen. Zitternd, was sie mit mir vorhaben, erblicke ich das grinsende Gesicht des Anführers. Ich wünsche mir, eine letzte Kugel im Lauf zu haben, mit der ich diesem Hurensohn die Visage zerschießen kann. Machtlos ziele ich auf ihn, drücke ab, das Klackern eines leeren Magazins ertönt. Mir ist auch heute kein Glück vergönnt!

Mein Gebet, ihm ein Arschloch auf der Stirn zu verpassen, damit er sein Erbsenhirn ausscheißen kann, verpufft. Es ist eher Frustration als Angst, die mich ausfüllt. Er lacht laut und spöttisch, liest meine Gefühle am enttäuschten Gesichtsausdruck ab. Die Wut sprudelt fontänenartig hervor, aber verkümmert, als irgendein Wichser abdrückt. Die Kugel geht geradlinig durch meinen Arm hindurch. Von der Wucht werde ich umgerissen, schreiend lande ich im Dreck. Als hätte jemand einen Schlauch aufgedreht, spritzt mein Blut empor und ergießt sich in einem Bogen auf dem Duellplatz. Ich schreie alle Beleidigungen, welche mein Vokabular hergibt, herum.

Aus dem höhnischen Grinsen der Männer wird ein verächtliches Lachen, ihre hässlichen Fratzen verziehen sich zu abartigen Grimassen. Ich lausche den bellenden Befehlen des Anführers, die über die Meute hinweghallen. Der menschliche Part hält sich in Grenzen, wie ein Wolfsrudel umkreisen sie mich und in ihren Augen glänzt ein brennender Hass. Sie planen, mich nicht direkt umzubringen, sondern mir wieder die Hölle aufzuzeigen.

Ich befürchte das Schlimmste! Höchstwahrscheinlich schießen sie mir wieder den Schwanz weg, um mir eine Fotze zu verpassen und sich an meinem Geschrei zu laben. Der düsterste Part von meiner Seele, der von Pessimismus und Schwarzmalerei erfüllt ist, schätzt, dass sie weitergehen. Ihr Hass ist wie Öl für eine Maschine. Ich versuche mich mit dem Gedanken, in der fünften Zeitschleife alles besser zu machen, zu trösten – es gelingt kein Stück!

Barbarische Foltermethoden werden herumgeschrien, die Bosheit der menschlichen Seele wird offenbart. Ich bete zu jedem Gott, der mir einfällt, dass ihnen für diesen Wahnsinn der Mut fehlt. Letztendlich tretet der Anführer vor, zieht eine Blutspur hinter sich her. Er ist der Einzige aus der Affenhorde, in dessen Kopf ein Verstandsfunken zurückgeblieben ist, nachdem die anderen schon früher die Intelligenz von Primaten aufgewiesen haben.

Die Angst ist aus seinen Augen wir morgendlicher Nebel verschwunden, das Lamm hat sich wieder den Blick eines Löwen aufgesetzt. Trotz seines gealterten Aussehens strahlt er in diesem Moment die Erhabenheit einer Raubkatze aus, während er seinen Männern den Befehl gibt, sie mögen seinen linken Arm verarzten. Jemand folgt der Aufforderung, er starrt mich ununterbrochen an. Dabei kommt es mir beinahe vor, als starre ich auf jemand Unbekanntes in seinen Augen zurück.

„Leute, rammt ihm ein Messer in den Bauch, an dem er verrecken soll! Mir reicht's! Dieser Hurensohn, der meinen linken Arm zerstört hat, verdient keinen angenehmen Tod. Mir fehlt die Geduld, eine Made auf kreative Weise zu foltern, also soll er in seiner Scheiße und Pisse wie eine Sau ausbluten. Männer, beerdigen wir unseren Kameraden zur Musik seiner Todesschreie!"

Die unerträglichen Schmerzen der vergangenen Male vor Augen, dachte ich, ich sei auf die Folter vorbereitet. Es trifft mich mit voller Wucht! Der Tod ist jedes Mal eine Odyssee des schrecklichen Leidens. Ich schreie, als mir der Anführer eine dreißig Zentimeter lange Klinge in den Magen sticht. In Wellen brandet der Schmerz über mich hinweg, beinahe hätte ich das Bewusstsein eingebüßt und wäre ins Jenseits hinübergeglitten. *Verfickte Scheiße, mir ist auch gar kein Glück vergönnt!*

108

Wimmernd liege ich auf dem Boden, Tränen laufen meine Wangen herab. Sprudelnd entweicht das Blut aus meinem Körper. Wie eine aufgespießte Schlange winde ich mich umher, wiedermal gleichen meine Organe Hackfleisch. Es gibt keine schlimmere Verletzung als in der Bauchgegend. (Meine Eier einmal ausgenommen.) Die vierte Zeitschleife hat sich von einem Hoffnungsschimmer zum wahren Albtraum entwickelt, wie ein aufgespießtes Schwein krepiere ich. Als ich mit dem fauligen Gemüse und der Pisse und der Scheiße rechne, wenden sie sich von mir ab. Die schweren Verletzungen des Anführers führen zu dieser erfreulichen Wende. Wenigstens einen kleinen Vorteil bringt mir meine außergewöhnliche Kampfperformance ein.

Nachdem der Anführer mir einen abwertenden Blick zuwirft, in dem kein Mitleid zu finden ist, wirbelt er herum und stapft davon. Gelegentlich spuckt einer beim Vorbeigehen auf mich. Manche verfluchen mich wegen des getöteten Kameraden, in den Blicken von anderen erkenne ich eine gewisse Bewunderung für meinen Kampfstil. Obwohl ich krachend verloren habe, hat niemand mit meinem Können gerechnet. Bloß das Eingreifen der Männer bescherte mir eine Niederlage.

Als der letzte Mann den Kampfplatz verlassen hat, liege ich verblutend auf dem Boden. Weiterhin blubbert die Flüssigkeit aus meiner Bauchwunde heraus, wobei es sich in Grenzen hält, da die Klinge die Adern verstopft hat. Mit aller Kraft halte ich meinen Urin und Kot zurück, der beinahe ausgetreten wäre, weil ich vor Schmerzen die Kontrolle über meine Muskeln verloren habe. Um Hana nicht zu ekeln, konzentriere ich darauf meine Willenskraft und bleibe erfolgreich.

Dann kommt sie! Natürlich kommt sie, das gehört zur Tradition in den Zeitschleifen. Das klackernde Geräusch ihrer Holzsandalen ertönt, ihre grünen Zehennägel erkenne ich aus dem Augenwinkel. Dann zieht sie die Schuhe aus, gleitet neben meinem Kopf auf die Knie. Ihr blumiger Duft passt zum Design des Kimonos, ihre gebräunte Haut ist trotz der Feldarbeit zart wie Seide geblieben. Weder das Messer in meinem Bauch noch das qualvolle Leid wischen das Schmunzeln von meinen Lippen, als sie mir die Tränen von den Wangen abtupft.

Dann hebt sie meinen Kopf an, bettet ihn auf ihrem Schoß. In den Armen seines Mädchens ums Leben zu kommen, bleibt die genussvollste Art des Sterbens. Mit trübem Blick, weil meine Augen tränen, schaue ich hinauf. Ihre süße Stupsnase und die kirschroten Lippen fallen mir auf. Sobald ich eine Zeitschleife erfolgreich gestaltet habe, werde ich sie innig küssen! Ich werde dieses Mädchen in meine Arme schließen und küssen – das ist ein Schwur! Ein Schwur aus tiefstem Herzen!

Sie bemerkt, dass ich noch mehrere Minuten überleben werde, weshalb sie mit der Vergangenheitsgeschichte beginnt. In der ersten und dritten Schleife kam es nicht dazu, in der zweiten und vierten schon. Bereits beim ersten Hören hat es mir das Herz gebrochen, das wiederholt sich. Mein damaliges Ich hatte nicht verstanden, wie sehr sie von meinem wiederholten Fremdgehen verletzt wurde.

Irgendwann fängt sie zu weinen an, wie glitzernde Kristalle fallen ihre wasserblauen, diamantenen Tränen herab. Sie landen auf meinem Gesicht, zerplatzen, malen ein Gemälde ihrer Verzweiflung. Meine Tränen fließen nicht nur wegen der Schmerzen, sondern auch wegen ihr. *Bitte Hana, glaub mir, dass ich dich nie wieder hintergehen werde. Wenn ich dieses Duell gewinne und aus den Zeitschleifen ausbreche, werde ich an deiner Seite stehen.*

Die Zeit der vielen Frauen gehört der Vergangenheit an, das meine ich todernst. Erneut mitansehen zu müssen, wie die Liebe meines Lebens vor Verzweiflung an meinem Sterbebett weint und meine Taten verflucht, läutert mich und beerdigt mein lasterhaftes Leben. Wahrscheinlich werde ich nie der Mann *ihrer Träume* sein, doch ich möchte zumindest **ihr** Mann sein.

Mir fehlt die Kraft, tröstend über ihre Augen zu wischen, also bleibe ich kläglich liegen. Das Wissen, die kostbarste Frau auf der Welt schon hunderte Male zum Weinen gebracht zu haben, macht mich nicht nur zu einem Monster, sondern bringt mich auch zu dieser Selbsterkenntnis. Ein Mann, der sein Mädchen zum Weinen bringt, ist ein Scheusal! *Ich … ich bin ein Scheusal …*

Die Kernaufgabe eines Mannes lautet, sein Mädchen vor den Gefahren der Welt zu beschützen, aber ich habe ihr die Probleme, Sorgen und Zweifel erst beschert! Vielleicht habe ich den Schmerz dieser Todesduelle verdient? *Handelt es sich um das Karma für meine Taten?*

„Hana …", als sie endet und weint, erhebe ich mein Wort. Es gleicht keinen richtigen Sätzen, sondern eher einem Stöhnen. „Entschuldige! Es … tut mir leid. Ich weiß … ich …"

Ich will so vieles sagen und mein Herz ausschütten, aber huste Blut. Manches landet auf ihrem Kimono, ein paar Tropfen spritzen bis zu ihrem Kinn empor, das meiste landet als Sprühregen auf meinem Gesicht. Die inneren Verletzungen breiten sich aus, mein Körper befindet sich an der Schwelle des Todes. Erneut fehlt mir die Kraft, Hana den Schmerz zu nehmen und wenigstens ein Stückchen ihrer Last zu schultern. Meine Entschuldigung muss ich mir für jene Zeitschleife aufheben, bei der ich dieses Duell mit einem Sieg beende.

„Deine Entschuldigung bedeutet nichts, Haru!", zischt sie, ihre Stimme zittert und ihre Augen verengen sich. „Ich … ich wollte dir **immer** vertrauen, doch wurde **immer** betrogen. Immer! Immer der gleiche Schmerz, das gleiche Leid. Dein Wort bedeutet nichts, solang deine Taten es nicht beweisen. Du warst schon immer ein Arschloch mit Silberzunge, der wusste, was ein Mädchen hören will und somit ein Frauenherz verführen konnte. Mein Vertrauen an dich ist der größte Fehler meines Lebens gewesen! **Du** bist der größte Fehler meines Lebens gewesen!

Weil du heute stirbst, wirst du keine Chance haben, dein Ansehen reinzuwaschen. Für mich bist du bloß ein Frauenheld, der mein Herz gestohlen, aber meine Liebe nicht verdient hat! Für mich ist deine Entschuldigung Dreck! Wertloser Dreck! Nur eine weitere Lüge an deinem Sterbebett, mit der du ins Jenseits trittst. Du gehst, wie du gelebt hast, Haru … als Lügner!

Haru … Haru … ich bereue es aus tiefstem Herzen, mich in dich verliebt zu haben. Ich hätte einen Mann heiraten sollen, der ein gesittetes Leben führt – keinen wilden Banditen! Keinen Yakuza! Haru … bitte stirb in dem Wissen, dass ich deine Entschuldigung ablehne! Schmorre in der von Yokai und Akuma bevölkerten Hölle!"

„Hana …"

Ich will mich mit ihr aussprechen, doch kann das erst in der nächsten Zeitschleife machen. Anscheinend hasst sie mich so sehr, dass sie meine Entschuldigung nicht einmal zum Zeitpunkt meines Todes annimmt. Wenn ihr Kind von mir stammen sollte, habe ich keine Ahnung, ob ich es jemals sehen darf. Dabei kriege ich nicht einmal die Gewissheit von meiner Vaterschaft in dieser Zeitschleife, mir geht schon wieder die Zeit aus.

Kühl schaut sie herab, schon ihr Name auf meinen Lippen lässt sie vor Wut kochen und in ihren himmelblauen Augen zieht ein stürmisches Gewitter auf. Schweigend fängt sie mit ihrem abstrusen Ritual an, dessen Mehrwert ich weder erkenne noch verstehe.

Warum macht Hana das? Als sie den Kimono öffnet, sehe ich, dass trotz ihrer knisternden Wut ihre Hände zittern.

Beim nächsten Mal sprechen wir uns aus! Wenn ich den Anführer und seine zwölf Gefolgsmänner erschießen muss, schaffe ich das, um zu dir zu kommen. Dann können wir uns aussöhnen. Ich entschuldige mich für meine Taten, du akzeptierst meine Fehler. Und dann, Hana, reden wir über das Kind. Scheiße ... ich wünschte, ich hätte bereits den Kampf gewonnen!

Mir ist bewusst, wie unmöglich ein Kampf gegen dreizehn Männer ist. Besonders, wenn sich die lebende Legende unter ihnen befindet und mit zwei Revolvern antritt. Dennoch werde ich es schaffen, wenn ich dadurch überlebe und Hana zurückgewinne. Mit dieser Gewissheit vor Augen kann ich jeden besiegen!

„Haru ...", fängt sie an – das ist eine Premiere! Bisher starb ich in jeder Zeitschleife früher, also waren wir niemals bis zu diesem Punkt gekommen, „... die Schwangerschaft hat keine Bedeutung! Sie muss dich nicht interessieren, wenn die Yokai dich über ihren Fegefeuern rösten und deine Seele in der Endlosigkeit des Todes fressen! Weißt du ... ich habe dich nie als Vater in Betracht gezogen, weil ich dich hasse! Stirb in dem Wissen, dass du dein Kind niemals zu Gesicht bekommen wirst, Haru!"

Ich versuche zu antworten, aber mein Mund wird von ihrer Brust blockiert und meine Kraft schwindet. Vor wenigen Augenblicken fühlten sich meine Glieder eiskalt an, mittlerweile spüre ich sie nicht mehr.

Beim vierten Tod hält sich zwar meine Panik in Grenzen, aber meine Unzufriedenheit über das Ableben ist höher als jemals zuvor. Es gibt noch so vieles, was ich Hana mitteilen möchte.

„Außerdem will ich dir eines sagen, bevor du stirbst." Jetzt wird ihre Stimme kälter als Eis. In ihren Augen zieht eine Finsternis auf, die ihren gutmütigen Charakter leugnet und eine verbitterte Hexe skizziert. „Ich habe deinen Tod gefordert! Ich habe den Anführer gedrängt, dich zu verfolgen, dieses Duell erzwungen und somit deinen Tod verantwortet! Ich hasse dich so sehr, Haru, dass ich es bin, die deinem Leben ein Ende setzen will! Meinetwegen verreckst du gerade in irgendeinem Dorf fernab der Hauptstadt mitten in Staub und Dreck.

Lange habe ich überlegt, ob ich dir die Wahrheit sagen soll, doch du hast es verdient! Haru … du fremdgehendes Arschloch! Dieses Messer, welches in deinem Bauch steckt, habe ich zwar nicht hineingestochen, doch indirekt den Befehl gegeben, dass es geschieht. Ich wollte sichergehen, dass du für deine miesen Verbrechen stirbst! Ich ertrug nämlich den Gedanken nicht, dass du lebend davonkommst, nachdem du mir so viel Böses angetan hast."

Geschockt liege ich da. Bevor sie weiterspricht, drückt sie mit der freien Hand das Messer in meinen Bauch hinein, sodass ein unglaublicher Schmerz meine Sinne fortwischt, mein Bewusstsein ausgraut und meine Organe zerstückelt. Es ist das letzte Gefühl, das ich wahrnehme, bevor ich zum vierten Mal sterbe.

Das Wissen, dass Hana dieses Todesduell erzwungen und den Anführer überredet hat, verfolgt mich in die nächste Schleife hinein und entwickelt sich zur bitteren Qual. Das einst unschuldige Mädchen, das ich liebe und die Mutter meines Kindes ist, strebt nach meinem Tod! Ich habe Hana, den strahlenden Engel, mit meiner egoistischen Art auf das Niveau von uns Banditen heruntergeholt. Nun ist sie der gleiche Abschaum wie wir anderen!

Kapitel 4:

Die Erinnerung an ein Mädchen

Ich wache auf, bin geschockt. Ihre letzten Worte, die ich im Zeitpunkt des Todes nicht verarbeiten konnte, schlagen mit voller Wucht ein. Sie hat behauptet, verantwortlich für das Duell zu sein, weil sie den Anführer gedrängt hat. Hana hielt die ganze Zeit die Fäden für diesen Kampf in den Händen! Die Frau, die mein Kind austrägt, verachtet mich und wünscht sich meinen Tod. Um dieses Ziel zu erreichen, hat sie alle Register gezogen und den besten Schützen des Landes zu meinem Feind aufgestachelt. Meine Chancen, mich mit ihr zu versöhnen, sind verschwindend gering. Wahrscheinlich ragt ihr Hass so himmelhoch, dass ihn keine Entschuldigung aus der Welt schaffen kann.

Die bloße Tatsache, dass Hana mich töten möchte, verunsichert mich. Was ist aus dem unschuldigen, etwas naiven Bauernmädchen geworden, das sich wie eine liebesbedürftige Katze an mich schmuste und mir unerfahren seine *Knospe* darbot? Von dem Mädchen, das tagsüber auf den Reisfeldern arbeitete und mich in den Abendstunden unter dem Apfelbaum liebte, bleibt nur die Erinnerung … die ferne, heilige Erinnerung an unseren gemeinsamen Sommer. Dann kam mit dem Herbst der Niedergang, der Monate später im Todesduell mündete.

Den absoluten Beweis, dass ihre Behauptung der Wahrheit entsprach, lieferte sie durch meine Ermordung. Zwar wäre mein Tod gewiss eingetreten, doch sie rammte mir das Messer tiefer in den Bauch hinein. Ihretwegen bin ich schneller als erwartet gestorben. Bereits die ersten drei Zeitschleifen, in denen sie mir am Sterbebett nicht half, waren bezeichnend gewesen – meine Ermordung endgültig! Das einst zarte Mauerblümchen war und ist nun zu einem Mord an mir, ihrem Ex-Freund, bereit!

Ich fühle mich scheußlich, einsam und verlassen. Kein Mensch, dem ich bisher begegnet bin, hat etwas in meinem Herz geregt, bis Hana aufgetaucht war. Hana, das liebe Mädchen, an das ich mein Herz verlor, bis ich es durch mein Verhalten zu meiner größten Feindin machte! Diese verfickte Welt besitzt einen grausamen Humor! Manchmal ist das Schicksal eine ehrlose Schlampe!

Ich spüre die Nachwirkung des Messerstichs, aber falte meine Hände über dem Herzen. Ein trauriger Seufzer entflieht mir, ich spüre ein kaltes Stechen in der Brust. Am liebsten hätte ich mich den restlichen Morgen in Selbstmitleid gesuhlt, doch ich verdränge das Gefühl aus meinem Kopf. Mit Depressionen würde ich das Todesduell gegen dreizehn Mann niemals gewinnen.

Tief hole ich Luft, atme langsam aus, stoße die Sorgen von mir ab. Stattdessen lenke ich mich ab, in dem ich mich im Raum umschaue und Layla erspähe. Die Nordoiropäerin schläft noch, wie immer sieht sie wunderschön aus. Beschienen vom Sonnenlicht, das durchs Fenster hineindringt und ihren makellosen Körper in Szene setzt, haftet der Hure eine glitzernde, in Wahrheit nicht existente Reinheit an. Unfreiwillig wache ich jeden Morgen neben dieser Frau auf, allein aus diesem Grund würde mich Hana noch stärker hassen.

Ob ich es hinkriege, den Anführer und die Männer zu erschießen, bis ich meine Silberzunge und mein charmantes Lächeln einsetzen kann, um Hana ein zweites Mal zu verführen. Eine rachsüchtige Feindin und potenzielle Mörderin habe ich noch nie um den Finger gewickelt, aber bei ihr muss es mir gelingen!

„Bist du schon wach?", fragt Layla gähnend, als sie schlaftrunken ihre Lider öffnet und sich wie an jedem Morgen mit den Knöcheln den Schlaf aus den Augen reibt. Es scheint sich um eine unterbewusste Marotte zu handeln.

„Bin gerade aufgewacht", gebe ich murmelnd zur Antwort, aber verharre gedanklich beim Hana-Problem.

Gleichzeitig richtet sich Layla auf, ihre allmorgendliche Suche nach den Zigaretten beginnt. Da sie ihre eigenen vergessen hat, werfe ich ihr meine Packung zu. Dankbar steckt sie sich eine Kippe an, nimmt einen tiefen Atemzug und kuschelt sich neben mich ins Bett hinein. Kurz überlege ich, ob ich ebenfalls eine rauchen soll, aber entscheide mich dagegen. Mir schmecken Zigaretten nicht, sondern ich rauche seit meiner Kindheit nur, um lässig und cool zu wirken. Bei Layla fehlt mir für dieses machohafte Gehabe mittlerweile der Grund.

Für eine Weile schaue ich schweigend zu, wie sie einatmet, den Rauch für ein paar Sekunden in der Lunge behält und ihn zum Schluss gleichmäßig aus Mund und Nase entweichen lässt. Mit der Kippe im Mundwinkel mustert sie mich, bis sie fragend eine Augenbraue wegen meines Starrens hebt und hinreißend aussieht.

Ohne eine Aufforderung beginne ich, ihr von meinem Problem zu erzählen und berichte ausführlich von Hanas Schwangerschaft. Die Worte sprudeln hervor, als wolle ich die Geschichte unbedingt mit jemandem teilen. Eine andere Version ihres Ichs weiß von Hana, aber in der fünften Zeitschleife hat das niemals stattgefunden. Mit einer gewissen Skepsis hört sie mir zu, weil ich die Nacht bei ihr verbracht habe, obwohl ich eine schwangere Freundin habe. Da mir ihr Urteil egal ist, rechtfertige ich mich nicht, sondern erzähle ihr von Hanas Charakter. Immerhin sprechen wir von einer leicht manipulierbaren Frau, die sich den Banditen anschloss und ihr Herz an einen Frauenhelden verlor.

Von der Neugier gepackt, gibt sie mir zu verstehen, noch tiefer in die Geschichte eintauchen zu wollen. In der Hoffnung, einen guten Rat von der Hure zu erhalten, überkommt mich ein Gefühl der Redseligkeit. Wenn ich schon jede Früh neben ihr im Bett verbringe muss, dann möchte ich ihr von meinem Dilemma berichten. Ohne es beabsichtigt zu haben, spreche ich von jenen heiligen Erinnerungen, die für Hana allen Glanz verloren haben, aber in meinem Herzen schlummern. Ich will Layla nicht von der kaltblütigen Mörderin, sondern der liebreizenden Bäuerin erzählen, die ich anfangs für eine x-beliebige Liebschaft hielt, bis daraus eine unvergessliche Romanze wurde. *Vielleicht besitzt die Hure tatsächlich einen Ratschlag, wie ich die Wogen zwischen uns glätten und ihr Herz zurückerobere kann? Es wäre nicht undenkbar!*

Dann beginne ich mit meiner Liebesgeschichte:

„Meine erste Begegnung mit Hana fand vor knapp einem Jahr statt. Du musst wissen, dass sie in einem kleinen Dorf wohnte, ihre Eltern als Bauern arbeiteten und sie regelmäßig bei der Ernte aushalf. Es war ein körperlich hartes, aber schönes Leben. Sie führte einen gesitteten Alltag, bis ich aufgetaucht bin.

Dabei lernte ich Hana aus zwei Zufällen kennen, die voneinander resultierten. Einer betraf die Politik des Shoguns, der andere die aufkommenden Gangsterorganisationen aus dem Ausland. Vor einhundertfünfzig Jahren erließ ein Vorfahre des Shoguns ein Gesetz zur Aufrechterhaltung der Kultur von Tarpan. Kaum Ausländer durften das Land betreten, man kapselte sich vom westlichen Einfluss ab. Zum Leidwesen unseres Anführers wechselte diese Politik vor zehn Jahren, Tarpan öffnete sich dem Westen und erlaubte die Einreise von Oiropäern und Umerikanern. Für den Boss gab es schnell zu viele Ausländer in den Straßen von

Taro, seine geliebte Kultur schwand und ihn schmerzte das Herz. Das erweckte in ihm den Entschluss, sich der Hauptstadt zu entziehen.

Des Weiteren kamen mit den Ausländern weitere Mafiaorganisationen ins Land. Wodkasäufer, Spaghettifresser, Kanaken. Blutige Straßenschlachten standen an der Norm, bald kürte der König der Unterwelt seinen Nachfolger für die Yakuza und zog sich auf seine Kokainfelder im Westen zurück. Da ich zu seinen treusten Anhängern zählte, kehrte ich Taro den Rücken und folgte ihm nach Westen. Um genau zu sein, reisten wir siebenhundert Kilometer bis nach Aomori. Das waren die beiden Zufälle, wegen denen ich Hana kennengelernt habe.

Du wirst es schon erahnen, Layla, aber die Fassade von Reisbauern hielt das Dorf nur wegen des Feudalherrn aufrecht. In Wirklichkeit handelte es sich um Opium-, Kokain- und Cannabisfelder. Der Unterweltkönig beherrschte einen Großteil des Drogenhandels im Land, unwissend lebte Hana an der Quelle.

Im späten Frühjahr erreichten wir die Felder, schon bei unserer Ankunft erblickte ich sie. Knöcheltief stand sie in einem Reisfeld, setzte einen Sprössling nach dem nächsten in die Erde. Das schwarze Haar zum Zopf gebunden, die traditionelle Kleidung schmutzig und die Sonne schien ihr ins gebräunte Gesicht. Sie half ihrem Vater. Doch eines werde ich niemals vergessen, eine Sache grub sich für immer in meine Erinnerung ein: Ihre Augen! Himmelblaue, seelentiefe Augen, die wie Edelsteine glänzten und einem Hoffnungsschein in der Dunkelheit glichen. Ich blickte schon hunderten Mädchen in die Augen, jene von Hana sind einzigartig. Sie sieht aus, als hätten die Götter

122

Edelsteine im Himmel gegossen und in ihr liebreizendes Gesicht eingesetzt.

Eine halbe Ewigkeit starrte ich sie an, bis meine Kameraden lachten und sie erstmals aufschaute. Kurz trafen sich unsere Blicke, sie errötete wie eine wohlgehütete Jungfrau. Eilig entschuldigte sie sich bei ihrem Vater, bis sie loslief, um vor den Banditen in Sicherheit zu sein. Düster funkelte mich ihr Vater an, er mochte mich an keinem einzigen Tag. Sie war eine Bauerstochter, ich ein Stadtjunge und jahrelanges Yakuza-Mitglied. Zwischen unseren Welten existierte eine Schlucht, die genauso breit wie das Meer zwischen Tarpan und Kina war. Dennoch ging sie mir nicht aus dem Kopf! Ihr Körper, ihr Gesicht, ihre strahlendblauen Augen, ihre roten Wangen. Diese gemäldegleiche Schönheit von einer Frau hatte sich wie ein gieriger Wurm in meine Gehirnwindungen gefressen.

Ich war verliebt! In einer Zeit, in der ich nicht wusste, was Liebe ist …

Höchstwahrscheinlich hätten wir uns niemals wiedergesehen, wenn ihre Neugier nicht übermächtig gewesen wäre. Obwohl ihr Vater sie zur Sicherheit im Haus behalten wollte, kletterte sie nachts heraus, um mehr über die Banditen zu erfahren. In den meisten Fällen ist Hana ein gewissenhaftes Mädchen, aber diese schlechte Eigenschaft war ihr angeboren. Sie beobachtete, wie wir am Feuer saßen und Sake tranken, bis sie uns auffiel. Wissend, welche ekligen Drecksäcke meine Kameraden sind, begleitete ich sie auf einen Spaziergang. Ich wollte auf keinen Fall, dass dieses unschuldige Mauerblümchen gegen ihren Willen von meinen Kumpels entehrt würde. Bei anderen Mädels wäre es mir egal gewesen, aber nicht bei ihr!

*In dieser Nacht liefen wir durch das Dorf, die Reisfelder,
der nahen Landschaft und dem anschließenden Wald. Im
Westen von Aomori türmt sich das Land regelmäßig auf,
eine Mischung aus Hügeln und sanften Bergen bestimmt
das Bild. Ein Waldstück reiht sich an das nächste, überall
durchziehen Bäche und Flüsse die Wiesen. Ich hätte mich
allein verlaufen, aber war zum Glück mit einer Einheimischen unterwegs, die jeden Fleck kannte.*

*Bisher hatte ich mit Frauen bloß kurze Gespräche ge-
führt, meistens geflirtet. Mit ihr sprach ich stundenlang,
auf eine seltsame Art und Weise ergänzten wir einander.
Ich erzählte ihr vom Vagabundenleben, den Raubüberfäl-
len, dem Leben unter Kameraden, meiner harten Vergangenheit auf den Hauptstadtstraßen. Sie berichtete von der
Reisernte, den Volksfesten, ihren strengen Eltern, der kleinen Schwester und dem abgeschiedenen Leben. Am liebsten
schwärmte sie von den Wanderungen aus ihrer Kindheit,
die sie mit Freunden in dieser Gegend unternommen hatte
und dass sie besonders in den Sommermonaten stundenlang unterwegs gewesen ist.*

*Mir kam es vor, als würden wir uns nach dem Leben des
anderen verzehren, ohne dieses leben zu können. Es war,
als würden wir eine vollkommen andere Welt erblicken und
uns in dieser verlieren. Noch war es nur eine einzige Nacht,
aber uns würde der ganze Sommer gehören. Ich bin kein
Romantiker, doch erkenne, wenn sich ein Mädchen verliebt
… und natürlich erkenne ich, wenn Schmetterlinge in meinem Bauch herumfliegen! Wir beiden hatten uns ineinander verguckt. Sobald ich alleine war, musste ich an sie denken; sobald sie da war, verging die Zeit wie im Flug. Ich
liebte ihr Lächeln, das mich an einen Sonnenaufgang nach*
124

einer düsteren Nacht erinnerte. Verstärkt wurde dieser Effekt von ihren himmelsblauen Augen, die Schönheit des Firmaments wohnte in ihrem Gesicht.

Zusätzlich errötete sie jedes Mal auf eine schüchterne, reizende Weise, sobald ich mein charmantes Lächeln aufsetzte und flirtete. Dabei unterschied sie sich grundlegend von den Stadtmädchen, aber bezauberte mich mit dem Reiz der Natur. Fast so, als wäre sie ein menschgewordener Naturgeist.

Regelmäßig schlich sich Hana in den späten Abendstunden heraus, obwohl ihre Eltern es verboten hatten. Ihr Vater besaß die berechtigte Angst, sie würde von den Banditen vergewaltigt werden, aber ich beschützte sie. Selbst, wenn ein Besoffener sie anbaggerte, brach ich ihm ungeniert die Nase. Hana gehörte mir! Und ja, wir verbrachten die Nächte zusammen … aber denke jetzt nicht, ich hätte sie entweiht, Layla. Nein, bei Hana ging es mir nicht um Sex. Das überraschte mich selbst, denn bisher spielten Frauen keine andere Rolle in meinem Leben. Doch bei Hana lernte ich den Charakter wertzuschätzen. Ich lernte, was sich hinter dem hübschen Gesicht und den verführerischen Rundungen verbarg.

Früher verstand ich nicht, warum manche Männer ihre Freiheit für Weiber aufgaben und sich in das Korsett der Ehe zwängten. Das hatte sich geändert, als Hanas Anblick mich glücklich stimmte und alle Sorgen wegschwemmte. Wenn das die Liebe ist, die Männer in die Ehe treibt, besaß ich keine Abneigung dagegen. Ob ich ihr einen Ring an den Finger stecken sollte?

Immer wieder kam mir dieser Gedanke in den Sinn, während die Wochen verstrichen. Ich lehrte ihr das Reiten, *sodass wir öfters Ausflüge in die nahen Berge unternahmen und sie mich bis zu den letzten bekannten Siedlungen vor den unerforschten Urwäldern führte. Ab diesen Orten war die Präfektur unbewohnt. Gerüchteweise begann ab hier das Reich der Oni, Akuma und Yokai. Der Fabelwesen! Zu gerne wäre ich weitergeritten, doch im Gegensatz zu mir glaubte Hana diesen Gerüchten. Ich verübelte es ihr nicht, denn ein dichter, ominöser Nebel stieg ab der Grenze auf. Ich fand es zuckersüß von ihr, als sie sich mit Tränen in den Augen weigerte.*

'Wir müssen nicht, wir müssen nicht …" Grinsend wendete ich mein Pferd. „Aber du solltest wissen, dass ich dich vor einem bösen Yokai beschützen würde, Hana', schob ich noch hinterher, weil ich wusste, dass Mädchen auf solche Sprüche stehen.

Zufrieden schaute sie mich an, bis ich den Entschluss fasste und ihr beim Rückweg eine Geschichte erzählte. Ich schnappte sie von den Ausländern auf, aber sie blieb mir positiv hängen. Es war die Geschichte von einem Prinzen und einer Prinzessin, den Kampf gegen einen Drachen, die Reise über ein dämonisches Meer und der Bergung eines Schatzes. Als ich sie nach einer halben Stunde beendet hatte, fügte ich hinzu: 'In der westlichen Mythologie existiert immer ein Held oder ein Prinz, der alles für seine Angebetete riskiert und sie vor Gefahren beschützt. Eigentlich mag ich Ausländer nicht, aber sieh in mir deinen Prinzen, Hana.' Zur Verdeutlichung zücke ich meinen Revolver. 'Weißt du, ich erschösse den größten Oni, bevor er meiner Prinzessin ein Haar krümmen könnte.'

Ihr strahlendes Lächeln, welches dem Sonnenaufgang in dieser nebligen Gegend glich, erwärmte mein Herz. Unter

126

den Banditen fluchte ich in jedem Satz, vor Hana achtete ich auf meine Sprache. Unterbewusst und nebensächlich geschah es, doch ich wollte diese schöne Blume nicht meinem rauen Leben aussetzen. Künftig nannte sie mich ihren Prinzen, ich nannte sie meine Prinzessin.

Ich lehrte ihr nicht nur das Reiten, sondern auch das Angeln. Hinter den Reisfeldern kringelte sich ein Fluss entlang, an dem wir oft stundenlang saßen und Unterhaltungen über alles und jeden führten. Die Zeit an diesem Fluss war mitunter die Schönste des Sommers. Schmunzelnd sagte ich ihr, dass der passendste Name für sie Sora wäre, weil ihre Augen dem Himmel glichen. Oder, wie ich fand, würde auch Hime passen, wenn ich sie wie eine Prinzessin beschützte. Sie fühlte sich geschmeichelt, aber beharrte auf Hana. Immerhin gab es für sie nichts Schöneres als bunte Blumen auf der Welt.

Sobald ich einen Fisch fing, zeigte ich ihr, wie man ein Feuer machte und diesen briet. Wir plauderten, picknickten, lachten und irgendwann begannen wir, uns an diesen Nachmittag zu küssen. Innige Umarmungen, heiße Küsse, lange Knutschereien. Für eine wohlbehütete Jungfrau wie Hana bedeutete jede dieser Aktionen Herzklopfen, Aufregung und den Reiz des Verbotenen. Sie glich einer unbeschriebenen Leinwand.

Den großen Schritt wagten wir erst, als sie mir eines Tages einen kleinen Hügel zeigte, von dessen höchster Stelle sich die nahe Tallandschaft gemäldegleich ausbreitete. So weit das Auge reichte, konnte ich Wälder, einzelne Dörfer und Reis-, Schlafmohn- und Kokastrauchfelder erblicken. Ein einzigartiger, unvergleichlicher Augenöffner. Mir fiel kein passenderer Ort für eine Liebesnacht ein. Ich lehnte mich gegen einen alten Apfelbaum, dessen Früchte wir uns teilten, bis Hana ihren Kopf in meinem Schoß bettete. Dann schaute sie zum Nachthimmel empor und erzählte von ihrem Tag, ihrer Schwester, ihren Eltern und ihrer Sehnsucht nach mir. Es wunderte mich, wie wohl und geborgen ich mich fühlte, obwohl ich ein ruhiges Leben früher abgelehnt hätte.

Auf dem Hügel unter dem Apfelbaum sind wir einander nähergekommen, dort habe ich ihre Jungfräulichkeit gestohlen und sie an einer ehrbaren Hochzeit gehindert. Ich liebkoste ihre weichen Brüste, küsste ihre unberührte Knospe, drang in sie ein. Nur in dieser Nacht flossen die roten Tränen, sie fand es trotzdem wunderschön. Die Vermischung von unserem Schweiß, die Berührung unserer Körper, ihr nackter Leib im weichen Gras, ihre Schönheit im weißen Mondlicht, ihre zuckersüßen Schreie in der nächtlichen Stille, ihr hektischer Atem nach dem Akt und ihre verlegene Bitte nach einem weiteren Mal. Das war der Anfang, nicht das Ende.

Eine besondere Faszination entwickelte sie für mein Drachentattoo. Beim Vorspiel fuhr sie mit dem Finger entlang; sobald der Höhepunkt nahte, leckte sie es ab und bettete danach den Kopf auf dem Maul. Ihr Vater würde ihr kein Tattoo erlauben, aber sie fand es unglaublich cool, wenn ihr Geliebter eines besaß. Und ich hörte heraus, dass sie sich ebenfalls eines wünschte. Wenn sie die Braut eines Yakuza würde, dann könnte sie sich alle vorstellbaren Tattoos stechen lassen.

Auf diesem Hügel wurden wir zum wahren Liebespaar und bewiesen es unzählige Male. Dabei vermute ich mittlerweile, dass dieses wohlbehütete Mädchen nicht mal

128

wusste, wie man schwanger wird. Vielleicht war es auch dämlich von mir, zu denken, sie würde professionell wie eine Frau aus der Großstadt verhüten. Rückblickend glaube ich zwar, unser Kind nicht auf diesem Hügel, sondern erst Wochen später gezeugt zu haben, aber das ändert nichts an ihrer Naivität.

Dann kam der Aufbruch aus dem Dorf … und der Moment, in dem ich Hana ihren Eltern stahl. Verurteile mich nicht, Layla, denn wir waren heißblütig, voller Leidenschaft, Hals über Kopf ineinander verliebt und sogar Hana wurde von ihrem Herzen verleitet. Ich hielt mich noch nie an Regeln und sie kam ein wenig verspätet in ihre rebellische Phase.

Nach dem Sommer entschied der Anführer, aufzubrechen. Es begann mit der sinkenden Moral der Männer. Abgeschieden von den großen Städten gab es kaum Bordelle, die Vergewaltigungen im Dorf stiegen sprunghaft an und letztlich wandten sich die Einheimischen an den Feudalherren. Das führte zu einer Auseinandersetzung, die wir nicht gewinnen konnten, seitdem der Anführer einen Großteil seiner Gefolgsmänner an den neuen König der Unterwelt abgegeben hatte. Ab jetzt würde sich der neue König auch um die Drogenlieferungen kümmern, denn er plante, sich aus allen Geschäften zurückzuziehen und seinen Ruhestand anzutreten. Wir wollten nach Süden ziehen, wo es wärmer ist und sich der Anführer mit seinem angesparten Geld zur Ruhe setzen könnte. Er liebäugelte mit Tagoshima oder träumte von einer prachtvollen Villa auf Ukinawa. Er unterbreitete uns das Angebot, entweder zum Nachfolger in die Hauptstadt zurückzukehren oder als Leibwachen im warmen Süden zu leben. Eine Entscheidung, die ich niemals traf, da auf dem Weg in den Süden meine Beziehung mit Hana in die Brüche ging. (Aber zu dieser Tragödie später mehr.)

Einen Tag vor dem Aufbruch kam es zum großen Streit zwischen Hana und ihrem Vater. Sie offenbarte unsere geheime Liebesbeziehung, was ihn ausflippen ließ. Später verriet mir Hana, dass er sie mehrfach (und zum ersten Mal in ihrem Leben) geschlagen hatte. Ehrlich gesagt, nahm ich ihm die Reaktion nicht übel, denn er hatte seinen beiden Töchtern schon in der Kindheit einen künftigen Ehemann gesucht und müsste dessen Vater die Situation erklären. Gesellschaftlich war das ein harter Schlag für ihn, auf dem Dorf verzieh man so etwas nicht. Mich kümmerte sein Leid nicht, mir ging es nur um Hana.

Er wollte sie nicht gehenlassen, aber ich war ein Bandit und ein begnadeter Revolverschütze. Ich spazierte in sein Haus hinein, hielt ihm den Revolver ins Gesicht und stahl mit einem Lächeln auf den Lippen seine Tochter. Verunsichert schaute Hana ihre Familie an, ihrer Schwester standen Tränen in den Augen. Knapp verabschiedete sie sich von ihrer Mutter und ihrer Schwester, hauchte ihrem Vater einen Kuss auf die Wange und folgte mir ohne Bedenken ins Banditenleben hinein. Im Namen der Liebe ließ sie ihre Familie hinter sich.

Sie begleitete uns, am ersten Tag kam sie nie aus dem Staunen heraus. Wirklich niedlich. Ständig schwärmte sie vom unbekannten Süden, den großen Städten und fremden Landschaften, die ihr in Tarpan begegnen würden. Sie war aufgeregt wie ein kleines Kind, das amüsierte mich. Stundenlang ritt ich neben ihr her, erzählte ihr von Taro und staunte, mit was für strahlenden Augen sie sich

130

umschaute.

Abends gab mir der Anführer den väterlich gemeinten Rat, ich solle mich bei Hana hüten, weil Frauen eine teuflische Verführung für Männer darstellen. Eine lange Beziehung eignet sich nicht für einen Banditen. Wenn es nach ihm ginge, würde ich Hana nur zum Ficken hernehmen, aber wir waren über dieses Stadium hinaus. Ich liebte sie für ihren unschuldigen Charakter, ihren dezenten Humor, ihre fröhliche Art, ihre kindliche Neugier und dem starken Kontrast zu meinem Leben. Mit der Zunge schnalzend, nahm der Anführer das zur Kenntnis, aber war kein Unterstützer dieser Beziehung … das macht sein Verhalten in der Gegenwart noch unverständlicher.

Trotzdem lebte sich Hana in unsere Kreise ein. Die Vorbehalte wegen ihres Geschlechts hielten sich in Grenzen, da ich sozusagen ihr Patron war und sich vor mir alle einschissen. Dadurch wurde sie als einzige Frau in der Gruppe akzeptiert. Zwar verging kein Abend, an dem ihr die Männer nicht an den Arsch oder die Brüste fassten, aber aus Angst vor mir gingen sie nicht weiter. Und falls einer es wagte, sein Ding vor ihr auszupacken, schlug ich ihm die Fresse ein und trat ihm so lange zwischen die Beine, bis ein Ei platzte. Natürlich nicht vor Hanas Augen, das wäre zu viel für sie gewesen.

Meistens schwieg Hana über das Banditenleben, höchstens nach dem Sex mit mir beschwerte sie sich über die barbarische, beleidigende und aufdringliche Art der Männer. Häufig fügte sie hinzu, warum nicht alle Männer solche Charmeure wie ich sein konnten. Schulterzuckend erklärte ich ihr, dass ich ansonsten nichts Besonderes wäre, ohne ihr die Wahrheit über mich zu sagen. Ich war nicht in allen

131

Lebenslagen ein Charmeur …

Doch sogar die sexuellen Annäherungen meisterte Hana immer besser. Zu Beginn schrie sie schüchtern auf, wenn ein Besoffener ihre Brüste begrabschte oder ihre Haut abschleckte. Mittlerweile verpasste sie jedem eine schallende Ohrfeige, was dank meiner Anwesenheit nie zurückgezahlt wurde. Das war wichtig, denn ich hatte diese barbarischen Männer schon eine Frau blutig prügeln sehen, wenn diese die Hand zum Schutz vor einer Vergewaltigung erhob. Keiner von uns dürfte als Gentleman in die Geschichte eingehen.

Jetzt sollte ich wieder auf unsere Beziehung zurückkehren, sie entwickelte sich gut. Wir ritten gen Süden herab, und in Yukushima gab es viele Seen, in denen wir badeten und einander liebten. Wir angelten, picknickten, lachten und spaßten. Es waren malerische Erinnerungen an den Sommer in Aomori, die in den Herbst hineinreichten und durch die farbenfrohen Bäume einen neuen Charme erhielten. Nichts genoss ich mehr, als wenn die fröstelnde Hana sich nach dem Badespaß liebevoll in meine Arme schmiegte und schüchterne Küsse mit mir austauschte. Verführerisch wie eine Nymphe. Es war vorhersehbar, dass Hana schwanger wurde, doch ich habe dieses drohende Problem niemals bedacht. Von der Liebe blind, trieben uns unsere Gelüste ständig einander in die Arme. Wer denkt schon an den frostigen Morgen, wenn im sonnigen Heute die Schönheit schlummert?

Wie es bei Männern meines Schlages so ist, gehört Treue nicht zu unserer Königsdisziplin und bei mir war diese Tugend nicht nur verkümmert, sondern restlos abgestorben. Unser Liebesglück begann zum ersten Mal zu bröckeln, als
132

wir eine noble Kutsche erspähten und uns den Raubüber-
fall nicht verkneifen konnten. Den Ehemann und Kutscher
töteten wir, die Gattin und die Tochter nahmen die Männer
ins Zelt mit. Du weißt, was mit ihnen geschah, Layla?

Stundenlang vögelten die Männer abwechselnd die zwei
Frauen, bis ich besoffen ins Zelt torkelte und guter Dinge
mitmachte. Zum Glück erfuhr Hana nichts von diesem
Vorfall, sodass unsere Beziehung weiterging, doch sie hatte
eine Ahnung. Eine Ahnung, die sich nochmal verstärkte,
da wir die beiden Frauen eine ganze Weile als Sklavinnen
behielten. Ich ging so oft zu der hübschen Tochter, dass ich
sie irgendwann … eigentlich nur, um der Versuchung zu
entkommen … freiließ. Der Mutter ermöglichte ich keine
Fluchtchance, da ich nicht auf ältere Frauen stehe und
meine Kameraden mich ansonsten vor Wut lynchen wür-
den.

Wahrscheinlich erahnst du, Layla, wie die Beziehung
weiterging. Hana blieb treu, ich ging fremd. Wieder und
wieder. In Hanas Heimatdorf war sie das schönste Mäd-
chen gewesen, in den größeren Städten lief ich unzähligen
Bilderbuchschönheiten über den Weg. Dank meinem guten
Aussehen, meiner wortgewandten Art und meinem locke-
ren Geldbeutel kriegte ich jede ins Bett. Ich vögelte gottlos
oft mit fremden Frauen, ich war echt ein teuflischer Huren-
sohn.

Nach wenigen Wochen verstand ich, dass Hana mich
durchschaut hatte, aber diesen Fakt leugnete. Sie wollte an
unserer harmonischen Beziehung festhalten. Sie träumte
voller Nostalgie vom Schwimmen im Mondschein, den ge-
meinsamen Tagen am Fluss, den süßen Küssen beim Pick-
nick, den romantischen Nächten auf dem Hügel, unseren

ewiglangen Gesprächen unter dem Sternenmeer. Sie blieb eben ein Mädchen vom Land, das zum ersten Mal sein Herz an einen Jungen verloren hatte ... leider an einen Stadtjungen, der schon viel zu früh das Geschick der Geishas am eigenen Leib erfahren hatte. Für sie waren das Erinnerungen aus einem anderen, süßen Leben, wenn sie alleine im Zelt lag und ihr Geliebter bei einer anderen Frau nächtigte. Es häuften sich ihre Sorgen, unsere Beziehung erkrankte daran. Wie eine Blume, um die sich niemand kümmert, verwelkte sie.

Wirklich verstritten hatten wir uns, als sie kurz nach ihrem einundzwanzigsten Geburtstag hereinplatzte und mich mit einer Geisha, die für wenige Yen mit jedem noch so hässlichen Hurensohn vögelte, ertappte. Zwei Monate nach dem Aufbruch aus Hanas Heimatdorf starb die verwelkte Blume endgültig. Vielleicht hatte sie an diesem Tag von der Schwangerschaft erfahren? Das würde zumindest ihren riesigen Zorn erklären, aber damals hatte ich davon keine Ahnung. Mit zitternder Unterlippe, geballten Fäusten, enttäuschtem Gesichtsausdruck und gebrochenem Herzen schaute sie mich an. Ihre Gefühlte tobten in ihren himmelsblauen Augen, als zöge ein Gewitter auf und, obwohl das unmöglich war, schwappten ihre Gefühle sogar über. Ich spürte, wie ein Sturm ihrer Wut über mich hinwegwehte und die Liebe in ihrem Herzen vereisen ließ. Sogar die wildfremde Hure in meinem Bett erstarrte vor Ehrfurcht.

Als Hana die Tränen aufstiegen, drehte sie sich um und rannte davon. Sofort stürzte ich aus dem Bett, schlüpfte in meine Hose hinein und folgte ihr. Verzweifelt rannte ich durchs Lager, konnte sie nicht einholen. Trotz ihres

134

Kimonos und den Holzsandalen, die sie immer trug, war sie mir entwischt. Wo auch immer sie sich versteckte, sie weinte bittere Tränen und verfluchte ihre Naivität, einem Frauenhelden und Banditen vertraut zu haben und für diesen ihre Familie verraten zu haben.

An diesem Tag hatte sie mich beim Fremdgehen ertappt, die angeknackste Beziehung erhielt ihren finalen Bruch. Der Sommer gehörte der Vergangenheit an, unsere Liebe verging wie die Wärme im Herbst. Während ich die metaphorischen Scherben in Händen hielt, wuchs in ihr der Hass heran. Wie ein Geschwür breitete er sich in ihrem Inneren aus. Ich spreche von jenem Hass, der sich so tief in ihre Seele hineinfraß, dass sie sich meinen Tod wünschte und das Todesduell inszenierte. Rückblickend fühle ich mich wie ein verfickter Hurensohn, damals nahm ich es auf die leichte Schulter. Ich dachte, sie reagiere sich zeitnah ab und würde mir verzeihen.

Nachdem ich mir überlegt hatte, wie ich sie trösten könnte, kam ich zu dem Schluss, dass ein bedeutungsloser Fick mit einer Hure kein Problem darstellte. Ich konnte mir nicht vorstellen, dass diese Situation sie in den Grundfesten erschüttern würde.

Tags darauf wollte ich mich mit ihr aussprechen, doch in unserem Zelt begegnete ich dem Anführer. Layla, du musst wissen, dass ich diesen Anführer wie einen Vater respektiert hatte. Für mich war er ein Vorbild gewesen, ein Idol. Aus unerfindlichen Gründen stellte er sich auf Hanas Seite, er verurteilte mich. Jener Mann, der mich vor wenigen Wochen vor Frauen gewarnt hatte, stand plötzlich auf der Seite einer Frau. Wie zum Teufel ist es dazu gekommen?

Wir stritten uns, zückten die Waffen, schrien uns an. Ein paar Männer schritten ein. Andernfalls wären wir uns an die Gurgel gesprungen, hätten damals die Entscheidung gefunden. Unbewusst verschoben wir das Ende um ein paar Monate.

Keine Ahnung, was Hana ihm erzählt hatte und warum er auf ihrer Seite stand, doch mich ließ er nie zu Wort kommen. Stattdessen grenzte er mich bei den Überfällen und der Beute aus, verbannte mich aus dem Lager. Ich musste wie ein Hund im Wald schlafen! Und wenn ich mit Hana sprechen wollte, ignorierte mich diese eiskalt, als wäre jede Liebe zwischen uns verpufft. Zwei Tage ertrug ich diese Scheiße, dann hielt ich sie nicht länger aus und rannte davon. Ich schwang mich auf mein Pferd, ritt los, ließ alles hinter mir. Bis in die Morgenstunde donnerte ich die Wege entlang, damit mich der Anführer unmöglich finden könnte. Wie er es Monate später geschafft hat? ... keine Ahnung!

Für mehrere Tage irrte ich umher, stahl die Geldbeutel von unachtsamen Reisenden. Danach gönnte ich mir ein Zimmer in einem Bordell, verharrte im kälter werdenden Herbst in einer südlichen Präfektur. Als der Winter kam, ritt ich noch weiter nach Süden, wo ich mich wohlfühlte. Ich bin kein Freund von Schnee und Kälte. Meistens schlief ich bei einer Frau ein. Falls ich das nicht machte, musste ich an Hana denken, sodass mein Herz schmerzte und mir die Tränen kamen. Das trieb mich ins Bett der nächsten Frau, ein Weib folgte dem anderen. Doch egal, wie sehr ich mich ablenkte, unsere schöne Zeit im Dorf würde ich niemals vergessen. Sie war, genauso wie unsere Liebesnächte, in meine Erinnerungen hineingebrannt. Dabei wusste ich, dass es niemals ein Zurück gäbe!

Sechs Monate später spürte mich der Anführer mit seiner Bande in Kawakami auf. Wie sie mich finden konnten, verstehe ich bis heute nicht, doch es gelang ihnen. Abends lauerten sie mir in der Bar auf der anderen Straßenseite auf, es kam zur Schlägerei. Dreizehn gegen einen, nicht die genialsten Aussichten für einen Sieg. Gnadenlos verschlugen sie mich. Danach erklärte der Anführer, ich müsse ein Duell austragen, um frei zu sein. Niemand desertiert von seiner Yakuza-Bande, meinte dieses egoistische Arschlosch. Aus Gnade – zumindest drückte er sich so aus – gab er mir eine Woche, wobei sie das Dorf überwachten. Falls ich flüchten sollte, würden sie sich an meine Fersen heften und die Entscheidung erzwingen.

Ich schätze, er hat mich nicht skrupellos niedergeschossen, weil er in seinem Herzen noch einen Funken Liebe für seinen früheren Ziehsohn verspürte. Doch selbst unter der Annahme, dass Hana das Bett mit dem Anführer geteilt hat, dürfte sich dieser nicht wie eine bedürftige Jungfrau um den Finger wickeln lassen. Immerhin kennt er mich seit fast zehn Jahren, er hätte widerspruchslos auf meiner Seite stehen müssen. Irgendetwas ist vorgefallen, wovon ich keine Ahnung habe! Ach verflucht, das macht mich wahnsinnig!

Okay, Layla, jetzt kennst du meine Geschichte. Es begann mit dem romantischen Kennenlernen zwischen einem Jungen und einem Mädchen, bis ich alles vermasselt habe und ihr das Herz brach. Scheiße, irgendwie verstehe ich ihr ganzes Verhalten sogar. Es ist der Hass, der Frust, die Wut, der Zorn, die Erniedrigung und das Gefühl des Verrats, was Hana zu dieser skrupellosen Frau gemacht hat. Diese schlechten Gefühle brodeln in ihrem Inneren und münden in diesem blutigen Todesduell."

Deprimiert beende ich die Geschichte, mein Mund fühlt sich staubtrocken an. Nachdem ich in den vergangenen sechs Monaten allein durchs Land gereist bin, bin ich es nicht gewöhnt, so viel zu sprechen. Wenn ich einmal einen anderen Menschen getroffen hatte, tauschten wir höchstens ein paar Worte aus. Meine Beziehung zu Layla ist durch die Zeitschleifen einzigartig geworden. Ehrlich gesagt, fühle ich mich erleichtert, diese Geschichte mit einer anderen Person geteilt zu haben. Wenn nur ein anderer Mensch (und sei es nur für diese eine Zeitschleife) meine Erlebnisse kennt, fühlt es sich an, als wäre eine Last von meinen Schultern genommen worden.

„Sie wollte dir von ihrer Schwangerschaft erzählen!", bricht Layla die Stille.

„Hä?"

Leise räuspert sie sich, drückt eine Zigarette zu den Stummeln im Aschenbecher aus. Während meiner Geschichte hatte sie eine Menge gequalmt. Das erklärt ihr rauchige Stimme, als sie fortfährt: „Du hast es vermutet, doch ich bin mir sicher. Sie hat gewusst, dass du sie hintergehst, aber darüber hinweggeschaut. Zumindest gelang ihr das, bis sie erfahren hat, dass sie schwanger ist. Ab diesem Moment wollte sie eine gesunde Beziehung führen. Aus diesem Grund traf sie dein Betrug genau dann, als sie dir vom Kind erzählen wollte.

Sie konnte dir nicht verzeihen, dass dieser Moment

der Freude in ein schlechtes Licht gerückt wurde. Sie ertrug es nicht, ihren künftigen Ehemann im Bett einer anderen zu erblicken. Hättest du an diesem Morgen mit keiner Geisha geschlafen, stünde sie an deiner Seite und hätte dir dein früheres Fremdgehen verziehen. Alles, was sie wollte, war deine Treue ab diesem Augenblick. Frage sie, falls du sie nochmal siehst, ob ich rechthabe."

Ich teile ihre Meinung. Damals hatte ich nichts vom gemeinsamen Kind gewusst, also hielt ich Hana für eine zickige, besitzergreifende Frau, deren Reaktion übertrieben war. Ein Bandit lässt sich nicht zähmen, sondern eilt von Frau zu Frau. Doch Hana ist keine Banditin, sondern ein gewöhnliches Mädchen vom Land, das ihr Herz an einen einzigen Mann verloren hat.

Obwohl diese Theorie nicht hundertprozentig entschieden ist, erscheint mir Laylas These plausibel. Als Hana mir freudig von unserem gemeinsamen Kind erzählen wollte, erwischte sie mich im Bett mit einer Geisha. Dieses Erlebnis entfachte Hass, Zorn und Wut in ihr, sodass sie von mir nichts mehr wissen wollte. Stattdessen plant sie mittlerweile, das Kind alleine großzuziehen und einen Mord an ihrem fremdgehenden Ex-Mann zu realisieren.

„Denkst du, sie wird es mir verzeihen?"

„Hm …" Nachdenklich tippt sich Layla ans Kinn. „Ich denke, das ist offen. Hättest du sie nicht geschwängert, wäre sie bei einem Frauenhelden niemals glücklich geworden und hätte dich irgendwann aufgegeben. Ganz sicher. Jetzt braucht sie einen Vater für ihr Kind, was die Wahrscheinlichkeit erhöht, sich mit dir zu versöhnen. Anderseits plant sie deine Ermordung, also ist es ein langer Weg, bis ihr überhaupt miteinander sprecht. Das lässt deine Karten schlechter erscheinen.

Jedoch muss das Kind ernährt werden und als Frau existieren nur wenige Arbeitsmöglichkeiten in diesem Land. Vielleicht wird sie Kellnerin? Ich wünsche ihr das von Herzen, aber die meisten Frauen werden ohne einen Mann zu Huren. Da sie ein braves Mädchen war, wird sie dieses Schicksal unbedingt abwenden wollen. Da kämst entweder du oder ein Fremder ins Spiel!"

„Also ..."

„Warte, wir sind lange nicht am Ziel!", unterbricht sie mich, steckt sich eine Zigarette in den Mund. „Ich spreche bewusst von der Vergangenheit, weil ein braves Mädchen keinen Mord plant. Du hast erzählt, Hana sei federführend für das Duell? Deswegen weiß ich nicht, ob sie dich oder ein Dasein im Bordell vorzieht. Oder vielleicht findet sie tatsächlich einen anderen Mann? Zwar dürfte sich niemand gerne ums Kind des Ex-Freundes kümmern, aber eine einsame Seele kann von einer jungen Frau durchaus bezirzt werden. Wie die Zukunft sich entwickelt, ist unmöglich zu sagen."

Ich falte die Hände über meinen Kopf, sinke tiefer ins Bett hinein. Rational und nachvollziehbar argumentiert Layla, Hana hat sich wirklich verändert.

140

Früher war sie ein braves Mädchen gewesen, mittlerweile plant sie meinen Tod durch ein brutales Duell. Höchstwahrscheinlich würde sie lieber als Hure arbeiten, als meine Ehefrau zu werden. Es scheint, als brächte sogar der Sieg im Duell mir Hana nicht zurück – verfickte Scheiße!

„Aber", sie nimmt einen tiefen Atemzug, lässt den Rauch durch die Nase entweichen, „ein paar Chancen existieren natürlich. Zuerst solltest du an ihre frühere Liebe appellieren. Das ist niemals ein schlechter Ansatz. Erkläre ihr, dass du der einzige Ausweg bist, wenn sie keine Nutte werden will. Manchmal benötigt es einen gewissen Druck, um seine Ziele zu erreichen.

Außerdem solltest du sie ans Kind erinnern. Egal, ob Sohn oder Tochter, jedes Kind benötigt einen Vater. Als Frau wird sie es bei einem Sohn schwierig haben, ihm später Respekt einzubläuen. Eine Tochter kann von ihr nicht beschützt werden, wenn ein unlauterer Kerl seinen Blick auf sie wirft und sie sich mit Gewalt nehmen will. Mach ihr klar, wie wichtig du für das Kind bist!

Doch dein allergrößter Joker ist, dass du versprechen musst, dich zu ändern. Kein Herumhuren, kein Fremdgehen, keine anderen Mädels – versprich ihr, für sie da zu sein! Glaub mir, bei solchen Worten schlagen Mädchenherzen höher! Außerdem rate ich dir, sie auch ernst zu meinen. Ansonsten tut mir das arme Mädel leid! Doch solang ihr vereistes Herz nicht durch deine Worte schmilzt, dringst du nicht zu ihr durch. Zeige ihr, was für ein unvergleichlicher Charmeur du bist!"

„Stimmt! Ich habe mir geschworen, mit keinen Frauen mehr ins Bett zu steigen, bis alles geklärt ist. Ich denke, ich kriege diesen Schwur hin! Danke dir, Layla, so hole ich mir mein Mädchen zurück!"

Skeptisch schaut sie mich an. „Wann willst du den Schwur, mit keinen fremden Mädchen zu schlafen, geschlossen haben? Du liegst neben einer Hure im Bett ... schon vergessen?"

Ich schmunzle. Wiedermal unterläuft mir der Fehler, die Zeitschleifen zu verwechseln, sodass ich sie verwirre. Besonders bei Layla, in deren Bett mir eine gute Erkenntnis nach der anderen kommt, geschieht dieser Patzer häufig. Doch ich glaube, den anderen Frauen abschwören und mich mit Hana begnügen zu können. Immerhin ist sie sowieso das schönste Mädchen von allen.

„Entschuldige, Layla, ich meine das anders. Aber glaube mir, ich werde mich an diesen Entschluss halten. Ich will Hana niemals wieder weinen sehen! Und ich will verhindern, dass sie sich prostituieren muss. Mir scheißegal, ob sie sich meinen Tod wünscht, denn tief im Herzen werde ich das zurückhaltende Bauernmädchen immer lieben. Den Sommer mit ihr vergesse ich bis zu meinem Tod nicht und ihr Wohl liegt mir mehr als mein eigenes Leben am Herzen."

„Gut, dann viel Glück!" Sie richtet sich im Bett auf. „Vergiss nicht, dass meine Ratschläge keine Garantie sind. Nachdem du dich wie ein katastrophales

Arschloch verhalten hast, stehen die Chancen gering, dass sie dir verzeiht. Aber wenn du ihr glaubhaft versichern kannst, dich zu ändern, sollte sie dir eine zweite Chance geben."

„Darauf hoffe ich!"

Als ich bemerke, wie spät es geworden ist, stehe ich auf und greife nach meiner Hose. Interessiert schaut Layla das Drachentattoo auf meinem muskulösen Oberkörper an, ihre Zigarette wandert von einem Mundwinkel in den anderen. Ich ignoriere ihre Blicke, ziehe mich weiter an und spüre kaum den Alkohol in meinem Blut.

Ob ich mich wirklich für Hana ändern kann?, schießt es mir durch den Kopf.

Das große Problem lautet, dass die Straße meinen Charakter geformt hat, sodass ich dieser Frauenheld geworden bin. Respekt, Zurückhaltung oder Anstand sind keine Werte, mit denen ich mich brüsten kann. Es ist schwierig, die Straße aus einem Mann zu bringen, aber wenn es jemandem gelingen kann, dann einer hübschen Frau. Einer hübschen Frau, die in meinem Fall Hana heißt.

Ich dachte immer, für keine Frau auf der Welt würde ich mich ändern, bis ich Hana kennengelernt hatte. Doch selbst bei ihr benötigte es eine traurige, offenbarende Ansprache und die Schwangerschaft, um mir die Augen zu öffnen. Vielleicht hat Layla nicht unrecht, wenn sie mich ein *katastrophales Arschloch* nennt?

„Ich kriege das hin!", versichere ich, als ich mich

angezogen habe und zur Tür laufe. „Bisher habe ich mich unmöglich bei hübschen Frauen zurückhalten können, aber Hana ist die Schönste von allen. Solange ich sie habe, werde ich in kein anderes Bett schlüpfen."

Verständnisvoll nickt Layla, als sie aus dem Bett steigt und mir ihren nackten Körper präsentiert. Ich schlucke, dieser Schwur ist schwieriger als gedacht. Wie in der ersten Zeitschleife bindet sie sich eine Toga mit dem Bettlaken, folgt mir zur Zimmertür. Weil der *gestrige* Abend wegen des hohen Alkoholkonsums ausgelöscht ist, weiß ich nicht, was mit ihrer Kleidung geschehen ist. Wahrscheinlich habe ich sie ihr auf dem Weg zum Zimmer vom Leib gerissen, sodass sie nackt hier angekommen ist. Ja, das klingt nach mir, wenn ich besoffen bin.

Gemeinsam verlassen wir das Zimmer, laufen den Gang entlang zur Treppe.

„Eine Frage noch …", sagt Layla, während sie aufpasst, barfuß in keine Scherben hineinzutreten. Einem der Gäste muss gestern eine Bierflasche heruntergefallen sein, mit meinen Stiefeln kümmert mich das herzlich wenig.

„Worum geht's?"

„Warum rennst du nicht weg?", will sie wissen. „In deiner Geschichte bist du davongelaufen, aber jetzt stellst du dich dem Duell. Machst du das für dein Mädchen?"

Als sie endet, höre ich einzig die knarrenden Treppenstufen, welche wegen unseres Gewichts diese

144

Melodie erzeugen. In der fünften Schleife trete ich natürlich für Hana an, doch dieser Entschluss galt nicht im ersten Durchlauf. Damals war es eine Frage der Ehre gewesen, diesen Arschlöchern Paroli zu bieten, nachdem sie mich aufgestöbert hatten und mir die Freiheit raubten. Außerdem hatte ich ein kleines bisschen geglaubt, stark genug zu schießen, um mit dem Anführer mitzuhalten. (Obwohl mir das mittlerweile gelingt, gibt es zwölf Hurensöhne, die sich anschließend einmischen.)

Ich beantworte Laylas Frage mit der romantischen Version, vom Rest muss sie nichts wissen. Es ist mindestens das dritte Mal, wo mich einzig meine Zuneigung für Hana antreibt. Und möglicherweise erzähle ich ihr in einer anderen Schleife von meiner Vergangenheit mit dem Anführer, wobei sich die zukünftige Layla dann nicht an meinen gemeinsamen Sommer mit Hana erinnern würde. Egal, dafür darf ich zumindest die Nostalgie spüren. (Warum gehe ich Idiot schon von einer Niederlage aus?)

Unten angekommen, akzeptiert Layla diese Antwort und gesellt sich zu den Huren im Garten. Bevor sie geht, wünscht sie mir viel Glück beim Duell und der Rückeroberung meines Mädchens. Winkend verlasse ich sie, laufe im Anschluss durch die engen Straßen dieses kleinen Ortes. Diesmal muss ich mich beeilen, weil die Geschichte länger als gewöhnlich gedauert hat und sich deswegen der Anblick veränderte. Ich erkenne außer den Händlern kein Gesicht, auch die schwarzhaarige Schönheit, mit der ich in der dritten Zeitschleife geraucht habe, fehlt.

Ich vermisse weder den weinenden Jungen, den wütenden Bauern oder die flirtende Mutter, denn für mich zählt nur das Duell. Ich verlasse das Städtchen, komme beim Kampfplatz an, schlage mich mit den immergleichen Floskeln herum. Zwanzig Minuten später sterbe ich zum fünften Mal. Ein gezielter Kopfschuss besiegelt mein Ende, woraufhin ich nicht einmal mit Hana sprechen kann!

Verfickte Scheiße, diesmal war mir der Anführer allein überlegen gewesen - ich lieferte einen katastrophalen Versuch ab! Fluchend komme ich in der sechsten Zeitschleife an. Na ja, zum Glück gehen mir die Versuche nicht aus!

Kapitel 5:

Der König der Unterwelt

Ich sterbe ein sechstes Mal, diese Zeitschleife hätte ich mir sparen können. In der Früh führte ich nicht einmal ein angenehmes Gespräch mir Layla, sondern bin sofort zum Duell aufgebrochen. Mir kommt es vor, als quälte ich mich nur zum Sterben aus dem Bett.

Zwar schieße ich dem Anführer in den Bauch, aber die Glücksgefühle halten nur kurz, denn wutgeladen stürmen die Männer auf mich zu und nehmen Rache. Wie ich als einziger Mann dieser Horde widerstehen soll, erschließt sich mir nicht. Gibt es überhaupt eine Chance, als Einzelperson gegen dreizehn Mann anzukommen?

Erneut kann ich nicht mit Hana sprechen, weil diese Affen erst von mir ablassen, als ich gestorben bin. Dabei hätte ich so gerne ihre liebliche Stimme gehört, anderseits würde sie nur böse Dinge zu mir sagen und sich an meinem Leid weiden. Entweder würde Hana über ihre Enttäuschung von meiner Wenigkeit in der Vergangenheit sprechen oder ihre Mordphantasien gegenüber mir preisgeben.

Als ich neben Layla aufwache, habe ich jedes Mal den Milchgeschmack im Mund. Rätselhaft! Aus unerfindlichen Gründen bleibt dieses Detail eine der wenigen Konstanten in allen Zeitschleife. Dabei ist die Todesursache egal, Hana führt diese Handlung immer aus. Für sie stellt das Milchgeben eine eiserne Regel dar. Was für eine unbekannte Motivation treibt sie zu dieser Aktion?

Bei meinem siebten Tod gehe ich anders vor, immerhin muss ich die Anzahl meiner Feinde reduzieren. Wild ballere ich in die Menge hinein, leere meine Trommel und töte sechs von diesen hässlichen Hurensöhnen. Die Mischung aus Überraschung und Schock zeichnet sogar die Mimik des Anführers, bei Hana handelt es sich um reinen Ekel und absolute Verachtung.

Geschickt weiche ich den Kugeln aus, lade nach. Als ich zwei weitere Bastarde töte, schießt mir der Anführer in den Bauch und die siebte Schleife neigt sich dem Ende entgegen. Vielleicht hätte ich nicht wie ein Irrer um mich ballern sollen? Zum Glück würde sich Hana nicht an diesen blutigen Versuch erinnern, ansonsten hätte sie mich noch mehr gehasst.

Diejenigen, die noch am Leben sind, sind verdammt zornig und brodeln vor Rachgier. Einer von ihnen rammt mir sein Messer ins Arschloch hinein, die Schmerzen reißen mich zum Glück in die Ohnmacht. Ich will überhaupt nicht miterleben, was diese Bastarde mit mir angestellt haben … lieber fliehe ich in die achte Schleife!

Erleichtert wache ich neben Layla auf, wische eilig die Tränen hinfort. Mittlerweile stehe ich vor zwei

Entscheidungen. Entweder lasse ich mich leicht töten, sodass der Tod ohne große Schmerzen eintritt, oder ich kämpfe gegen die Banditen und krepiere elendig. Trotz der neuen Zeitschleife hallen die Schmerzen in meinem Kopf nach.

Wortlos verlasse ich das Zimmer, lasse Layla schlafen. Wenn mir nach ein wenig menschlicher Nähe ist, wecke ich sie und unterhalte mich mit ihr. Im Augenblick konzentriere ich mich ausschließlich auf den Kampf, aber schaffe es nicht, einmal siegreich hervorzugehen …

Bei der achten Schleife wird es unübersichtlich und tragisch. Erneut liefern wir uns ein Gefecht, mittlerweile suche ich nach einer sicheren Route in dieser *Schlacht*. Ich ignoriere anfangs den Anführer, weil ich mit meinen sechs Kugeln die Anzahl an Gegnern halbieren will. Mir egal, ob mich Hana deswegen für grausam hält – ich habe keine andere Wahl! Wie soll ich ansonsten dieses Duell gewinnen?

Am besten wäre es, wenn sie in der erfolgreichen Schleife sähe, wie der Anführer mich verrät. Jetzt kommt es nämlich herüber, als würde mein Kopf durchbrennen, sodass ich wie ein Verrückter die Zuschauer abknalle. *Wenn sie nur wüsste, was geschähe, wenn ich das Duell ehrbar gewinne. Ach Hana, wenn ich gewinne, erkläre ich dir alles! Aber versprich mir, auch zuzuhören.*

Sobald ich meine Trommel leergeschossen habe, befinde ich mich im Feuergefecht mit dem Anführer –

der lebenden Legende! – und sechs Anhängern, in denen der Zorn hochkocht, dass ich als Berserker ihre Freunde gekillt habe. Manchmal macht Wut einen Menschen dumm und leichtsinnig, bei geübten Banditen wirkt das Gefühl gegenteilig. Sobald ich die ersten sechs Hurensöhne getötet habe, kämpft der Rest mit einer animalischen Gier.

„VERFICKTE SCHEISSE!", kreische ich in der hysterischen Tonlage einer Frau, als ich einem Geschoss ausweiche und deswegen Hana im Bauch getroffen wird. Schrecklicherweise handelt es sich um keine gewöhnliche Kugel, sondern eine Schrotflinte.

Die ganze Zeit schaute sich meine Ex wegen der ausgearteten Schießerei verängstigt um, jetzt liegen sie und das Baby im Sterben. Sofort verliere ich das Interesse am Kampf, weil die achte Zeitschleife niemals zur Realität werden darf, und stürze zu ihr hin. Schlitternd komme ich neben der Liebe meines Lebens zum Stehen. Alle Farbe ist aus ihrem Gesicht gewichen, ihre himmelblauen Augen verlieren sekündlich an Glanz. Ihre Lippen zittern und Tränen fließen ihre Wangen herab. Krampfhaft umklammert die werdende Mutter ihren geschwollenen Bauch und erträgt den Gedanken nicht, dass ihr Kind stirbt. Ihre Verzweiflung springt mir entgegen, sickert in mir ein und treibt mir die Tränen in die Augen.

Der Kimono ist zerrissen, von der Haut ist besonders in der Region um den Nabel kaum etwas übriggeblieben. Wie Schlangen winden sich ihre zerrissenen Gedärme empor, blubbernd ergießt sich das Blut heraus und bedeckt den sandigen Boden. Ein grauenvoller Anblick! Die Schrotmunition hat Hana förmlich zerrissen!

Als ich auf die Knie falle, schießt mir einer der Männer in den Rücken hinein. Unfreiwillig verliere ich die Balance, falle auf ihren Bauch. Ein ohrenzerfetzender Schmerzensschrei stiehlt sich über ihre Lippen, ihre Wunde reißt noch stärker auf. Mein Hemd wird von ihrem Blut durchtränkt, wobei ihre weichen Gedärme meinen Sturz abdämpfen. Kurz vermute ich, das blutgetränkte Kind zwischen ihren zerstörten Eingeweiden zu erblicken, aber es kann sich auch um Einbildung handeln.

Bevor ich weiß, was geschieht, drückt sie mein Gesicht gegen ihre Brüste und flößt mir schluchzend ihre Muttermilch ein. Wenn sie am Sterbebett mit einem aufgerissenen Bauch so handelt, muss dieses Ritual eine unfassbare Bedeutung besitzen. *Warum handelt Hana auf diese Weise?*

Dann sterbe ich in der achten Schleife durch einen Kopfschuss und höre zum bitteren Ende, wie sich die Kugel auch in Hanas Brust bohrt und sie ebenfalls ins Jenseits befördert. Zum Glück entfliehe ich der schlimmsten Zeitschleife von allen!

Schweißgebadet schrecke ich in der neunten Wiederholung im Bett hoch, der Nachhall dieser Geschehnisse verwandelt meine Augen in Wasserfälle. Obwohl in dieser gegenwärtigen Zeitschleife nichts von den schrecklichen Ereignissen stattgefunden hat, zehren diese weiterhin an mir. Wie ein Dämon frisst Hanas Tod an meiner Seele.

Vollkommen verwirrt wacht Layla auf, perplex schaut sie mich an. Ich kann meine Gefühle unmöglich eindämmen, der Schuss in Hanas Bauch schockiert mich zutiefst. Die zerrissene Haut, der blutgetränkte Leib unseres Kindes und die Verzweiflung einer sterbenden Mutter. Keiner meiner Tode ist vergleichbar mit diesem Anblick; mein Herz fühlt sich an, als sei es unter tonnenschwerem Gestein begraben.

Als ich Hana sterben gesehen habe, wurde mir wieder bewusst, wie sehr ich sie liebe. Für dieses Frau würde ich alles – absolut alles! – riskieren. *Eine Zukunft ohne sie ertrage ich nicht!* In dieser Schlacht muss ich nicht nur dreizehn Männer töten, sondern auch die Liebe meines Lebens von den herumschwirrenden Geschossen beschützen. Sie ist meine Prinzessin! *Meine Hime!*

Als ich mit geröteten Augen, schniefender Nase und blindem Zorn aus Laylas Zimmer stürme, schaut sie mir schief hinterher. Sie spürt die zügellose Wut eines Mannes, dessen Gefühle die Welt aus den Angeln heben können. Mithilfe der Zeitschleifen werde ich eine Zukunft erschaffen, in der die Banditen tot sind und Hana an meiner Seite steht. Diesen Schwur verewige ich in meinem Herzen, überschreibe die schrecklichen Anblicke ihres Todes.

In dieser Zeitlinie weiß Layla nicht, dass ich zu einem Duell aufbreche **und** eine schwangere Freundin habe. In einer Zeitlinie habe ich Layla meine innigsten Gefühle offenbart, momentan sind wir Fremde. Aktuell bin ich ein Kunde für sie, mit dem sie sturzbesoffen die Nacht durchgefickt hatte und der überstürzt am nächsten Morgen das Bordell verlässt.

Vor Zorn brodelnd, stapfe ich die Treppe hinab und zwinge die Huren zum Ausweichen. Eine springt sogar panisch beiseite, weil sie meinen Revolver, meinen eisigen Gesichtsausdruck und meinen muskulösen Körperbau sieht. Sie dürfte wissen, dass es Momente gibt, in denen man sich einem wütenden Mann nicht in den Weg stellt.

Ständig predige ich vor mir her, diesmal jeden Hurensohn zu erschießen. Scheinbar stehen mir meine Mordphantasien offen im Gesicht, denn als ich beim Hinweg der schwarzhaarigen Schönheit über den Weg laufe, rennt diese wimmernd hinfort. In ihrem Kimono erinnert sie mich an Hana, das peitscht meine Wut zusätzlich an.

Als ich ankomme, kocht mein Zorn in einem noch größeren Maße hervor. Der Anblick dieser hässlichen Männer, während Hana wie eine Blume unter ihnen sprießt, lässt meinen Finger zum Abzug wandern. Am schlimmsten von allem ist die pfannengesichtige Fresse ihres Mörders. Keine Begrüßung, keine Floskeln, keine Beleidigungen. Lachend knalle ich ihrem Mörder die Fresse weg, gebärde mich wie ein Irrer. Dann töte ich fünf weitere Banditen, in dem ich ihnen funktionsunfähige Arschlöcher auf der Stirn platziere. Die Männer wirken geschockt, der Anführer brodelt vor Zorn, Hana beginnt zu weinen. Wahrscheinlich erkennt sie in mir nicht länger jenen Casanova, der ihr Herz im Sturm erobert hatte, sondern nur einen durchgeknallten Verrückten.

Bevor diese Bastarde wissen, wie ihnen geschieht, lade ich nach und schieße weiter um mich. Blöderweise unterschätze ich die Legende, welche mir zwei Kugeln in den Kopf jagt und meinem Amoklauf ein Ende setzt. Sauber dringen die Kugeln durch meine beiden Augen ein, sodass meine Gehirnmasse sich wie zähflüssiger Schleim aus der Schädeldecke ergießt. Wie ein nasser Sack falle ich auf den Boden und bleibe liegen.

Ich sterbe in der neunten Schleife, erwache in der zehnten neben Layla im Bett. Ich ermahne mich, ruhiger vorzugehen, weil ich Hana vor Angst zum Weinen gebracht habe. Dabei habe ich mir in einer x-beliebigen Zeitschleife geschworen, dieses Mädchen nie wieder zu Tränen zu rühren. Was ist ein Mann, wenn er seine eigenen Vorsätze missachtet? – nichts weiter als ein kastrierter Bastard!

Mein heißkochendes Blut kühlt im zehnten Durchlauf etwas ab, denn Hanas verängstigte Mimik, ihre bitteren Tränen und ihre offene Abneigung bringen mich zur Vernunft. Immerhin ziehe ich in den Kampf, um Hana zurückzugewinnen, also darf sie mich für keinen Verrückten halten. Was bringt mir ansonsten ein Sieg? Einem schießwütigen Wahnsinnigen schenkt sie ihr Herz niemals.

154

Ich führe mit Layla eine gemütliche Unterhaltung, in der ich ihr von Hana erzähle. Es beruhigt mich, ihr von meinem Mädchen zu berichten. Aus einem Reflex heraus erzähle ich ihr ein weiteres Mal die Liebesgeschichte von unserem gemeinsamen Sommer, wobei ich die bittere Passage unserer Trennung weglasse. Je länger ich über Hana spreche, desto stärker werde ich mir der lodernden Liebesgefühle bewusst. Wie ein Leuchtfeuer brennen diese in mir, füllen Herz und Seele aus.

Selbst eintausend Niederlagen – eintausend Tode! – würde ich in Kauf nehmen, um sie nie wieder weinen zu sehen. Ich darf kein zweites Mal ausflippen, sondern muss meine Coolness bewahren. Das heißt, sich ordentlich stylen, ein charmantes Lächeln aufsetzen, immer eine bissige Bemerkung auf den Lippen tragen, beim Duell mit Vernunft agieren und für sie einem Prinzen gleichen. Das dürfte Hanas Herz auf gewünschte Weise berühren.

Zur endgültigen Beruhigung rauche ich mit Layla und den zwei Huren im Garten eine Zigarette. Anschließend schieße ich für die Mädels sogar die Flügel von einer Libelle ab, applaudierend schauen sie mich an und ich genieße es, im Mittelpunkt zu stehen. Voraussichtlich verspäte ich mich in dieser Zeitschleife, aber das ist mir egal, denn ich gebärde mich cool. Welcher coole Mann kümmert sich um Pünktlichkeit?

Um noch mehr anzugeben, führe ich den Mädels schöne Rauchkreise mit dem Zigarettenqualm vor. Blöderweise hat mir der Anführer diesen Trick beigebracht, aber darüber kann ich in dieser Zeit-schleife hinwegsehen. Die Mädels sind begeistert, also mache ich alles richtig.

Für eine Weile führe ich ihnen die Rauchkringel vor, bis ich erkläre, wie der Trick funktioniert. Nach drei Zigaretten kriegt es Layla im groben Maße selbst hin. Das liegt unter anderem daran, weil man zuvor Rauch ansammeln muss und sie die Angewohnheit hat, nach jedem Zug den Qualm für ein paar Sekun-den in der Lunge zu behalten. Ich lobe sie für ihr Ge-schick, ich hatte mehr Versuche gebraucht. Sie errötet daraufhin mädchenhaft, das erinnert mich an Hana. Bei Gott, Hanas gerötete Wangen gehören zu den schönsten Dingen in Tarpan! Dieses Aufblitzen von Hana lässt mich wieder unruhig werden, eilig verab-schiede ich mich von den Huren und mache mich auf den Weg. *Dein cooler Revolverheld kommt dich retten, meine Hime!*

Möglichst gefasst laufe ich durch das Dorf, bis ich Hana und die Banditen erreiche. Ich halte mich an meinen Kodex, weswegen ich spöttisch mein Haar richte und meine Nervosität keinem zeige. Auf jeden beleidigenden Kommentar reagiere ich mit einer bis-sigen Antwort, ihr schenke ich stets mein charmantes Lächeln. Außerdem ertrage ich sogar die Anwesen-heit von dem abartig hässlichen Pfannengesicht, das Hana vor zwei Zeitschleifen auf dem Gewissen hatte.

Es kommt gewohnheitsgemäß zum Kampf, wobei diesmal eine Überraschung passiert, welche mir noch nie gelungen ist. Sauber schieße ich dem Anführer durch den Kopf, wuchtvoll ergießt sich das Blut über sein Gesicht. Wie ein nasser Sack fällt er um, krachend landet er im Dreck. Die staubige, sandige Erde steigt in den Himmel auf, die Männer halten die Luft an. Ein Moment der Stille inmitten des Kampfes – erstmals fällt die Legende! Ich habe den größten Revolverhelden aller Zeiten gestürzt!

Wie auf Knopfdruck schießen die Erinnerung durch meinen Kopf, füllen mein Gedächtnis. Der Moment, als ich – ein dämlicher Straßenjunge! – dem Boss eine Münze klauen wollte und er mich festhielt. Seine Männer wollten mich zusammenschlagen, er mich rekrutieren. Ein breites Grinsen lag auf seinem Gesicht, als ich realisierte, dass der König der Unterwelt kein Monster war.

Wir wurden Freunde, nein, ich bekam einen Vater. Seit meiner Geburt hatte mir ein Vorbild gefehlt, in ihm entdeckte ich ein Idol, eine Respektperson und einen Lehrmeister. Er nahm jene Rolle ein, die jeder Sohn braucht, damit dieser im Leben vorankommen kann: Einen Vater! Ohne es jemals laut auszusprechen, schloss ich diesen Mann ins Herz. Er zeigte mir die vollendete Kunst des Stehlens, lehrte mich das Schießen, brachte mir das Reiten bei und gab mit jeder Menge Tricks an. Ich schaute mir von ihm ab, wie ein Mann mit Frauen flirtet und wurde zum besten Charmeur von Taro. Vielleicht war er nicht immer nur ein Vater, sondern oft auch ein Kumpel gewesen.

Er gewährte mir ein warmes Heim in kalter Nacht und schützte mich vor jedem Winter. Fast zehn Jahre

Harmonie, er war mehr als ein Anführer – er war meine Familie! Niemals hätten wir geglaubt, den anderen einen *Feind* zu nennen oder nach dessen Leben zu trachten. Für ihn wäre ich durchs Feuer gegangen. Und ich dachte eigentlich auch, er würde für mich ins Feuer steigen …

Ich kann nicht anders, ich weine. Dicke Tränen laufen meine Wangen herab, ich zittere wie Espenlaub. Der Anblick seines Leichnams raubt mir den Verstand, ich komme mir wie ein undankbarer Bastard vor. Genau jetzt streicht eine Böe über die nahe Pusteblume und verteilt dessen Samen; ich betrachte sie nicht länger als schlechtes Omen, sondern als das Abschiedssymbol der Legende. *Es hätte niemals dazu kommen dürfen, dass ich erleichtert von deinem Tod bin*, denke ich wehmütig, wische trotzig meine Tränen beiseite. *So ein Wahnsinn, die Legende besteht aus Fleisch und Blut. Irgendwie dachte ich immer, hinter seinem Antlitz verberge sich mehr …*

Obwohl ich neunmal gestorben bin, ertrage ich es nicht, ihn einmal sterben zu sehen. Dabei weiß ich, dass dieses grausame Arschloch wenig mit jenem Mann gemeinsam hat, zu dem ich ehrfürchtig wie ein Sohn aufgeblickt hatte. Obwohl sein Tod unvermeidbar war, schlummert in mir der Wunsch, wieder an seiner Seite zu stehen.

Vom Schock mitgenommen, vergesse ich das Kämpfen und kriege einen Schuss in die Brust hinein. Es reißt mich von den Füßen, trotz der aufkeimenden Schmerzen überwiegt eine gewisse Selbstironie. Die

158

ganze Zeit habe ich von seinem Tod phantasiert, aber die Fassung verloren, als er eintrat. *Was bin ich nur für eine emotionale Pussy geworden?*

Blutend lassen mich die Banditen liegen, ihre Aufmerksamkeit gilt dem toten Anführer. Am heutigen Tag ist eine Legende gestorben, dessen Name von jedem Verbrecher im Land mit Ehrfurcht gehaucht wird. Anscheinend gibt es außer mir niemanden, der es mit ihm aufnehmen kann. Doch sein Tod gilt genauso wie mein eigenes Ableben nur in dieser Zeitschleife, in wenigen Minuten wache ich neben Layla auf und der Anführer lebt wieder. Jedoch besitze ich die Gewissheit, ihn besiegen zu können. Jetzt muss der Fokus den schießwütigen Kameraden gelten, die immer in das Duell eingreifen und das Ehrgefühl von einem Weib besitzen.

Wenigstens demütigen, quälen oder verhöhnen sie mich nicht. Auch diesen Vorteil bietet es, nach diesem Arschloch – über dessen Ableben ich wie ein Kind weine! – zu verrecken. *Früher warst du mein Vater, jetzt bist du mein Feind. So ist der Lauf der Dinge … obwohl es allein deine Schuld ist, dass wir an diesem Punkt angekommen sind. Ich verhalte mich im Gegensatz zu dir nicht wie ein jungfräulicher Wichser, dem ein Mädel den Kopf verdreht hat!*

Als ich sterbend daliege, taucht Hana auf. Elegant setzt sie einen Schritt vor den anderen, ihr dunkles Haar thront wie eine Krone auf dem Haupt und ihre übernatürliche Schönheit erinnert an die Inkarnation eines Engels. Einen Schritt vor mir bleibt die

Inszenatorin des Todesduells stehen; als ich den Kopf drehe, erkenne ich ihre bloßen Füße mit den grünlackierten Zehennägeln. Langsam wandert mein Blick an ihren geschmeidigen Beinen empor. Wenn man genauer hinsieht, wölbt sich der weitgebundene Kimono im Bauchbereich, was ihre Schwangerschaft unterstreicht. Mir gräbt sich das Bild ihres von Schrotmunition aufgerissenen Bauches in den Kopf hinein. Fast hätte ich aufgeschrien, aber verkneife es mir.

Sie zieht ihre Holzsandalen aus, gleitet elegant auf die Knie, bettet meinen Kopf auf ihrem Schoß. Ihre (für unser Volk) langen, femininen Finger streichen durch mein Haar, die Wärme ihres Körpers dringt zu mir durch. Ich glaube, obwohl es Einbildung sein könnte, einen sanften Tritt des Babys an meinem Ohr zu spüren. In dieser Frau schlummert ein heranwachsendes, auf ihrem Schoß befindet sich ein schwindendes Leben. Mein Blut sprudelt aus dem Loch in der Brust hinaus, pfeifend geht mein Atem – meine Lunge ist zerrissen! Voller Ekel spüre ich, wie meine Lunge vollläuft und das Atmen zur Qual wird. Früher hätte mich dieser Schmerz um den Verstand gebracht, aber auf wundersame Weise gewöhnt sich der Mensch an alles Leid.

Nicht nur mein Hemd, sondern auch ihr Kimono werden vom Blut erwischt. Sie kümmert sich nicht darum, sondern öffnet ihr Kleidungsstück, um ihr wohlbekanntes Ritual durchzuführen. Nicht einmal der Tod des Anführers bringt meine Ex-Freundin aus der Fassung. Diese Tätigkeit besitzt für sie eine ungeheure Wichtigkeit.

Bevor sie beginnen kann, sammle ich meine letzte Kraft und richte das Wort an sie. Blöderweise starb ich in den letzten vier Schleifen, ohne mit Hana geredet zu haben, weshalb ich mich nie bei ihr entschuldigen konnte. Eigentlich bringt es in dieser Zeitschleife nichts, weil sie keine Erinnerung behält, aber ich möchte es ihr unbedingt sagen. Ich möchte mich nicht blind an Laylas Ratschläge halten, sondern meinem Mädchen anvertrauen, dass mir mein Verhalten leidtut. Am liebsten hätte ich sie gebeten, meine vielen Fehler zu vergessen, sodass wir nochmal am Ende jenes gemeinsamen Sommers starten könnten. Leider kann niemand seine eigenen Missetaten ungeschehen machen – verdammt!

„Hana …", bringe ich hervor, spucke Blut, „… verzeihe mir, so oft fremdgegangen zu sein und sogar an jenem Tag, an dem du von der Schwangerschaft erfahren hast, in den Armen einer anderen Frau gewesen zu sein. Das war scheiße von mir … verfickt, ich *bin* Scheiße!"

Zwischendrin unterbreche ich mich selbst, denn ein schrecklicher Hustenanfall überkommt mich und meine blutige Lunge zieht sich schmerzhaft zusammen. Beruhigend wie eine Mutter, legt sie mir die Hand auf die Stirn und sichtbar entspanne ich mich.

Dann fahre ich fort: „Natürlich hasst du mich … wahrscheinlich zurecht! Wenn du dieses Duell inszenierst und meinen Tod forderst, scheinen alle Brücken zwischen uns niedergerissen zu sein. Doch wisse bitte, Hana, dass ich dich niemals hassen könnte, selbst wenn ich tausende Male sterben müsste. Ich bin vielleicht nicht der Mann gewesen, der treu an deiner Seite blieb, aber ich bin der Mann gewesen, der sich in dich verliebt hat und dich bis ans Ende in seinem Herzen tragen wird. Hana … ich liebe dich bis in das nächste Leben hinein!"

Sie hält in ihrem Ritual inne. Verwirrt, warum ich von der Schwangerschaft und ihrer Teilhabe am Duell weiß, bilden sich Fragezeichen über ihrem Kopf. Mich interessiert nicht, ob ich Hana in dieser sterbenden Version einer Welt verwirrt habe, solange ich meine Entschuldigung vorbringen kann.

Ihre himmelblauen Augen trüben sich zuerst, aber bald schwimmen sie vor Nässe. Ihre Unterlippe zittert, sie verzieht ihr Gesicht und kämpft gegen die Trauer an. Wahrscheinlich hat sie sich meinen Tod wie eine triumphale Rache ausgemalt, nicht wie ein bitteres Liebesgeständnis meinerseits. Ich zerstöre ihre Rache, bringe sie zum Weinen und fühle keine Reue für diese Art der Tränen. Ihre Trauer zeigt, dass für unsere Liebe noch Hoffnung existiert!

„Ich habe mich in dich *Charmeur* als schüchternes Mädchen ohne Erfahrung verliebt, fest daran glaubend, dass die Welt ein schöner Ort ist und in jedem Herzen eine Rose blüht. Doch die gute, ehrbare Rose in deinem Herzen verwehte wie die Kirschblüten im Frühjahr und welkte, als deine charmante Fassade zerbröckelte. Zwar erinnerst du mich gerade wieder,

162

kein gewissenloser Akuma zu sein, aber ein guter Mensch bist du genauso wenig. In meinen Augen bist du so verkommen, Haru, dass ich nicht einmal weiß, ob deine Worte von Herzen kamen oder du wieder deine Silberzunge eingesetzt hast." Für ein paar Sekunden hält sie inne, bis sie ergänzt: „Ich hasse dich, Haru. Und am meisten hasse ich mich, weil ein verkümmerter Teil meines Herzens dich für immer lieben wird! Aber … aber ich bin nicht länger das schüchterne Mädchen von damals, sondern eine erwachsene Frau! Eine Frau, die sich von *dir* nicht länger benutzen lässt!"

Bei dieser Ansprache laufen ihr ununterbrochen Tränen, symbolisch für die zerstörte Hoffnung, vom Kinn herab und erinnern an Diamantsplitter. Tonnenschwer landen sie auf meiner Haut, unterstreichen die Last meiner herzensbrechenden Taten und ihres gebrochenen Herzens. Unter Tränen vollführt sie ihr Ritual, während die Kirschblüten des nahen Baumes durch die Luft tanzen und im Winde verwehen. Für mich ein Omen des Todes, für Hana ein Symbol meiner Untreue.

Ihr Hass reicht tief, ihr Hass ist allumfassend, ihr Hass brennt wie das Fegefeuer, ihr Hass treibt sie wie das Öl eine Maschine an. Zwischen diesem Hass laufen die Tränen ihrer Trauer entlang und die Liebe in ihrem Herzen ist zwar noch nicht verweht, aber zu einem kümmerlichen Sandkorn verkommen. Vielleicht glaubt sie, dass meine Rose verblüht ist, doch ich bin überzeugt, dass nicht nur ihre, sondern auch meine

Blume im Herzen nur seine Knospe wieder öffnen müsste, damit schönere Tage anbrechen.

Seufzend wache ich in der elften Schleife auf. Der Tod vom Anführer und meine Entschuldigung bei Hana hallen nach. Ich weiß nicht einmal, ob ich mich glücklich oder traurig fühlen soll. Ich weiß nur, dass in meinem Herzen das Gefühl einer unerfüllten Leere innewohnt.

Eigentlich bleiben meine Ziele gleich: *Den Anführer töten, den zwölf Komplizen entkommen, Hana zurückgewinnen, den Zeitschleifen entrinnen.* Dennoch fühlt es sich nach der zehnten Schleife anders an, irgendwie … irgendwie … ich kann es nicht in Worte fassen, sondern mich nur unzufrieden im Bett herumwälzen. Gefühlt verstreicht eine Viertelstunde, bis ich mich zu einer relativ unkonventionellen Entscheidung durchringe. Anstatt das Bett zu verlassen, verspüre ich das Bedürfnis, Layla von meiner Vergangenheit zu erzählen. Kein drittes Mal die Liebesgeschichte mit Hana, sondern zum ersten Mal mein Kennenlernen mit dem Anführer. Nachdem er gestorben war, schwelge ich in einer melancholischen Nostalgie über die alten, schönen Tage.

Sanft rüttle ich Layla aus dem Schlaf, mit den Knöcheln reibt sie die Müdigkeit hinfort. Noch während sie gähnt, werfe ich ihr die Zigarettenpackung in den Schoß und erkläre ihr, jetzt eine Geschichte zu erzählen. Perplex blinzelt sie, aber nimmt meine Entscheidung hin. Wahrscheinlich bekommt sie es öfters mit redseligen Kunden zu tun.

Sie zündet sich eine Morgenzigarette an, kuschelt sich an meine Brust. Ihr femininer Blumenduft kringelt sich in meine Nase, doch ich verspüre keine Erregung. Mittlerweile gehört mein Herz nur noch Hana.

Dann beginne ich von meiner gemeinsamen Zeit mit dem Anführer zu berichten. Ich starte nicht mit dem Kennenlernen, sondern beschreibe meine Zeit als Straßenjunge in den verwinkelten Gassen von Taro, damit Layla ein Gefühl für mein Leben in dieser Stadt erhält:

„Es sind neun Jahre vergangen, seit ich den König der Unterwelt kennengelernt habe. Damals war ich dreizehn Jahre alt und lebte in einer Zeit des Wandels in der größten Stadt des Kontinents. Bestimmt hast du Taro schon mit eigenen Augen gesehen, Layla. Über eine Millionen Menschen leben an diesem Ort. Dementsprechend existieren Nobelviertel mit parfümierten Gerüchen, gutsituierten Menschen, guternährten Kindern, teuren Restaurants und vielen Freizeitbeschäftigungen. Ich hörte von Theatern und Opern, aber konnte mir als Jugendlicher unter diesen Begriffen nichts vorstellen.

Den Gegensatz bildet das Ghetto, in dem ich aufwuchs. Ein widerlicher Gestank nach Scheiße und Pisse hängt in den Straßen, den Menschen geht es elend und gute Arbeit ist rar gesät. Trotz meiner jungen Jahre baggerten mich ständig die Nutten an und, wie du dir vorstellen kannst, war ich ein verlauster Straßenjunge. Ein Kind, dessen Eltern unauffindbar waren und das in einer Stadt lebte, in der nicht annähernd genug Waisenhäuser existieren. Ich kämpfte mich täglich durch eine raue, harte Welt!

Mein Verdienst setzte sich aus meinen Beutegängen als Dieb zusammen, nichts und niemand war vor mir sicher. Ich stahl von Seemännern und Händlern, Männern und Frauen, Zivilisten und Polizisten. Ich erarbeitete mir einen herausragenden Ruf und wurde von den anderen Straßenjungen im wahrsten Sinn bewundert. Ehrfürchtig nannten sie mich den besten Dieb der Hauptstadt, einen Langfinger, der einem reichen, versnobten Adligen das Monokel vom Auge wegklauen könnte. Nicht jeder, aber sehr viele hielten mich für so gut, wobei ich überraschend bescheiden blieb. Ich wusste, dass mir Geschick und Können zu den wahren Meisterdieben fehlte. Doch ich war ein Kind, diese geübten Männer gehörten zu den großen Verbrecherbanden und Mafiaorganisationen. Ich glaubte daran, wenn ich so weitermachen würde, käme ich groß heraus und wäre eines Tages reich. Damals hatte ich nichts außer meinem Geschick, denn ich war kein Revolverschütze wie heute. Ich kannte die Waffe nicht einmal.

Bevor ich jetzt einfach geradlinig die Geschichte erzähle, sollte ich für ein wenig Kontext sorgen. Vor ungefähr zwölf Jahren hob der Shogun den Bann gegenüber dem Rest der Welt auf und schottete Tarpan nicht länger ab, er erlaubte den Handel mit den westlichen und östlichen Ländern und holte deren Technologien ins Land. Dazu gehörte unter anderem der Revolver. Ich lebte in einer Zeit des Wandels, in der sich alles veränderte. Das betraf die Kleidung, das Essen und vieles mehr. Vor der Öffnung trug jeder traditionelle Kleidungsstücke wie Yukatas oder Kimonos, drei Jahre später zogen Hemd, Hose und Stiefel in Taro ein.

166

Auch ich wechselte meine Kleidung, weil es sich mit Stiefeln und Hose leichter laufen ließ. Schandhaft, aber wahr. Geschwindigkeit gehört zur zweitwichtigsten Fähigkeit für einen Dieb. Platz eins bleibt Geschicklichkeit, falls du's wissen willst.

Dieser Wandel schreitet unaufhörlich voran, sickert sogar in die alltäglichsten Kleinigkeiten hinein. Die Männer tranken statt Sake Bier, die Frauen bevorzugten Wein. Öfters sah ich die Damen aus noblen Vierteln in teuren Kleidern flanieren, die Kimonos blieben im Schrank. Während ich als Kind das neutral betrachtete, kochten die Yakuza – und besonders der neugekrönte Unterweltkönig – vor Zorn und Frust. Für sie war der Shogun ein Landesverräter, der gestürzt werden müsste, um einem Patrioten den Thron zu überlassen.

Kämpfe mit der Polizei, Auseinandersetzungen im Hafen, Angriffe auf die ausländischen Händler. Was die Yakuza den Ausländern antaten, möchte ich überhaupt nicht beschreiben, um dich nicht zu verstören, Layla. Doch das gehörte zum neuen Alltag in Taro, wobei auch die Yakuza sich nicht vollkommen dem Wandel der Zeit entzogen. Für die Beweglichkeit trugen viele Hosen und Hemden, für den Kampf bevorzugten sie einen Revolver gegenüber dem Katana. Das galt sogar für den König, denn mithilfe eines Revolvers verewigte er sich als unsterbliche Legende. Doch wie hätten die Yakuza gegen die anderen Mafiaorganisationen und die mit Schusswaffen bemannten Regierungstruppen ansonsten bestehen können? Es wäre unmöglich gewesen! Wir haben unsere geliebte Kultur nicht aufgegeben, Layla, sondern wurden von unseren Feinden dazu gedrängt.

Eine richtige Antwort auf die plagende Frage, warum der Shogun sein Land an die Ausländer verriet, erhielt ich nie. Es dürfte jedoch am schwarzen Gold der Umerikaner liegen, dass er tonnenweise einkaufte und zu hohen Preisen an die reichen Adligen verhökerte. Ein schnelles, heißbrennendes, stinkendes Öl transportierten die Schiffe in die Häfen von Taro, Nanto, Tosaka oder Nyushu. Ein Öl, mit dem die Industrie im Land verändert wurde und zu einem teuflischen Preis florierte.

Heutzutage gibt es Schiffe, die fahren nicht mit Segeln; es gibt Maschinen, die treibt keine menschliche Kraft an; und es gibt Firmen, die seit diesem Öl pechschwarzen Qualm in die Luft stoßen. Später nannte der Anführer es das schwarze Gold, an das der Shogun seine Seele verkaufte. Eventuell schlummert in diesem Öl ein Akuma? Ich weiß es nicht, aber diese These besitzt eine gewisse Logik ... finde ich. Aber egal ... die Geschichte. Stimmt ja. Entschuldige, ich schweife ab.

Trotz meines Lebens auf der Straße ging es mir vergleichsweise gut. Im Ghetto lebte ich in einer kleinen Wohnung, bunkerte mein Gold unter einer losen Diele, konnte mir regelmäßig warmes Essen leisten. Das erlaubte mir mein diebisches Talent. Manchmal kaufte ich den anderen Kindern etwas zu essen, oft schenkte ich ihnen Kippen oder Alkohol. Schon damals schmeckten mir Zigaretten nicht, aber viele Kinder waren süchtig und mir gewährte der Handel gute Beziehungen. Außerdem fanden die Mädels einen rauchenden Jungen hübsch ... und ich kam langsam in das Alter, in dem die Meinung des anderen Geschlechts an Bedeutung gewinnt.

Niemals hätte ich gedacht, dass sich mein Leben ändern

168

würde, bis ich auf den Unterweltkönig stieß!

Bestimmt fragst du dich, wer der König war. Bei ihm handelte es sich um einen Mann, der zehn Jahren vor der Öffnung aus dem gebirgigen Westen kam und sich zum Ziel gesetzt hatte, zum König der Unterwelt aufzusteigen. Anfangs war seine Existenz nur ein Gerücht, doch je mehr Zeit verstrich, desto weitreichender erstreckte sich sein Einfluss. Als ich ihn kennenlernte, führte er bereits seit einem Jahrzehnt Krieg gegen die anderen Yakuza-Banden und hatte diesen beinahe gewonnen. Du musst wissen, Layla, dass es zu Beginn viele Banden in Taro gab. Die Clans hatten die Stadt unter sich aufgeteilt, weswegen die Träume des selbsternannten Königs utopisch waren. Unvorstellbar! Doch schnell gewann er die wichtigsten Straßenschlachten für sich, eroberte die Ghettos und weitete seinen Einflussbereich bis zum Hafen aus. Er sammelte viele Anhänger in dieser Zeit.

Es folgten sieben lange Jahre, in denen das gesamte Verbrechen in der Hauptstadt auf ihn konzentriert war. An jedem Mord, jedem Drogenhandel und jeder Prostituierten verdiente der König seinen Anteil. Das geriet erst ins Wanken, als ungefähr an meinem achtzehnten Geburtstag die Spaghettifresser ins Land kamen und eine neue Gefahr darstellten. Vielleicht erzähle ich dir wann anders davon, in dieser Geschichte spielt es keine Rolle.

Na gut, wo war ich? Ach so, ja ... eines Morgens, als ich dreizehn Jahre alt war, verkündete ein Junge, der mächtige Unterweltkönig wäre von der Polizei festgesetzt worden. Wenn du dich erinnerst, befanden sich die Yakuza und die Polizei seit der Öffnung des Landes im Krieg. Das Hauptziel der Bullenschweine war der König, an ihn wollten sie

169

herankommen. Wenn er wirklich festgesetzt war, könnten sich die Machtstrukturen in Taro nachhaltig ändern. Das war auch für mich kleinen Taschendieb interessant, denn ich zahlte eine Gebühr an den König, damit ich mit ihm nicht in Konflikt geriet.

Neugierig, ob der Wandel eintreten würde, folgten ein paar Kumpels und ich dem Jungen. Wir rannten, so schnell uns die Beine trugen, zum Hafen hinab. Zwischen den riesigen Segelschiffen, dem brausenden Meer, kühlen Wind und Möwengeschrei standen die Kontrahenten. Ein ekliger Nieselregen ging nieder, durchnässte unsere Kleidung und wehte den Männern und uns gleichermaßen ins Gesicht. Die tiefsitzende Kraft von diesen Männern schwebte wie eine Aura über uns und unterstrich die Szene. Damals war er kein alter Mann gewesen, sondern stand in der Blüte seines Lebens. Normalerweise trug er die traditionelle, tarpanische Kleidung, aber für den Kampf wechselte er in Hosen und einen stylishen Ledermantel. Im Duell bewegte er sich wie ein Held, obwohl er der Böse war. Sein Charisma überstrahlte den Kampf.

Ich kannte die Gerüchte von seiner Stärke und Schönheit, er war das Bild eines Mannes. Ein Adonis. Sein dunkles Haar verzauberte die Frauen, sein strahlendes Lächeln stahl deren Herzen und mit seiner wortgewandten Art kriegte er jede ins Bett. Er war stark und intelligent; zwei Dinge, die es braucht, um in der größten Stadt des Landes die Unterwelt zu erobern. Obwohl ich ihn nur aus der Ferne erblickte, wusste ich, dass ich eines Tages wie er werden wollte.

Ehrfurchtsvoll blieben wir Jungs stehen, beobachteten, wie der Anführer eingekreist wurde. Er stand mitten auf

170

einem der Umschlagsplätze des Hafens, doch wegen dem Regenwetter, der Dunkelheit und der Polizeipräsenz war kein anderer Mensch anwesend. Wie ein Kokon umschlossen die Bullen ihn von allen Seiten. Ihn schien es nicht aus der Ruhe zu bringen, lässig kaute er auf seinem Tabak herum und spuckte gelegentlich auf den Boden. Dreizehn gegen einen. Dreizehn Polizisten planten, dem König das letzte Geleit zu erteilen. Insbesondere, wenn es sich um bewaffnete Gesetzeshüter handelte, welche den Feind niederschießen wollten, standen ihre Chancen gut. Ich rechnete mit dem Tod des Königs.

Aus tellergroßen Augen starrte ich hinüber, meine Kumpels genauso. Der Kampf ging ohne Wort los, unvorhergesehen wie ein Donnerschlag! Alles begann, als der König zwei Revolver unter seinem Ledermantel hervorriss und zwei Polizisten ins Jenseits beförderte. Was dann kam, war die Geburtsstunde der Legende …

Der starke Wind peitschte seinen Ledermantel auf, woraufhin dieser sich aufbauschte und die Körpergröße des Königs veränderte. Die Regentropfen wurden von jeder Kugel zerteilt, seine Bewegungen glichen einem erhabenen, maskulinen Tanz. Unglaublich schnell leerte er seinen Revolver, sein ernstes Gesicht erstrahlte bei jedem Blitzschlag.

Agil wich er den Kugeln der Polizisten aus. Schneller, als mein ungeübtes Auge ihm folgen konnte, schoss er diese der Reihe nach nieder. Ein Hauch von Magie, weil sein Können übermenschlich wirkte, schwirrte in der Luft. Vor wenigen Jahren krönte er sich zum König, in meinen Augen krönte er sich in dieser Nacht zur Legende. Doch ich wusste, dass er nur zwölf Kugeln für dreizehn Gegner hatte. Egal, wie perfekt er schoss, vor dem Sieg müsste er nachladen. *Trotz meines fehlenden Könnens als Schütze, welches ich erst in den kommenden Jahren von ihm beigebracht bekam, verstand ich, dass das Nachladen zu seiner Niederlage führen würde. In diesem Zeitraum könnte der letzte Polizist ihn erschießen.*

Dann kam sein Meisterwerk!

Ein Geniestreich, den außer uns Jungen bloß ein paar Seemänner auf einem entfernten Dampfer sahen. Trotzdem sprach morgen die ganze Stadt davon … jetzt hast du eine Ahnung, wie beeindruckend es war. Nicht nur wir Jungen, sondern auch die Seemänner hauchten voller Ehrfurcht den Namen des stärksten Revolverschützen der Welt. Als nämlich noch drei Polizisten standen, schoss einer nach dem Yakuzaboss. Blitzschnell erwiderte er die Attacke, es handelte sich um seine vorletzte Kugel. Staunend riss ich die Augen auf, wischte mit dem Unterarm das Wasser hinfort. Einer meiner Kumpels sog scharf die Luft ein – der König zielte ins Nirgendwo und wich nicht aus!

Die vorletzte Kugel flog nicht auf die Gegner zu, ein amateurhafter Fehler. In Wahrheit war es kein Fehler, sondern sein Können überstieg unsere Vorstellungskraft - seine Kugel kollidierte in der Luft mit jener des Polizisten! Das Geschoss spickte zurück und durchbohrte die Brust seines Gegners, einer starb. Gleichzeitig wurde die Kugel des Königs abgelenkt, sodass sie einem weiteren Gesetzeshüter das Leben nahm. Zwei Polizisten fielen zu Boden, er hatte seinen Nachteil überwunden.

‚Was zum Teufel?'

‚Was ist gerade geschehen?'

‚Hat er etwa …?'

Meine Freunde schrien verschiedenste Fragen, ich igno-
rierte sie. Scheinbar hatten sie es nicht auf Anhieb erkannt,
wobei ich es gesehen hatte. Der stürmische Regen und die
umfassende Dunkelheit trübten die Sicht, gleichzeitig ver-
deutlichte der starke Wind noch stärker sein Können. Trotz
dieser Schwierigkeiten hatte er die Kugel des Polizisten in
der Luft getroffen, sodass er zwei tödliche Schüsse mit ei-
nem einzigen Geschoss hinbekommen hatte. Vor mir stand
eine Legende, ein König der Verbrecher – der inoffizielle
Herrscher der Stadt! Er hatte dreizehn Polizisten mit zwölf
Kugeln gerichtet, ohne einen einzigen Kratzer davonzutra-
gen. In diesem Moment war er zu meinem Idol aufgestie-
gen!

Doch nicht nur wir, sondern auch der letzte Polizist er-
kannte die Überlegenheit des Königs und glitt zitternd auf
die Knie, bettelte um sein Leben. Er flehte, zählte seine Frau
und seine vielen Kinder als Gründe auf. Er appellierte ans
Herz des höchsten Yakuzabosses, der jedoch keine Gnade
für Marionetten des Shoguns besaß. Spöttisch spuckte er
den braunen Kautabak ins Gesicht des Flehenden. Dann er-
schoss er gnadenlos diesen und gewann den Kampf. Seelen-
ruhig verließ er den Platz, hinterließ dreizehn Leichen, eine
atemberaubende Geschichte und den wachsenden Mythos
von seiner Legende. Staunend schauten wir ihm hinterher,
wissend, dass es keine lebende Person gab, die mit ihm mit-
halten konnte.

Er beherrschte den Revolver wie kein Zweiter!

In den folgenden zwei Jahren festigte er seine Herrschaft
in der Unterwelt, sorgte für ein geordnetes Verbrecherleben
in Taro. Doch nach zwei Wochen stieg ich durch einen Zu-
fall in seiner Bande ein. Daraufhin diente ich neun Jahre in

173

der Organisation, bis wir die Stadt verließen und ich Hana kennenlernte. Zur Vollständigkeit meiner Geschichte will ich nicht nur von seinem legendären Duell, sondern auch von meinem Beitritt berichten.

Das Kennenlernen gestaltete sich als eine Mutprobe. Ein Junge und ich konkurrierten um ein Straßenmädchen aus einem anderen Bezirk. Noch viel zu jung, um die Schönheit eines Mädchens zu verstehen, ging es uns nur darum, Zeit mit ihr zu verbringen. Für einen dreizehnjährigen Junge besitzt ein Mädchen schon jene Anziehungskraft, um ihn zum größten Blödsinn auf der Welt zu verleiten. Doch als dieses verdorbene Miststück erfuhr, dass wir um sie buhlten, machte sie sich einen Spaß daraus. Kurzerhand formulierte sie eine Mutprobe, die das Privileg erteilte, mit ihr auf ein Date zu gehen. Ein kluger Junge hätte abgelehnt, ein triebgesteuerter Idiot stimmte zu. Die Mutprobe lautete: **Wer dem König eine Münze stiehlt, bekommt sie als Belohnung!**

Vom Wetteinsatz angespornt, schwor ich, es hinzubekommen. Dabei kassierte ich unzählige skeptische Blicke von meinen Kumpels, die nicht glauben konnten, dass ich mein neues Vorbild bestehlen würde. Obwohl das Vorhaben idiotisch klang, entpuppte es sich rückblickend als eine gute Entscheidung.

Ich erfuhr von einem Kumpel, dass mein Konkurrent am Abend seinen Raub durchziehen wollte, weshalb ich nachmittags den König aufsuchte. Ich fand heraus, dass er sich meistens in einer Bar im Ghetto aufhielt und mit seinen langjährigsten, engsten Kameraden Sake trank. Heimlich stahl ich mich in die Spelunke hinein. Du musst wissen, Layla, dass ich mich nicht umsonst einen genialen Dieb
174

nannte, denn wenn ich will, bewege ich mich wie ein Schatten. Für die gewöhnlichen Händler reichte das allemal, für die Legende keinesfalls.

Ich hätte wissen müssen, welches Niveau er besitzt. Ach, was war ich für ein naiver Volltrottel! Als ich ihm näherkam, schüttete er seinen Sake nach hinten, sodass es mich in den Augen erwischte. Prustend sank ich auf alle vier, versagte kläglich. Wie eine Prostituierte kniete ich, während ich mir prustend übers Gesicht fuhr und der Reiswein an etwas anderes erinnerte.

Ich wusste, dass der König – der Mörder von dreizehn Polizisten! – mich nicht davonkommen ließe. Ich rechnete felsenfest mit einem Pistolenschuss in den Kopf, bis mein Idol in lautes Gelächter ausbrach. Seine Männer schlossen sich an, verwirrt blieb ich sitzen. Das bellende Lachen von erwachsenen Männern schallte über mich hinweg. Blinzelnd schaute ich zu ihnen hoch, der Sake brannte mir in den Augen. Zu sechst saßen sie an der Theke, auf dem Schoß von zweien hockte eine angeheiterte Hure. Passend für die Yakuza, waren die Verbrecher in traditioneller Kleidung gehüllt; immerhin bewahrten sie die Kultur Tarpans vor dem weltoffenen Shogun. (Die beiden Geishas trugen ebenfalls Kimonos.)

Weder die Banditen noch die Nutten interessierten mich, ich schaute nur ihn an. Sein schwarzes Haar reichte ihm bis in den Nacken, der Bart in seinem Gesicht wurde nur vom strahlenden Lächeln durchbrochen. Damals hatte der Kautabak noch keine Spuren hinterlassen. Da er in der Bar herumlungerte, trug er keinen Revolver bei sich, sondern ein Katana lag auf dem Tresen herum. Es passte besser zum Yukata, wie es eine westliche Waffe getan hätte.

,Der mutige kleine Mutterficker wollte dich bestehlen!',
fasste einer der Männer die Situation zusammen, wischte
sich eine Träne aus dem Augenwinkel.

,Stimmt.'

Der König besaß eine raue, von Scotch und Zigarren ge-
prägte Stimme. Dann nickte er gemächlich, während er
nach einer Zigarettenpackung griff und sich eine Kippe in
den Mund steckte. Auf ein Schnipsen kam eine Kellnerin
heran, beugte sich vor und entzündete sie ihm. Anstatt sie
gehenzulassen, packte er sie am Handgelenk und zog sie auf
seinen Schoß. Ihm schien die Nähe des Mädchens zu gefal-
len, während sie sich wortlos dieser Behandlung fügte. In
dieser Bar widersprach niemand dem König, sein Wort war
Gesetz.

Er musterte mich, wie man eine schöne Beute mustert.
Trotzig, mich von keinem alten Mann – selbst, wenn es sich
um eine Legende handelt - niederstarren zu lassen, erwi-
derte ich den Blick. Eisig starrten wir einander an; er besaß
dunkle, intelligente Augen. Und sobald er meinen muti-
gen, tapferen Blick akzeptierte, breitete sich ein diabolisches
Grinsen auf seinen Lippen aus. Ich wusste, dass er mich
nicht umbrächte, weshalb sich auch meine Mundwinkel an-
hoben. Dank meinem Gegenhalten hatte ich Eindruck ge-
schunden.

,Sag, was dich wahnsinnigen Bengel dazu getrieben hat,
dem König ans Bein zu pissen? Wieso willst du verrückter
Mistkerl mich ausrauben? Wenn du verrecken willst, dann
gibt's weitaus leichtere Methoden.' Nebenbei wanderte
seine Hand in den Kimono des Mädchens hinein, bis er
ohne ihre Einwilligung ihre Brüste zu massieren und zu
kneten begann. Er benahm sich wie ein waschechter

176

Gangster, sie fügte sich der Behandlung.

Ich kümmerte mich nicht um seine Meinung, sondern schleuderte ihm die Wahrheit ins Gesicht: ‚Es ging um ein hübsches Mädel, alter Mann! Ich wollte sie beeindrucken, dafür wollte ich dich – den König! – bestehlen! Und glaub jetzt nicht, ich hätte vor dir Angst. Ich habe nämlich vor nichts und niemandem Schiss!'

Für einen Moment herrschte Stille. Ich hatte den genialsten Revolverschützen des Landes als „alten Mann" bezeichnet. Für einen Bruchteil rechnete ich mit einem Tritt ins Gesicht, aber er brach in schallendes Gelächter aus. Zögerlich stiegen seine Kameraden mit ein, ihm schien die Antwort ehrlich zu gefallen.

‚Für ein Mädchen?' Er zog die Hand aus dem Kimono der Kellnerin, drehte ihr Gesicht herum und küsste sie auf die Lippen. ‚Stimmt ja, für eine warme Fotze und weiche Titten würde ein Junge alles machen. Oder etwa nicht, Männer? Aber ich glaube, deine wahren Vorzüge wüsste dieses Mädel nicht zu schätzen. Denn lass dir gesagt sein, dein größter Vorzug ist dein fast selbstmörderischer Mut, Junge. Der spiegelt sich in deinen Augen, die gehören einem Kämpfer. Dich will ich weder wie einen räudigen Hund abknallen noch wie einen wertlosen Straßenjungen ignorieren; ich erkenne in dir, was meine Bandenmitglieder ausmacht. Deine Augen sind aufmerksam wie von einem Adler, ausdauernd wie bei einem Wolf, wild wie bei einem geschlagenen Hund, vorsichtig wie bei einer geschickten Katze, intelligent wie bei einem klugen Menschen. Junge, ich interessiere mich für dich. Schonmal über die Karriere als Bandit nachgedacht?'

Perplex starrte ich ihn an. ‚Ich bin ein Dieb, natürlich

habe ich über 'ne Bande nachgedacht.'

‚Prima!' Mit einem Klaps auf den Hintern schickte er die Kellnerin weg. ‚Entschuldigt, Männer, aber ich möchte mich mit unserem neusten Bandenmitglied unterhalten. Trinkt für euch weiter, ich lade den frechen Bengel zu einem guten Sake ein.'

Er half mir auf die Beine, führte mich zu einem nahen Tisch. Wir setzten uns gegenüber hin, bis die begrapschte Kellnerin eine Sakeflasche zwischen uns abstellte. Nachdem wir beide einen Schluck getrunken hatten, bot er mir Kautabak an und wir begannen, über meine Vergangenheit zu reden. Unter anderem ging es auch um das Mädchen und ob sie eine Ausländerin war. Wer sich mit einer Ausländerin einließ, durfte nämlich nicht in die Bande des Königs eintreten.

‚Gute Wahl, Junge', erklärte der Anführer. ‚Falls es mit dem Mädel nicht klappt und du Druck auf deinen Eiern hast, kannst du als Bandenmitglied dich gratis in meinen Bordellen bedienen lassen. Jede Geisha rackert für dich ohne Preis, wobei du die Weiber manchmal dazu drängen musst. Aber ein Mädel, das freiwillig mit einem Mann ins Bett geht, verliert seinen Reiz. Stimmt's? Zumindest geht's mir so. Ich komme erst in Stimmung, wenn die Frau um Hilfe schreit.

Aber gehe zu keiner Ausländerschlampe – kapiert?! Ich weiß nicht, warum manche Patrioten zu Ausländerschlampen ins Bordell gehen. Diese weißen Rundaugen sehen so hässlich aus, als würden deren Augen gleich heraus ploppen. Zum Kotzen! Runde Glubschaugen und spitze Nasen, als wachse ihnen ein Schnabel aus der Fresse. Geh zu einer anständigen Geisha! Wenn nämlich nicht, fliegst du
178

hochkant aus der Bande raus und du kannst deine Gedärme einsammeln.'

Nimm's bitte nicht persönlich, Layla, aber der Anführer hat euresgleichen gehasst. Ihr habt ihn sogar aus der Hauptstadt vertrieben. Damals versprach ich ihm, nur mit Tarpanerinnen ins Bett zu steigen, was ich bis auf seltene Ausnahmen beibehalten habe. Wobei … seitdem ich aus der Bande ausgetreten bin, handhabe ich es wegen euren großen Titten anders … egal! Am Ende des Tages nahm ich sein Angebot an, trat der Bande bei. Daraufhin schnipste er mir sogar eine Münze zu, sodass ich das Mädchen bekäme. Später erfuhr ich, dass er meinem Konkurrenten den Kopf mit seinem Katana abgetrennt hatte, während ich für ein paar Monate mit dem Straßenmädel zusammen gewesen bin. An sie verlor ich meine Unschuld, ansonsten war sie eine von vielen. In den Folgejahren hielt ich mich lieber an die Geishas.

Anschließend lernte ich seine Gefolgsmänner kennen, lebte mich in die Bande ein. Zu Beginn arbeitete ich viel mit den Dieben zusammen, wobei er mich bald in seinen innersten Kreis holte. Er mochte mich, sodass er schnell zu meinem Lehrmeister wurde. Er brachte mir das Revolverschießen bei, führte mich in die Geschäfte der Bande ein, lehrte mir das Reiten und avancierte zu meinem Vater. Obwohl ich kein kleines Kind war, strich er mir nach jedem Erfolg väterlich durch die Haare. Eigentlich störten mich solche Gesten, aber bei ihm gefiel es mir. Über die Jahre hinweg wuchs er zu meiner kostbarsten Person im Leben heran.

Doch auch von meinen potthässlichen Kameraden lernte ich vieles Tricks, da wir auf den Missionen zusammenarbeiteten, die Polizei oder andere Yakuza-Gangs bekämpften und Überfälle auf die ausländischen Händler verübten. Gleichzeitig schützten wir die Händler aus Tarpan, halfen ihnen manchmal beim Vertrieb und kassierten Schutzgeld. Allgemein musste ich oft die Abgaben an die Organisation eintreiben.

Zwei Jahre half ich ihm, seine Herrschaft zu festigen, bis er für sieben Jahre Taros Unterwelt regierte. Meine gesamte Jugendzeit verbrachte ich in dieser Bande, außer ihm hatte ich keine Respektperson besessen. Und weil sich unsere Welt schneller als jene von normalen Menschen dreht, stieg ich am Ende der Zeitspanne zu seinem engsten Berater auf. Viele Deals wurden über mich abgewickelt, besonders um die schmutzigen Arbeiten kümmerte ich mich.

Dann verging diese Zeit und es kam zu Bandenkriegen mit den Ausländern. Obwohl sich diese kaum aus dem Hafenviertel heraustrauten, erklärte mir der König, wie sehr er die Stadt zu hassen gelernt hatte. Ihre anderen Sprachen, Gebräuche und Sitten symbolisierten für ihn den Untergang unserer Kultur, ich pflichtete ihm bei. Die Zeit, in der wir die Hafenstände angriffen und dadurch die Ausbreitung der Ausländer eindämmten, galt als gescheitert. Einmal führten wir sogar ein Attentat auf den Shogun aus, weil dessen Nachfolger kein schlimmerer Landesverräter sein konnte. Leider ging die Mission schief, das stürzte ihn in tiefe Depressionen.

Betrunken schwärmte er mir oft von den traditionellen Dörfern vor, in denen die Kultur einen hohen Stellenwert einnahm und keine westlichen Einflüsse herrschten. Dort käme niemand auf die Idee, sich ein Kreuz um den Hals zu hängen oder die westliche Kleidung anzuziehen. Seine

180

Schwärmereien vom Dorfleben wurden so intensiv, bis er seine metaphorische Krone ablegte und einen Nachfolger kürte. Auch ich war für diese Ehre im Gespräch, aber wollte nicht von seiner Seite weichen. Deshalb erhielt Yoshiki die Position, ich zog mit dem Anführer zu seinen Drogenfeldern weiter und verließ zum ersten Mal in meinem Leben die Hauptstadt. Was dann kommt, habe ich dir schon zweimal erzählt, obwohl du keine Erinnerung daran besitzt … aber egal. Ums kurz zu machen, dort lernte ich ein Mädchen namens Hana kennen.

Mit der Zeit kam es jedoch zu Auseinandersetzungen mit einem Feudalherrn, wir brachen nach dem Sommer auf und meine Treue zu Hana geriet ins Wanken. Obwohl für den König Frauen den Stellenwert von Objekten einnahmen, schlug er sich auf Hanas Seite und grenzte mich aus. Es war, als hätte er einen neuen Charakter erhalten … als wäre er von einem Akuma besessen! Ich kann und will nicht glauben, dass jener Mann, der vor neun Jahren in der Bar über meinen Mut gelacht hatte, mich jetzt zum tödlichen Duell herausfordert. Ich hatte ihn wie einen Vater zu lieben gelernt, täglich zu ihm aufgeblickt und weiß, dass er in mir – obwohl wir nicht durch Blut verbunden sind – einen Sohn gesehen hat. Das alles warf er für ein ihm unbekanntes Mädchen weg!

Über Nacht bedeutete ihm die gemeinsame Vergangenheit nichts mehr. Ich weiß nicht, warum er so geworden ist, doch ich weiß, dass ich ihn in diesem Duell umbringen muss. Scheinbar führt kein Weg an der Ermordung meines Vaters vorbei! … verfickte Scheiße, das klingt total beschissen!"

Als ich die Geschichte beende, löchert mich Layla mit Fragen zu Hana, weil sie diesen Teil in der elften Schleife nicht kennt. Jedoch ignoriere ich sie für den Moment, besinne mich auf die durchgesprochenen Erlebnisse und auf die Zeit mit meinem Vater. Nach den Ereignissen in der zehnten Schleife hat es sich angefühlt, als schlummere eine unerfüllte Leere in meinem Herzen, die jetzt vergangen ist. Ja, ich hatte diesen Mann von Herzen geliebt, aber er war niemals aus Taro fortgegangen. Er hatte sich verändert und war – zumindest für mich – gestorben. Ich kämpfe in diesen Duellen gegen einen Schatten von ihm!

Dieser Mann ist meiner Tränen nicht würdig, sondern verdient nur meinen Zorn. Meinen Hass. Nachdem er mich verriet, lautet meine Antwort *Mord*. Ich werde kein weiteres Mal wie eine Pussy heulen, sondern ihn gnadenlos erschießen. Immerhin stehen er und seine Männer zwischen Hana und mir. Ich fühle mich bereit, die Banditen aus dem Weg zu räumen und mich endgültig von meinem Vater loszusagen.

Außerdem hat Hana vor meinem zehnten Tod gesagt, dass ein Teil von ihr mich noch immer liebt. Es wird höchste Zeit, dieses Gefühl wieder anzufachen. Mach dich gefasst, ein zweites Mal erobert zu werden, Hana!

Überraschend gutgelaunt verlasse ich das Bett, ziehe mich an. Derweil erkläre ich Layla in knappen Worten den fehlenden Part mit Hana, während sie ihre dritte Morgenzigarette im übervollen Aschenbecher ausdrückt und mein Tattoo neugierig mustert.

Als er mich zum Tattoo-Fachmann seiner Bande

gebracht hat, war ich nervös und am Ende sturzbesoffen. Dabei habe ich es mir mit achtzehn stechen lassen … später hat er mich aufgezogen, wie peinlich mein Verhalten gewesen ist. Hach … ich vermisse dich, Vater. Ruhe in Frieden … und drücke mir die Daumen, dass ich dein elendiges Abbild auf Erden zertrümmern werde.

Dann breche ich auf, verabschiede mich von Layla. Zum ersten Mal habe ich das Gefühl, dieses Todesduell gewinnen zu können. Als wolle das Schicksal mich eines Besseren belehren, kassiere ich eine krachende Niederlage und springe in die zwölfte Schleife. Doch das macht nichts, denn ich habe mich von meinem Vater losgesagt und kann gewinnen!

Kapitel 6:

Mein Vater, der Feind!

Weder in der zwölften noch der dreizehnten Zeitschleife erziele ich einen nennenswerten Erfolg, mit Hana komme ich auch nicht ins Gespräch. Dabei will ich unbedingt mit ihr reden, um herauszufinden, wie sehr sie mich noch liebt. Leider gelingt es mir kein einziges Mal. Den Anführer schieße ich dafür in den beiden Zeitschleifen nieder. Ich habe mich von ihm losgesagt, nachdem ich Layla von meiner Vergangenheit in Taro erzählte. Für mich starb der Anführer vor knapp einem Jahr, er hatte die Hauptstadt niemals verlassen.

Ich kämpfe gegen eine leblose Hülle im Gewand meines Ziehvaters!

Beim dritten Mord bleiben meine Augen endlich trocken, trotzdem rinnt jede begangene Tat wie Gift durch meine Adern. Den nostalgischen Erinnerungen an die gemeinsame Zeit kann ich mich nicht entziehen, immerhin habe ich früher zu ihm aufgeschaut. Ich muss mein Idol, meinen Vater und meinen besten Freund in diesem Duell töten!

Gleichzeitig glaube ich fest daran, schon bald das Niveau zu erreichen, um gegen die dreizehn Männer anzukommen. Wahrscheinlich würde ich es bereits bei gewöhnlichen Banditen schaffen, nur das Mitwirken der Legende hält mich vom Sieg ab. Sobald ich diese Hürde meistere, kann mir niemand die Zukunft mit Hana rauben. Dann hole ich mir mein Mädel zurück!

Bloß ein signifikantes Problem existiert noch, mit dem ich klarkommen muss: Das Nachladen! Da ich mit nur einem Revolver antrete, müsste ich sogar zweimal nachladen. Besonders in diesen Momenten wurde ich regelmäßig getötet, daran muss ich arbeiten. *Oder ich wiederhole das unerreichbare Glanzstück vom König von Taro?* Die Vorstellung, diesen Trick zu meistern, zaubert mir beim dreizehnten Tod ein entschlossenes Lächeln auf die Lippen.

Am Morgen der vierzehnten Schleife liege ich im Bett, trotz meines blutigen Todes hält das Lächeln auf meinen Lippen an. Um den ultimativen Sieg zu erreichen, wäre die geeignetste Methode, das Meisterstück der Legende zu imitieren. Zwar könnte ich dadurch das Nachladen nicht auf null senken, aber zumindest auf einmal reduzieren.

Als ich mich anziehe, wacht Layla auf. Von meiner guten Laune überrascht, fragt sie nach, woraufhin ich ihr von dem geplanten Meisterstück berichte. Mit dieser Erklärung kann sie nichts anfangen, was mich erst irritiert, bis ich an die Zeitschleifen denke. Stimmt, in dieser Wiederholung kennt sie weder die Liebesgeschichte mit Hana, meine Vergangenheit aus Taro noch weiß sie vom bevorstehenden Todesduell. Sie

weiß auch nichts von den Schießkünsten des Unterweltkönigs.

Meine Bereitschaft, Layla einzuweihen, hält sich in
Grenzen. Stattdessen will ich es in der Realität ausprobieren und in der vierzehnten Schleife den Sieg erringen. Mit einer knappen, für sie etwas überraschen-
den Verabschiedung stapfe ich aus dem Zimmer heraus, verlasse das Bordell. Geradlinig steuere ich den
Duellplatz an. Als ich ankomme, prahlt der Anführer
mit Hana als Freundin und küsst sie vor meinen Augen. Mein Zorn hält sich in Grenzen, stattdessen
grüble ich über die Sinnlosigkeit von diesem Kampf.
Am liebsten wäre es mir, wenn weder der Anführer
noch ich sterben.

Anstatt ihn anzuschreien, setze ich eine coole Miene
auf und kontere mit einem bissigen Kommentar. Ich
weiß, wie leicht ich ihn auf diese Weise wütend mache, wobei seine Zündschnur extrem kurz ist. Während der Anführer explodiert, schenke ich Hana jenes
Lächeln, mit dem ich Frauenherzen wie Schnee im
Hochsommer schmelze. Obwohl sie die rachsüchtige
Inszenatorin des Duells ist, errötet sie – hach, ihre roten Wangen sind zuckersüß!

„Warum führst du dich so auf, Junge?", schreit er,
eine Ader pocht an seiner Schläfe. Er gleicht einer Karikatur des edlen Königs. „Hast du keine Angst, zu
sterben? Verdammt nochmal, ich bin ein Revolverheld und du ein mickriger Taugenichts! Völlig egal,
mit welcher Taktik du antrittst, gegen mich gewinnst
du nicht!"

Ich seufze, lege eine Hand auf meinen Revolver. „Mittlerweile bist du ein Witz, ein Schatten deines Selbst, ein Nachhall meines Vorbilds. Wenn die zwölf Männer nicht hinter dir stünden, würde ich dich mit einem schnellen Schuss killen. Es ist nur noch langweilig, ja schier ermüdend, wie schwach du bist, du einstige Legende!" Arrogant schiebe ich noch hinterher: „Es wird höchste Zeit, diesen Titel an die nächste Generation abzugeben, alter Mann!"

Wütend, wie sich unsere Beziehung entwickelt hat, rutschen mir diese Beleidigungen locker über die Zunge. *Vor mir steht nicht mein Vater, sondern eine Hülle – eine leere Hülle, als hätte ein Akuma ihn übernommen!* Eisig schaut er mich an, ungläubig, wie mutig ich in diesem entscheidenden Kampf antrete. Er erhofft sich meine Angst, ich liefere ihm einen Vorgeschmack auf meinen Mut.

Weiterhin zuckt eine Ader an seiner Schläfe, sein grauschwarzes, fettiges Haar verbirgt teilweise die tödlichen Blicke. Als er sich zu einem boshaften Lächeln durchringt, erinnere ich mich, wie sehr er sich verändert hat. Bei unserem Kennenlernen war er ein schöner Mann in seinen frühen Dreißigern gewesen, er alterte stattlich und aufrichtig. Er alterte wie ein guter Wein. Erst, als er sich auf Hanas Seite schlug, veränderte sich sein Aussehen, als fresse sich ein giftiger Parasit durch seinen Körper hindurch. Vor sechs Monaten wirkte er geschafft, müde, erschöpft und genervt. Ich hätte nie gedacht, wie schnell sich dieser Effekt verstärkt. Heute sieht er wie ein abgewrackter

Säufer aus, der sein Leben an den Alkohol verloren hat und dessen Todesengel ihm kontinuierlich auf die Schulter klopft. Vielleicht bin ich gnädig, wenn ich dieser gefallenen Legende eine Kugel durch den Kopf jage?

Höhnisch starre ich ihn an, halte seinem eisigen Blick stand und setze sogar einen drauf. Als kümmere mich das Todesduell nicht und Angst wäre ein Fremdwort, richte ich meine gestylten Haare. Zwar beleidigt mich der ein oder andere Bandit als Schwuchtel, doch ich weiß, dass eine schöne Frisur der Schlüssel zu Mädchenherzen ist. Als ich zusätzlich Hana zunicke, registriere ich zufrieden, wie sie errötet.

„Verhöhnst du Bastard mich?", knurrt der Anführer, verfällt in einen kehligen Ton. „Du mickriges, ekelhaftes Stück Scheiße! Während du an den Titten deiner Hurenmutter genuckelt hast, habe ich schon Pläne gesponnen, wie ich die Hauptstadt zu meinem Territorium erkläre. Spiele dich nicht auf, als wären wir ebenbürtig! Du bist ein widerliches Stück Scheiße, dessen Kopf ich in wenigen Sekunden wegschieße und in dessen blutigen Hals ich hineinpisse und hineinscheiße! Mal schauen, wie dein hässliches Grinsen von deiner Visage abfällt und dir vor Schmerz die Augen heraus ploppen. Ich freue mich schon auf diesen Moment!"

Ich kümmere mich nicht um seine Beleidigungen, sondern antworte mit klarer Stimme: „Dir alten Sack bin ich überlegen. Also schwinge mal keine großen

Reden als Schwächling, der zu hundert Prozent verliert! Aber …", ich grinse ihn an, „… wohin soll ich zielen? In den Kopf? In die Brust? Den Bauch? Oder soll ich dich um deine schlaffen fünf Zentimeter erleichtern, weil du so feige wie ein Weib bist?! Sag's mir, denn ansonsten ist mir dieses Duell zu einfach und es wird langweilig."

Von der Provokation aufgestachelt, zückt er seinen Revolver vor dem Duellbeginn. Er spielt nach meinen Karten, auf diese Weise stelle ich ihn als Bösewicht dar. Das erhöht im Nachhinein meine Chancen, dass Hana mich zurücknimmt. Ab jetzt trete ich in jeder Schleife mit dieser gekünstelten Provokation an, wie eine Marionette lasse ich den Anführer meine Befehle ausführen.

Dem ersten Schuss kann ich durch eine instinktive Körperdrehung ausweichen, doch er scheißt auf seine Ehre und greift weiter an. Anscheinend ist es mir gelungen, ihn total zum Ausflippen zu bringen. Sein Gesicht läuft rot wie eine Tomate an. Bei diesem Anblick schwappt eine Welle der Enttäuschung über mich hinweg, dieser Mann war niemals der Rolle eines Idols würdig. Von jenem Mann, der am Hafen dreizehn Polizisten besiegte, ist nichts übriggeblieben. Die selbsternannte Legende verkam zu einem Schatten seiner Selbst, der sich von seinem ehemaligen Schüler provozieren lässt und diesen rücksichtslos angreift. Aus der Legende wurde eine Marionette, aus dem Lehrling ein Puppenspieler. Nun gebe ich den Ton an!

Er ballert seine Trommel leer, allen Schüssen kann ich nicht ausweichen und bekomme eine Kugel in den Kopf. Egal, in der nächsten Schleife gehe ich nach dem gleichen Konzept vor und weiche aus. Der Zeitpunkt ist gekommen, einen sicheren Weg durchs Duell zu finden. Und dieser beginnt mit der Provokation, dank der ich im Nachhinein meine Beziehung zu Hana besser richten kann.

In der fünfzehnten Schleife verlasse ich auf leisen Sohlen das Bordell, die morgendlichen Gesprächsrunden mit Layla haben sich erschöpft. Mein Fokus gilt dem Kampf. Erst küsst der Anführer Hana, bringt mich damit nicht aus der Ruhe. Ich provoziere ihn mit den gleichen Worten wie zuvor, er flippt aus. Hervorragend. Seinen ersten zwei Kugeln entkomme ich leicht, dann erwischt mich die dritte im Arm. Wenige Sekunden später sterbe ich! Scheißegal, denn indirekt bin ich unsterblich! Hanas Ritual entlässt mich aus dem Leben, schlau werde ich aus ihrer Aktion nicht. Warum macht sie das?

Diesmal gehe ich cleverer vor. Ich halte einen gewissen Abstand zu ihm, achte auf ein potenzielles Versteck und beginne dann mit der Provokation. Als wäre der Anführer ein Idiot, ballert er wild drauflos. Ich wirble elegant hinter den kleinen, aber schützenden Baum. Vier Kugeln prasseln in die Rinde hinein, Holzstücke spicken durch die Luft und manche entnervten Insekten flüchten. Ein dicker Käfer fliegt wenige Zentimeter an meinem Gesicht vorbei und ich korrigiere seine Flugbahn, in dem ich meinen Revolver aus dem Holster reiße und den Käfer in die Luft wegspicke.

Dann täusche ich an, links herauszustürmen, aber wähle den Weg nach rechts. Meine Stiefelspitze bohrt sich in den sandigen Boden, meine Muskeln spannen sich an. Dadurch entkomme ich zwei weiteren Kugeln, jetzt besitzen wir einen Gleichstand an Munition. Während meine Füße auf dem Boden trommeln, stichle ich weiter: „Hey, Arschlochvater, hast du vor unserem Duell gesoffen? Du schießt schlechter wie all die anwesenden Hurensöhne! Warst du dein ganzes Leben ein Blender? Dich würde sogar eine altersschwache Oma besiegen!"

Mit seinem hasserfüllten Blick durchbohrt er mich, während er felsenfest behauptet, mich niemals als Sohn betrachtet zu haben. Ein kalter Stich zuckt durch mein Herz, diesen Kommentar hätte es wirklich nicht gebraucht. Jede kostbare Erinnerung, welche wir gemeinsam angehäuft haben, wird von ihm bespuckt und mit Füßen getreten. Meine Reaktion lautet nicht Hass, sondern Enttäuschung. *Was ist nur aus dir geworden, Vater?*

Ich beiße die Zähne zusammen, hebe meinen rechten Arm und ziele instinktiv. Dann knalle ich ihm eine Kugel zwischen die Augen, als wäre es das Leichteste auf der Welt, Legenden zu stürzen. Mittlerweile blicke ich auf fünfzehn Duelle zurück und besitze genug Kampferfahrung, um diesen Mann umzubringen.

Der Schüler hat den Meister überflügelt. *Mögest du in Frieden ruhen, Vater!*

Leider weckt mein Schuss schlafende Hunde, ihre verschmelzenden Stimmen erinnern an ein animalisches Gebell. Wutentbrannt stürzen seine Gefolgsmänner los, vor Hass überrennen sie sich fast gegenseitig. Ich schätze, die Hälfte von ihnen besitzt die Intelligenz von Affen, doch diesen Primaten hat jemand eine Waffe in die Hand gedrückt. Scheißegal, ich besiege sie! Ich werde jeden Gegner in diesem Todesduell zerficken!

Die beiden hässlichen Glatzköpfe machen den Anfang, deren demolierte Fressen an einen Unfall erinnern. Ich könnte kotzen, wenn ich sie erblicke, doch beruhige mich und schieße sie nieder. Zwei saubere Kopfschüsse, ihre Häupter gleichen platzenden Ballons. Lieber hätte ich das Pfannengesicht ins Jenseits befördert, seit seinem Schuss auf Hana besitze ich einen besonderen Hass auf ihn.

Flink weiche ich deren Erwiderung aus, meine Bewegungen erinnern an den erhabenen Tanz der Legende vor knapp zehn Jahren. Auf diese Weise entwische ich nicht nur den heranrauschenden Kugeln, sondern bringe Hana zum Staunen. Jeder Fußtritt, jeder Handgriff und jeder Schuss sind wohlüberlegt. So müssen sich Menschen fühlen, wenn sie gegen einen Gott aufbegehren. (Ja, mein Talent macht mich arrogant!)

Manchmal flüchte ich vom Rest, gehe hinter den Bäumen oder den Felsen in Deckung, erwidere stets

192

das Feuer. Nach fünf Gegnern erreiche ich die Endstation, beim Nachladen kriege ich eine Kugel in den Kopf. Scheiße! Im Duell ist es unmöglich, sechs Kugeln in die Trommel einzuführen, ohne gekillt zu werden.

Beim folgenden Vorschlag mag ich wie ein Vollidiot klingen, weil ich ihn erst in der siebzehnten Schleife umsetze, doch ich plane, einen zweiten Revolver mitzunehmen. Dadurch könnte ich mir einmal Nachladen sparen, der hochnäsige Anführer würde es mir sicher erlauben. Immerhin kämpft er mit zwei Revolvern, also stünde er andernfalls wie ein Feigling dar. Und kein Yakuza, der etwas auf sich hält, möchte als feige gelten. Ich könnte es in meine Provokation einflechten. *Ja, so werde ich es machen.*

Nebenbei, beim Sterben hat Hana mir zugeflüstert, wie cool ich gekämpft habe. Trotz ihres Hasses hatte sie mich gelobt! Für mich war die sechzehnte Schleife ein halber Erfolg – ob ich die nächste Wiederholung bereits krönen kann?

In der siebzehnten Schleife fordere ich vor den gegenseitigen Provokationen eine zweite Waffe. Ich beleidige ihn sogar als Feigling, was seinen Zorn anpeitscht und ihm keine andere Wahl lässt. *Tanz, Marionette, tanz nach meinen Wünschen!*

Achselzuckend, weil sich der Anführer für unbesiegbar hält und wie kein Schwächling erscheinen will, händigt mir einer seiner Männer einen Revolver aus. Ab diesem Moment besitzt beide Kontrahenten zwei Waffen, im Gegensatz zu ihm kämpfe ich nicht beidhändig. Meine linke Hand gehört dummerweise einem sehbehinderten, sturzbesoffenen Amateur. Deswegen stecke ich die zweite Waffe in den Holster, wissend, dass sie erst später zu ihrem großen Einsatz kommt.

Es juckt mir in den Fingern, den ersten Schuss zu riskieren, aber ich zögere. Ich warte auch ab, bis er mit Hana knutscht. Falls ich in dieser Zeitschleife gewinnen sollte, wäre ich der Feigling, der seinen Gegner unfair beim Duell besiegt hätte. Außerdem würde ich auf Hana wie ein Arschloch wirken. Um das zu vermeiden, überlasse ich ihm den ersten Schuss … eine Frage der Ehre! Stattdessen beschränke ich mich auf die Provokation, mit jeder Schleife fallen mir neue, ausgefallene Beleidigungen ein. Davon sprühen manche vor Kreativität, woraufhin seine Gefolgsmänner in brüllendes Gelächter ausbrechen und Hana ihr Kichern hinter ihrer Hand verbirgt. Ja, das bringt ihn zum Brodeln.

Seine Explosion bricht einerseits mit einem lauten Schrei, anderseits mit einem mehrfachen Revolverfeuer aus. Während ich wegen den herumstehenden Hurensöhnen meine Munition einteilen muss, besitzt er dieses Problem nicht. Kreischend vor Angst weicht Hana aus, während die übrigen Männer dem Anführer zujubeln. Sein Gesicht verkommt zu einer Fratze wie bei einem Oni!

Mehrere Schüsse setzt mein ehemaliger Vater in den Sand, ich weiche ihnen allen aus. Das liegt nicht

194

nur an dem bekannten Muster, sondern auch an meinen blitzschnellen Reflexen. Ich bin aus dem Holz geschnitzt, aus dem Revolverhelden sind! Bevor der Anführer hochmütig wird, verpasse ich ihm ein Arschloch auf die Stirn, damit er sein Gehirn ausscheißen kann. (Mit jeder Schleife habe ich diese Formulierung mehr zu lieben gelernt.) Wie ein nasser Sack kippt er um, das rote Blut und der braune Speichel vom Kautabak tropfen vermischt vom Kinn herunter.

Wieder erwacht in den Gefolgsmännern der animalische Zorn, Hana kreischt wie ein hysterisches Mädchen und sucht panisch Schutz. Die verschiedensten Gefühle brodeln empor, bei mir ist es eine Mischung aus Anspannung und Nervosität. Die Trauer, ihn zu töten, habe ich in einer vergangenen Schleife begraben.

Dann widme ich mich seinen stinkenden Gefolgsleuten. Zuerst nehme ich mir die zwei Glatzköpfe vor, dann den Fettsack, bei dem ich zwischenzeitig befürchte, dass seine widerlichen Speckschwarten die Kugel abwehren. Meine Angst entpuppt sich als unbegründet, er sackt wie ein abgestochenes Schwein in sich zusammen.

Ich suche aufgrund des vergangenen Grolls nach dem Pfannengesicht, mir fällt ein übelstes Schlitzauge auf. Keine eleganten Augen wie ein Tarpaner, sondern die schmalen Schlitze eines Kinesen. Spöttisch frage ich mich, ob dessen Augen überhaupt funktionieren, als ich ihm eine Kugel in die Gedärme verpasse. Leider braucht er einen zweiten Schuss, bis er liegenbleibt. *So eine verfickte Scheiße, das bringt mich in Bredouille!*

Als die vier Bastarde gestorben sind, werfe ich meinen ersten Revolver weg. Noch acht Hurensöhne stehen herum, sechs Kugeln besitze ich in der Trommel. Blitzschnell zücke ich meinen zweiten Revolver, atme tief ein, genieße den Duft von Schießpulver und krepierenden Menschen. Ein Funken Verrücktheit schleicht sich in mein Denken ein, immerhin begehe ich ein Massaker.

Dann ballere ich meine früheren Kameraden wie Zielscheiben nieder, kein Mitgefühl keimt auf. Als ein Mann, der regelmäßig seinen Vater töten musste, mehrmals gestorben ist und noch nie einen Funken Anstand besessen hat, kümmere ich mich nicht darum. Das vergossene Blut dieser Hurensöhne bildet die Pflastersteine auf meinem triumphalen Weg zum endgültigen Sieg. Lieber sollen sie alle sterben, als meinem zukünftigen Glück mit Hana im Weg zu stehen!

Dabei kommt es auf eine Mischung aus Angriff und Verteidigung an. Jeder Schuss muss sitzen, jedem Gegenangriff muss ausgewichen werden. Vielleicht fehlt mir noch jene Eleganz, mit welcher der Unterweltkönig im Hafenviertel die Polizisten bezwang, aber ich kratze an seinem unerreichbaren Status. Ich spüre, wie ich zu dem Idol meiner Kindheit und Jugendzeit aufschließe!

Zwei Banditen fallen mir zum Opfer, für diese hässlichen Arschlöcher fallen mir keine abwertenden

Beleidigungen ein. Dann ballert das Pfannengesicht los, seine Schrotflinte singt zum flackernden Wahnsinn in seinen Schweinsaugen. Das Magazin leert sich schneller als ein Bier in den Händen eines Seemannes, zum Glück schießt dieser Vollidiot wie eine besoffene Hure mit zwei linken Händen. Hat diese armselige Verkörperung eines Banditen tatsächlich in der gleichen Bande wie ich gedient?

„Für Hana …", hauche ich den Namen meiner großen Liebe, als ich ihm eine Kugel ins Gesicht knalle und sein Kopf wie eine Bombe platzt. Seine Hässlichkeit vergeht, als seine Gehirnmasse sich über den Boden verteilt und das zersplitterte Gesicht von seinem massigen Leib begraben wird. Der bestialische Anblick seines Todes hemmt und schockt die verwilderten Männer, das bringt mich zum Lachen. Wenn die Gegner an Primaten erinnern, dann ähnle ich dem schockierenden Anblick eines Akuma aus einem schaurigen Kindermärchen. Der Wahnsinn klopfte an die Tür, ich hatte geöffnet und ihn freundlich hereingebeten!

Staunend beobachtet Hana mich, ihre innere Gefühlslage kann kaum dem erbleichten Gesicht abgelesen werden. Vorsichtshalber versteckt sie sich im Gebüsch, sichtbar überrascht, zu welcher Koryphäe ich mich entwickelt habe. Vom Amateur zum Meister, für mich ein Katzensprung. Selbstverständlich erinnert sie sich an keinen meiner Fehlversuche, also muss es ausschauen, als niete ich ohne Vorwissen die Gegner um. Kein Wunder, dass in ihren himmelblauen

Augen eine Mischung aus Angst und Respekt flackert.

Schweratmend wende ich mich von meiner großen Liebe ab, weiche ein paar Schritte zurück. Dabei setze ich jeden Schritt mit äußerster Vorsicht, sodass ich schwerer getroffen werden kann. Ein Revolverduell ist ein Tanz, den man nicht erlernen kann, sondern instinktiv ausführen muss. Er liegt mir, wie es der Anführer vor fast zehn Jahren erkannt hatte, im Blut!

Bilde ich mir die Angst bei den Banditen ein? Wie bei Hana flackern die Augen meiner Gegner, als laufe in deren Köpfen ein Schreckensfilm über ihren Tod ab. Das hemmt sie! Nein, das spielt mir in die Karten, wie ich zufrieden erkenne. Ich festige den Griff um meinen Revolver, als ich einem Banditen den Kehlkopf zerschieße und einen roten Wasserfall erschaffe. Panisch versucht dieser, sich die Halsschlagader zuzuhalten, während keine Luft seine Lunge erreicht.

Aus der Verzweiflung dieser sterbenden Hackfressen schöpfe ich den unermüdlichen Glauben, gewinnen zu können. Wie ein Wirbelsturm knalle ich zwei weitere Gegner ab, zu meinem Verdruss weicht einer aus. Plötzlich geht mir die Munition aus, während noch drei wütende Hurensöhne stehen. Ich höre mein trommelndes Herz, das Keuchen eines Sterbenden, die Wut der Gegner, das ängstliche Wimmern meiner Ex-Freundin und zu allem Überfluss das Rauschen des Windes. Ein paar Kirschblüten fliegen vor meinen Augen vorbei, vollkommen widersprüchlich zur brutalen Szenerie. Unangebrachte Romantik inmitten eines Massakers.

Mir kommt ein Trick in den Sinn, wie ich nachladen könnte. Das ist zwar nicht jenes Meisterstück, mit dem der König aufgetrumpft hatte, aber von einer ähnlichen Schwierigkeit. Mit dem Wissen, womöglich in die achtzehnte Schleife katapultiert zu werden, probiere ich es. *Mit solchen Aktionen werden Legenden gekrönt.* Leider scheitere ich auf ganzer Linie, aber versuche ihn …

… in der achtzehnten Schleife erneut!

Keine Angst, ihr habt nichts verpasst, denn ich habe die Wichser in der gleichen Reihenfolge niederge-schossen. Auf diese Weise komme ich am besten ans Ziel, weshalb ich keine anderen Pläne mehr auspro-biere. Je mehr ich mich bemühe, das Duell nach einem bekannten Muster ablaufen zu lassen, desto leichter fällt es mir. Der Anführer, die zwei Glatzköpfe, der Fettsack, das Schlitzauge, die beiden Normalos, das Pfannengesicht und die beiden Scheißköpfe. Auch in der achtzehnten Schleife verkacke ich zwei Schüsse, mir geht an der gleichen Stelle die Munition aus. Drei Feinde stehen zwischen mir und dem Sieg, der Revol-ver ist leer. Obwohl der Trick unmöglich und wahn-sinnig klingt, versuche ich ihn erneut!

Ich öffne meinen Revolver, klappe die Trommel heraus, werfe drei Kugeln in die Luft. Dann weiche ich einem der tödlichen Schüsse aus, dem ich im letz-ten Durchgang zum Opfer gefallen war. Meine Hoff-nung lautet, die herabfallenden Kugeln aufzufangen, sodass ich ohne Schwierigkeit weiterschießen kann. Wie unglaublich wäre es, wenn mir das gelänge? Aus diesem Stoff bestehen Legenden!

Als ein weiterer Bandit schießt …

… weiche ich dessen Geschoss in der neunzehnten Wiederholung aus. Solange ich dem gleichen Rhythmus folge, verhalten sich meine Gegner identisch. Es ist, als hätte einer der Schreibernarren in Taro ein Drehbuch über das Todesduell verfasst. Das kann ich ausnutzen! Ich überlebe, woran ich zuvor starb und werde dadurch unbesiegbar!

Zusätzlich scheint das Gehirn des dritten Kontrahenten eine ewiglange Leitung zu besitzen, denn er schießt als einziger nicht, nachdem ich meine Deckung aufgegeben und die Kugeln hochgeschmissen habe. Jetzt bin ich zwei Geschossen ausgewichen und kann mich vollends der Umsetzung meines Tricks widmen.

Dabei ergibt sich für mich ein Vorteil: Ich liebe es, hübsche Mädchen zu beeindrucken! Sei es, in dem ich Libellen die Flügel stutze, Rauchkringel forme oder die Kugeln aus der Luft mit meinem Revolver auffange. Ich genieße es, wenn die Mädchen mir zujubeln und ich sie leichter aus ihren Höschen bekomme. Wer hätte gedacht, dass ich diese antrainierten Kunststücke in der Realität umsetze?

Die hochgeworfenen Kugeln fallen, wie ich es regelmäßig beim *Flirten* trainiert habe, nach fünf Sekunden herunter. Wisst ihr eigentlich, wie schwierig es ist, diese aufzufangen? Monatelang hatte ich es trainiert, bis ich allen vorgelogen habe, ein Naturtalent zu sein. Dabei scheiterte ich gleichermaßen am Wurf und am Auffangen … na ja, die Zeit des Scheiterns ist zum Glück vorbei. Bei einem guten Wurf landen alle Kugeln in der Trommel, doch bei sechs Kugeln gelang mir dieser Trick nie. Bei zu vielen verliere ich die Balance, sodass ich es verhaue.

Deswegen habe ich im Kampf nur drei Kugeln geworfen, weil diese Anzahl ausreicht, um die Wichser zu killen. Dabei existiert ein Unterschied zwischen den Übungen und der Anwendung im Kampf – die ständige Bewegung! Beim Üben werfe ich die Kugeln hoch, konzentriere mich, fange sie. Im Kampf muss ich ständig den Schüssen ausweichen, was dazu führt, dass meine Konzentration kaum dem Trick gilt. Verfickt nochmal! Von den drei hochgeworfenen Patronen landet eine in der Trommel, die anderen beiden fallen klappernd auf den sandigen Erdboden. Mist! Mir rutscht das Herz bis in die Hose hinab, meine Siegessicherheit erhält einen schweren Knacks. *Verdammt, verdammt, verdammt!* Diese Schleife entwickelt sich nicht so, wie ich es mir wünsche.

Einer der Hurensöhne lacht abschätzig, mit dem ekligen Wiehern eines Pferdes steigen die anderen beiden ein. Sie denken, mich dadurch besiegt zu haben, weil mir die Munition ausgeht. Kein Wunder, dass sie lauthals und erleichtert lachen … immerhin kämpfe ich, als besitze ich einen Blick in die Zukunft und ein göttliches Talent. Keinem meiner Gegner muss ich menschlich vorkommen, bis ich jetzt wie ein Amateur gescheitert bin.

Ein Schuss rauscht an meinem Kopf vorbei, der lahmarschige, möglicherweise geistig behinderte Dritte hat geschossen. Wegen des Nachhalls platzt mein Trommelfell, die brennenden Schmerzen nehme ich wegen meinen unzähligen Toden kaum wahr – ja, ich bin abgehärtet! Trotzdem erinnert mich die Situation an den Anführer, als ich ihn zum ersten Mal gesehen habe. Im strömenden Regen, als die Polizisten ihn eingekreist **und** wortwörtlich besiegt hatten, hat er über die physikalischen Gesetze gelacht und ein Meisterwerk vollführt. Zwei Leichen, eine Kugel! Ein Geniestreich! Ich erinnere mich nicht nur ans damalige Erlebnis, sondern auch an die bildhafte Beschreibung, als ich Layla vom Kampf erzählte. Wenn ich in die Fußstapfen dieser Legende treten will, bleibt mir keine andere Wahl, als sein Opus Magnum zu versuchen! Im Gegensatz zu ihm bin ich unsterblich, also muss ich mich vor keinen Konsequenzen fürchten! *Vater, ich folge deinem Weg!*

Hastig renne ich über den Platz, springe über mehrere Leichen hinüber und bringe ein paar Meter zwischen mir und den Gegnern. Rote Blutflecke, heraushängende Gedärme, warme Körper, heraussickernde Gehirnflüssigkeiten. Gierige Insekten laben sich bereits an den Leichen, später kämen Aasfresser hinzu. Ein Schlachtfeld, bei dessen Anblick selbst einem Dichter keine schönen Worte einfallen würden, weil sich hier Banditen aus der Gosse bekriegten. Dank diesem Leichenmeer werde ich einen Legendenstatus erhalten!

Ich bringe eine gewisse Distanz zu meinen Feinden hin, und verfluche mich selbst, nur eine Kugel gefangen zu haben. Selbst, wenn ich in die Fußstapfen meines Vaters trete, bringt mir das nichts ein. Mittlerweile atme ich nicht nur aus Anstrengung, sondern auch aus Nervosität schneller. Nachdem ich so weit gekommen bin, will ich in keine zwanzigste Schleife schlittern, sondern den Sieg erringen.

Kurzzeitig wandert mein Blick zu jenem Gebüsch, in dem Hana panisch Deckung gesucht hat, hinüber. Wenn ich gewinne, kann ich mich mit ihr aussprechen. Ich erspähe ihren roten Kimono mit dem Blumenmuster, nichts steht diesem Landmädchen besser als die traditionelle Kleidung unseres Volkes. In wenigen Momenten, falls ich siegreich dieses Duell bestreite, würde ich sie in Armen halten. Selbst, wenn sie anfangs nicht möchte, werde ich sie schon von mir überzeugen.

Als ich an dem Baum angelange, hinter dem ich mehrmals Deckung vor dem Anführer gesucht habe, wirble ich herum und schaue die drei Hurensöhne an. Jeder hat seine Waffe erhoben, trägt ein dreckiges Grinsen im Gesicht und wappnet sich für den finalen Schusswechsel. Einer von ihnen schießt, ich visiere die Kugel im Flug an. Mir bricht der Schweiß auf der Handfläche aus, ein schmieriges und ekliges Gefühl. Um zu treffen, schließe ich mein linkes Auge, halte den Atem an, blende die Welt aus. Fast in Trance tauche ich ein, widme mich bloß dem Schießen. Für einen normalen Menschen ist es unmöglich, aber ein geübter Schütze kann seine Wahrnehmung verlangsamen. Für den Hauch eines Augenblickes, bei dem es sich um Einbildung handeln könnte, erkenne ich die Kugel. Als schneide sie nicht durch Luft, sondern durch Wasser hindurch, wird sie – zumindest für mich – sichtbar gebremst. Ich tauche endgültig in die Trance eines Meisterschützen ein!

Vater, heute ist der Tag, an dem ich deinen größten Trick nachahme!, denke ich, als ich mit dem Zeigefinger den Abzug betätige.

Die Kugeln kollidieren in der Luft, ein krachendes Geräusch entsteht. *Ich hab's geschafft!* Obwohl es winzige Objekte sind, hört es sich an, als wären gigantische Metallbrocken kollidiert. Für jeden Anwesenden bleibt die Zeit stehen! Ich sehe die schockierten Mienen meiner Gegner, reiße mein linkes Auge wieder auf und warte auf das Ergebnis. Während meine Feinde nicht verstehen, was geschehen ist, verwandelt sich Hanas verängstigte Miene in absolute Klarheit. Im Gegensatz zu den dreien hat sie mein Meisterwerk durchschaut.

Dann brechen zwei Männer zusammen!

Der Schütze steht noch aufrecht, aber seine Kameraden liegen blutend auf dem Boden. Mir ist der Geniestreich meines Vaters gelungen, ich habe zwei Gegner mit einem einzigen Schuss hingerichtet. *Ich bin einzigartig! Absolut genial!* Einem habe ich die Luftröhre zerfetzt, sodass er bluthustend auf dem Boden krepiert. Dem anderen ging die Kugel durch die Schulter hindurch, heulend wälzt er sich herum. Blutsprudelnd, als befinde sich eine Fontäne in seinem Körper, spritzt das rote Wasser gen Himmel empor. Während einer leise stirbt, schreit sich der andere die Seele aus dem Leib:

„Ich werde dich verfickte Schwuchtel abknallen, weil es mich verfickt nochmal anpisst, wie lange uns ein verfickter, missratener Hurensohn aufmischt. Oh Scheiße, Scheiße, verfickte Scheiße … es tut so beschissen weh! Ach verfickt, verfickt … Gott, oh Gott, bitte verleiht mir irgendjemand die Kraft, diesen Hurensohn zu killen.

Wenn diese ganze Scheiße fertig ist, ficke ich so lange geile Weiber, bis mein Schwanz wund ist. Und ich ficke dein geliebtes Mädel, bis deren Fotze blutig ist. Und dann ficke ich so lange weiter, bis sie heulend deinen Namen stammelt! Also lasse dich endlich abknallen, damit ich zu den Weibern kann! Du Mistkerl! Bastard! Hurensohn! Lass mich deine schwangere, arrogante Hure dort auf deinem sterbenden Körper vögeln, sobald ich dir einen Bauchschuss verpasst habe und sie mit deinen Gedärmen strangulieren! Oh Gott, oh Gott … Hiroshi! Hiroshi, du nichtsnutziges Arschloch, erschieße die Schwuchtel!"

Zwischen dem erstickenden und dem herumschreienden Sterbenden steht der zitternde Schütze, der Hiroshi heißt und mich für ein Genie halten muss. Einen Revolverhelden, wie er bloß in unrealistischen Kindergeschichten auftaucht und unbesiegbar für die

Gangster ist. Trotz der wiederholten Aufforderung seines Kameraden, Hiroshi möge mich erschießen, gleicht dieser einer Statue. Seine Angst ist so umfassend, dass sie ihn lähmt und mir den endgültigen Triumph schenkt. Indirekt habe ich auch den dreizehnten Mann gerichtet.

Ich grinse lässig, öffne die Trommel meines Revolvers, lade seelenruhig nach. Zwei Männer wurden von meinen Kugeln verletzt, den dritten habe ich durch mein übermenschliches Können mental gebrochen. Wenn man ehrlich ist, habe ich drei Gegner mit einem Schuss besiegt. *Damit habe ich dich übertrumpft, Vater! Ich weiß, wie unglaublich du warst, aber ich bin besser. Vielleicht hat es noch niemals einen Revolverhelden von meinem Niveau gegeben?* Ich kann nicht anders, als über diese Formulierung zu grinsen und zu feixen. Mit meinem blutigen Gesicht wirke ich auf Hiroshi wahnsinnig, ich ähnle einem Berserker im menschlichen Gewand.

Als ich näherkomme, fällt Hiroshi – der Gebrochene – auf die Knie. Sein Revolver landet klappernd auf dem Boden, Staub wirbelt auf, seine Augen wirken erstarrt und leer. Schief schaut er zu mir hoch und blinzelt mehrmals, als könne er mein Meisterstück nicht verstehen. Neben uns heult und schreit noch immer der Verletzte vor Schmerzen, während er Hiroshi beschimpft. Anstatt mir das quälende Gejammer anzuhören, schenke ich ihm ein grausames Lächeln und knalle ich ihm eine Kugel in den Kopf. Hiermit sorge ich für eine bedrückende Stille. In der neunzehnten

Schleife ist mir wahrhaftig der Sieg gelungen, verzögert sprudeln die Glücksgefühle empor. Doch solange ich mich mit Hana nicht ausgesprochen habe, steht mein Glück auf dünnen Stelzen und ich verkneife mir die überschwängliche Freude.

„Bitte … bitte verschone mich, Haru", murmelt Hiroshi, drückt seinen Kopf auf den Boden und fleht um sein Leben. Er wimmert. Und er krümmt sich wie ein rückgratloser Speichellecker des Shoguns, unwürdig für jeden Yakuza.

Gnadenlos lege ich meinen Revolver an seinem Kopf an, starre auf ihn herab. Überglücklich, diesem Zeitschleifen-Phänomen entkommen zu sein, kann ich das Lächeln unmöglich von meinen Lippen verbannen. Für meinen Gegenüber muss es aussehen, als habe ich meinen Verstand eingebüßt und mich in einen Berserker verwandelt.

„Bitte … verschone mich …", stammelt der Mann, versucht den Revolver mit der Hand beiseite zu schieben und hält den Kopf weiterhin gesenkt. „Bitte … ich will nicht sterben, ich bin so jung. Haru … ich weiß, wir waren niemals Kumpels, aber zumindest Kameraden."

Ich schüttle seine Hand ab, halte die Waffe ihm weiterhin an die Stirn. „Kameraden? Du gehörtest zum Fußvolk, ich war sein oberster Berater. Hätte dein toter Kumpel nicht deinen Namen gebrüllt, dann hätte ich ihn nicht einmal gekannt. Du appellierst an einen herzlosen Mann, Hiroshi!" Ich lecke mir über die Lippen. „Soll ich dir etwas verraten? Schrei so viel du willst, ich werd's genießen, aber dein Leben ist schon längst verwirkt!"

Erneut lecke ich mir über die trockenen Lippen, festige den Griff um den Revolver. Meine Fingerknöchel ragen wie Eisberge hervor, während mich die demütigenden Erinnerungen, in denen mich diese gnadenlosen Arschlöcher wie ein Vieh misshandelt haben, plagen. Ich besitze nicht das geringste Mitgefühl für den wimmernden Mann auf dem Boden. Wahre Banditen, zu denen ich mich hinzuzähle, werden von der Straße großgezogen und kennen nicht das Konzept von Gnade. Das liegt daran, weil sie weder von ihren Mitmenschen noch den Gesetzeshütern Gnade erfahren. Ich halte von Gnade nichts, da es den Samen für eine Rachegeschichte bietet. Oh nein, außer Hana und mir verlässt keine Menschenseele diesen Duellplatz. Gnade überlasse ich den Moralisten und eierlosen Pazifisten!

„Oh bitte, Haru …", fährt Hiroshi fort, „bitte überlege es dir nochmal. Ich bitte dich! Bitte … bitte verschone mich!"

„Verschonen?" Ich lache gekünstelt. „Hiroshi, sei mal ehrlich: Sehe ich wie 'ne mitfühlende Tunte aus? Überleg dir deine Antwort zweimal, denn ich werde ungern als Tunte beleidigt. Und willst du jemanden beleidigen, der dir 'ne Knarre an die Stirn hält? So als Rat unter Freunden, das wäre ziemlich bescheuert von dir."

Seine Augen werden groß, er schluckt. Obwohl er mit Sicherheit kein kluger Mann ist, versteht er, wie ich ihm keine Wahl lasse. Als er wimmernd seinen Kopf hebt und die erste Träne seine staubige Wange herabfließt, drücke ich ab und die Kugel durchschlägt seinen Kopf. Ein sauberes Loch entsteht in der Stirn, eine metallene Beule am Hinterkopf. Sein Blut – tomatenrot und blassrosa im gleichen Maße – fließt aus der Wunde heraus, leblos sackt er zusammen. Locker lasse ich den Revolver um meinen Zeigefinger rotieren, bis ich ihn in meinen Holster stecke. Damit habe ich gewonnen!

Neunzehn Wiederholungen hat es gebraucht, bis ich meine ehemalige Banditengruppe niedergemetzelt habe und das Todesduell entschied. Einerseits eine ewiglange, anderseits eine beachtlich schnelle Leistung. Ich drehe mich im Kreis und staune, was ich hinbekommen habe. Dreizehn Leichen liegen am Boden, jener mit dem Luftröhrendurchschuss ist ebenfalls krepiert.

Stück für Stück bahnen sich die Glücksgefühle an, am liebsten wäre ich sofort zu Hana gelaufen und hätte sie in die Arme geschlossen. Ich weiß jedoch, dass diese Geste erst nach einem klärenden Gespräch ansteht, weil sie die Inszenatorin ist und mich hasst. Bevor ich mit dem Gespräch beginne, laufe ich zum Anführer hinüber, dessen totes Antlitz mich trotz unserer Differenzen berührt. Ungläubig, niemals wieder seine Stimme hören zu können, knie ich vor ihm nieder. Eine einzelne Träne, deren Ursprung ich nicht ergründen kann, fließt meine Wange herab, während ich seine Augenlider schließe. Minimal zittern meine

Finger, weil mir die Kraft fehlt, jede einzelne Erinnerung aus meinem Kopf zu verbannen. Zu viel hatten wir erlebt, durchgemacht und einander bedeutet. Ich kann nicht glauben, diesen Mann umgebracht zu haben. Trotzig wische ich die Träne beiseite, erinnere mich, dass er bereits in Taro gestorben war. Vor mir liegt nicht der Unterweltkönig, sondern nur dessen sterbliche Hülle.

Ich hege dir gegenüber keinen Groll, sondern besitze nur tiefsten Respekt. Du bist mein Vater gewesen! So Ruhe in Frieden, alter Mann! Ich werde mich immer an dich erinnern! Ich werde mich an den herrschaftlichen König aus der Hauptstadt, meinen geduldigen Lehrmeister im Schießen und Reiten und den stattlichen Anführer unserer Bande für immer erinnern. Ich werde dich als jene Legende, die du warst, in meinem Herzen bewahren. Das verspreche ich dir! Bitte schaue deinem Sohn von dort, wo auch immer du nun bist, zu.

Ich kann selbst an seinem Sterbebett nicht glauben, dass sich dieser Mann von einer Frau, die nach Rache gestrebt hat, aufhetzen ließ. Dieser misogyne Mann, für den Frauen bloß Sexobjekte gewesen sind, hätte an meiner Seite stehen müssen. Obwohl ich meinen Vater durch das Duell verloren habe, werfe ich Hana nicht vor, es inszeniert zu haben, weil ich weiß, dass er aus freiem Willen angetreten ist. Es war **seine** Entscheidung, mich herauszufordern … und **meine** Entscheidung, ihn umzubringen! Ich denke, auch Hana hat sich seinen Tod nicht gewünscht, sondern diesen nicht einmal in Betracht gezogen. Ihr ging es nur um meine Ermordung.

Mit einer Kussgeste Richtung Himmel, die hoffentlich meinen Vater erreicht, wende ich mich ab und drehe mich zum Gebüsch um. Ihr Name liegt lieblich wie eine Melodie auf meinen Lippen, doch bevor ich ihn aushauche, ruft sie meinen. Hanas harmonische Stimme erwärmt mein Herz, zugleich bleibt sie kauernd im Versteck. Sie fürchtet sich, weil sie auf der Seite der Gegner steht und ich wie ein Wahnsinniger gewütet habe. Außerdem denkt sie, ich wüsste nichts vom Baby, sodass ich ihr gnadenlos den Kopf wegschösse. *Verdammt nochmal, sehe ich wie ein feiger Frauenmörder aus?*

„Hana, komm heraus … ich tue dir nichts!", sage ich sicherheitshalber. Ich fühle mich nervös, weil meine Zukunft im anstehenden Gespräch mit Hana auf dem Spiel steht. Wer hätte gedacht, dass ein Mädchen mich nervös stimmt, nachdem ich ein Massaker angerichtet habe?

Dann höre ich ein Rascheln im Gebüsch, sie traut sich hervor. Vorsichtig klopft sie den Staub vom Kimono ab, schwankt wegen den Holzsandalen ein wenig. Als sie wieder ihr Gleichgewicht gefunden hat, schaut sie mich eiskalt an. Der Schock von meiner Stärke zeichnet ihre Mimik, die Abscheu gegenüber mir dient als Ergänzung. Sie rümpft die Nase, als hätte sie Scheiße gerochen.

Ihr Zopf hat sich aufgelöst, die pechschwarzen Strähnen hängen wirr ins Gesicht herab. Ein paar Kratzer hat sie sich bei der Flucht auf der Wange eingehandelt, nichts Schlimmes. Ich wünsche mir, mit ihr zusammen den Kampfplatz zu verlassen, sodass wir uns ein kleines Zimmer nehmen können und uns aussprechen.

Ich bin ehrlich, ich will mich nicht auf ein Gespräch mit ihr beschränken. Zu oft bin ich auf ihrem Schoß verblutet, um mich nicht nach einer warmen Umarmung zu sehnen. Ich will sie küssen, mit den Fingern durch ihr schwarzes Haar fahren und ihren geschmeidigen Körper an meinem eigenen Leib spüren. Ich will dort weitermachen, wo der gemeinsame Sommer geendet hat.

„Wollen wir uns setzen?", frage ich, meine Stimme klingt wie von einem jungen Knaben, der noch nie ein Mädchen zum Date eingeladen hat. Das bevorstehende Gespräch mit ihr verunsichert mich mehr als das Todesduell …

Kapitel 7:

Hanas Hass

Ich kenne ihre Rachephantasien und weiß, dass sie enttäuscht ist. Sie hat sich meinen Tod gewünscht und nicht mit meinem Triumph gerechnet. Doch mein Entschluss steht, ich werde sie verführen und spätestens beim Sonnenuntergang in Armen halten. Dieser Schwur – für den ich neunzehn Mal gestorben bin! – hallt in meinem Kopf nach, als wir einander anschauen und ich auf ihre Antwort warte. Abneigung und Abscheu schlummern in ihren Zügen, als sie zögerlich in den Kimono hineingreift.

„Hana, bitte", appelliere ich, trete ein paar Schritte nach vorne.

Sie antwortet nicht, aber macht auch keine Anstalten, sich an meinem Näherkommen zu stören. Vielleicht will sie zärtlich in die Arme genommen werden? Vielleicht steckt ihr der Schock, diesen Kampf erblickt zu haben, in den Knochen und lähmt ihre Zunge? Vielleicht ... *vielleicht verzeiht sie mir, weil der Funken Liebe in ihrem Herzen in dieser Zeitschleife heißer brennt?*

Selbst in Gedanken versunken, springt sie mich abrupt mit einem Messer an und erwischt mich auf dem falschen Fuß. Instinktiv reagiere ich, zum Glück arbeiten meine Reflexe schneller als mein Gehirn. Blitzartig drehe ich meine rechte Schulter nach hinten, sodass der Messerhieb vorbeigeht. Fast hätte sie mich getötet!

Erschrocken erinnere mich an jene Zeitschleife zurück, in der sie ihr Mitwirken an dem Duell offenbarte und mir letztlich das Messer in den Bauch hineinpresste. Geschah das in der vierten Schleife? Egal, es unterstreicht ihren Hass auf mich! Sogar dann, wenn alle Banditen gestorben sind, strebt Hana nach meinem Tod und will sich die eigenen Hände schmutzig machen.

Mein Blick fixiert das Mädchen im Kimono; zerzaustes Haar, fiese Augen, hektische Atmung. Ihre Augen flackern wie jene von einem Tier, das in die Enge getrieben wurde und sein Schicksal erahnt. Sie will mich eindeutig umbringen, doch ich werde das Gefühl nicht los, dass sich im Augenblick mehr als Rache dahinter verbirgt. Fürchtet sie etwa, dass ich sie und das ungeborene Kind genauso wie die dreizehn Männer abschlachte?

Mist! – ich darf nicht gegen meine schwangere Freundin kämpfen! Ich muss ihr klarmachen, ihr keinesfalls wehtun zu wollen. Um diese Entscheidung zu verdeutlichen, weiche ich mit erhobenen Händen zurück und symbolisiere meine Zurückhaltung. Anstatt sie zu beruhigen, reagiert sie noch ängstlicher und aggressiver. *Bei Gott, verstehe einer die Frauen!* Wie eine Amateurin fuchtelt sie mit dem Messer herum; ihre geweiteten Augen erinnern an kein blaues Firmament, sondern

214

an einen heraufziehenden Gewittersturm. Ihre Hände zittern, ihre Atmung gleicht einem schwachen Hyperventilieren, ihre Lippen beben. Erstaunt erkenne ich die Tränen, die diamantfarbig in ihren Augenwinkeln glänzen und ihre innere Zerrissenheit darstellen. Dieser Messerangriff entpuppt sich als letzte Verzweiflungstat!

„Wie … wie konntest du gegen alle gewinnen, Haru?", stammelt sie ungläubig. „Gegen die Legende, die vielen Männer … die schiere Überzahl! Ich … ich begehre deinen Tod, Haru. Ich verzehre mich danach! Warum kann mir nicht wenigstens dieser kleine Wunsch erfüllt werden, nachdem mir so viel genommen wurde? Warum … warum entscheide ich in meinem Leben nur immer falsch?"

Ihre Pupillen schießen wie Lichtblitze zwischen den Leichen und mir hin und her, in ihre Stimme schleicht sich eine hysterische Note hinein. Nachdem ich ohne Kraftanstrengung meine alte Banditengruppe ausgelöscht habe, ist ihre Verblüffung *und* Enttäuschung nachvollziehbar. Immerhin habe ich sie aus dem idyllischen Familienleben gerissen, ins raue Banditenleben verschleppt und dann das Interesse an ihr verloren. Allein war sie in einer fremden Welt gestrandet. Kein Wunder, dass diese Schicksalsschläge ihre Rachewünsche anheizen.

„Ich gewann wegen einem *wirklich* guten Training", gebe ich als Antwort, die Hände weiterhin erhoben und um eine ruhige Tonlage bemüht. „Und ich würde mich jetzt *wirklich* gerne für meine Taten bei dir entschuldigen, Hana!"

„FICK DICH MIT DEINER ENTSCHULDI-GUNG!", kreischt sie hysterisch zurück, ihre Stimme überschlägt sich. Sie hält das Messer ausgestreckt von sich und funkelt mich düster an. „Fick dich mit deiner beschissenen Entschuldigung – ich will sie nicht hören! Ertrage sie nicht! Ver*biete* sie! Du hast mich meinen Eltern gestohlen, mir die Chance auf eine Heirat verwehrt und mich dann wie eine wertlose Hure geschwängert. Von dir widerlichem Arschloch will ich keine Entschuldigung hören. Wenn du deine Taten bereust, dann schieße dir vor meinen Augen den Kopf weg! Wenn du einen Funken Ehre hast, Haru, dann begeh Seppuku!"

Ihre Stimme überschlägt sich, ihre Verzweiflung lodert empor und ihre Worte triefen vor Hass. Im Augenblick erkenne ich keine Liebe in ihrem Blick, doch die vergangenen Schleifen haben bewiesen, dass sie mich **hasst** und **liebt.** In Hanas Innerem wütet ein Gefühlschaos, wie ich es mir nicht einmal vorstellen kann. Meine Aufgabe lautet, den Funken Liebe – die Rose in ihrem Herzen, wie sie es einst an meinem Sterbebett formuliert hatte – zum Erblühen zu bringen. Ich möchte ihre verdrängte Liebe entfesseln, dafür muss ich das zerstörte Vertrauen rekonstruieren. Das beginnt nicht, in dem ich mich erschieße und in der nächsten Schleife lande, sondern sie mit Worten überzeuge. Es wird Zeit, meine Silberzunge zu bemühen und das vereiste Herz dieses Mädchens zu erwärmen.

216

„Hana, lass uns bitte reden!" Flehentlich schaue ich sie an. „Und wenn keines meiner Worte dich berührt, dann lege ich mich zu deinen Füßen nieder und du darfst mich erstechen. Dann darfst du all deinen Hass in jenen Mann leiten, der dein Leben radikal verändert hat."

Notfalls reise ich durch hunderte Zeitschleifen und gewinne hunderte Male dieses Duell, bis ich die richtigen Worte finde und ihr Herz auftaue. Dieses Vorhaben mag wahnsinnig klingen, doch ich bin bereit, es für dieses einzigartige Mädchen zu riskieren. Für Hana würde ich alles geben, alles probieren und alles in Bewegung setzen. Diese Duelle haben meine Liebe zu ihr erweckt!

Sie schüttelt den Kopf, ihr entflieht ein hysterisches Lachen. „Reden?" Sie atmet scharf ein, ihre Pupillen hüpfen. „Du willst dich unterhalten? Plaudern? Plauschen? Wie zwei alte Freunde miteinander quatschen? Sehe ich aus, als hätte ich ansatzweise Lust, mir die täuschenden Worte eines notorischen Lügners anzuhören? Nein, ich will deine Lügen nicht hören! Ich will kein Wort von einem fremdgehenden Arschloch hören! Ich will nicht die Worte von einem Massenmörder, der dieses Massaker angerichtet hat, hören! Ich will kein einziges Wort aus deinem schleimigen, vor Falschheit und Trug stinkenden Mund hören, Haru! Die Zeiten, in denen du mit deiner wortgewandten Silberzunge das Herz dieses Mädchens bezirzt, sind vorüber. Niemals wieder falle ich auf dich herein!"

Ihre Nerven sind zum Zerreißen gespannt, weiterhin fuchtelt sie mit ihrem Messer herum. Zwar besitzt sie keinesfalls das Geschick oder die Stärke, mich zu verletzen, aber das bringt mich nicht weiter. Was hilft es mir, wie ein Meisterschütze die dreizehn Banditen abgeknallt zu haben, aber nicht das Herz meines Mädchens zu gewinnen? *Warum können Frauen nicht so unkompliziert wie Männer sein?*

„Was hältst du davon, wenn ich den Revolver wegwerfe und du dein Messer behalten darfst?", schlage ich vor, wechsle die Taktik. „Dann brauchst du keine Angst zu haben und könntest mich jederzeit killen. Wie zuvor gesagt, du darfst mich erstechen, wenn dich meine Worte nicht berühren. Ich will mich einfach bei dir entschuldigen, weil ich über deinen Zustand Bescheid weiß. Bestimmt lassen sich deine brodelnden Gefühle klären …"

… so war das schon in mehreren Zeitschleifen, ergänze ich in Gedanken.

Für eine Weile starren wir einander an, derweil schleudere ich meinen Revolver beiseite. Anscheinend hilft diese Geste wirklich, um sie zu beruhigen, denn ihre Atmung verlangsamt sich und der gehetzte Ausdruck schwindet aus ihrem Gesicht. Doch nur, weil sie nicht länger um ihr Leben fürchtet, hat sie mir keinesfalls verziehen. Diese Frau strebt sichtbar nach Rache!

„Na gut, reden wir!", willigt sie zu meiner Überraschung bereitwillig ein.

Vielleicht liegt es daran, weil Hana clever ist und

weiß, dass sie gegen mich keine Chance besitzt? Meinetwegen darf sie sich an dieses Messer klammern, denn mir ist es egal, solange sie mir zuhört. Ich möchte mich für meine verletzenden Taten in der Vergangenheit entschuldigen und diese Frau wieder an meiner Seite wissen. Doch so lange sie dieses Messer in den Händen hält, beweist sie, dass sie mir keinesfalls vertraut und der Weg für eine gemeinsame Zukunft verworren hinter unzähligen Abbiegungen schlummert. *Ob ich diese Zukunft tatsächlich erreichen kann?*

Langsam laufe ich an ihr vorbei, die Hände weiterhin erhoben. Habichtartig lastet ihr Blick auf mir, sogar das Blinzeln scheint sie zu unterdrücken. Ich visiere den größten Baum an, unter dem es sich gut sitzen lässt.

„Haru", höre ich Hana hinter mir sagen, „ich hasse dich wie die Pest! Ich will kein Wort mit dir austauschen, du frauenverführender und frauenverachtender Lügner!"

Bevor ich realisiere, was geschieht, schießt der Schmerz meine Nervenbahnen entlang. Mein Körper krümmt sich zusammen, Blut fließt an meinem Bauch herab und ein stechendes Brennen breitet sich von meiner rechten Seite aus. Ich kneife die Augen zusammen, sacke auf die Knie, verziehe das Gesicht und presse die Hände auf die Wunde. Von allen Todesmöglichkeiten trifft mich die Schlimmste, ich werde von der Liebe meines Lebens erstochen. Zitternd drehe ich meinen Kopf, starre sie an. Sie schien ihre

Verzweiflung vorher nur verborgen zu haben, denn diese bestimmt nun ihre Mimik. Die gehetzten Augen eines Tiers, die Verzweiflung einer gepeinigten Seele, die Rachsucht einer verlassenen Frau und das verschmitzte Lächeln einer Banditin. Ja, Hana lacht, als sie mich ersticht!

Ich kippe zur Seite weg und ein schmatzendes Geräusch entsteht, als das Messer aus der Wunde gezogen wird. Meine Nieren hat sie durchstochen, wahrscheinlich einen Großteil der anderen Organe ebenfalls erwischt. Ich kenne mich nicht mit der menschlichen Anatomie aus, aber weiß nach achtzehn Toden, ab wann der Henker an die Tür klopft. Sie katapultiert mich in die zwanzigste Schleife!

Wie ein Fisch auf dem Trockenen drehe ich mich auf den Rücken, erblicke das blaue Firmament über mir und starre von unten ihr Gesicht an. Ihr Lächeln verharrt eisern, derweil fließen die verbitterten Tränen ihre Wangen herab. Sie erscheint mir wie eine zerrissene Frau, schwankend zwischen Trauer und Freude im gleichen Maße.

„Ich hasse dich so sehr … so sehr … so unglaublich, dass du mich einst unschuldiges Mädchen zur Mörderin gemacht hast." Mit dem Unterarm reibt sie sich die Tränen hinfort, schnieft mehrfach und sackt neben mir auf die Knie. „Ich hasse es, dass du ein Bauernmädchen belogen, es aus seiner Familie gestohlen und dann fallengelassen hast. Ich hasse dich so sehr, dass es mich überrascht hat, zu welchen intensiven Gefühlen ein Mensch fähig ist. Ich hasse dich, wie der

220

Tod das Leben hasst!

Und ich weine und weine und weine, weil ich es so sehr hasse und verachte, dass ich dich liebe. Dass ich den Zerstörer meines Lebens liebe! Meine Güte bin ich dumm! Dass ich meine verfluchten Gefühle nicht ordnen kann und – egal, wie oft ich mir deine Missetaten vor Augen führe – mich mein Herz immer wieder und wieder betrügt, als wäre es mein Feind. Mein Verstand verachtet dich, mein Herz verzehrt sich nach dir … und was bleibt, ist eine todunglückliche Frau, deren Zukunft pechschwarz angemalt ist! Deren Zukunft von einem gewissenlosen Charmeur vernichtet wurde!"

Das Lächeln zerspringt wie Glas, ihre Mundwinkel zieht es nach unten und die Tränen verzerren ihr Gesicht zur Grimasse der Verzweiflung. Genau wie ich lässt sie sich auf die Seite fallen, drückt das Messer mit der Seite an ihre Brust, färbt das Blumenmuster ihres Kimonos mit meinem Lebenssaft in einem blutigen Rot. Zum Glück ersticht sie sich nicht selbst, sondern bettet die Klinge auf ihrer Kleidung. Als sie den Kopf auf meinem ausgestreckten Arm ablegt, spüre ich, wie stark Hana zittert. Zum ersten Mal erkenne ich die todunglückliche Frau, deren blühende Rachephantasien ihr Leben ruiniert haben.

Aus der Ferne sehen wir wie ein Liebespaar nach dem getanen Akt aus. Ihr Kopf auf meinem Arm, sie kuschelt sich an mich heran. Ein genauer Blick verrät die Wahrheit, offenbart die närrische Lüge. Sie ist von der Trauer zerfressen, mein Leben entweicht derweil durch die Stichwunde an meiner Seite. Gerichtet von jener Frau, die mein Kind unter dem Herzen trägt und durch meine charmante Verführung zu einer zerrissenen, gepeinigten Person verkam. Ich glaube, sie hat in mir ihren Akuma gefunden …

Für ein paar Augenblicke liegen wir dar, ähneln Leichen und keinen Lebenden. Außer Hanas Schluchzen dringt kaum etwas an mein Ohr heran, ein paar Kirschblütenblätter tanzen träumerisch durch die Luft und treffen an verschiedenen Stellen meinen Körper. Während das zarte Rosa das Blau des Firmaments trübt, erinnere ich mich, wie Hana diese Blätter als ein gutes Zeichen dargestellt hatte, obwohl sie meinen Tod begleiten.

„Erinnerst du dich an den Apfelbaum, der auf dem Hügel wuchs?", flüstert sie, meidet den Blickkontakt. Langsam versiegen ihre Tränen, doch ihre Stimme zittert nach dem langen Weinen.

„Wie könnte ich ihn vergessen?"

„Ich weiß. Ich erinnere mich noch an jede Sekunde von unserem ersten Mal … und natürlich, wie du mit deinen Schießkünsten geprahlt hast. Der Hügel, auf dem wir uns geliebt haben und ich meine Unschuld verlor. Der Hügel, auf dem du mich die süße Frucht der Sünde pflücken ließt, um mich für immer und ewig zu verderben."

Melancholisch schaut sie in den Himmel empor, als erkenne sie hinter dem endlosen Blau die damalige Zeit. Die Erinnerung eines Mädchens an das erste Mal ist kostbar, schier unbezahlbar. Trotzdem werde ich diese Nacht ebenso wenig vergessen, denn sie ist auch in mein Herz gebrannt.

Immer wieder wischt sie sich über die Augen, als könne sie den Tränen kein Einhalten gebieten. „Dereinst beim Apfelbaum hast du ein total verrücktes, dummes Wettspiel vorgeschlagen, weil du gewusst hast, nicht zu verlieren. Ein Wettspiel, wie es nur einem Jungen in den Sinn kommen kann, damit er das Mädchen aus den Kleidern herauskriegt. Ach … wie ging es nochmal?

Stimmt, ich weiß es wieder. Ich durfte eine Wette aufstellen, die du erfüllen musstest, und wenn du's hingekriegt hast, dann musste ich ein Kleidungsstück ausziehen. Falls du verschießt, musstest du ein Kleidungsstück ausziehen. Total bescheuert, jedoch hielt ich mich für die sichere Siegerin. Immerhin lautete deine einzige Bedingung, dass es ums Schießen geht. Was sollte schon passieren? Ich hatte vor, einfach unmögliche Ziele zu nennen und die Wette zu gewinnen. Als Bauernmädchen kannte ich dein Talent nicht, also ließ ich mich darauf ein. Und ich ließ mich, wenn ich ehrlich bin, auch darauf ein, weil ich ein kleines bisschen neugierig gewesen bin, wie eine Junge dort unten ausschaut. Obwohl es nicht einmal ein ganzes Jahr her ist, kann ich nicht glauben, wie naiv und unschuldig ich gewesen bin. Und ich kann selbst heute noch nicht glauben, dass ich so viele Kleidungsstücke ausziehen musste, während du nur ein einziges abgelegt hast.

'Schieß den Apfel herunter!', lautete mein erster

Befehl an dich. Verdammt, Haru, dein selbstgefälliges Grinsen kriege ich nicht aus dem Kopf heraus. Es verfolgt mich wie ein böser Fluch und hat sich in mein Herz eingebrannt. Egal, wie sehr ich dich auch hasse, ist es dieses Lächeln, das ich am allermeisten an dir liebe.

Nachdem du's gepackt hast, hast du mich lüstern angelächelt und mir den ersten Befehl gegeben. Ich musste meine Schuhe ausziehen. Mit einem mulmigen Gefühl im Magen schlüpfte ich aus den Sandalen heraus, aber hätte nie gedacht, wozu sich dieses kleine Spiel entwickelt. Du kanntest mit einer Bäuerin, die nicht einmal wusste, was ein Junge dort unten hat, wahrlich keine Gnade.

'Treffe einen Apfel, wenn ich ihn herunterschmeiße!', erwiderte ich bockig, unsicher trat ich von einem Bein auf das andere und die feuchte Wiese kühlte meine nackten Füße aus. Du hast nur gelacht. Ach Haru, irgendwie hast du immer nur gelacht, wenn wir zusammen waren, als besäße nichts auf der Welt für dich eine Bedeutung und du hättest immer alles im Griff.

Das Spiel ging so lange, bis ich in Unterwäsche vor dir stand und der kühle Wind mir die Wärme aus den Knochen zog. Zitternd schlang ich die Arme um meinen Leib; nicht aus Kälte, sondern aus Scham. Flehentlich schaute ich dich an und bat darum, das Spiel zu beenden. Und wenn ich mich richtig erinnere, sagte ich sogar zu dir, so etwas einem Mann nicht vor meiner Hochzeit zeigen zu wollen. Bestimmt hätte der mutigste Junge auf der Welt einen Rückzieher gemacht, doch du schlugst kühn vor, mich mit deinem Körper zu wärmen. Du warst ein frecher, unverschämter Mann, der keinen Respekt vor dem Geheimnis des weiblichen Körpers kannte. Und irgendwie bist du immer ohne Konsequenzen durchs Leben gekommen, obwohl du jedes Mädchen, das dich interessiert hat, ins Bett mitgenommen hast.

Haru, wenn ich dich schießen sehe, werde ich nostalgisch an die alte Zeit! Obwohl du mich bis auf mein Höschen ausgezogen hast, war ich dir nicht böse, sondern habe mich noch ein bisschen stärker in dich verliebt. Ich weiß, ich war ein dummes Mädchen, aber ich war gleichzeitig auch ein verliebtes Mädchen. Ich war *dein* Mädchen. Und ich hätte für dich alle Sterne vom Himmel gepflückt, die Meere leergetrunken und mich mit dem König der Yokai angelegt. Ich hätte alles, ja wahrhaft alles für dich getan. Warum musstest du dich bloß als mieser Bastard entpuppen, mein gefallener Märchenprinz?"

Schweigend liege ich auf dem Rücken. Nicht das Loch in meinem Bauch, sondern ihre Geschichte deprimiert mich. Dabei hätte jedes Mädchen mich schon für einen miesen Bastard gehalten, wenn ich sie durch ein Wettspiel ausziehe, aber die unreife Hana hat es für die unschuldige Neugier eines Jungen gehalten. Mit meiner schelmischen, tollkühnen und respektlosen Art hatte ich ihre Liebe eingefangen. Eine Liebe, welche ich rückblickend nicht verdient hatte, da ich ein rücksichtloser Mann gewesen bin. Eine Liebe, die sich in Hass verwandelt hatte, nachdem ich wie ein wildes Tier fremden Frauen nachjagte! Doch zugleich auch eine Liebe, die so heiß in ihrem Herzen brennt, dass selbst die Stürme aus der Hölle sie nicht auspusten können.

„Für dein Höschen musste ich ein Glühwürmchen erschießen …", merke ich an, ringe mich trotz meines nahenden Todes zu einem Schmunzeln durch.

Ihre Mundwinkel zucken, als wolle die Erinnerung ein Lächeln einfordern, während sie mit aller Willenskraft dieses Gefühl unterdrückt. Sie will keinesfalls von der charmanten Silberzunge ihres verhassten Ex-Freundes bezirzt werden. Ich kann das verstehen, doch erkenne an ihrer Reaktion, dass es nicht unmöglich ist.

„Du hast verfehlt, dafür schickte ich den Göttern ein Gebet zum Dank. Obwohl mich interessiert hätte, wie eine Junge dort unten ausschaut, wollte ich keinesfalls einem Jungen zeigen, wie ein Mädchen dort unten ausschaut."

„Ich weiß. Ich habe mich damals ordentlich geärgert." Trotz der Schmerzen und des Blutverlustes kriege ich das Lächeln unmöglich aus meinem Gesicht. Hana lässt mich sogar beim Sterben glücklich sein.

„Heute würdest du's erwischen … bestimmt! Du hast immerhin eine Kugel in der Luft getroffen, sodass diese zurückspickt und drei Männer tötet. Einen, den die eigene Kugel getroffen hat; einen, den **deine** Kugel erwischt hat; und einen, dessen Kampfgeist **du** zerschmettert hast. Was wäre in diesem Zusammenhang ein Glühwürmchen gewesen? Mit deinem jetzigen Können hättest du's erwischt, ich hätte mich ausziehen müssen und der Abend wäre zerstört gewesen. Sicherlich hätte ich dir wütend eine Ohrfeige verpasst und wäre schluchzend davongerannt; so sehr habe ich gehofft, dass du verschießt. Damals habe ich auf dein Verschießen gehofft, mittlerweile wäre ich dankbar für den Treffer gewesen, weil dann unsere Beziehung gescheitert wäre und ich weiterhin bei meiner Familie leben würde. Warum musstest du genau dann scheitern, als ein Scheitern mich vor dem größten Fehler meines Lebens bewahrt hätte? Das ist so ungerecht!"

Ich ignoriere ihre abschließende Beleidigung und erinnere mich an den Abend unter dem Apfelbaum zurück. Vor meinem inneren Auge erstrahlt ihre seidenweiche Haut, welche durch Kälte und Scham von einer Gänsehaut überzogen wurde. Ihre geröteten Wangen, ihre tränenden Augen, ihr missmutiger Gesichtsausdruck. Bockig hatte sie die Arme vor ihrem Busen verschränkt, schwankte von einem Bein aufs andere. Man konnte ihr ansehen, wie blöd sie mich fand und ein kleines bisschen hasste … und wie verliebt sie in den coolen Schützen aus der Hauptstadt war!

Selbst, als ich das Glühwürmchen verfehlte, zog ich ihr das Höschen aus. Nicht durch die Wette, sondern durch meine Silberzunge. Ich entschuldigte mich bei ihr, redete ihr gut zu, bezirzte sie und log. Wenn ich mit einer Frau sprach, dann war die nächste Lüge nur einen Wimpernschlag entfernt. Anschließend verging jene Passage, die ich Layla immer verschwieg und Hana verzieh mir mein Auftreten. Stattdessen zog sie ihren Kimono wieder an, bettete ihren Kopf auf meinem Schoß und wir unterhielten uns über ihren Alltag, während wir die sauren Äpfel aßen. Ich fand es so niedlich, wie sie bei jedem Bissen das Gesicht verzog.

Eine Stunde, nachdem wir mit dem Glücksspiel begonnen hatten, stand ihr erstes Mal an. Ich entkleidete sie wieder, diesmal vollkommen. Und ich musste von Herzen lachen, als sie mit staunenden Augen musterte, wie ein Junge dort unten aussah. Bei den Göttern, dieses Mädchen war der Inbegriff von Unschuld gewesen. Sie war derart rein, dass sogar ich mir überlegte, ob ich mich zügeln sollte. Letztendlich obsiegte meine Fleischeslust und ich entweihte Hana zu Füßen des Apfelbaumes.

Zärtlich hatte ich sie im Mondschein geliebt, ihre süßen Schreie hallten in meinen Ohren nach. Doch von allen Mädchen, mit denen ich das Bett geteilt hatte, war sie die Einzige gewesen, die ich geliebt hatte. Ich denke, in dieser schicksalshaften Nacht war sie mir verfallen und auch ich hatte mich in sie verliebt … und trotzdem habe ich Hana mehrfach betrogen!

Wie ein bekiffter Vollidiot, der zu viel Geld an die Drogenhändler verloren hat, grinse ich, während diese Erinnerung meinen neunzehnten Tod begleitet.

228

Ich erkenne, wie sehr mich Hana damals geliebt hatte und wie sehr sie mich gegenwärtig hasst. Obwohl es bedeutungslos geworden ist, will ich mich auch in der neunzehnten Schleife bei ihr entschuldigen. Sie hat diese Entschuldigung verdient!

„Haru …", fährt sie mit dem Gespräch fort, nachdem ich meinen Entschluss zur Entschuldigung gefasst habe. „Egal, wie cool … und toll … und hübsch du bist, ich hasse dich trotzdem. Alles, was du getan hast, verdient entweder meine Liebe oder meinen Hass. Dazwischen gibt es nichts. Du bist ein Mann der Extreme … ich bin ein einfaches Mädchen vom Land! Wie soll ich mit diesen Extremen zurechtkommen? Ich schätze, unsere Liebe hat nur existiert, um mich zu verletzen. Ständig wurde ich verletzt, viel zu oft habe ich geweint. Ich glaube, ich vergoss wegen dieser Liebe so viele Tränen, dass damit das ganze Land überschwemmt werden könnte. Ich … ich … ich ertrage das alles nicht länger! Ich ertrage deine Existenz nicht länger!"

Schon wieder fließen neue Tränen ihr herzförmiges Gesicht herab. Mühsam richtet sie sich auf, ihren Bewegungen scheint es an Kraft zu fehlen. Dann kniet sie sich wie in so vielen Schleifen hin, bettet meinen Kopf auf ihren Schoß und macht Anstalten, mit dem Ritual zu beginnen. Sogar in dieser Situation misst sie dem Ritual eine Bedeutung bei – warum macht sie das?

„Nein, Hana! Nein, unsere Liebe hat nicht existiert, um dich zu verletzen! Entschuldige, dass ich dich so oft betrogen habe, obwohl du mich geliebt hast, aber damals war ich für eine ernste Beziehung zu unreif … zu triebgesteuert!" Meine Augen werden feucht, sie wischt sich die eigenen Tränen nicht weg. „Bevor ich sterbe, will ich dir eine Frage stellen: *Gibt es irgendetwas, was ich tun kann, damit du mir verzeihst?"*

Mit diesen Worten am Sterbebett zerbreche ich sie, wasserfallartig fließen ihr die Tränen herab. Ihr Gesicht ähnelt einer Grimasse der Trauer; mehrmals schnieft sie, bis sie einigermaßen ihre Fassung zurückerlangt. Das Wissen, dass sich ihre große Liebe im letzten Moment entschuldigt, erwärmt ihr Herz. Bestimmt hat sie regelmäßig geträumt, dass ich diese Worte an sie richte. Ich messe mir nicht an, auf diese Weise ihren Rachewunsch gebrochen zu haben, doch glaube, einen kleinen Schritt in die richtige Richtung unternommen zu haben.

„Ich bin kein Mädchen mit großen Ansprüchen …", erwidert sie murmelnd, ihre Stimme zittert vor Anspannung. „Du musst mich nicht beschenken, mir schmeicheln, mich verwöhnen oder mich in höchsten Tönen loben. Du musst mir kein großes Haus oder viele Kinder bieten! Das Einzige, mit dem du mich glücklich gemacht hättest, wäre deine Treue gewesen. Das Wissen, dir als Frau zu genügen, hätte mich als Mensch erfüllt … und das habe ich nie erreicht! Mir hast du als Mann immer genügt, Haru, aber ich habe als Frau nie deinen Ansprüchen standgehalten."

„Hör bitte auf, Hana! Du bist die beste Frau, die ich jemals kennengelernt habe! Ein Mädchen, wie es kein

Zweites gibt! Du hast vielleicht einem unreifen Mann nicht genügt, doch der Fehler lag an mir. Mit dir will ich durchs Leben gehen, weil ich dankbar bin, dass ich dich kennenlernen durfte."

Verwirrt schaut sie mich an. Tränen glitzern in ihren Augen, ihr kommt keine passende Antwort in den Sinn. Wieder zerstöre ich ihre Rachephantasien, doch kann diesen Erfolg nicht genießen, da mein Bewusstsein zu schwinden beginnt.

„Wenn ich für dich einzigartig bin, dir als Frau genüge und du dankbar für unser Kennenlernen bist … warum hast du mich dann nicht zu deiner Frau gemacht?"

Diese Frage hallt in meinen Ohren nach, als sie ihren Kimono öffnet und das skurrile Ritual vollzieht. Meinem verblassenden Geist kommt die Frage in den Sinn, ob ich Hanas Liebe mit einer ernstgemeinten Entschuldigung und einem richtigen Treueversprechen zurückgewinnen kann. *Vielleicht kann ich in der nächsten Schleife ihren Hass fortspülen, wenn ich mich daran halte?*

Dann sterbe ich, verblute in ihrem Schoß. Sie streichelt mir durchs Haar, weint schluchzend. *Bitte weine nicht, liebe Hana, denn in der nächsten Schleife erobere ich dein Herz!*

Kapitel 8:

Hanas Liebe

In der nächsten Zeitschleife läuft alles nach dem gleichen Prinzip ab. Ich erschieße wieder den Anführer, massakriere im Anschluss die Gegner, vollführe den Trick mit den hochgeworfenen Kugeln und fange dieses Mal alle drei auf. Trotzdem wiederhole ich das Meisterstück, eine Kugel in der Luft zu treffen, sodass dieses Kunststück von mir nicht in Vergessenheit gerät.

Dann taucht Hana auf, wir wechseln ähnliche Worte wie beim letzten Mal und sie attackiert mich mit dem Messer. Da ich vorbereitet bin, kriege ich rechtzeitig ihr Handgelenk zu fassen. Kurz droht die Situation zu eskalieren, woraufhin ich ihr die Erlebnisse am Apfelbaum in Erinnerung rufe und ihre Nostalgie wecke. Anschließend einigen wir uns auf ein klärendes Gespräch und ich lasse ihr Handgelenk los. Dadurch erhoffe ich mir, kein zweites Mal in den Rücken gestochen zu werden und wieder zu krepieren.

Sobald sie der Unterhaltung zugestimmt hat, verlassen wir das Leichenfeld und setzen uns unter den Baum. Dabei behalte ich die ganze Zeit ihr Messer im Blick, aber sie greift nicht an, weil ich durch die nostalgische Erinnerung den kümmerlichen Funken Liebe in ihrem vereisten Herz erreicht habe. Gleichzeitig lasse ich ihr die Waffe, damit sie sich sicherer fühlt.

Sie lehnt sich aufgrund ihrer Schwangerschaft am Baum an, ich hocke mich gegenüber hin. Dann werde ich mit einem erhobenen Messer bedroht, als wäre ich ein gemeiner Verbrecher, während ich mich für das wichtigste Gespräch in meinem Leben wappne: *Ich will das Mädchen meiner Träume – meine künftige Frau? – zurückgewinnen!* Dafür muss mir eine ernstgemeinte Entschuldigung plus einem glaubhaften Treueschwur gelingen. Da ich in den vergangenen Zeitschleifen immer besser ihren verworrenen, von meinem Verrat verzerrten Charakter kennengelernt habe, glaube ich, das hinzukriegen.

Für eine Weile schweigen wir uns an. Hana schaut meistens in die Ferne, weil sie mich hasst. Dann lege ich mir die Worte für die Entschuldigung zurecht, doch bevor ich sie über die Lippen bringe, sprudelt eine lange Erklärung aus Hanas Mund hervor. Ich weiß nicht, warum sie damit beginnt, doch sie erklärt mir in der zwanzigsten Schleife den Hergang des Duells. Sie berichtet ausführlich, was nach meiner Flucht aus dem Lager vor knapp über sechs Monaten geschehen war:

„Haru … ich habe dem Anführer aufgetragen, dich umzubringen! Das bedeutet, dass dieses Duell entstand, weil ich dich so sehr hasse! Und anstatt von der Legende niedergeschossen zu werden, ballerst du alle dreizehn Männer zu Tode. Wie kann das nur sein? Diese Banditen starben, weil ich auf das Todesduell pochte ... all diese Leichen sind schlussendlich meine Schuld! Dreizehn Leben für eine fehlgeschlagene Rache!

Doch ist es wirklich meine Schuld? Immerhin hast du den Hass in meinem Herzen geschürt! Mich zu jener verbitterten Frau degradiert, die niedergeschlagen vor dir sitzt und ihren eigenen Augen misstraut ... und nicht verstehen kann, wie dieses Massaker zustande kam. Am meisten verfluche ich meine Neugier, meine Naivität und meine Dummheit vom letzten Sommer. Hätte ich dich nicht kennengelernt, wäre ich eine einfache Bäuerin geblieben! Wenn ihr nie zu euren Drogenfeldern geritten wärt, hätte ich eine arrangierte Ehe erhalten und dürfte als glückliche Ehefrau leben.

Stattdessen musstest du mich in deine Welt voller Banditen, Morde und Betrügereien entführen. Mich meinem Vater stehlen! Dabei habe ich dich anfangs für einen guten Menschen gehalten! Einen Mann, der von der Großstadt geschliffen wurde und dadurch auf ein Landmädchen wie ein Außerirdischer wirkte. In meinem trostlosen Leben warst du ein Lichtblick in der tiefsten Nacht, doch der Schein trog und du entpupptest dich als die Finsternis selbst. Eine teuflische Verführung, keine engelshafte Befreiung ... was ich als trostlos verspürte, war in Wahrheit die Schönheit des besinnlichen Alltags, den ich nun mehr als alles andere vermisse.

Du hast mich betrogen ... und geschwängert, als wären dir meine Gefühle scheißegal gewesen! Als hättest du nie an den Ring an meinem Finger gedacht, sondern immer deinem Egoismus gefrönt! Dich deiner Gier angebiedert! Als würdest du den starken Kämpfer nur mimen, weil du deine eigenen Probleme nicht bekämpfst, sondern dich mit ihnen verbrüderst. An jenem wundervollen Tag, als ich von der Schwangerschaft erfuhr, wollte ich sie dir mitteilen. Frohgelaunt machte ich mich auf die Suche nach dir, voller Naivität denkend, dass ab jetzt alles besser wird und dass unser gemeinsames Kind die niedergerissenen Brücken erneuert und die aufgerissenen Gräben schließt! Meine Dummheit gleicht rückblickend einem Fluch.

Dann ertappte ich meinen Arschlochfreund in den Armen einer Geisha! Und meine sowieso fragile, neue Welt, die seit meinem Aufbruch aus der Heimat auf gläsernen Stelzen stand, zerbrach wie nach einem großen Erdbeben. Mein angeknackstes Herz vereiste, mein Glaube an die Liebe verkümmerte, mein Hass auf dich wucherte wie ein Krebsgeschwür. Es verschlang mich!

Also ist es doch logisch, dass ich mich für Unterstützung an den Anführer wandte, oder? Ich erzählte ihm von unserem Kind, deinen Bettgeschichten, deiner verantwortungslosen Art, deinem verletzenden Verhalten. Ich weiß nicht, wie's mir gelang, aber ich weiß, dass es mir gelang und ich gewann seine Unterstützung! Er half dem schluchzenden Opfer, nicht dem reuelosen Täter!

Daraufhin grenzte er dich aus, bis du Feigling nach wenigen Tagen abgehauen bist! Anschließend habe ich mich gefragt, ob ich zu harsch reagiert habe, doch es war mein gutes Recht. Natürlich wusste ich, wie oft du in die Betten anderer Frauen gestiegen bist, sodass ich mich regelmäßig in den Schlaf geweint habe, aber in diesem Augenblick war alles anders. Ich ahnte immer, dass ein Bauernmädchen dich nicht befriedigen kann, weswegen ich dein Verhalten tolerierte … aber hätte niemals erwartet, dass deine künftige Frau dich nicht befriedigen kann. Ich akzeptierte deinen Lebensstil so lange, bis du mir im schönsten Moment meines Lebens das Herz gebrochen hast! So ein Verhalten verzeihe ich nicht einmal dem Mann, an den ich mein Herz verlor!

In den einsamen Nächten, in denen ich mich in den Schlaf weinte, spielte sich immer die Zukunft vor meinen Augen ab. Dagegen konnte ich mich nicht wehren, das passierte automatisch. Es gab in jeder Nacht eine Erkenntnis: *Jedes Kind lernt von seinen Eltern!* Von dir bekäme es ein unmoralisches Verhalten gezeigt! Als ich endlich dein wahres Ich erkannte, konnte ich nicht über diese Erkenntnis hinwegsehen. Haru, du bist ein *wirklich* schlechter Mensch! Ein Mensch, der einem Mädchen die Liebe gesteht, ohne diesem die Treue zu halten! Ein Mensch, für den jede Beleidigung zu gut ist, da er ein selbstgefälliger, abstoßender, undankbarer, mörderischer … halt, ich verliere den Faden! Was ich sagen will, ist, dass du nicht in

236

die Nähe unseres Kindes darfst. Ich will, nein, muss dieses Kind vor deinem schädlichen Einfluss beschützen – das ist meine Pflicht als Mutter!

Und ich will dich auch nicht in *meiner* Nähe haben, du Herzensbrecher! Nachdem du all diese Menschen hier umgebracht hast, musst du dich zu einer Entscheidung durchringen: *Entweder tötest du mich oder wir sehen einander nie wieder!* Na, Haru, wirst du mich jetzt mitsamt dem Kind umbringen? Ehrlich gesagt, traue ich dir diese Tat zu, denn ich halte so wenig von deinem Charakter und deiner Moral! Bestimmt hast du mich niemals so geliebt, wie ich dich geliebt habe! Haru, um es deutlich zu sagen – ich *verachte* dich! Und jetzt beantworte mir mein Ultimatum! Bringst du mich und das Baby um?"

Schweigend höre ich mir ihre Geschichte an, in der sie sich immer stärker in Rage spricht. Anfangs lehnte sie ruhig am Baumstamm, doch bald begann sie, mit dem Messer herumzufuchteln, als steche sie auf eine imaginäre Vorstellung von mir ein. Passagenweise überschlug sich sogar ihre Stimme, manchmal schossen ihr Tränen in die Augen und in anderen Situationen lief ihr hübsches Gesicht rot an, als ob diese Worte einen tiefliegenden Zorn weckten, der sie innerlich auffrisst. Sie gab sich keine Mühe, ihre Emotionen zu verstecken, sodass ihr Gesicht einer Leinwand glich, auf die ihre Seele projiziert wurde.

Möglichst rational analysiere ich ihre Ansprache, extrahiere die wichtigste Erkenntnis: *Ihr Hass auf mich entstand, weil ich sie betrogen habe, obwohl sie mit meinem*

Kind schwanger ist. Sie hat sich einen Ring am Finger, keinen metaphorischen Dolch im Herzen gewünscht. Als sie von der Schwangerschaft erfuhr, hatte sie die rosenroten Träume einer jungen Frau und nicht die bittere Realität eines vom Leben gezeichneten Menschen vor Augen gehabt. Ihr unbelastetes Herz hatte ihre Phantasie bestimmt.

Bevor ich meine Antwort auf ihr Ultimatum anbringe, warte ich, bis sich Hana ein wenig beruhigt hat. Ihr wutschnaubendes Funkeln wandelt sich zu einem eiskalten Blick, als ich mit meiner Entschuldigung beginne. Dabei gehe ich zu Beginn das Risiko ein, dass sie mich abwürgt, weil sie meine Lügen – so hatte sie es in der letzten Schleife genannt – nicht hören will. Das Wissen, wie sehr sie mich hasst, gestaltet mein Vorhaben als unfassbar schwierig. Bisher lag ich im Sterben, sodass ich ihr Mitleid erhielt – dieser Joker fällt jetzt weg! *Ob es überhaupt möglich ist, die Kluft zwischen uns zu überbrücken?*

„Entschuldige, ich ...", beginne ich, bis sie mit wutgeladener Stimme dazwischenfunkt:

„Haru, keine Entschuldigung macht dein Verhalten ungeschehen!"

„Das weiß ich. Trotzdem will ich dein Ultimatum um eine dritte Option erweitern: *Ich ändere mich!*" Eisig schaut Hana mich an, aber ich fahre fort, bevor sie mich unterbrechen kann: „Als wir uns kennengelernt haben, war ich ein Junge, der die Bedeutung einer Beziehung nicht kapiert hat. Für mich gab es kein Mädchen fürs Leben, sondern nur eines für die Nacht. Auf dem Dorf warst du die Hübscheste von allen, in der großen Stadt erlag ich der Versuchung. Wenn ich ehrlich bin, habe ich damals deinen tiefen Schmerz nicht verstanden, sondern ihn für eine Überreaktion gehalten. Weißt du, Hana, ich bin vom Ghetto geformt worden. Doch in letzter Zeit habe ich viel gelernt, nachgedacht und mich besonnen. Ich weiß jetzt, dass ich dir die Treue halten will. Hana, wenn du mir meine Fehler der Vergangenheit verzeihst, werde ich dir in Zukunft ein würdiger Ehemann sein. Ich kann mich ändern! Und wenn du mir eine Chance einräumst, beweise ich es dir. Ich lasse die verwelkte Rose in deinem vereisten Herzen erblühen!"

Sichtbar denkt sie über meine Worte nach, das Messer senkt sie nicht. Der einzige Effekt von meiner Ansprache ist ein nachdenkliches Stirnrunzeln zwischen ihren geschwungenen Augenbrauen. Ob sie an ihrem Ultimatum festhält?

Layla hatte mir vor mehreren Schleifen anvertraut, ich solle ihr mit dem furchterregenden Schicksal einer Hure Angst einjagen, doch ich verzichte darauf. Mein Versuch, Hanas Herz zurückzuerobern, soll ohne Manipulation gelingen. Sie soll sich auf die Gefühle des letzten Sommers besinnen, keine panische Kurzschlussreaktion treffen. Ansonsten stünde unsere Beziehung nie auf festen Beinen.

Nach einer längeren Überlegung legt sie das Messer beiseite, ohne den Blick von mir abzuwenden. Anscheinend kam sie zu dem Entschluss, dass ich ihr nichts Böses will, sondern mich bei ihr entschuldigen möchte. Zögerlich beendet sie das kritische Stirnrunzeln, wobei sie den eiskalten, berechnenden Blick beibehält.

Anschließend fahre ich mit meiner Erklärung fort: „Hana, ich nehme dir das inszenierte Duell nicht übel. Ich weiß, dass ich es verdient habe, nachdem ich dir das Herz brach und du dich rächen wolltest. In Wahrheit hat mir dieses Duell sogar geholfen, die Augen aufzukriegen und meine Ziele klar zu benennen. Jedoch bringt das nichts, solange du mir keine zweite Chance gewährst, um dir zu zeigen, wie sehr ich gewachsen bin."

Zum Schluss setze ich ein charmantes, etwas schiefes Lächeln auf und strahle sie an. Verlegen senkt sie den Blick, jedoch umspielt eine zarte Röte ihre Wangen. Die Farbe gleicht den romantischen Kirschblütenblättern, die malerisch durch die Luft fliegen und zu unseren Füßen landen. Als ich ihre Reaktion als gutes Zeichen werten will, antwortet sie mit einer traurigen Stimme:

„Obwohl so vieles vorgefallen ist, willst du's nochmal probieren?" Sie seufzt hörbar, fährt mit den Fingern gedankenversunken über den sandigen Boden. „Ich meine, für uns beide ist vieles durch diese Beziehung zerstört und so wenig gewonnen worden. Deine Mitgliedschaft bei der Yakuza-Bande, der Tod deines selbsternannten Vaters, der Verlust deines Geldes. Du bist ohne Hab und Gut geflohen, alles meinetwegen."

„Nicht dich trifft die Schuld, Hana."

Ein schnaubendes Kichern, als wolle sie das

240

Geräusch unterdrücken, entflieht ihr. „Diese Antwort zur Inszenatorin des Duells zu sagen, ist … na ja, entweder bist du nicht nachtragend oder einfach dumm, Haru."

„Können wir uns auf verliebt einigen … meine liebe Hime?"

Ich setze ein sanftes Lächeln auf, diesmal errötet sie sichtbar. Mit ihrem Zeigefinger wischt sie sich sogar über die Augen, als hätte dieser Spitzname sie an unseren wunderschönen Sommer erinnert. Hime war einer der beiden Spitznamen gewesen, den ich ihr gegeben hatte.

„Könntest du mir jetzt bitte sagen, ob du dein Ultimatum um die dritte Option erweiterst?", bringe ich das Gespräch wieder aufs Wesentliche zurück.

Unsicher schaut sie mich an, zieht ihre Beine näher an den Körper heran. Wie ein verunsichertes Mädchen will sie diese umschlingen, doch bemerkt, dass das wegen ihres gewölbten Bauches nicht geht. Stattdessen stützt sie ihre Arme auf den Knien ab, als sie weiterspricht und noch immer ihre traurige Tonlage besitzt:

„Warum sollte es diesmal besser laufen? Ich bin so oft auf deine Lügen hereingefallen, Haru. Warum sollen es nicht wieder neue Lügen sein? Ich besaß keine großen Ansprüche, denn alles, was mich glücklich gemacht hätte, wäre es gewesen, der wichtigste Mensch in deinem Leben zu sein. Leider bin ich nicht **dein**, sondern **irgendein** Mädchen gewesen! Einfach nur ein hübsches Ding, mit dem du Spaß hattest und dem du auch damals versprochen hast, es zu lieben! Woher soll ich also wissen, ob du dieses Mal die Wahrheit sagst und nicht wieder lügst?"

„Deswegen!", gebe ich als knappe Antwort, deute mit dem Finger auf ihren Bauch.

„Für unser Kind?"

„Ja, für unser Kind!"

Ich verleihe meiner Stimme ordentlich Nachdruck, woraufhin sie aufschaut. Zum ersten Mal erkenne ich, dass ihr eisiger Blick verschwunden ist und sie mich verunsichert ansieht. Scheinbar glaubt sie mir, dass das Kind ein Grund ist, für den ich mich ändern kann. Außerdem erkennt sie meinen Wandel, da ich mich in diesem Gespräch anders wie im letzten Sommer und besonders im letzten Herbst verhalte.

„Haru, ich würde dir unendlich gern verzeihen …" Bei diesem Satz wird mir klar, dass die Tränen nicht aus Trauer, sondern aus einem anderen Grund fließen.

„Dann mach's!", fordere ich frech, woraufhin sich ihre Lippen zu einem Grinsen anheben. Gleichzeitig rahmen die Freudentränen, weil sie mir tatsächlich wieder Vertrauen entgegenbringt, ihr Gesicht auf eine wunderbare Art und Weise ein. Als mein Herz bei diesem Anblick beinahe aussetzt, wird mir von Neuem vor Augen geführt, wie sehr ich dieses Mädchen liebe. Egal, wie kompliziert Hana ist, ich will sie an meiner Seite wissen.

„Es fühlt sich falsch an, jemandem zu verzeihen, der einem so viel Schmerz, Leid, Kummer, Tränen und

Depressionen gekostet hat!", fährt sie fort, ihr ungewolltes Lächeln verschwindet und die traurige Schwere füllt ihre Stimme aus. „Selbst, wenn unser gemeinsames Kind deinen Charakter zum Guten gewandelt hat, kann ich den lodernden Hass nicht vergessen. Es ist, als wäre er in meine Seele eingebrannt! Möglicherweise schaffst du's mit deinen lieblichen Worten, mich von einer schönen Zukunft träumen zu lassen, doch das Geschehene bleibt unveränderbar. Deine Taten aus der Vergangenheit sind in Stein gemeißelt!"

Zurückhaltend schaut sie mich an, ihre Vorsicht ist verständlich. Immerhin geht es um ihr zukünftiges Leben, während ich in der Vergangenheit mich nicht als eine vertrauensvolle Person entpuppt habe. Doch ich erkenne gleichzeitig, dass jener übriggebliebene Funken Liebe wieder an Hitze gewinnt und ihr vereistes Herz zum Schmelzen beginnt. Nachdem ich die Verantwortung trage, dass sie von einem gutmütigen Bauernmädchen zu einer verbitterten Frau wurde, will ich es schaffen, dass sie von einer verbitterten zur glücklichen Ehefrau wird. Dieses Ziel münze ich in einen persönlichen Schwur um.

„Natürlich kann ich die Vergangenheit nicht ungeschehen machen, aber wir können gemeinsam an der Gegenwart arbeiten, damit wir in der Zukunft glücklich werden. Das will ich dir beweisen, wenn du mir die Chance gibst! Vorher hast du gesagt, du seist niemand mit großen Ansprüchen, doch ab jetzt werde ich dir alle Wünsche erfüllen. Ich kaufe dir Blumen, verbringe mit dir den Alltag, führe dich in schicke Restaurants aus, schenke dir viele Kinder, baue uns ein großes Haus und überrasche dich mit teuren Geschenken. Ich meine, ich bin nicht für die Ehe geschaffen, aber kann bestimmt der beste Ehemann werden, wenn ich mich bemühe. Deswegen will ich nicht über eine hypothetische Ehe quatschen, sondern es umsetzen."

Ich stehe auf, verzögert realisiert sie meine Worte. Bevor sie reagieren kann, gleite ich wie ein Gentleman auf ein Knie herab und schaue ihr tief in die Augen hinein. Perplex schaut sie mich an, ihre Wangen erröten wie bei einer Jungfrau vor dem ersten Mal. Als Mädchen hat sie von einer Heirat geträumt, sich ausgemalt, wie ihr Traumprinz um ihre Hand anhält. Nachdem ich sie entweiht habe, hatte sie befürchtet, dass kein Mann sie nehmen würde. Jetzt reiche ich ihr die Hand und bin bereit, Hana für immer an mich zu binden.

Ich erkenne, wie der Liebesfunken in ihrem Herzen zur Stichflamme aufgepeitscht wird und das Eis wasserfallartig schmilzt. Es spült den Hass hinfort und ihr Herz flattert vor Glücksgefühlen. Gedankenverloren faltet sie die Hände vor ihrer Brust, ihre Augen werden zum wiederholten Male feucht und das Glück und die Freude strahlen in ihrem Gesicht. Das ungeborene Kind, für das ich sorgen will, und der Heiratsantrag, der aus dem Nichts kam, verwandeln ihren Hass in Liebe – dadurch erhalten wir die Chance auf eine gemeinsame Zukunft!

244

„Blöderweise besitze ich keinen Ring, obwohl ich neunzehnmal die Chance hatte, ihn zu besorgen. So ein Mist!" Schmunzelnd fahre ich fort, mein legerer Antrag passt zu einem Banditen. „Völlig egal, später kaufe ich dir den wertvollsten Ring! Was ich eigentlich sagen will, ist …"

Ununterbrochen halten wir Blickkontakt, wobei Hana zwischen Tränen und Freude schwankt. Ihre Augen schwimmen, ihre Mundwinkel zieht es immer wieder nach oben, ihre gefalteten Hände presst sie sich ans Herz.

„…, dass ich dich liebe! Ich will für immer an deiner Seite sein, Hana. Möglicherweise musste ich erst von dir getrennt sein, damit ich kapiere, wie sehr ich dich brauche. Dieses Duell hat mir gezeigt, wie wichtig du mir bist. Also … willst du meine Frau werden? Mich heiraten? Falls du zustimmst, schenke ich dir einhundert Kinder, baue dir ein riesiges Haus, bin immer für dich da. Klingt echt cool … oder, Hana?"

Noch immer sitzt sie am Baum angelehnt da, ein Messer neben ihren Beinen. Ein Messer, mit dem sie mich vor Kurzem umbringen wollte! Doch der Waffe widmet sie keine Aufmerksamkeit, sondern schaut ausschließlich mich an. Zum ersten Mal, seitdem das Todesduell begonnen hat, ähnelt sie wieder dem unschuldigen Mädchen vom Dorf. Diese Unschuld steht ihr gut zu Gesicht.

„Das war der schlechteste Antrag aller Zeiten …", bringt sie über die Lippen, ihre Stimme zittert und die Tränen fließen herab. „Du hast geflucht, du hast geprahlt, du hast die Ringe vergessen und unseren Streit als notwendig bezeichnet. Du Arsch! Von so etwas habe ich sicher nicht geträumt, wenn ich mir ausmalte, bei was für einem netten, freundlichen Mann ich landen würde. Aber du hast ebenfalls viele wundervolle Sachen gesagt, Haru, sodass ich die Tränen nicht zurückhalten kann und mein Herz wild pocht. Obwohl ich dich hassen will, liebe ich dich! Es scheint vollkommen egal, wie sehr und wie oft du mir wehtust, denn mein Herz schlägt nur für dich. Bestimmt fühlst du dich echt cool, auf ewig das Herz eines Mädchens gestohlen zu haben!"

Kristallklare Tränen fließen ihre Wangen herab, die himmelblauen Augen besitzen das Strahlen des Firmaments nach einem Gewitter. Malerisch kreisen die Tränen ihr Gesicht ein, ihre bebenden Lippen würde ich zu gerne küssen. Bevor ich sie küssen darf, muss ich auf ihre Antwort warten, doch erahne diese bereits. Wie sie es selbst gesagt hat, habe ich ihr Herz für alle Ewigkeit gestohlen.

„Obwohl ich dir nicht vertrauen kann, vertraue ich dir tief im Herzen blind! Ich bin entzweigerissen! Ich komme mir nicht länger wie eine erwachsene Frau, sondern wieder wie ein naives Mädchen vor. Es ist, als ob du mich verdorben hättest; oh ja, Haru, so sehr verdorben, dass ich an keinen anderen Mann außer dich denken kann! Wie kann ein Herz überhaupt gestohlen werden, wenn der Dieb so viele offensichtliche Fehler begeht? Doch du hast in diesem Gespräch mein vereistes Herz geschmolzen, die Rose zum

Blühen gebracht und ein Teil meines Vertrauens zurückgewonnen. Haru, falls du dich wirklich geändert hast, dann lautet meine Antwort *Ja.* In dem Wissen, dass unser gemeinsames Kind einen Vater braucht, will ich deine Ehefrau werden!"

Ein letztes Mal wischt sie sich mit dem Handrücken über die Augen, bis sie aufspringt und ruft: „Ich will dich heiraten, Haru!"

Sie kniet sich mir gegenüber hin, schaut mich erwartungsvoll an. Überraschend schnell ist das Eis geschmolzen, der Abgrund überbrückt und die Kluft geschlossen worden. Zwar schaut sie mich nicht auf jene verträumte Art und Weise wie im vergangenen Sommer an, doch der Hass und die Abscheu sind aus ihrem Blick gewichen.

Ich kann nicht anders, als ihr herzförmiges Gesicht in meine Hände zu nehmen. Zärtlich streiche ich ihr mit meinem Daumen über die Wange und spüre die feuchten, aus Freude herabfließenden Tränen. Und ich spüre, wie ihre Hände an meinem Nacken entlanggleiten, bis sie durch mein schwarzes Haar fährt und es zerzaust. Wir blicken uns wie Liebende an, die sich nach einer Ewigkeit wiedergefunden haben. Wie Liebende, die einen Ozean durchschwammen, um beieinander zu sein; Liebende, die neunzehnmal den Tod überwanden, damit sie in der zwanzigsten Zeitschleife ihr Glück finden.

Ihre himmelblauen, seelentiefen und wunderschönen Augen fesseln mich. Ihre weiße, leicht gebräunte Gesichtsfarbe, das rabenschwarze Haar, die schmale

Nase, die kirschroten Lippen. Ihr Mund, bei welchem ich seit unserer ersten Begegnung denke, er wäre nur zum Küssen geschaffen worden. Ich mustere sie, sie mustert mich; jeder hält den anderen für den schönsten Menschen auf der Welt. Obwohl ich sie schon einhundertmal in meinem Leben geküsst habe, fühlt es sich an, als beuge ich mich zum ersten Kuss herab. Ihr rosiger Duft steigt mir in die Nase, ich schließe meine Augen. Vorsichtig lege ich meinen Kopf schief, während ich ihren Atem auf der Haut spüre und ihre Nervosität fühle. Die Wärme ihres Körpers springt auf mich über.

Bevor meine Gedanken in irgendeine Richtung abschweifen können, versinke ich in der Schönheit des Kusses. Ihre Körperwärme dringt in mich ein, unsere aufeinandergedrückten Lippen knistern vor Erregung und unsere Zungen erhalten ein Eigenleben. Mittlerweile halten wir uns in den Armen, zärtlich streicheln meine Hände über ihren Rücken. Zusätzlich tanzen die Kirschblüten um uns herum, reiten auf den sanften Böen des Frühjahrs und untermalen die Szene. Es kommt mir vor, als hätte der Baum extra viele Blütenblätter abgeworfen, damit unser Kuss unterstrichen wird.

Die Küsse mit Hana hatten immer länger als gewöhnlich gedauert, aber dieses Mal will sich keiner vom anderen lösen. Mehrere Kirschblütenblätter landen auf unseren Köpfen, bedecken mein Hemd und ihren Kimono. Als wir uns voneinander lösen, sind wir vom Küssen außer Puste. Seelenruhig schauen wir einander an, pressen die Stirnen zum Abschluss aneinander. Sogar unsere Nasen berühren sich, kein Blatt hätte zwischen unsere Gesichter gepasst. Ich genieße es, sie nach all den Strapazen in den Armen zu halten; sie genießt es, wieder in meinen Armen zu liegen.

Dann streiche ich ihr eine Haarsträhne von der Stirn, weiche ein paar Zentimeter zurück und puste ihr die Kirschblütenblätter vom Kopf. Ein schüchternes, jedoch strahlendes Lächeln hebt ihr Mundwinkel an. Ihre Zähne gleichen glitzernden Sterne in einer warmen Sommernacht. Ich schaue in das Gesicht meiner Ehefrau … und kann nicht glauben, sie tatsächlich *meine Frau* zu nennen. Es wird dauern, bis mir diese Formulierung geläufig wird …

Kapitel 9:

Die Wahrheit

Nach dem Kuss hocken wir uns an den Rand des Duellplatzes und lehnen an den Überresten des Holzzauns. Ein paar Büsche wachsen in der Nähe und unzählige Fliegen werden von den Leichen angezogen, uns interessiert das nicht. Sie hat ihre unhandlichen Holzsandalen ausgezogen, während sie den Kopf an meiner Schulter anlehnt. Auch macht sie keine Anstalten, ihren Kimono zu öffnen und das Ritual zu vollführen. Unnötig lange will ich mir den Kopf darüber nicht zerbrechen, also ignoriere ich es.

Ich will mich schon herabbeugen, um einen weiteren Kuss von ihren Lippen zu stehlen, doch ihr Blick haftet auf dem Massaker. Anstatt sie zu drängen, erkundige ich mich, was sie beschäftigt. Unruhig nestelt sie an der Schleife des Kimonos herum, bis sie herausplatzt: „Zwischen mir und dem Anführer ist nichts gelaufen!"

„Hä?", frage ich irritiert.

Bevor sie antwortet, schießen die Erinnerungen schneller als Revolverkugeln durch meinen Kopf hindurch. In mehreren Zeitschleifen wurde ich Zeuge, wie der Anführer Hana küsste. Er hatte provozierend behauptet, meinen Platz bei Hana eingenommen zu haben! Einer der Gründe, warum ich ihn verachtet habe.

„Also … ähem …" Sie nestelt weiterhin am Saum ihres Kimonos herum, „… dieser Kuss sollte dich provozieren. Wir … wir haben uns abgesprochen, da waren keine Gefühle im Spiel … bitte glaub mir! Vor wenigen Tagen überlegte er, wie wir dich zum Ausrasten bringen könnten, und er kam auf diese Idee. Angepisst, wie du mich behandelt hast, habe ich zugestimmt. Mehr ist nicht passiert! Ich bin keusch geblieben für den Mann, den ich liebe! Sogar in der Zeit, in der du mich geschwängert und verlassen hattest, habe ich es nicht übers Herz gebracht, mich einem anderen zu öffnen. Für mich hat es nur dich gegeben, Haru!"

„Das … das freut mich!"

Bevor ich mich zügeln kann, entfliehen mir diese Worte. Sechs Monate lebten wir getrennt, also hätte es andere Männer geben können. Besonders, wenn eine Frau unter Banditen lebt. Doch die Vorstellung, sie hätte mit einem fremden Mann geschlafen, macht mich schon wütend. Ich bin froh, dass sie sich zurückgehalten hat!

Schnell füge ich hinzu: „Selbst, wenn du mit ihm geschlafen hättest, hätte ich es dir nicht übelnehmen können. Du kennst ja meine vielen Frauengeschichten."

Sie kuschelt sich fester an mich heran, bettet ihren Kopf an meiner Schulter. Beschützend lege ich ihr einen Arm um den Oberkörper, ziehe sie näher heran.

Das Wissen, Hana an der Seite zu haben, erfüllt mich mit allem Glück der Welt. Sie gleicht einem Leuchtturm im tiefsten Sturm.

„Ich will mich für mein Verhalten entschuldigen!", fährt sie fort, säuselt mir die Worte ins Ohr hinein. „Natürlich besaß ich allen Grund, mich über dein Fremdgehen aufzuregen, doch hätte nicht auf deinen Tod drängen sollen. Damals kam es mir wie die richtige Entscheidung vor, jetzt wirkt es wie eine Überreaktion. Bitte entschuldige.

Ich hätte den Anführer nicht gegen dich aufhetzen dürfen. Ich kannte eure innige Beziehung, habe diese für meine Rache ignoriert. Das war beschissen von mir! Ich kann mir kaum vorstellen, wie es geschmerzt haben muss, plötzlich von ihm gehasst zu werden. Ich hoffe, du verzeihst mir. Verantwortlich für all meine Taten war mein lodernder, fast irrationaler Hass wegen deines Betrugs. Ein intensives, allumfassendes Gefühl, das aus Frust, Groll, Wut, Zorn und Abneigung geboren wurde. Kannst du mir meinen Mordversuch vergeben?"

„Ich verzeihe dir!", schießt es sofort aus meinem Mund, bis mir klar wird, dass der Streit wegen mir ausgebrochen ist. Ich ziehe sie noch fester an mich heran, bis ich ergänzend hinzufüge: „Fühle dich nicht schuldig, immerhin waren meine Eskapaden der Auslöser. Du hast den Anführer nicht gezwungen, sondern ihn um Hilfe gebeten. Es war seine eigene Entscheidung, sich gegen mich zu stellen und im Todesduell anzutreten."

Ich dachte, das Thema hiermit abgehakt zu haben, als sie sich leise räuspert. Da ich sie fest an mich presse, spüre ich, wie ein schwaches Zittern ihre Glieder emporkriecht und sie zum Schaudern bringt. Obwohl ich nichts Falsches gesagt habe, scheint sie etwas an meiner Aussage zu stören oder sogar zu ängstigen.

„Was ist los?", frage ich in einem möglichst freundlichen Tonfall.

„Also … wie soll ich's sagen?", stammelt sie, während sie zögerlich zu mir hochschaut. Unsicherheit, Verwirrung und Angst springen mir entgegen. Ermutigend nicke ich ihr zu. „Möglicherweise hat der Anführer nicht freiwillig gehandelt, wobei mir schleierhaft ist, wie das funktioniert haben soll. Ich … ich habe …"

„Was meinst du?", hake ich nicht, als ihre Stimme immer leiser wurde und letztlich verkümmerte. Mittlerweile nestelt sie wieder an ihrer Kleidung herum, die Verunsicherung steht ihr ins Gesicht geschrieben.

„Also …" Sie gerät erneut ins Stammeln, woraufhin ich ermutigend ihre Hände ergreife und mit dem Daumen über ihren Handrücken streiche. „Plötzlich hat der Anführer mich unterstützt. Aus dem Nichts, von heute auf morgen! Überrascht, wie es dazu kam, fiel mir eine einzige plausible Erklärung ein. Es gibt eine Verbindung zwischen seinem Stimmungswechsel und meiner verruchten Tat!"

Ich verstehe nichts mehr! *Was will mir Hana sagen?* Rätselhaft schaue ich sie an und ermutige sie, fortzufahren. Natürlich war der Stimmungswechsel des

Anführers abrupt und wenig nachvollziehbar gewesen, doch mir fällt keine Möglichkeit ein, wie dieser erzwungen werden konnte. Gut, Frauen besitzen ihre eigenen Waffen, doch Hana versicherte mir ihre Keuschheit. Und der Anführer war kein Schuljunge, der sich für einen Kuss verkauft hätte!

„*Verruchte Tat* ist nicht das richtige Wort, es war ein verbotener Pakt!"

„Hä …?!", entflieht es mir, als sie diese merkwürdige Formulierung benutzt. Gleichzeitig kräuselt sich eine Gänsehaut über meinen Körper, als hätte ich eine böse Vorahnung gespürt.

Als fühle sie sich nicht wohl, weicht Hana ein wenig zurück. Seufzend lehne ich mich gegen den morschen Holzzaun, während das Wort *Pakt* durch meinen Kopf geistert. Obwohl ich mir wie ein kleines Kind vorkomme, erscheinen Fabelwesen in meiner Vorstellung. Sie kann keinen Yokai, Akuma oder Oni meinen … oder?!

„Gut, ich erkläre es kurz. Wobei", sie schluckt hörbar, „ich mich ungern an diese Nacht erinnere. Sie wirkt surreal, als wäre ich zwischenzeitig ins Reich der Yokai verschleppt worden. Weißt du, in meinem Dorf heißt es, in den nebelverhangenen Bergen hausen Fabelwesen … und ich glaube, etwas aus diesem Nebel hat mich aufgesucht! Etwas aus dem Nebel hat mich zum Pakt genötigt!

Haru, bitte glaube meinen folgenden Worten, obwohl sie nach einer Lüge klingen. Ich weiß, dass du an keine Yokai glaubst. Doch ich schwöre auf meine

Eltern und meine Ehre, dass sie wahr sind! Sie existieren! Neben den Menschen gibt es *Mythen*, wie wir sie unseren Kindern erzählen, ohne daran zu glauben. Es gibt dort draußen Wesen, die vor Intelligenz sprühen und nichts Menschliches in sich tragen. *Ich traf ein Fabelwesen!*

In jener Nacht, in der ich von meiner Schwangerschaft erfuhr, besuchte mich ein Dämon und bot mir einen Pakt an. Stelle dir keinen Yokai mit gehörntem Kopf, entstelltem Gesicht oder in einer Tiergestalt vor. Nein, mir begegnete ein eleganter Mann, dessen Art und Verhalten charismatisch und betörend wirkten. Wie ein Magier entstieg er den Schatten, erschien in meinem Zelt und erschreckte mich zu Tode. Egal, wie viele Legenden ich in meinem Leben hörte, diese Art von einem Yokai tauchte darin nicht auf.

Daraufhin setzte er sich mir gegenüber hin, lieh mir ein offenes Ohr. Er versprach mir die Kraft, dass ich dein Leben nehmen könnte, wenn ich ihm eine lächerliche Bitte erfülle. Frage mich nicht nach dieser Bitte, sie klingt peinlich und beschämend! Doch ich verzehrte mich in diesem tragischen Moment nach Rache, also verurteile mich nicht, dass ich seine Hand ergriff. Ich nahm sie wie in Trance entgegen, als verschwimme alles vor meinen Augen und jemand Unbekanntes kontrollierte mich.

Wenn ich ihm seine Bitte erfülle, verleiht er mir die Kraft, dich umzubringen; so lautete der Pakt. Nachdem ich diesem Deal zugestimmt hatte, trat er in die Schatten hinein und verschwand. Seine Aura hallte im Zelt nach und hielt mein Herz in der Hand. In dieser Nacht war an Schlaf nicht zu denken, hastig und schnell ging mein Atem. Ich realisierte gar nicht, mit was für einer Gestalt ich paktierte, und ich verstand nicht, was dieses Geschöpf für einen Preis nannte. Rückblickend ist es wie ein Traum gewesen! Doch seit diesem Tag fühlt es sich an, als ob der Dämon hinter allem steckt und ein persönliches Interesse am Ausgang des Todesduells hegt. Haru … ich weiß, wie unrealistisch das klingt, aber es ist die Wahrheit. Glaubst du mir?"

Schweigsam sitze ich auf der sandigen Erde, lehne am alten Holzzaun, starre in die Ferne. Schlummern dort draußen wirklich Fabelwesen, wie sie in den Mythen unseres Volkes auftauchen? Als ein Stadtkind glaube ich weder an Yokai noch Oni, doch Hana verspürte als Dorfkind eine sichtbare Vorsicht vor den nebligen Bergen. Was verbirgt sich vor den Menschen in diesem Land?

Und eine weitere, wichtige Erkenntnis schlummert in Hanas Erzählung. Das Wissen, dass ein *Fremder* – egal, ob nun Yokai oder Mensch – den Tod des Anführers verschuldet hat, entflammt in mir eine lodernde Wut. Falls er den Verstand des Anführers manipuliert hat, steckt der Besucher aus jener Nacht hinter dem Tod meines Vaters. Seinetwegen hat sich der frühere König der Unterwelt verändert, mich verachtet und das Todesduell gefordert. Wenn das stimmt, verdient er als Strafe eine Kugel in den Kopf! Andernfalls wäre mein Vater auf meiner Seite gestanden,
256

hätte sich nie mit Hana verbündet und das Todesduell hätte niemals stattgefunden. Er würde noch leben! Steckt wirklich der ominöse Dämon, dessen unergründliche Ziele niemand versteht, hinter dem Verhalten des Anführers?

Egal. Vollkommen egal. Darüber kann ich mir wann anders den Kopf zerbrechen. Stattdessen gibt es zwei Gründe, warum ich Hanas Erzählung glaube: *Einerseits die radikale Veränderung vom Anführer, anderseits die Zeitschleifen.* Der zweite Punkt erleichtert meinen Glauben an paranormale Wesen. Zwar spreche ich es vor Hana nicht an, aber besitzt der Dämon die Antwort auf meine Zeitschleifen? Oder entpuppt er sich sogar als Auslöser? In einer Welt, in der *alles* den gegebenen Naturgesetzen folgt, darf es keine Zeitschleifen geben. Ich bin in eine Zeitschleife hineingeraten – das ist Fakt! Wenn ein Geschöpf aus den Schatten heraustritt, einen Menschen verhext und einen ominösen Pakt mit Hana eingeht, liegt es auf der Hand, dass es sich bei ihm um den Verursacher des Zeitreisezaubers handelt.

Warum hat der Dämon das alles inszeniert? Was bringt es ihm, Hana zu helfen und den Anführer zu verzaubern, wenn er mir eine Zeitreisemagie an die Hand gibt, mit der ich das Duell gewinne? Das ist widersprüchlich und ergibt keinen Sinn!

„Ich glaube dir!", gebe ich knapp zur Kenntnis, nachdem für mehrere Minuten Schweigen geherrscht hat.

„Tatsächlich?", entflieht es ihr, auf den Schock folgt

die Erleichterung. „Ich … ich hätte erwartet, dass du lachst! Danke, dass du's nicht getan hast, sondern deiner künftigen Ehefrau vertraust. Dieser mysteriöse Dämon existiert!"

Wahrscheinlich hätte ich im *echten Gestern* spöttisch gelacht, da diese Theorie absurd klingt, doch meine Erfahrung mit Zeitschleifen hat meine Vorbehalte gegenüber dem Übernatürlichen zerschmettert. Scheinbar beschränken sich Dämonen nicht auf das Reich der Mythen, sondern reichen bis in die Realität hinein. *Na und? … mit einer Kugel werde ich ihn schon töten können!*

„Mir ist selbst etwas Übernatürliches passiert, weshalb ich nicht lache. Jedoch ist das zweitrangig, denn ich will dich nicht verstören und dir lieber eine Frage stellen: Hana, wie lautet die Bitte des Dämons, die du erfüllen solltest?"

Rot läuft sie an, senkt den Blick. Ihre Reaktion überrascht mich.

„Ich will sie dir nicht sagen, das alles ist peinlich. Es … es hat mit meinen Brüsten zu tun! Langsam glaube ich, dieser Dämon war ein Perverser – ekelhaft!"

Nachdenklich halte ich inne. Dieser Verdacht war mir schon gekommen, hiermit bekomme ich die Bestätigung: *Die Bitte des Dämons hängt mit ihrer Muttermilch zusammen.* Aus Gründen, bei denen mir mit aller Phantasie keine Lösung kommt, hat der Dämon als einzige Bedingung für den ominösen Pakt gefordert, dass sie mir ihre Milch einflößt. Was bringt dem Yokai diese Aktion?

Es muss eine offensichtliche Verbindung zwischen Hanas Muttermilch, meinen Zeitsprüngen und seiner Magie geben. Wie diese aussieht und warum diese erschaffen wurden, ist für mich rätselhafter als die Existenz eines Dämons. Den einzigen Mehrwert, den sein Zauber brachte, war mein Triumph im Duell. Ein Vorteil, der nur mir half und dem Dämon nichts einbrachte. Doch kein Wesen handelt ohne Sinn, das gilt auch für Dämonen! Was erhofft er sich von meinen Zeitsprüngen? Offensichtlich besitzt der Zeitreisezauber einen Vorteil für mich, doch es muss eine verborgene Komponente für den Dämon geben. Was erhält er, wenn ich überlebe? In erster Linie gilt es, diese Frage zu beantworten!

Doch es gibt noch einen zweiten Wunsch, der mir seit der Erwähnung des Dämons durch den Kopf spukt: „Hana, ich will dieses Monster töten!"

„Du willst …?"

Entschlossen balle ich die Fäuste, schaue zum Leichnam meines *Vaters* hinüber. Allein der Anblick, wie dieser Tote starr zum Himmel blickt, erfüllt mich mit Zorn. Das Idol aus meiner Kindheit, der Lehrmeister in meiner Jugendzeit, mein treuster Freund in den jungen Erwachsenenjahren. Was wäre ich für ein Sohn, Schüler oder Freund, wenn ich diese Tat ungesühnt lasse?

Außerdem will ich erfahren, warum ich zwanzig Mal durch die Zeit sprang, bis ich dieses Duell gewonnen habe. Dieses mysteriöse Phänomen, dem ich meinen Sieg im Todesduell verdanke, will ich auf den

Grund gehen. Ich möchte die Motivation und die Hintergründe des Dämons entschlüsseln, um herauszufinden, was er plant. Denn das Gefühl, dass *er* etwas plant, lässt mich nicht los. Es scheint keine freundliche Hilfestellung, sondern ein perfider Plan zu sein, in den meine schwangere Frau hineingezogen wurde, während mein Überleben eine entscheidende Rolle gespielt hat. Was wäre ich für ein erbärmlicher Ehemann, wenn ich meine Frau und mein Kind den Plänen eines Yokai aussetze?

Die benötigten, begehrten und geforderten Antworten könnte uns bloß der Dämon geben! Dabei bin ich mir sicher, dass er nochmals auftauchen wird, nachdem Hana ihren Teil des Paktes in der zwanzigsten Zeitschleife nicht eingehalten hat. Hier blieb das Ritual aus, sie brach ihr Wort mit dem Dämon. Anstatt das Risiko einzugehen, sie dieser Gefahr auszusetzen, will ich lieber zu ihm kommen, ihm eine Kugel in den Kopf jagen und diesen Spuk beenden. Dabei treibt mich der Beschützerinstinkt eines Ehemannes, der Rachewunsch eines Freundes und die Sorge eines Vaters an!

„Ja, ich will ihn ermorden!" Meine Stimme wird kälter wie Eis, instinktiv weicht Hana ein wenig zurück. „Dafür, dass er deine Trauer ausgenutzt und meinen Vater manipuliert hat; dafür, dass er eine potenzielle Gefahr für unser ungeborenes Kind darstellt; dafür, dass er mich in eine ..."

Mitten im Satz breche ich ab. Bisher habe ich Hana nichts von den zwanzig Zeitschleifen erzählt, die aus mysteriösen Gründen von ihrer Muttermilch ausgelöst wurden, weil sie das Ritual des Akuma ausführte. Anstatt sie mit dem Wissen zu plagen, neunzehnmal meinen Tod als Inszenatorin des Todesduells verursacht zu haben, schweige ich. Die offensichtlichen Gründe reichen, um meine Rache am Dämon zu rechtfertigen.

Ob ich sie irgendwann in die Zeitschleifenthematik einweihen soll?

„Danke", antwortet Hana, ohne nachzufragen, warum ich mitten im Satz abgebrochen habe.

„Wieso dankst du mir?"

„Wieso? Weil du den Dämon umbringst! Ich kenne Geschichten und Sagen, in denen Yokai einem Verzweifelten helfen, damit sie an dessen Seele herankommen. Im richtigen Zeitpunkt reichen sie einem die Hand, setzen eine fröhliche Maske zum bösen Spiel auf und verführen einen Menschen zu einem Pakt. So handelt das Böse, Haru. In der Nacht, als er aufgetaucht ist, konnte ich nicht logisch denken und bin den Pakt eingegangen. Seitdem fürchte ich mich, dass er zurückkehrt und sich an meiner Seele oder jener des Kindes vergeht. Wenn es dir gelingen sollte, den hinterlistigen Akuma zu töten, bin ich dir auf ewig dankbar, Haru!"

Die Vorstellung, dieser Dämon könnte ihr ein Leid zufügen, entfacht in mir einen lodernden Zorn. Um meine Frau und unser Kind zu beschützen, muss ich in den Kampf gegen den übernatürlichen Feind ziehen. Jedoch hadere ich mit der Vorstellung, ein magisches Wesen besiegen zu können, das durch die Schatten wandelt, die Zeit zurückdrehen und Muttermilch in einen Zaubertrank verwandeln kann. Ob ein Revolverschütze gegen so einen Gegner eine Chance hat?

„Zwar verhielt er sich in dieser schicksalshaften Nacht wie ein charismatischer Gentleman, doch trotz meines tranceartigen Zustands erahnte ich seine böse Absicht. Das liegt nicht an seinem Äußeren, sondern allein an seiner Herkunft. Er war nobel gekleidet, besaß eine eloquente Zunge, half mir in meiner Not und Verzweiflung. Rational betrachtet, scheint es sich um keinen bösen *Mann* zu handeln – trotzdem werde ich die Furcht, nein, *das Wissen* nicht los, dass er eine böse Absicht verfolgt! In unserem Pakt scheint es für ihn keinen Vorteil zu geben, also befürchte ich, dass ich den Vorteil nicht erkennen kann. Er hat sicher ein eigenes Ziel! Solange dieser Dämon dort draußen wartet, kann ich … nein, können *wir* … niemals in Ruhe und Frieden leben."

„Aus dem Grund töte ich ihn!", stimme ich zu, bemühe mich um einen coolen Tonfall. „Sobald ich ihm den Kopf weggeschossen habe, kannst du dich vollkommen auf deine Kinder konzentrieren und musst dich nicht länger vor einem Akuma fürchten."

Im Gegensatz zu Hana verstehe ich zumindest das grobe Ziel des Paktes. Er wollte, dass sie mir ihre Muttermilch einflößt, damit ich in einer Zeitschleife feststecke, bis ich den Anführer töte. *Hat er aus Groll gegen den Anführer gehandelt? Oder weil **ich** überleben muss?*

262

Ich vermute, dass sein Motiv in die zweite Richtung geht, ohne das verifizieren zu können.

„Aber ich begleite dich!", ruft sie laut, ballt die Fäuste und setzt einen entschlossenen Gesichtsausdruck auf. Ihre himmelblauen Augen brennen vor Energie, als wäre eine lodernde Sonne aufgestiegen. Damit reißt sie mich aus meinen Gedanken in die Realität zurück.

„Du willst mich auf der Jagd nach dem Dämon begleiten?" Ich traue meinen Ohren nicht. „Weißt du nicht, wie viel wir reiten müssen? Wie brutal der Kampf werden könnte? Dieser Dämon könnte sich überall im Land verstecken! Das ist keine Aufgabe für eine Frau … insbesondere nicht für eine schwangere Frau!"

„Natürlich weiß ich, dass die Jagd nach einem Dämon mit einer Schwangeren im Schlepptau kompliziert ist. Trotzdem will ich dabei sein, wenn wir ihm begegnen! Außerdem könnte der Dämon, während du ihn suchst, meine Seele einfordern. Schon daran gedacht? Da wäre es sicherer, an deiner Seite zu bleiben … oder?"

Nachdem sie mich argumentativ übertrumpft hat und ich nicht antworte, breitet sich ein dickes Lächeln auf ihrem Gesicht aus. Zufrieden verschränkt sie die Arme vor ihrer Brust und reckt das Kinn empor. Obwohl kein Arzt eine Dämonenjagd in ihrem Zustand empfehlen würde, bliebe mir nichts anderes übrig, als sie an meiner Seite zu behalten. Ansonsten böte sie dem Dämon ein perfektes Ziel. Das Einzige, was ich machen könnte, wäre sie zu beschützen und vor Gefahren zu bewahren.

„Stimmt. Aber traust du dir zu, hochschwanger durchs Land zu reiten und in einen Kampf zu geraten? Du musst mir versprechen, das Wohlergehen unseres Kindes immer an oberste Stelle zu setzen. Außerdem verbiete ich dir, mitzukämpfen – nur ich trete gegen den Dämon an!"

„Immer noch besser, als ohne dich in einen Kampf zu geraten. Außerdem", entschlossen starrt sie mich an, „bin ich deinetwegen zur Banditin geworden. In den vergangenen Monaten bin ich ewig geritten, sodass es mir nichts ausmacht, auf einem Pferd zu sitzen. Falls du es vergessen hast, musste ich mit den Banditen auch zum Duell reiten. Keine Sorge, das Reiten wird kein Problem darstellen!"

Damit war es besiegelt. Egal, welche Einwände ich vorgebracht hätte, Hana besaß immer die passende Antwort. Außerdem missfällt mir die Vorstellung, mich von ihr trennen zu müssen, also halten sich meine Beschwerden in Grenzen. Nachdem ich das Duell gewonnen und um ihre Hand angehalten habe, sollte es nichts geben, was sich zwischen uns drängen kann.

„Okay, dann kehren wir erstmal ins Dorf zurück. Dort können wir übernachten, bis wir dir morgen bessere Kleidung kaufen. Du siehst zwar hübsch in deinem Kimono aus, aber wirst mit ihm kaum reiten können."

„Ja, das wäre am besten. Lass uns in das Dorf reiten,

dann zeige ich dir das Gasthaus, in dem die Banditen und ich untergekommen sind. Dort kann ich mich umziehen."

„Perfekt!"

Ich reiche ihr eine Hand, helfe ihr auf. Während sie in die Sandalen hineinschlüpft, grüble ich über Hanas Pakt mit dem Yokai. Vor dem Duell habe ich gedacht, es mit einem Sieg zu beenden, doch stolpere direkt in den nächsten Kampf hinein. Nur kämpfe ich diesmal nicht gegen den mächtigsten Revolverhelden des Landes, sondern finde mich einem übernatürlichen Fabelwesen gegenüber. *Verflucht ... und gegen wen tritt man lieber an?*

Kurz darauf verlassen wir den Duellplatz, auf dem mehrere Leichen liegen und bereits die Raben herabsteigen. Ein paar Aasfresser mustern mich mit ihren Knopfaugen, mir läuft ein unerklärliches Schaudern über den Rücken. Dann wende ich mich von den Vögeln ab, ergreife Hanas Hand, kehre dem Duellplatz den Rücken zu.

Zu gerne hätte ich meinem Vater eine Beerdigung zukommen lassen, aber weiß, dass das unter Banditen wenig zählt. Früher war er der Unterweltkönig von Taro gewesen, jetzt liegt seine Leiche mitten in der Prärie von Tara und wird von Aasfressern verunstaltet. Das harte Schicksal eines Banditen, das tragische Ende einer Legende. *Vater, auch für dich ziehe ich in diesen Kampf!*

Ich werde den Dämon, der den Willen des Unterweltkönigs manipuliert hat, zur Rechenschaft ziehen.

Ich bin mir sicher, wenn ich meinen Vater fragen sollte, dass ihm das wichtiger als eine Beerdigung ist. Ein Yakuza muss für seinen inneren Frieden nicht unter der Erde ruhen, sondern nur wissen, dass seine Feinde ihm folgen. *Und das schwöre ich, Vater ... bei meiner Ehre! Ich werde diesen Akuma zu dir in die Hölle schicken!*

Fest halte ich Hanas Hand, als ich jenen Pfad hochgehe, den ich zwanzigmal herabgelaufen bin. Es ist das erste Mal, dass ich siegreich diesem Todesduell entkomme und meinen Blick auf die nächste Aufgabe richten kann. Eine unvorhergesehene, aber hochwichtige Mission. Gemeinsam mit Hana werde ich den Dämon suchen, ausfragen und töten!

Part 2

Kapitel 10:

Abschied aus Kawakami

Von der Ortsgrenze führt mich Hana aus westlicher Richtung in das Städtchen Kawakami hinein. Zum Glück kommen wir nicht an jenem Bordell vorbei, in dem Layla tätig ist, weil ich auf ein Treffen mit der Hure verzichten kann. Die Chancen, dass Hana eine Begrüßung mit Layla negativ verstünde, halte ich nämlich für hochwahrscheinlich …

Dann erreichen wir ein altes Gasthaus, die Zeit hat an diesem Gebäude gezehrt. Der Putz bröckelt ab und Efeu rankt sich wie ein engagierter Kletterer an den Wänden empor. Sogar das Dach wirkt, als könne es eine Ausbesserung vertragen. Nichtsdestotrotz geht Hana zielstrebig durch den Eingang, sodass mir nichts anderes übrigbleibt, als zu folgen. Drinnen angekommen, durchqueren wir ein verlassenes Foyer, in dem eine griesgrämige Frau herumsitzt und uns kühl zunickt. Sie erkennt Hana und ist nicht amüsiert, eine Yakuza-Bande zu beherbergen. *Keine Sorge, ich habe dein Problem beendet!* Ohne ihr einen weiteren Blick zu widmen, steuern wir die ausgewählten Zimmer an.

Die ganze zweite Etage wurde von den Banditen gemietet, Hana gehört der letzte Raum im Gang. Schnell kramt sie den Schlüssel aus den Taschen ihres Kimonos heraus, sperrt auf und schiebt die Tür aus dem papiernen Material auf. An der Schwelle zieht sie ihre Sandalen aus, ich folge ihrem Beispiel mit meinen Stiefeln.

Schon auf dem Rückweg unterhielten wir uns über den Dämon und dessen Fluch, im Zimmer fahren wir fort. Dabei merkt sie erneut an, wie dankbar sie ist, dass ich ihr diese verrückte Geschichte glaube und sie vor diesem Wesen beschütze. Verständnisvoll nicke ich, aber verschweige weiterhin, dass ich in den Zeitschleifen gefangen gewesen war, wodurch ich mich an das Konzept von Magie gewöhnt habe. Ihr dieses Detail zu verraten, halte ich im Augenblick für zu grausam.

Die ganze Zeit liegt ein erleichtertes Lächeln auf ihren Lippen, dessen charmanter Glanz mich verzückt. Langsam geht sie zur Kommode hin, ihre lautlosen Schritte hätten einem Assassinen zur Ehre gebührt.

„Wo willst du heute Nacht schlafen?", fragt sie mit dem Blick zu den Schubladen, ich schaue ihren Rücken und die dunklen Haare an.

„Hier?", lautet meine Gegenfrage.

Derweil entfernt sie die Haarklammer und ihre hochgesteckte Frisur fällt in sich zusammen. Wie ein Wasserfall ergießt sich die schwarze Pracht bis zur Mitte ihres Rückens hinab, ihre Haare erstrahlen im matten Tageslicht. Nebenbei nickt sie, das stimmt mich zufrieden.

Ich setze mich ins Bett, schlüpfe aus meiner

ledernen Hose und dem Hemd heraus, lege meinen Gürtel mit der silbernen Schnalle ab. Sie öffnet die Schleife ihres Kimonos, wie Wasser fließt das Kleidungsstück an ihrem verführerischen Leib herab. Ihre Scham scheint begrenzt zu sein; sie trägt unter dem Kimono keine Unterwäsche, sodass ich sie nackt erblicke. Unzählige Male durfte ich im letzten Sommer ihren entblößten Leib sehen, trotzdem bleibt er ein Genuss. Meine Augen wandern an ihrem Körper herab. Obwohl ich nur ihren Rücken sehe, erregt sie mich stärker wie Layla mitten im Akt. Das ebenholzfarbige Haar, die am Rücken schneeweiße, stets der Sonne verborgene Haut, ihre eleganten Beine, ihre zarten Füße. Irgendwann müsste ich einen geübten Zeichner aus der Hauptstadt beauftragen, ihre Schönheit auf Papier zu bannen.

Einzig ihre Taille trübt im Augenblick das Bild. Ihr Bauch wölbt sich wie eine Kugel, der Nabel schaut hervor, die Schwangerschaft ist unübersehbar. Egal, wie wunderschön ihr Körper erstrahlt, aktuell ist an Sex nicht zu denken. Das weiß sogar ich als Mann. Solange sie schwanger ist, wird sie zum Schutz unseres Kindes nicht mit mir schlafen.

Dann schnappt sie sich ein Nachthemd, zieht es an und beendet mein Kopfkino. Sie läuft zum Bett zurück, dort sitze ich in meiner Unterwäsche. Auch ihr Blick wandert über meinen muskulösen, breitgebauten Körper und bleibt für längere Zeit am Tattoo hängen. Nicht nur Layla, sondern auch Hana besitzt ein Faible für Tattoos.

Nebensächlich fängt sie ein Gespräch über den abgebildeten Drachen an, dabei kuschelt sie sich ins Bett hinein und zieht die Decke bis zu ihrem Kinn hoch. Aus diesem Grund spitzeln auf eine süße, fast kindliche Art und Weise ihre Zehen heraus. An manchen Nägeln ist der laubgrüne Lack abgeblättert, doch die meisten Zehen gleichen weiterhin der Farbe des Waldes.

Ich kuschle mich neben *meinem* Mädchen ins Bett hinein. Genüsslich bettet sie ihren Kopf auf meiner Schulter, schließt die Augen. Ihr schwarzes Haar breitet sich wie ein seidener Teppich über meine Brust aus, verbirgt den meisterhaft tätowierten Drachen. Ich habe es vermisst, mit ihr in den Armen einzuschlafen. Es fühlt sich wie ein Traum an, diese verlorene Erinnerung zu reaktivieren.

Gemütlich plauschen wir vor dem Einschlafen über Tattoos, im Zimmer ist es vergleichsweise hell und die Jalousien können kaum den späten Nachmittag aussperren. Doch nachdem ich dreizehn Männer erschossen habe und Hana ein Meer aus verschiedensten Gefühlen durchschwamm, sind wir so ausgelaugt, dass wir uns nach Schlaf verzehren. Nach ihrem Bericht über den Dämon klingt es fast ironisch, über Tattoos zu reden. Scheinbar will sie ihre Gedanken zerstreuen.

Zuerst schwärmt sie davon, wie cool und sexy mein Drache auf der Brust ist, bis sie phantasiert, sich nach dem Sieg über den Dämon ein eigenes Tattoo stechen zu lassen. Ein cooles Tattoo, wie sie betont. Still höre ich zu, kräusle nebenbei ihr dunkles Haar und lasse sie reden. Sie schlägt einen Drachen auf ihrem Rücken vor, will unsere Namen in einem Herz verewigen und auch den Namen unseres Kindes auf der Haut tragen. Eine Vielzahl an Ideen treten über ihre Lippen, über manche muss ich lachen und handle mir einen kritischen Blick ein. Wenn das passiert, breche ich in schallendes Gelächter aus und kassiere einen kräftigen Boxhieb.

Insbesondere von einem Drachen auf ihrem Rücken – oder, nein, noch besser: Einer, der sich über ihre Brüste erstreckt – bin ich begeistert. Wie man es von einer Banditin erwarten würde, ist sie zu jedem Vorschlag bereit, den ich unterbreite. Sie hat die Existenz der netten Bäuerin abgelegt und ist vollends in meine Welt abgetaucht. Die frühere Hana hätte das Gespräch über Tattoos für frevelhaft befunden und ihre Eltern wären vor Zorn ausgeflippt, wenn sie wüssten, dass ihr Töchterlein sich die Haut verschönern lassen möchte. Na ja, ihre Eltern wären bereits beim vorehelichen Sex und spätestens bei der Schwangerschaft auf die Barrikaden gegangen. Ihre Eltern und ich leben in zwei verschiedenen Welten … und Hana hatte längst die Welten gewechselt.

Bestimmt hätte das Gespräch mehrere Stunden füllen können, doch versiegt aufgrund unserer Müdigkeit am frühen Abend, als die Sonne beinahe waagrecht durch die Jalousien hereinfällt. Ab diesem Zeitpunkt vernehme ich ihren gleichmäßigen, tiefen und melodischen Atem; ich weiß, dass sie eingeschlafen sein muss.

Ich dagegen liege länger wach, da ich ein weiteres Mal über die Zeitschleifen nachdenke. Das betrifft insbesondere die Angst, nicht neben Hana aufzuwachen. Ob ihre Milch tatsächlich den Zeitsprung ausgelöst hat, bleibt eine Vermutung. Es existiert kein Beweis, in der kommenden Früh die Augen nicht neben Layla aufzuschlagen, obwohl ich neben Hana eingeschlafen bin.

Als mir dieser Gedanke kommt, überfällt mich eine Gänsehaut. Verdammt! – diese zwanzigste Schleife muss die Realität bleiben! *Bestimmt! Bestimmt wache ich neben Hana auf! Ich bin aus den Zeitschleifen ausgebrochen!*

Beruhigt nehme ich einen tiefen Atemzug, bei dem mir ihr blumiger Duft in die Nase steigt. Genussvoll seufze ich, bis ich einschlafe. Wissend, endlich wieder Hana an meiner Seite zu haben, kann mich selbst die Aussicht auf einen bösen Dämon nicht verunsichern. Mit Hana kann ich alles schaffen!

Am frühen Morgen werde ich vom Sonnenschein geweckt, genau wie in Laylas Bett fällt mir dieser ungünstig in die Augen hinein. Abends war das östliche Zimmer ein Segen, aber am Morgen eine Qual. Überrascht bemerke ich, dass wir mindestens zwölf Stunden geschlafen haben.

Neben mir reibt sich Hana mit den Fingerknöcheln den Schlaf aus den Augen. Für ein paar Augenblicke genieße ich, wie sie sich streckt und räkelt, bis mir die

274

wichtigste Erkenntnis von allen kommt – wie ein Blitz schlägt sie ein, wie ein Donner hallt sie nach: Ich bin zu einhundert Prozent aus den Zeitschleifen ausgebrochen!

Die Frau, die neben mir im Bett liegt, dient als endgültiger Beweis. Es gibt keine einundzwanzigste Wiederholung, sondern ich kann mich auf meine nächste Mission konzentrieren. Hiermit würde ich zum Dämonenjäger aufsteigen, um Hana vor dem mysteriösen Yokai zu beschützen.

Zügig bereiten wir den Aufbruch vor. Während ich in meine gewohnte Kleidung hineinschlüpfe, sucht Hana im Schrank nach einem reisetauglichen Outfit. Mit einem Kimono kann sie zwar traditionelle Feste besuchen, aber nicht auf Dämonenjagd gehen. Seufzend schaue ich ihr bei der Suche zu, denn für mich schauen Frauen in traditioneller Kleidung am schönsten aus. Das mag zwar von meiner Jugend in den Betten von Geishas geprägt worden sein, aber am liebsten wäre es mir, wenn Hana ständig einen Kimono trägt.

„Ich suche nach einem guten Kleid, das mir nicht im Weg ist. Gib mir fünf Minuten … ich finde ein passendes Outfit!"

Knapp stimme ich zu, suche aus Langeweile nach meinen Zigaretten. Mir fällt ein, meine Kippen Layla überlassen zu haben, weswegen ich aufs Rauchen verzichten muss. *Oder soll ich kurz die Zimmer der Banditen nach Tabak durchsuchen?* Ich passe, weil ich nur aus Coolness geraucht habe und meiner Ehefrau nicht imponieren muss. Stattdessen lehne ich mich im Bett zurück und beobachte, wie sie nachdenklich vor dem Kleiderschrank steht. Um Zeit totzuschlagen, reinige ich meinen Revolver. Eine Lektion, die mir der Anführer seit dem ersten Tag eingebläut hatte. Dieser Tätigkeit folge ich, bis sie ein passendes Kleid ausgewählt hat.

Ein ausländisches Kleid, was von den *Invasoren* – ein Begriff, den die Yakuza für die Ausländer benutzen – eingeschleppt wurde. Ich kritisiere sie für die Entscheidung nicht, weil sie damit gut reiten kann. (Und es hätte nach einer gehörigen Portion Doppelmoral gestunken, da ich selbst Hemd, Hose und Stiefel trage.)

Die pechschwarze Farbe des Kleides passt zu ihrem Haar, zusätzlich erscheint ihre Haut dadurch mehrere Nuancen heller. Abschließend zieht sie flache Ledersandalen an, mit denen sie notfalls rennen kann. Zwar fehlt diesen Schuhen der traditionelle Charme der Holzsandalen, aber bei einer Dämonenjagd steht der Nutzen im Fokus.

Abschließend wäscht sie sich bei einer Wasserschüssel in der Nähe der Tür, welche vom Personal hereingebracht wurde, das Gesicht. Ich folge ihrem Beispiel, bis wir beide akkurat unser Haar richten. Sie formt es zu einem Knoten, den sie mit einer Haarspange befestigt, während ich es mit Wasser nach hinten kämme. Ungestylt verlasse ich nie das Haus, das ziehe ich als Ehemann genauso wie als frauenverführender Charmeur durch.

Einen Großteil ihres Besitzes lässt Hana bereitwillig zurück. Solange wir uns auf der Suche nach dem Dämon befinden, braucht sie weder Holzsandalen noch einen Kimono. Zu schweres Gepäck würde uns ausbremsen.

„Keine Sorge, sobald wir den Dämon besiegt haben, kaufe ich dir neue Kleider!"

Schief schaut sie mich an, bis sie aufgrund meiner überzeugten Tonlage lächeln muss. „Bist du nicht bankrott?"

„Na ja …"

Theoretisch hat sie recht. Nachdem ich ein Bandit bin, dessen Yakuza-Gruppe nicht mehr existiert, lässt sich schwer Geld verdienen. Jedoch bin ich der beste Revolverschütze des Landes, also sollte ich einen Postkutschenraub auch allein hinbekommen. Solange ich einen reichen Händler beklauen kann, besitzen wir genug Geld, damit ich ihr die gewünschten Kleider kaufen kann. (Ich habe nie behauptet, mich einer ehrbaren Arbeit zuzuwenden.)

„Hana", erkundige ich mich, während wir durch den Gang des Gasthauses laufen, „du glaubst mir schon, wenn ich sage, dir einen teuren Ehering zu kaufen, oder?"

„Ähem … natürlich!", antwortet sie zögerlich, ihre Stimme eine Nuance höher als gewohnt.

Irritiert blicke ich sie an, Überzeugung sieht anders aus. Es scheint, als ob sie mir nicht zutraut, sie mit Geschenken zu überschütten. „Dir ist klar, dass ich als bester Revolverschütze des Landes jeden Kaufmann ausrauben kann?" Ihre Skepsis kränkt mein Ego. „Ich werde dir die teuersten Kleider, einen diamantenen Ehering und ein riesiges Haus kaufen. Du wirst schon sehen, wie reich wir sein werden, wenn du mit einem Yakuza verheiratet bist."

Auf meine Prahlerei kann sie sich das Lachen unmöglich verkneifen. Jedoch ist es kein spöttisches, sondern ein erheitertes Lächeln, als wünsche sie sich selbst, dass wir reich und wohlhabend sind.

„Ist dir eigentlich bewusst, dass ich nicht auf Banditen stehe?", kontert sie, als sie den Kopf herumdreht und mich neckisch anlächelt.

Gerade verlassen wir das Gasthaus, werden vom frühmorgendlichen Treiben auf der Straße begrüßt. Ich erinnere mich, wie sehr sie im letzten Herbst die raue Wortwahl, das ungewaschene Äußere und derbe Verhalten der Banditen verabscheut hatte. Plötzlich eine andere Meinung zu besitzen, hätte mich auch gewundert.

„Werfe mich nicht mit diesen Nichtsnutzen in einen Topf. Ich bin ein Charmeur! Du wirst gar nicht merken, dass ich als Bandit arbeite, weil ich mich vor dir wie ein Adliger benehme. Wie ein Prinz, meine kleine Hime."

Sie kichert mädchenhaft, wie immer erröten dabei ihre Wangen. „Das heißt, keine Vergewaltigungen, wenn du die Kutsche ausraubst!", ermahnt sie mich mit erhobenem Zeigefinger. „Andernfalls musst du mir den Spitznamen Majo geben, denn dann verfluche ich dich."

278

„Warum soll ich mich mit anderen Frauen vergnügen, wenn ich dich habe, Hana?" Empört schnaube
ich, obwohl ich den Namen *Majo* süß finde. Vielleicht
sollte ich sie so nennen? „Außerdem habe ich nie an-
gefangen, sondern höchstens mitgemacht, wenn die
anderen Männer loslegten. Dem Anführer hat's gefallen, wenn sich die Frau wehrt, aber ich bevorzuge
eine bereitwillige Frau."

Zufrieden nickt sie und mahnt, mich beim Wort zu
nehmen. Derweil schlendern wir durch die Straßen
des Dorfes und beginnen, über die gemeinsame Zukunft zu reden. Dabei verliert sich Hana in einer ausführlichen Beschreibung, in was für einem Haus sie
leben möchte. Sie scheint eine besondere Vorstellung
von ihrer Zukunft zu haben, wobei sie in ihren früheren Mädchenträumen sicherlich mit keinem Yakuza
verheiratet war.

Nach wenigen Minuten kommen wir bei jenem Stall
an, in dem die Banditen ihre Pferde zurückgelassen
haben. Eine schäbige Hütte, die nach Kacke stinkt,
Pisse müffelt und feuchtes Heu einem an den Sohlen
klebt. Sie schwingt sich auf ihr eigenes Pferd, ein stolzer Rappen. Ich bediene mich bei den übrigen Tieren,
deren Besitzer als Beute für Aasfresser vor der Stadt
herumliegen. Instinktiv wähle ich das Pferd des Anführers, was ich erst realisiere, als Hana mich darauf
hinweist. Anstatt es zurückzugeben, halte ich es für
ein passendes Reittier, da ich auch seine Rache voll-
strecken werde. (Mein eigenes Pferd habe ich nebenbei vor wenigen Tagen verkauft, damit ich mir eine

Unterkunft und eine Frau leisten konnte.)

Ab jetzt befinden wir uns auf der Suche nach dem Dämon. Am ersten Tag beraten wir uns größtenteils, wo wir mit der Suche beginnen sollen und einigen uns auf jenen Lagerplatz, auf dem wir kampierten, als er Hana aufgesucht hatte. Da wir keinen besseren Anhaltspunkt kennen, starten wir an diesem Ort. Jedoch liegt dieser Platz hunderte Kilometer nördlich vom Dorf. Damals ritt ich nach Süden herab, also müssten wir ungefähr zehn Tage reisen, bis wir dort ankämen. Zum Glück bin ich unkoordiniert durchs Land gereist, sodass ich nicht noch weiter nach Süden gekommen bin. Trotzdem hoffe ich, dass Hana die Reise in ihrem Zustand übersteht und keine Komplikationen auftreten.

Kapitel 11:

Der Rabe

Zwei Wochen benötigt der Ritt von der Präfektur Tara nach Niyagi. Dabei schlägt sich Hana tapfer, weil sie als Banditin an das Reiten gewöhnt ist. Dennoch kommen wir langsamer als erwartet voran und müssen mehrere Zwischenstopps einlegen. Meistens nehme ich auf sie Rücksicht, da sie niemals freiwillig ihre Schwäche eingestanden hätte. Einen ganztägigen Halt machen wir im Norden von Yukushima, an diesem Tag fühlte sich Hana unwohl. Bevor ich mich darüber sorgen kann, geht es ihr am nächsten Tag wieder gut.

Ansonsten treten keine Komplikationen auf, sondern wir unterhalten uns fast die ganze Zeit. Sie schwärmt am liebsten über die Landschaft in den unterschiedlichen Präfekturen von Tarpan, wie sie es bereits im letzten Frühherbst getan hatte, als sie erstmals aus ihrem Dorf herausgekommen war. Durchweg liegt ein Schmunzeln auf ihren Lippen.

Nach zwei Wochen erreichen wir am Spätnachmittag eine hüglige Landschaft, wo die Bevölkerung vom Reisanbau lebt. Knapp dreihundert Kilometer nordöstlich befindet sich Hanas Heimatdorf, doch diesem widmen wir keinen Gedanken. Stattdessen folgen wir der Straße, bis wir die Überreste des Banditenlagers erreichen.

Am Fuß eines Hügels, verborgen von mehreren Baumgruppen, befindet sich eine Lichtung. Aus unerfindlichen Gründen muss sie vor vielen Jahren gerodet worden sein, doch als wir sie im letzten Herbst gefunden hatten, wurde sie von keinem Menschen genutzt. Für den Anführer stellte sie einen perfekten Lagerplatz dar, weshalb wir unsere Zelte dort aufgebaut hatten.

Als Hana und ich die Lichtung überqueren, wirkt diese ohne die Zelte leer und verlassen. Gelegentlich liegen Glasflaschen und Zigarettenstummel herum, das Gras ist plattgetreten, die geschwärzten Feuerstellen haben überlebt. An einem der Bäume binden wir die Pferde fest, sodass wir zu Fuß die Umgebung erkunden können.

Nachdem ich abgestiegen bin, laufe ich zu Hana hinüber. Als ich ihr edelmütig die Hand reichen will, schüttelt sie den Kopf und steigt eigenständig ab. Dann rotiert sie seufzend ihre Schultern, weil sich ihr Körper beim Reiten verspannt hat. Derweil kreist mein Blick über die Lichtung, nichts sticht mir ins Auge. Von einem Dämon gibt es keine Spur; ich habe nicht erwartet, ihn feixend auf der Lichtung anzutreffen. Entweder versteckt er sich in den Wäldern oder, wenn wir Pech haben, ist er längst weitergereist. Ich ignoriere die Zweifel, außer dieser Lichtung besitzen wir keinen Anhaltspunkt. Wir müssen hier etwas finden, was uns weiterbringt.

Zögerlich schlendern wir über die Wiese, keiner sagt ein Wort und jeder hält Ausschau. Die Anspannung liegt über uns, doch ich gestehe mir ein, dass es wie ein gewöhnliches Waldstück wirkt. Ich hätte eine düstere Aura erwartet, aber davon fehlt jede Spur. Das frische, wegen des Frühjahrs teils feuchte Gras knickt unter unseren Sohlen um. Vom Norden weht ein frischer, von winterlichen Erinnerungen geprägter Wind heran. Ein leichtes Schaudern überkommt Hana, woraufhin sie sich die Oberarme reibt und nach einem langärmligen Kleid sehnt.

Ich blende meine Ehefrau aus, untersuche den Boden, den nahen Wald und den Himmel. Nirgendwo verbirgt sich ein Anzeichen auf den Dämon, wobei er sich hinter den Bäumen verstecken könnte. So düster diese Theorie klingt, ich kann es mir nicht vorstellen. Seit dem Treffen mit Hana sind sieben Monate vergangen – wer harrt so lange an derselben Position aus?

„Denkst du", murmelt Hana, hält in ihrer Bewegung inne, „dass der Dämon auftaucht, wenn er mich sieht? Vielleicht fordert er einen Preis, weil ich den Pakt eingegangen bin und nicht das Ritual vollzogen habe?"

Fast hätte ich gesagt, dass das gut wäre, weil wir uns dann die Suche sparen könnten, aber so etwas will sie nicht hören. Stattdessen erwidere ich: „Selbst, wenn er aufzutauchen wagt, schieße ich ihm schneller als der Wind eine Kugel in den Kopf. Keine Angst, Hana, du reist mit dem genialsten Schützen des

Landes herum – wahrscheinlich fürchtet sich der Dämon, weil er beobachtet hat, wie ich dreizehn Mann niedergeschossen habe!" Ich kann mir den arroganten Tonfall nicht verkneifen. „Außerdem hat er auch seinen Teil des Paktes gebrochen, also hat er keinen Grund, herzukommen!"

Meine prahlenden Worte ermutigen sie, minimal färben sich ihre Wangen rot. Sie haucht eindeutig das Wort *Eiyu* – mein Held –, doch darauf gehe ich nicht ein. Stattdessen bin ich erleichtert, als die flackernde Angst wegen des bösen Akuma aus ihren Augen verschwindet. Ich scheine sie mit meinem Argument beruhigt zu haben. Trotzdem mustert sie aufmerksam die Umgebung, als erwarte sie, in jedem Augenblick könne es zum Kampf kommen.

Knapp dreißig Minuten laufen wir über die leere Lichtung hin und her, suchen nach Hinweisen auf die Existenz unseres Feindes, aber entdecken keine Besonderheiten. Der Lagerplatz sieht wie jeder x-beliebige Ort in Tarpan aus, keiner Stelle haftet eine mysteriöse Note an. Am liebsten hätte ich geflucht, aber verkneife es mir vor Hana. Stattdessen schnalze ich genervt mit der Zunge. Dann hole ich den Proviant aus den Satteltaschen der Pferde heraus, bis wir uns enttäuscht in den Schatten der Bäume setzen. Da wir am Spätnachmittag die Lichtung erreicht haben, stellt sich die Frage, ob wir hier zelten oder nach einem Gasthaus suchen sollen.

Bevor ich mich dieser Thematik widme, nehme ich einen großen Schluck aus der Wasserflasche und reiche diese an Hana weiter. Niedergeschlagen, kein Ergebnis erzielt zu haben, nippt sie nur am Getränk. Auch scheint sie keinen Hunger zu haben, sondern isst nur aus Pflichtgefühl den weißen Reis aus dem Bento. Gerne würde ich sie aufmuntern, aber mir fallen keine Gründe ein – uns gehen die Hinweise aus! Entweder finden wir auf dieser Lichtung eine Spur zum Akuma oder müssen warten, bis er uns aus eigenem Antrieb aufsucht. Ich will mir überhaupt nicht ausmalen, wie belastend für Hana der unerfüllte Pakt sein muss. Für unser Wohl muss ich dieses Wesen finden und eliminieren!

Eine Weile essen wir schweigend, bis wir beide aus mangelndem Hunger aufhören und uns an die Baumstämme lehnen. Ich krame in meiner Hosentasche nach einer Zigarette, entdecke eine und stecke sie mir in den Mund. In den letzten Wochen ist mir klargeworden, dass ich nur teilweise aus Coolness und in einem großen Maße aus Sucht rauche. Ohne Kippen halte ich einen Tag nicht aus, sondern werde unruhig. Nicht die beste Gemütslage für eine geduldige Dämonenjagd.

Als ich gerade das Feuerzeug heraushole, hallt eine krächzende Stimme heran: „Wen sucht ihr denn? Wen sucht ihr denn? Wen sucht ihr denn?", wiederholt die *Person*, woraufhin mir das Feuerzeug und die Zigarette gleichzeitig herunterfallen. Wer hat gesprochen?

Angespannt schaue ich zu Hana hinüber, sie guckt mich entsetzt an. Dabei bilden sich metaphorische

Fragezeichen über ihrem Kopf, denn sie hat die Stimme des Dämons als honigsüß beschrieben. Diese Frage wird mit Sicherheit nicht von unserer gesuchten Person gestellt.

„Hier bin ich! Guckt! Dumme Menschen schauen in die falsche Richtung ... krächz, krächz. Ich sitze auf dem Ast, beobachte euch und will Reis. Schmeckt lecker? Willst teilen? Krächz, krächz."

Ein wahrer Wortschwall ergießt sich, während ich noch immer unentschlossen bin, wer der Sprecher ist. Erst, als Hana mit geweiteten Augen zu einem der Äste hochschaut, folge ich ihrem Blick und entdecke einen Raben. Einen Vogel im schwarzen Federkleid und mit Knopfaugen. Das brennende Verlangen, diesen gruseligen Vogel niederzuschießen, erwacht in mir. Mit Mühe zügle ich mich und erahne, dass zwischen dem Vogel und unserer gesuchten Person ein Zusammenhang besteht. Raben reden für gewöhnlich nicht, dieses Tier besitzt einen übernatürlichen Ursprung. Wahrscheinlich wurde es durch die Magie des Yokai erschaffen.

„Du ... du willst Reis?", fragt Hana, deren Stimme zittert. Zusätzlich geht ihre Atmung schneller und hektischer. Das liegt nicht nur am sprechenden Tier, sie erahnt ebenso einen Zusammenhang mit dem mysteriösen Dämon.

Kräftig nickt der Vogel. „Ja, will probieren! Krächz, krächz. Willst teilen, oder?"

Vorsichtig nimmt Hana ein paar Reiskörner aus der Bentobox, wirft diese möglichst weit auf die Wiese hinaus. Zehn Meter schafft sie. Sobald der Reis den Boden berührt, krächzt der sprechende Vogel glücklich und fliegt los. Erschrocken zuckt Hana zusammen, packt meine Hand und drückt diese fest. Beruhigend erwidere ich den Händedruck, streiche mit dem Daumen über ihren Handrücken.

Ein paar seiner schwarzen Federn fliegen kreiselnd herab und landen zwischen uns auf dem Boden. Pickend verspeist er den Reis, freut sich über den guten Geschmack. Nachdem der Rabe aufgegessen hat, mustert er mit seinen Knopfaugen den übrigen Reis in der Box, die sich weiterhin in Hanas Schoß befindet. Bevor er fragen kann, wirft sie ihm den restlichen Reis zu. Skeptisch, als misstraue er ihrer Großherzigkeit, mustert er sie. Dann krächzt er ein verschlucktes Dankeschön und beginnt glücklich, die Körner zu verspeisen.

Staunend starren wir das Tier an. Obwohl Hana einen Pakt mit einem Dämon einging und ich als Zeitreisender mehrmals dem Tod entronnen bin, sind wir von der Existenz eines sprechenden Tieres verstört. Hiermit werden die letzten Zweifel über die magische Seite dieses Landes ausgeräumt.

Zögernd stelle ich dem Raben eine Frage, damit sich meine Frau nicht überwinden muss: „Was bist du?"

„Eine Rabe!"

„Nein, ich meine …"

Hana stellt die richtige Frage: „Wieso kann ein Rabe sprechen?"

„Warum?" Er legt den Kopf schief, seine schwarzen

Knopfaugen wandern zwischen uns beiden umher. „Ich kann sprechen, weil der nette Herr Akuma mich verhext hat. Krächz. Ich soll eine Nachricht von ihm ausrichten ... wollt ihr sie hören? Bestimmt! Andernfalls wärt ihr nicht hergekommen ... krächz ..."

Zweifelnd wechsle ich mit Hana einen Blick. Während ich mich frage, warum der Dämon mit uns in Kontakt tretet, schimmern Hanas Augen vor Angst. Wir haben uns einen Hinweis erhofft, aber nicht erwartet, angesprochen zu werden. Ich kann Hanas Furcht verstehen; es gruselt auch mich, vom Dämon eingeladen zu werden. Diese Situation stinkt gewaltig nach einer Falle!

Während wir überlegen, tapst der Vogel hin und her, als nage die Warterei an seiner Geduld. Bevor er sich mit seiner krächzenden Stimme beschweren kann, entscheide ich mich für die logische Antwort: Ich fordere, dass er seine Nachricht preisgibt!

„Ich warte im Zentrum des Kakushiro-Sumpfes, im Westen der Präfektur Kiga!"

Einen Satz gibt der Rabe von sich, bis er neugierig unsere Reaktion abwartet. Diese fällt gemischt aus; Hana versteift sich bei der Verkündung des Aufenthaltsorts, ich lege die Stirn in Falten. Nicht, weil dieser Sumpf mich verängstigt, sondern weil ich nicht verstehe, warum der Dämon uns sein Versteck mitteilt. Es stinkt nicht länger nach einer Falle, sondern schreit förmlich danach.

„Wieso das alles? Weiß er nicht, dass wir ihn töten wollen?", will ich vom Raben wissen, funkle ihn noch düsterer wie das Pfannengesicht – den Mörder von Hana in einer Zeitschleife – an.

Beim Wort *Töten* krächzt der Vogel angewidert, bis er sicherheitshalber auf den Baum zurückfliegt. Mich kümmert es wenig, denn ich kann ihn mit meinem Revolver auf dem Boden wie dem Baum erschießen. Ich würde ihn selbst dann noch erwischen, wenn er klein wie ein Insekt wäre.

„Natürlich kennt er eure Absichten! Krächz, krächz. Alle Menschen, mit denen er einen Pakt schließt, wollen ihn töten … jaja, so ist das Leben vom armen Herrn Akuma! Jedoch würde er keine Pakte abschließen, wenn er sich von diesen keinen Mehrwert verspricht, also ist er immer auf der Suche nach Menschen, die sich in großer Not an ihn wenden. Menschen wie deine hübsche Freundin, Revolverheld … krächz."

„Aber was bekommt **er** von diesem Pakt?", unterbricht Hana die Erklärung des Raben.

„Diese Frage wird er selbst beantworten wollen. Doch ich kann dir sagen, dass er nicht bereit ist, dich ohne eine Gegenleistung entkommen zu lassen. Krächz. Die Milch, die du deinem Geliebten einflößen musstest, war eine Bedingung und nicht das große Ziel. Seid gespannt, was Herr Akuma mit euch beiden *Menschen* vorhat! Es ist … krächz, krächz, krächz … zum Genießen!"

„Ich …", setzt sie zur Gegenrede an, doch schweigt, weil ihr keine Antwort in den Sinn kommt. Die Puzzleteile ergeben für sie noch weniger Sinn wie für mich, da sie von den Zeitreisen keine Ahnung hat. Aber auch für mich, der neunzehnmal durch den Zeitreisezauber des Dämons wiederbelebt wurde, ergibt sich dessen Motiv nicht. Außer meinem Überleben wurde durch die Zeitreise nichts gewonnen. *Was bringt mein Leben einem Yokai, der in einem fernen Sumpf haust?*

„Ich ...", Hana sammelt ihren Mut, „... habe Haru nie die Milch gegeben! Warum behauptest du, ich hätte ihm meine Muttermilch eingeflößt?! Das stimmt nicht!"

Der Rabe krächzt mehrere Male, was sich wie ein verspottendes Lachen anhört. „Stimmt! Stimmt! Stimmt! Krächz, krächz, krächz." Die Ironie schallt deutlich hörbar heraus. Über Hanas Kopf bilden sich bei diesem Spott Fragezeichen. Mir kommt derweil die Erkenntnis, dass sich der Dämon an alle Zeitschleifen erinnert. Die Frage nach dem Warum beschäftigt mich stärker und stärker.

„Ich verstehe das alles nicht!", rufe ich, springe auf, balle die Fäuste und lasse zu Hanas Leidwesen ihre Hand los. „Was erhält der Dämon, wenn ich gegen den Anführer gewinne? Was hat er von diesem Pakt? Warum will er uns unbedingt in den Sumpf locken? Verdammt nochmal, du verfickter Scheißvogel, beantworte meine Fragen oder ich knalle dir deinen gefiederten Kopf weg!"

Der Vogel stößt sich vom Ast ab, fliegt kreisend über unsere Köpfe hinweg. Sein krächzendes Lachen wirkt verhöhnend, entfacht meinen Zorn. Mehrere pechschwarze Federn lösen sich aus seinem

290

Federkleid, wie ein düsteres Omen fallen sie auf uns herab. Mit Mühe widerstehe ich dem Drang, meinen Revolver zu zücken und los zu schießen. Ich verzehre mich nach dem Tod des Tieres!

„Fragen! Überall Fragen! Krächz, krächz, krächz. Meine Güte, fragt nicht immer einen armen Vogel, sondern spart euch eure Fragen für den eleganten Herr Akuma auf. Krächz. Kommt nach Kiga! Kommt in den Kakushiro-Sumpf, wenn ihr euch nach der Wahrheit verzehrt!"

„Und was macht dieser Akuma, wenn ich dich Scheißvogel abschieße?!", schreie ich zum Raben hinauf, lege eine Hand auf dem Griff meines Revolvers ab.

Krächzend antwortet der Vogel: „Dein übertriebenes Talent im Schießen hat den grundlegenden Plan vereitelt ... krächz. Merke dir das, Mensch! Der Herr hätte nicht erwartet, dass ein Bengel in kürzester Zeit den genialsten Revolverschützen des Landes besiegt. Das macht alles kompliziert! Krächz, krächz. Kompliziert heißt nicht unmöglich, Mensch! Verlasse dich auf deinen Revolver so lange du kannst ... so lange, bis der Herr Akuma siegt!"

Mit diesen Abschlussworten flattert der Rabe in den Himmel empor. Aus geweiteten Augen schaut Hana ihm nach, ich zügle meinen Zorn. Frustriert balle ich meine linke Faust, bis die Knöchel hervorschauen und sich die Nägel in meine Handfläche graben, während ich die rechte Hand um den Revolvergriff festige. Ich kann nicht anders, ich fühle mich vom

Dämon, dem Herrn Akuma, verarscht! Der Rabe hat angedeutet, dass mein Sieg seine Pläne vereitelt hätte. *Warum dann die Zeitschleifen?* Heißt das, er wünschte sich den Sieg des Anführers? Warum jener Person, die verlieren soll, die Funktion einer Wiederbelebung schenken? Oder stehe ich auf dem Schlauch und es ging dem Dämon um etwas anderes? Zumindest hat der Rabe verraten, dass für den Dämon der Duellausgang eine Rolle spielte und er sich **nicht** meinen Sieg wünschte!

Scheiße, ich verstehe überhaupt nichts! Das Gespräch mit diesem nervigen Scheißvogel hat keine Antworten geliefert, sondern nur weitere Fragen aufgeworfen! Es kommt mir vor, als hätte der Dämon gegensätzlich zu seinem Ziel gehandelt, aber das macht keinen Sinn. Die wichtigste Frage lautet: *Was ist das Ziel des Dämons?*

Das Einzige, was ich mit hundertprozentiger Sicherheit weiß, ist sein Aufenthaltsort. Er versteckt sich im Kakushiro-Sumpf nordöstlich von unserer momentanen Position. Wenn ich dort hingehe, muss ich mit keinem krächzenden Raben kommunizieren, sondern kann ihm meine Fragen persönlich ins Gesicht schleudern. Also allerhöchste Zeit, mich mit Hana abzustimmen, um das klügste Vorgehen zu entwickeln. Vielleicht bin ich dumm, emotional, hitzig und wütend, aber wenn es nach mir ginge, würde ich den Sumpf aufsuchen, den Dämon finden und ihn töten! Einfach und unkompliziert, nach klassischem Yakuza-Stil!

Langsam seufze ich und ordne meine Gedanken, als ich dem wegfliegenden Raben nachschaue. Zu gerne hätte ich ihn erschossen, aber zügle mich und ziehe die Hand vom Revolver zurück. Eine zukünftige Gefahr stellt der Rabe nicht dar. Doch sollte er nochmals herkommen, reagiere ich weniger gnädig und betrachte ihn als Schießscheibe.

Einvernehmlich entscheiden wir uns, im nahen Dorf ein Zimmer zu mieten. Schnurstracks reiten wir vom verlassenen Lagerplatz ins Dorf und suchen dort ein Gasthaus auf. Die ganze Zeit verhält sich Hana sehr still, als belaste sie das Treffen mit dem Raben. Sogar jetzt, als wir im Zimmer angekommen sind, starrt Hana angespannt aus dem Fenster heraus. Zusätzlich trommelt sie mit den Fingern auf ihren Schoß, als halte ihr die Phantasie den Schrecken vor Augen. Als Revolverheld nehme ich die Situation lässiger und habe mich – zu meinem Missfallen – in das **harte** Bett hingelegt.

Ein kurzer Blick Richtung Fenster genügt, damit ich bemerke, wie stockfinster es draußen geworden ist. In einer Neumondnacht kann Hana kaum etwas sehen; dennoch starrt sie hinaus, als ob sie bis in den Sumpf blicken könnte. Währenddessen streicht sie sich über den Bauch, als befürchte sie, der Dämon könne es auf unser Kind abgesehen haben. Ich grüble derweil, ob und wie unser Baby mit dem Ziel des Dämons zusammenhängt, wobei ich dann seinen Fokus auf das Duell nicht verstehe.

Zwischen ihren zarten Fingern zwirbelt sie eine pechschwarze Feder vom Raben. Aus unerfindlichen Gründen hat sie diese heute Nachmittag aufgehoben und seitdem fest bei sich behalten. Mit dem Blick aus dem Fenster spricht sie mit abwesender Stimme: „Es ist eine Falle!"

Diese Gewissheit war mir schon beim Gespräch mit dem Botenvogel gekommen, Hana kommt zur gleichen Vermutung. Der Dämon kennt unsere Mordabsicht, aber schickt dennoch einen Raben, um uns einzuladen. Solange es sich um keinen Idioten handelt, wird er eine Falle aufstellen, mit der er uns überwältigt. Im Anschluss kann er den unbekannten Preis für seinen Pakt einfordern …

„Eine Falle **und** unsere einzige Chance!", antworte ich, zünde mir eine Zigarette an und forme gedankenverloren ein paar Rauchkringel. Normalerweise hätte der Trick Hana beeindruckt, im Augenblick widmet sie ihm keine Aufmerksamkeit.

„Was heißt das?" Den Kopf dreht sie nicht zu mir herum, aber ihr Ton wird aufgrund meiner missverständlichen Antwort schnippisch.

Ihr Starren erscheint mir, als ob sie die Rückkehr des Raben oder dessen Herrn erwartet und deswegen die dunklen Straßen im Blick behält. Dabei wirkt sie verängstigt, als rechne sie sich keine Siegeschancen aus, solange unser Gegner magische Fähigkeiten besitzt. Schon mehrfach habe ich sie darauf hingewiesen, dass der Dämon im Sumpf wartet und nicht angreifen wird, doch bei diesen Beruhigungsversuchen rollt sie nur mit den Augen.

„Hana, ich suche den Sumpf auf, obwohl ich eine Falle befürchte! Denn egal, was passiert, ich will den Dämon nicht am Leben lassen. Der Rabe hat eindeutig zu verstehen gegeben, dass es *etwas* gibt, was der Dämon von dir will. Die Vorstellung, ein boshaftes Wesen jagt meine Ehefrau, lässt mir keine Ruhe. Deswegen will ich ihn töten, bevor es seine Finger nach dir ausstrecken kann … egal, ob ich in eine Falle hineinlaufe! Hana …", als ich laut ihren Namen ausspreche, dreht sie sich vom Fenster weg, „… ich bin der beste Schütze des Landes! Gegen mich hat kein Dämon eine Chance! Selbst, wenn er sich überlegen wähnt, verpasse ich seinem Körper sechs zusätzliche Arschlöcher und fertig ist dieser ganze Albtraum für dich."

Nur bedingt färbt meine Vorstellung des Kampfes auf sie ab. Dabei will ich sie nicht beruhigen, sondern meine die Angeberei ernst. Nachdem ich einer Libelle die Flügel weggeschossen, eine Kugel in der Luft getroffen, mit einem Schuss drei Männer getötet und den Anführer bezwungen habe, fürchte ich mich vor keinem magischen Wesen.

„Hana", ergänze ich, nachdem sie nicht überzeugt wirkt, „ich bin nicht irgendein Revolverschütze, sondern der Beste auf der Welt! Ich schieße, bevor **er** zaubern kann!"

Bei meiner Prahlerei zieht es ihre Mundwinkel ungewollt nach oben, schnell korrigiert sie diese. Dabei besiege ich weder ihr Stirnrunzeln noch den sorgenvollen Blick. Sie hadert mit der Reise in den Sumpf.

„Ja, wahrscheinlich kriegst du's hin." Missmutig bettet sie ihr Kinn auf ihrer Handfläche, fährt sich mit der anderen Hand durchs Haar. „Ich meine, du hast dreizehn Mann wie unbewaffnete Zivilisten gekillt. Aber diesmal trittst du nicht zum Duell unter Menschen an, sondern wagst dich in das Zuhause eines Yokai vor. Ich kriege die Sorge um meinen Ehemann nicht aus dem Kopf! Gleichzeitig hast du recht, Haru, wir müssen den Dämon besiegen. Die Angst, er könnte unserem Kind schaden, bringt mich um den Verstand. Ich will um nichts auf der Welt, dass irgendetwas unserer kleinen Familie zustößt."

„Deswegen ist es meine Rolle als Mann, unsere Familie zu beschützen", verkünde ich, blase weitere Rauchkringel in die Luft.

„Dabei wäre es einfacher, gegen den Dämon anzukommen, wenn wir sein Ziel und seine Fähigkeiten kennen. Wenn wir wissen, wonach er seine gierigen Finger ausstreckt, könnten wir sein Vorgehen abschätzen und uns vorbereiten. Nur habe ich keine Ahnung, was sich ein Yokai vom Pakt mit einem Mädchen verspricht …?"

Nach diesen Worten dreht sie sich wieder zum Fenster um, zum gefühlt einhundertsten Mal grüble ich über die schleierhaften Motive des Akuma. Warum ermöglichte er Hana mit dem Pakt das Duell, schenkte mir eine Zeitreisefähigkeit – aber wünscht sich **nicht** meinen Sieg! – und will uns jetzt in den

Kakushiro-Sumpf locken? Alles wirkt widersprüchlich. Dabei quält mich besonders die Aussage des Raben, mein Sieg habe die Pläne des Dämons komplizierter gemacht. Anfangs dachte ich, mein Sieg wäre sein Wunsch gewesen, obwohl ich schon damals nicht seinen Mehrwert erkannte. Mittlerweile fische ich im Trüben, ohne den Ansatz von einer Theorie zu besitzen.

Falls Hana oder unser Kind sein Ziel sind, hätte er mir nicht die Zeitreisefähigkeit schenken müssen. Da er es getan hat, muss ich eine Rolle in seinem Plan spielen. *Bedeutet das, dass ich unersetzlich für ihn bin, aber mein Sieg trotzdem für Schwierigkeiten sorgt? – so eine Scheiße, mein Kopf qualmt! Das macht alles keinen Sinn!*

„Ich bezweifle, dass wir die Beweggründe des Dämons verstehen können", gestehe ich frustriert ein, drücke die Zigarette im nahen Aschenbecher aus.

Zögerlich nickt Hana. „Geht mir genauso!"

Abwesend spielt sie wieder an der Feder herum, das Gespräch scheint beendet. Morgen werden wir zum Sumpf – einer hundertprozentigen Falle! – aufbrechen, wo ich den Dämon besiegen muss.

Kurz kommt mir der Gedanke, Hana hier zurückzulassen, jedoch verwerfe ich diese Idee. Möglicherweise kalkuliert der Dämon diese Vorsichtsmaßnahme ein, sodass wir uns trennen und Hana ohne meinen Schutz ist. Solange ich an ihrer Seite bin, kann ich sie am besten beschützen, also werde ich sie in den Sumpf mitnehmen. Außerdem kenne ich Hana gut genug, um zu wissen, dass sie mir nachgeritten wäre. Sie hätte mich niemals in die Gefahr losgeschickt, während sie sich versteckt halten würde. Zwar ist Hana keine geschulte Kämpferin, doch ebenso wenig ein Feigling. Besonders, nachdem wir verlobt sind – auch, wenn der Ring fehlt – wird sie noch dringender an meiner Seite bleiben wollen.

Als nach fünfzehn Minuten keiner von uns den Gesprächsfaden aufnimmt, legt sich Hana schlafen. Derweil gehe ich zum Rauchen ans Fenster, wobei ich auf die dunkle Straße starre und nichts Verdächtiges mitbekomme. So viel wie am heutigen Abend rauche ich selten, was wiederum zeigt, dass das Treffen mit dem Raben auch an meinen Nerven kratzt.

Noch lange höre ich, wie sich Hana beim Einschlafen von einer Seite auf die andere wälzt, da sie wegen den heutigen Ereignissen keine Ruhe findet. Als ich einsehe, dass noch länger wach zu bleiben mir nichts bringt, lege ich mich zu ihr ins Bett. Mir ergeht es wie ihr, auch ich muss mir ununterbrochen den Kopf über die Pläne des Dämons zerbrechen. Dabei ist es egal, wie sehr ich mich ablenken will, am Ende kehren meine Gedanken immer wieder zu dieser Thematik zurück. Irgendwann schlafe ich ein, ohne ansatzweise die Beweggründe unseres Feindes verstanden zu haben …

Tags darauf verlassen wir das Dorf. Nach einer halben Stunde passieren wir wieder jene Lichtung, auf der vor mehreren Monaten unser Lagerplatz gewesen war und gestern die Begegnung mit dem Raben stattfand. Nicht nur ich, sondern auch Hana schaut mulmig in diese Richtung, wobei kein sprechendes Tier auftaucht.

Erneut spüre ich, dass sich Hana vor diesem Akuma fürchtet, also verspreche ich ihr erneut, sie vor jeglicher Gefahr zu beschützen. Natürlich prahle ich, der beste Schütze des Landes zu sein, was sie wenigstens etwas aufmuntert. Dabei werde ich das Gefühl nicht los, in den wichtigsten, schwierigsten Kampf meines Lebens zu reiten. Noch anspruchsvoller wie das Duell gegen die Legende und seine zwölf Banditen. Natürlich verrate ich diesen Fakt nicht Hana, sondern spiele vor ihr weiterhin den selbstbewussten Schützen, um sie nicht zu verunsichern.

Zielstrebig machen wir uns auf den Weg, den Kakushiro-Sumpf zu erreichen.

Kapitel 12:

Der Pakt mit dem Dämon

In der folgenden Woche reiten wir nach Nordwesten. Meistens sind wir auf einfachen Feldwegen unterwegs, da hier kaum Menschen leben und die Infrastruktur zu wünschen übriglässt. Oft erkundige ich mich bei Hana, wie es ihr bei dem holprigen Ritt geht, doch sie hebt jedes Mal zustimmend den Daumen. Dabei fällt mir der Ausritt ins Hanas Dorf ein, als sie mir erklärte, dass die Yokai und Oni hinterm Nebel hausen. Unter der Berücksichtigung, dass die Präfekturen Kiga und Aomori – in dieser liegt Hanas Heimat – aneinandergrenzen, scheint das einer der letzten Rückzugsorte für die mythischen Wesen seit der Ausbreitung des Menschen zu sein. An sich war es zu vermuten gewesen, dass sich ein Fabelwesen in diesem unbewohnten Gebiet versteckt.

Je länger wir reiten, desto deutlicher wird es, dass wir die Zivilisation verlassen. Zwar leben hier auch Menschen, doch es existieren keine großen Städte und die Bewohner verdienen ihren Lebensunterhalt mit Reisanbau, Viehzucht und Bergbau. In Kiga kommen die Dörfer jedoch seltener als in Aomori vor, sodass wir am vierten Tag keinen Menschen begegnen. Alles wirkt verlassen, die Landschaft wird von der Natur regiert. Doch die Umgebung wirkt nicht farbenfroh und lebhaft wie im übrigen Tarpan, sondern eine traurige Schwere lastet auf dem Land. Kein Wunder, dass hier kaum Menschen herziehen und die Mythen hausen.

Meistens reiten wir durch weite Wiesenlandschaften, über denen ein steter Nebel wabert. Hana und ich wissen, dass es am trüben Wetter liegen muss, doch werden die Befürchtung nicht los, dass der Dämon dahintersteckt. Sogar zur Mittagsstunde weicht der Nebel nicht, sondern umschlingt die gelegentlichen Waldgebiete wie ein Moor. Ein ungutes Schaudern fließt mir den Rücken herunter; Hana behauptet, ununterbrochen eine Gänsehaut zu besitzen. Zusätzlich schreckt sie jedes Mal zusammen, wenn ein Vogel krächzend über unsere Köpfe hinwegfliegt, während ich mich zusammenreißen muss, meine Ausstrahlung nicht zu verlieren. Dabei rätsle ich, ob es Zufall ist, wie viele Raben auf den Bäumen sitzen oder die Luft bevölkern. Aberhunderte von diesen Mistviechern kreisen herum.

Besteht die Chance, dass der Dämon uns aus den gruseligen Knopfaugen der pechschwarzen Scheißvögel beobachtet? Jetzt trägt nicht nur Hana, sondern auch ich eine Gänsehaut als zweite Montur. *Verfickt nochmal, da duelliere ich mich lieber mit dreizehn Männern, als dieses Schauerspiel auszuhalten.*

Am späten Nachmittag des vierten Tages passieren wir eine einsame, knorrige und trotz des nahenden Sommers blätterlose Eiche. Bis zu diesem Baum höre ich das konstante Klappern von Hanas Pferd, plötzlich hält meine Frau an. Zögerlich schaue ich zu ihr hinüber, sie ist erstarrt. Blass zeigt sie zur Eiche hinüber, ihre schreckgeweiteten Augen alarmieren mich. Eilig blicke ich zum Baum. Mir rutscht das Herz in die Hose und ich versteife mich wie eine Vogelscheuche. Leider bezweifle ich, dass eine simple Vogelscheuche bei diesen gruseligen Tieren einen Nutzen hätte. Nein, diese Mistviecher werden von einer höheren Macht kontrolliert!

Zehn, zwanzig, fünfzig – vielleicht einhundert? Mehr Raben, als ich zählen kann, sitzen auf den breiten Ästen des uralten Baumes herum. Schulter an Schulter ragen sie wie Götzen empor, die Knopfaugen ähneln einem altraumhaften Gemälde. Umgeben von einem dunstigen Nebel und ergänzt von der Kulisse des grauschwarzen Firmaments, stinkt dieser abgestorbene Baum nach dem Tod. Zornig funkle ich die Raben an. Manche suchen den Blickkontakt, andere interpretieren es als Stichwort. Wie ein schlechter Chor beginnen sie zu krächzen und krähen, als würden sie sich an unserer Anwesenheit stören. Fast so, als fungieren sie als Torwächter zum Reich der Yokai. Ich widerstehe dem Drang, mir die Ohren zuzuhalten, was Hana nicht schafft.

Ängstliche Tränen glänzen in ihren Augenwinkeln, weil keiner von uns beiden eine Chance hätte, wenn diese Rabenarmee angreifen sollte. Mit gequältem Gesicht und den Händen auf den Ohren starrt sie verzweifelt den Baum – das Schauermär – an. Vereinzelt höre ich zwischen dem Gekrächze Hanas hektischen Atem, ihr Pulsschlag schießt in ungeahnte Höhen und eine Leichenblässe bedeckt ihre Haut.

„Los, reiten wir weiter!", rufe ich ihr zu, befürchte, dass diese Aufregung schlecht für eine schwangere Frau ist.

Eilig gebe ich meinem Pferd die Sporen, weil ich ungern in der Nähe dieser Vögel bleibe. Jedoch lasse ich Hana den Vortritt, damit ich schützend zwischen ihr und den Raben reite. Mittlerweile bilde ich mir ein, vereinzelte Worte in dem Geschrei der Vögel auszumachen. Sie kristallisieren sich als eine höhnische, schaurige Botschaft aus der krächzenden Melodie heraus: *„Wir warten, wir warten, wir warten ..."* Bei Gott, ich verachte jeden beschissenen Raben auf der Welt.

Zu unserem Glück herrscht am vierten Tag starker Nebel, sodass der Baum schnell in den weißen Schleiern verschwindet. Den gruseligen Unterschied bildet das krächzende Geschrei, das als Kakophonie anhält und uns beiden in den Ohren brennt. In einer Endlosschleife verraten sie den Gemütszustand des wartenden Akuma, dessen Sumpf nichts anderes als eine hinterlistige Falle sein kann. Seine vielzähligen Boten verkünden sein Wort.

Dieses andauernde Gekrächze beschert mir eine Gänsehaut, während Hanas Wangen blasser und blasser werden. Als ihre Gesichtsfarbe an Milch erinnert, befürchte ich, sie kippe bald vom Pferd herunter. Wenn sie das Bewusstsein verliert, könnte ich ihr nicht rechtzeitig helfen. Bestmöglich versuche ich, sie mit einem lockeren Gespräch abzulenken. Wie zu erwarten, gelingt mir das nicht.

Ich wünsche mir, wir fänden ein Dorf, in dem es menschlicher wirkt, doch dieses Glück ist uns nicht vergönnt. Selbst, als das Gekrächze im Wind verhallt und nur die schaurige Atmosphäre des Nebels auf uns lastet, fehlt von anderen Menschen jede Spur. Stattdessen irren wir durch einen von der Zivilisation verlassenen Flecken des fernen, magischen, dämonischen Altertums, in dem die schaurigen Fratzen der Yokai zum Alltag gehören.

Langsam bemerke ich, dass Hana am Rand der Belastbarkeit angekommen ist. Als ich vorschlage, schon am späten Nachmittag das Nachtlager aufzuschlagen, lügt sie mich an, noch länger durchzuhalten. Jedoch dulde ich keine Widerrede und wähle eine möglichst nebelfreie Wiese aus. Etwas Passenderes sticht mir nicht ins Auge. Minimal lichtete sich der starke Nebel zwar im Laufe des Nachmittags, aber von einer angenehmen Atmosphäre kann keinesfalls die Rede sein. Weiterhin treibt das weiße Meer wie in einer Geistergeschichte vom Jenseits über die grüngelben Grashalme hinweg, ergänzt wird es vom Surren der Insekten und dem gelegentlichen Aufblitzen der Glühwürmer. Zumindest keine beschissenen Raben tauchen auf und bescheren Hana einen Nervenzusammenbruch.

Da es frisch geworden ist, hole ich eine Decke für Hana aus der Satteltasche heraus. Weil wir zügig reisen wollen, bauen wir kein Zelt auf, sondern schlafen unter dem bloßen Nachthimmel in den mitgebrachten Decken. Für eine schwangere Frau handelt es sich um eine unzumutbare Belastung, doch Hana hat wissentlich der Jagd nach dem listigen Yokai zugestimmt und dessen Schattenreich betreten. Jetzt muss sie diese Last schultern.

Zumindest einen kleinen Gefallen will ich ihr im Kampf gegen die Angst, Kälte und Unsicherheit ermöglichen. Aus diesem Grund sammle ich in der Nähe Feuerholz, wobei ich immer in Sicht- und Hörweite bleibe. Wegen des feuchten Nebels brauche ich eine halbe Ewigkeit, um das Holz anzuzünden, sodass es einem Wunder gleichkommt, als endlich ein wärmendes Feuer brennt.

Sobald die Flammen prasselnd gegen die Dunkelheit ankämpfen, rückt Hana näher heran und wickelt sich in die Decke ein. Je weiter der Abend voranschreitet, desto kälter wird es. Sie fröstelt sichtbar, ihre Finger- und Zehenspitzen sind gerötet und mittlerweile kommt ihre Blässe auch von der Kälte. In Tarpan herrscht weiterhin Sommer, weswegen wir keine passende Kleidung für diese Wetterverhältnisse mitgebracht haben. Nicht einmal Stiefel besitzt sie, weshalb das nasse Gras ständig ihre bloßen Füße in den Sandalen berührt. Was für ein Unheil hat diese Präfektur befallen?

Doch nicht nur die Schuhe sind das Problem. Das schwarze Kleid endet über den Knien, ihre Beine sind ständig dem feuchten Nebel ausgesetzt. Obwohl das ebenfalls für ihre Arme gilt, reichen diese wenigstens über das weiße Meer hinaus. Ich hoffe, dass sie bei den eisigen Temperaturen nicht erkrankt.

Danach beginnen wir mit dem Abendessen, das mitgebrachte Fleisch braten wir über dem Feuer. Relativ schweigsam essen wir, das Dämonenthema meiden wir vollkommen. Erst, als wir aufgegessen haben und Hana wiedermal die Feder des Raben aus ihrer Satteltasche kramt, schwankt das Gespräch zu ernsteren Themen ab. Es kostet mich eine gewisse Überwindung, eine Frage zu stellen, die mir schon seit Wochen auf den Lippen brennt: Ich möchte wissen, wie das Treffen zwischen Hana und dem Dämon ablief! *Was geschah vor sieben Monaten, als das Wesen in Hanas Zelt erschien und mit ihr einen Pakt einging?*

Ihr Gesichtsausdruck versteift, ihre Atmung beschleunigt und ihr Blick senkt sich. Für eine Weile denkt sie darüber nach, bis sie den Entschluss fasst, mich einzuweihen. Kurz ordnet sie ihre Gedanken, wickelt sich fester in die wärmende Decke hinein. Über das knisternde Lagerfeuer schauen wir uns an. Mir kommt es vor, als könne ich die Geschehnisse im Feuerschein erkennen und mir bildhaft vorstellen. Dann beginnt Hana zu erzählen:

„Mein Treffen mit dem Dämon fand in der Nacht statt, nachdem ich von der Schwangerschaft erfuhr. Als ich dich einweihen wollte, wartete ich bis zum Abend. Dann eilte ich aus dem Zelt heraus und fragte mich bei unseren Kameraden durch, bis mir einer sagen konnte, wo du dich

aufhältst. Sie sagten alle, du befändest dich im Zelt der Hure. Ich schluckte das aufkommende Gefühl von Abscheu herunter! Wie ein Geschwür fraß sich der düstere Verdacht in mein Herz hinein. Obwohl ich von deinem ständigen Fremdgehen wusste, hätte ich niemals gedacht, du würdest mir diesen wichtigen Augenblick zerstören. Schon bei dieser Erkenntnis hüllten mich die langen, tiefen Schatten, die ich seit dem ersten Verdacht über dein Fremdgehen als Ballast mit mir herumtrug, ein.

Weißt du, Haru, den ganzen Tag habe ich mir ausgemalt, wie's ablaufen wird. In meiner Vorstellung hast du dich über die Schwangerschaft gefreut, mich geküsst und mich in die Arme genommen. Du hast mich zärtlich gedrückt und mir ins Ohr gesäuselt, wie sehr du dich freust. Ich dachte, wir würden uns beide über das Kind freuen … denn ich habe mich nämlich gefreut. Unglaublich gefreut!

Entschlossen lief ich zum Rand des Lagerplatzes, visierte das Zelt der Nutte an. Von den Männern habe ich gehört, dass die eifrigste Hure aller Zeiten dort lebt und unsere Bande begleitet. Oft habe ich mir den Kopf zerbrochen, ob mein einst charmanter Freund ein Arschloch ist und diese Wanderhure fickt. Dabei hätte ich mir wenigstens an diesem Abend einen treuen Freund gewünscht. Naiv, wie ich gewesen bin, habe ich mir auf den Weg unschuldige Szenarien ausgemalt. Du hättest dich mit ihr unterhalten können? Ihr bei der Reparatur eines Gegenstandes helfen können? Oder ihr vielleicht mitgeteilt, dass du eine Freundin hast und deswegen kein Interesse besitzt, weil sie dich immer angebaggert hat. Ich meine, du bist ein schöner Mann, also wirst du oft von Frauen angesprochen.

Als ich die Wahrheit erkannte, zerbrach mein Herz. Vor

Trauer zitterte meine Unterlippe, vor Zorn ballte ich meine Fäuste, vor Schmerz verzog ich das Gesicht. Ich weinte. Verdammt! Sogar, wenn ich jetzt daran denke, fließen mir bittere, heiße Tränen herab! Damals wie heute entspringen sie nicht nur meinen Augen, sondern den Tiefen meiner Seele. Du hast mir an diesem Abend so unglaublich ... so unglaublich wehgetan! Du hast ein Körnchen Eis in meinem Herzen gesät, was sich wie ein Virus ausbreitete. Am liebsten hätte ich dich geschlagen, doch wollte eine Szene vermeiden und rannte davon. Wie ein feiges Mädchen! Ständig kämpfte ich gegen die Tränen an, doch war machtlos. Meine Vorstellung, wie du mich freudig in deine Arme schließt, lag in Scherben am Boden. Völlig aufgelöst, weil ich dich in diesem Moment im Bett einer anderen ertappt hatte, rannte ich in den nahen Wald. Ich wollte mit meiner Trauer allein sein und keinesfalls von einem Arschloch getröstet werden.

Schluchzend setzte ich mich auf einen Baumstumpf und heulte stundenlang. Egal, wie sehr ich dagegen ankämpfte, ich konnte die Tränen nicht zügeln. Sie flossen aus meinen Augen heraus, aber sprudelten aus meinem Herzen empor. Es war spürbar, wie die Rose durch die eisige Kälte verwelkte und ich meine Liebe für dich tief vergrub.

Als die Nacht aufzog, die Männer die Lagerfeuer löschten und ein frischer Herbstwind aufkam, wankte ich wie eine wandelnde Leiche ins Lager zurück. Wie in Trance kam ich im Zelt an, zog die Holzsandalen aus und schmiss mich schluchzend auf den Futon. Wo warst du damals? Ach egal, ich will's gar nicht wissen! ... könnte es selbst heute nicht ertragen!

Wie ein Plüschtier umarmte ich das Kissen, selbst davon
308

überrascht, noch weiterhin zum Weinen fähig gewesen zu sein. Ich war überzeugt, dich zu verlassen, weil du meine Liebe niemals verdient hattest. Normalerweise bin ich kein Mädchen, das Schimpfwörter benutzt, aber in dieser Nacht überschüttete ich dich mit allen Beleidigungen, die ich in meinem kurzen Leben als Banditin gelernt hatte. Ich fühlte mich verletzt, ich fühlte mich verraten, ich fühlte mich um mein Glück betrogen. Ich fühlte mich, als hätte jemand meine zukünftige Familie zerstört! Als meine Tränen weit nach Mitternacht versiegten, quälte ich mich aus dem Bett heraus und suchte nach Sake. Ich wollte mit Alkohol jene Gefühle betäuben, welche mich innerlich zerrissen und auffraßen.

Ich schätze, es gibt wenige Mütter, die von ihrer Schwangerschaft erfahren und nachts ihre Trauer im Alkohol ertränken. Dabei wandelten sich meine Gedanken mit jedem Schluck. Verfluchte ich dich bei den ersten Gläsern, dauerte es nicht lange, bis ich mir wünschte, dich zu verletzen. Oh ja, ich wollte dir wehtun. Glaube mir, trotz meines bisher behüteten Lebens ging meine Phantasie mit mir durch. Ich lächelte düster, während ich phantasierte, dich zu boxen, dich zu schlagen, dich zu treten und dich zu kratzen. Ich wollte dich anschreien, bespucken, bewerfen und bereuen lassen. Wahrscheinlich wünschte ich mir einfach von Herzen, dass du bereust, mich wie ein x-beliebiges Mädchen behandelt zu haben! Ich meine, ich war mir in diesem Sommer so sicher gewesen, **dein** Mädchen zu sein. Dein ganz besonderes Mädchen!

Es dauerte nicht lange, bis ich betrunken war und aus diesem Grund noch viel gehässiger wurde. Früher im Dorf wolltest du mir das Schießen beibringen, was ich immer abgelehnt hatte, weil eine Waffe zu keinem Mädchen passt. Damals bereute ich es, denn in mir entstand der brennende Wunsch, dir eine Kugel zwischen die Augen zu verpassen. Diese Vorstellung beruhigte mich irgendwie ... wog mich in der Manier einer liebevollen, imaginären Mutter im Arm.

Als ich die Sakeflasche allein geleert hatte, hielt ich deinen Tod für eine geniale Idee. Ich durchsuchte das Zelt nach einer weiteren Flasche und einem Revolver. Falls ich eine Waffe gefunden hätte, glaube ich wirklich, ich wäre zu dir gelaufen und hätte dich erschossen. Obwohl ich keine gute Schützin bin, wäre sogar mir ein erfolgreicher Schuss gelungen, wenn ich den Revolver gegen deine Stirn gepresst hätte!

Wegen des vielen Alkohols konnte ich kaum gerade stehen, auf diese Weise fand ich weder weiteren Sake noch eine Waffe. Mein letztes bisschen Verstand zusammennehmend, wollte ich ins Bett krabbeln und in das Reich der Träume flüchten, bis ich eine Stimme hörte und innehielt. Honigsüß, männlich, wunderschön, rein, verführerisch, erhaben. Eine Stimme, die einem Engel gehören müsste ... sie klang, als wäre sie übermenschlich. Gottgleich. Vielleicht war sie mit einem Zauber belegt, sodass sie mein Vertrauen erhielt? Oder mein Vertrauen war dermaßen erschüttert, dass ich es jedem Dahergelaufenen bereitwillig angeboten hätte?

,Du fühlst dich betrogen? Du fühlst dich verletzt? Du fühlst dich nicht wertgeschätzt? Hab keine Angst, denn der charmante Herr Akuma schenkt deinen Feinden die Pest! Versprochen, versichert und garantiert!'

Verwirrt schaute ich mich um, rieb mir wegen der späten
310

Stunde und des vielen Alkohols über die müden Augen. Dann sah ich ihn! Als handle es sich um einen Zauberkünstler, entstieg der Dämon in einer Menschengestalt den Schatten. Er trug einen pechschwarzen Anzug, der von einem weißen Hemd und einer blutroten Krawatte ergänzt wurde. Sein schwarzes Haar war akkurat zurückgekämmt und reichte ihm bis zu den Schultern, seine Hände hatte er durch weiße Handschuhe verborgen. Letztendlich zierte sein Gesicht ein zarter, dunkler Bart. Ja, er schien das Aussehen und den Kleidungsstil eines Ausländers angenommen zu haben.

Er besaß scharfgeschnittene, edle, schöne Gesichtszüge. Eine glatte Stirn, Augen dunkel wie Obsidiane, eine spitze Nase, einen schmalen Mund, geschwungene Lippen. Fast feminin, wenn ich zurückdenke. Als ich ihn genauer musterte, fiel mir auf, dass seine Haut rein und blass wie Schnee schimmerte; so hell, dass ein normaler Mensch diesen Farbteint nicht besitzen könnte. Weil ich weiterhin am Boden kniete, trat der Dämon heran. Er trug stylishe Stiefel, eine glatte Hose und einen Gürtel mit unauffälliger Schnalle. Sanft ergriff er meine Hand, zog mich auf die Beine. Das alles ging so schnell, dass mein vernebelter Kopf nicht folgen konnte. Doch ich spürte keine Angst. Höchstens das berauschende Gefühl des Alkohols und die Wirkung einer Droge.

Er bot einen unfassbaren Anblick, ich fürchtete mich zu keiner Sekunde. Lag das an einem Zauber? Ich weiß es nicht, denn seit meiner Kindheit erzählte mir meine Mutter Gruselgeschichten von Yokai, Akuma und Oni. Jedoch wirkte es bei ihm, als besuche mich ein alter Freund. Fast schon schmachtend schaute ich diesen Mann – diesen

311

Schönling im Gewand der Fremde – an. Seine reizende Ausstrahlung ließ ein gebrochenes Frauenherz höherschlagen.

‚Wer … wer bist du?‘, lallte ich, während ich darum kämpfte, nicht umzufallen. Ich schämte mich für meinen Tonfall, aber konnte diesen nicht ändern.

‚Per Definition ein Geschäftsmann, im Auftreten ein Gentleman. Ich bin ein Freund für meine Freunde; ein Feind für meine Feinde; ein Unbekannter für jene, die mich nicht kennen, und ein Bekannter, sobald ich mich vorgestellt habe. Ich fühle mich am wohlsten in der Gestalt eines Mannes, aber begegne Männern bevorzugt in Frauengestalt, um leichter Geschäfte abzuschließen. Ich bin ein Charmeur! Ich bin einer, der deine Wünsche wahrmachen kann, weil ich Magie beherrsche. Ich bin ein Magier! Ich bin ein Wohltäter! Und manchmal bin ich auch ein Barkeeper, weil ich gesehen habe, wie du nach einer Sakeflasche gesucht hast. Komm, ich schenke dir gerne nach, hübsches Mädchen! Machen wir die Nacht zum Tag … und ergötzen uns am Sake, bis wir doppelt sehen und unsere Bäuche voll sind.‘

Sein Redeschwall prallte an meinem benebelten Gehirn ab, ich hörte einzig das Alkoholangebot. Deswegen ließ ich mich von ihm zum Tisch führen, zart und vorsichtig hielt er meine Hand. Auf ein Schnipsen von ihm erschien dort ein leeres Glas; staunend schaute ich ihn an, woraufhin er eine kleine Verbeugung inszenierte. Als ich darauf wartete, dass er eine Flasche hervorzauberte, schnipste er und füllte auf diese Weise das Glas. Wie du schon weißt, Haru, ist der Dämon ein Magier!

‚Wie … wie heißt du?‘, stammelte ich, als ich den Sake

312

mit einem Schluck austrank und er schmunzelnd nach-
schenkte. Ich saß vor dem Tisch, er stützte sich auf diesem
ab und lächelte mich unverblümt an.

,Wie ich heiße? Ich trage viele Namen! Manche munkeln,
es seien so viele, wie dereinst Sterne ans Himmelszelt ge-
hangen wurden. Manche schmeicheln mir, manche beleidigen mich; manche liebe ich, manche hasse ich. Manche sind
kürzer als eine Silbe, manche länger als ein Buch! Manche
hören sich lieblich wie ein Gedicht an, manche schaurig wie
das Schaben von Fingernägeln an einer Scheibe. Manche
sind in toten Dialekten verfasst; andere wiederum in jener
Zunge, die du in der Präfektur Aomori sprichst, formuliert
worden. Wieder andere ähneln dem Jargon deines mittlerweile verhassten Freundes … und ganz, ganz wenige erhielt ich aus der ekligen Sprache der schlitzäugigen Kinesen
hinterm Meer.

Aber wenn ich mich selbst vorstellen dürfte, dann nenne
mich einfach **Herr Akuma**. Das klingt zwar nach keinem
Namen, aber es handelt sich um die Bezeichnung, welche
mir am häufigsten gegeben wurde. Falls du's noch nicht
mitbekommen hast, ich gehöre einem aussterbenden Volk
an. Ich bin einer der letzten Vertreter der Yokai; einer der
letzten meiner Art, seit die Menschen die Mythen aus der
Welt verdammen und in ihrem Streben nach Zivilisation
das Altertum vernichten.'

Betrunken schaute ich ihn an und musste schmunzeln,
weil mich sein Name erheiterte. Kein Mensch würde sich
als **Akuma** bezeichnen, doch für den Dämon handelte es
sich um einen Namen, den dieser mit Stolz trug. Obwohl
ich seine Herkunft als Fabelwesen gesagt bekommen hatte,
blieb die Angst vollkommen aus. Rückblickend kann ich

nicht glauben, derart betrunken gewesen zu sein ... nein, das muss ein Zauber gewesen sein! Oder eine viel stärkere Droge als Alkohol!

Anstatt zu antworten, griff ich nach dem gefüllten Glas und nahm einen übergroßen Schluck. Mir schwirrte danach der Kopf, doch der Herr Akuma schnipste und füllte es von Neuem. Er hatte vorher recht gehabt, er bot einen perfekten Barkeeper, edlen Gentleman und geduldigen Zuhörer an.

Dann zog er einen Stuhl heran, setzte sich neben mich. Auf seinen Lippen trug er stets ein charmantes Lächeln, als hätte er regelmäßig einsamen Mädchen seine Zeit geschenkt und sich deren Sorgen angenommen. Obwohl ich dein und sein Lächeln als charmant bezeichnen würde, war es nicht das gleiche. Dein Lächeln ist fordernd, einnehmend und wild, Haru. Sein Lächeln ist beruhigend, beschützend und zart. Wie ein Therapeut saß er mit übereinandergeschlagenen Beinen da, füllte regelmäßig mein Glas nach, erkundigte sich nach meinen Sorgen und schenkte mir seine Zeit.

Froh, einen geduldigen Gesprächspartner gefunden zu haben, erzählte ich ihm von meinem fremdgehenden Freund. Er spendete mir Trost, wenn ich ins Stocken geriet, und verteufelte dich, wenn ich das hören wollte. In meinem betrunkenen Zustand begriff ich nicht, was es hieß, sich mit einem Dämon in Menschengestalt zu unterhalten. Damals war er einfach ein freundlicher Mann, der mir ein Ohr lieh, als es mir elend ging. Kein Wunder, dass ich ihm sturzbesoffen von jedem Detail unserer schönen, dann bitteren Beziehung berichtete. Und als ich endete, lag ich wie eine Alkoholikerin mit dem Kopf auf den Tisch, ohne weiter zu trinken. *Mein Bauch brannte wegen des Alkohols, meine Kehle schloss sich diesem Gefühl an. Den einzigen Unterschied bildete mein Kopf, der sich träge anfühlte. Jede Bewegung wirkte lahm und stotternd. Rückblickend vermute ich, dass er mich abfüllen wollte, damit ich seinem Pakt zustimmte.*

‚Hana‘, wandte er sich an mich, seine Stimme troff vor Honig, ‚dieser Haru ist ein böser Mann. Er weiß gar nicht, was er an einer süßen Blüte wie dir hat! Weißt du, liebe Hana, schon öfters habe ich die Beziehungen der Menschen beobachtet. Immerzu streiten sie sich! Euer Leben erscheint für meinesgleichen wie ein schlechtes Theaterstück. Streitereien über lächerliche Banalitäten, selten bis nie über ein wichtiges Thema. Doch egal, ob nun Freunde, Familie, Geschwister, Bekannte, Kollegen oder Fremde – niemand streitet so häufig wie Paare! Es scheint ein himmlisches Gesetz, dass sich Frauen und Männer regelmäßig in die Haare kriegen!

Sie können nicht mit, sie können nicht ohne den anderen. Es ist zum Verrücktwerden! Lustig mitanzuschauen, aber auch zum Haare ausreißen. Doch zu deinem Glück gibt’s Dämonen, die in solchen Situationen eine helfende Hand reichen. Reden wir Klartext, ich unterbreite dir ein Angebot: Liebe Hana, hättest du Interesse an einem Pakt, um dich an deinem Freund zu rächen?‘

‚Einen Pakt?‘, murmelte ich betrunken, führte das Glas erneut an meine Lippen.

Der Großteil des Getränks floss an meinen Wangen herab, ich bekam kaum etwas in den Mund herein. Über mein ungeschicktes Verhalten amüsiert, zauberte der Dämon ein Tuch aus seinem Ärmel hinaus und tupfte mir freundlich das Gesicht ab. Allein meine Augen offenzuhalten und seinen Worten zuzuhören, kostete mich meine letzte Kraft.

‚Ja, einen Pakt! Dämonen schließen Pakte, das ist ein Gesetz. Ein Pakt kann über alles abgeschlossen werden: Anhaltende Jugend, umwerfende Schönheit, unglaubliche Stärke, verlorenes Leben, unerfüllte Liebe und natürlich tiefliegende Rache. Ich verkaufe persönlich den letzten Pakt am allerliebsten.

Dabei läuft dieser nach einem immergleichen Muster ab. Ich erhalte deinen Wunsch, wäge ihn ab und versehe ihn mit einem fairen Preisschild. Daraufhin musst du, die mit einem Wunsch an mich herangetreten ist, versichern, bei Erfüllung den Preis zu begleichen. Falls du das machst, werde ich deinen Wunsch erfüllen und dir einen riesigen Gefallen ermöglichen. Das ist die Kurzfassung, was den Pakt mit einem Dämon beschreibt.

Also, liebe Hana, was sagst du zu diesen Konditionen? Welchen Preis würdest du zahlen, um dich an Haru zu rächen? Obwohl du ihn liebst, erkenne ich in den Tiefen deines Herzens den schlummernden Wunsch nach seinem Tod. Sag mir bitte, ob dieser nur einer Laune entspringt oder sich in deinem Herzen eingenistet hat?‘

Nachdem er seine Erklärung beendet hatte, lehnte er sich auf dem Stuhl zurück und schaute mich an. In seinen pechschwarzen Augen verlor ich mich. Entschuldige, Haru, aber damals war ich von der Idee, einen Pakt mit dem Dämon einzugehen, wahrhaft begeistert.

‚Wie … wie würdest du dich an Haru rächen? Ich meine … für alles, was er mir angetan hat, verdient er den Tod … oder? Ich … meine … also …‘

Er legte mir einen Finger auf den Mund. Obwohl er Handschuhe trug, spürte ich eine eisige Kälte an den Lippen, aber keine Abscheu. Artig verstummte ich, lieh dem scharfzüngigen Herr Akuma mein Ohr.

‚Haru verdient den Tod!' Die Kühle schlich sich auch in seine Stimme herein. ‚Jeder, der ein bildhübsches Mädchen unglücklich macht, verdient den Tod. Die wichtigste Frage lautet, wie soll er sterben. Dabei schätze ich, ein gezielter Kopfschuss sollte ausreichen, oder? Ich meine, so stirbt ihr Menschlein zu einhundert Prozent.'

Vorsichtig nahm er den Finger von meinen Lippen, mein Kopf ruhte trunken auf meinem ausgestreckten Arm, während ich mit den Fingern über meine schweren Lider fuhr und alle Konzentration aufwandte, um nicht einzuschlafen. Anstatt mich gegen deine Tötung auszusprechen, nickte ich träge, woraufhin er einen Vorschlag äußerte: ‚Euer Anführer soll ihn erschießen! Wäre das nicht eine passende Strafe für den Fremdgeher, der ein Mädchen schwängert, ohne es zu heiraten? Durch die Hand des Unterweltkönigs zu sterben, würde ihn besonders schmerzen. Du musst nur zustimmen … ein Nicken reicht, liebe Hana, dann kann ich es in die Wege leiten!'

Unentwegt gestikulierte er bei dieser Erklärung vor meinem Gesicht herum, das stimmte mich noch schläfriger.

‚Mach das!', plapperte ich ihm betrunken nach dem Mund, ohne mir vorzustellen, was es bedeutete, wenn du von deinem Ziehvater erschossen wirst.

‚Perfekt! Perfekt! Du musst wissen, liebe Hana, meine Magie kennt keine Grenzen. Gestern liebt ein Vater seinen Sohn, morgen will er ihn umbringen. Meine Stimme ist süß wie Honig, berauschend wie Schnaps und schädlicher

317

wie Gift. Und gräme dich zukünftig nicht für die heutige Nacht, meine Liebe, sondern genieße die Show stattdessen bis zum Schluss.'

Ich ließ mich von ihm einlullen, sodass ich die Verantwortung für alles trage, was danach kam. Betrunken, verletzt, einsam und perspektivlos – wenn ein Dämon zu einem Mädchen, das am besten mit diesen Worten beschrieben werden kann, spricht, lässt es sich leicht manipulieren. Mir fehlte die Kraft, um gegen seine Goldzunge anzukommen.

Liebevoll beugte er sich vor, strich mir mit seinen geschmeidigen, eiskalten Fingern über die Wange. Seine Bewegungen glichen einem Charmeur, dadurch schwand meine Vorsicht endgültig. Immer näher kam er, bis sich unsere Wangen berührten und seine Lippen an meinem Ohr lagen. Ich schloss meine Lider und fühlte mich in seiner Nähe sicher.

,Mein Teil des Paktes lautet, dass der Anführer seine Bindung zu Haru vergisst und ihn erschießt. Deine Aufgabe ist, dass du dem sterbenden Haru deine Muttermilch einflößt. Das Duell wird stattfinden, sobald du fähig bist, Milch zu produzieren. Diese Milch muss – selbst, wenn ihm der Kopf abgeschlagen wird! – in seinem Mund landen. Das ist deine Aufgabe! Meine Forderung! Unser Pakt! Der Preis, den ich aushänge, damit Haru getötet wird! Sag, liebe Hana, bezahlst du?'

,Mehr nicht?', entfloh es mir.

Sanft hauchte er mir ins Ohr hinein, ein angenehmes Kitzeln reizte meine Haut. Noch immer berührten sich unsere Wangen, wobei ich nicht mitbekam, wie eiskalt seine Haut war. ,Mehr nicht, liebe Hana. Ich werde einen Zauber wirken, damit der Anführer seine Liebe zu Haru vergisst und dir glaubt. Daraufhin wird der Anführer gemein zu Haru handeln, sodass dieser wegläuft. Doch egal, wie weit er wegrennt, nach sechs Monaten werde ich dem ehemaligen König ins Ohr hauchen, wo sich seine Beute befindet. Das wird zu einem Zeitpunkt sein, an dem deine Muttermilch fließt und du den Pakt einhalten kannst.

Es wird zum Duell kommen, das Haru unmöglich gegen die Legende gewinnt. Dein Freund wird von einer Kugel durchbohrt, er wird sterben und du wirst ihn wie einen Säugling an deiner Brust nähren. Du wirst ihm deine Milch verabreichen! Du wirst ihn füttern, weil ich das als Preis festgelegt habe – hast du verstanden? Sobald er stirbt, vollziehst du dein Ritual. Wer nicht zahlt, dessen Seele gehört mir. Aber bitte zerbrich dir darüber nicht deinen kleinen, süßen Kopf, denn du bist ein artiges Mädchen und bezahlst. Ein artiges Mädchen, das diesen heiligen Pakt nicht bricht!'

Verwirrt nickte ich. Absolut unschlüssig, warum dieser merkwürdige Preis verlangt wurde, aber von Herzen froh, nichts Größeres begleichen zu müssen. Dabei betonte er nochmal, dass ich selbst im Fall meines Todes dir unbedingt die Milch einflößen sollte, weil er sich ansonsten meine Seele nach meinem Tod schnappt. Ehrlich gesagt, habe ich keine Ahnung, ob ich im Todesfall daran gedacht hätte … zum Glück ist es nie dazu gekommen!

Dann wich der charismatische Dämon zurück, grinste breit und streckte mir die Hand entgegen. Zögerlich, weil selbst am damaligen Tag noch meine Liebe zu dir existiert hatte, schlug ich ein. Seine Kälte schoss meinen Arm empor und – nenne es meinetwegen Einbildung – ich spürte ein

Aufflackern von Magie. Hiermit war der Pakt besiegelt, großzügig verbeugte sich der Dämon vor mir und bedankte sich. Dann trat er in den Schatten zurück, ich sank betrunken auf den Tisch und es zog meine Lider herunter. Wie du dir denken kannst, habe ich es am nächsten Tag für einen Traum gehalten …

Aber nie glich es einem gewöhnlichen Traum! Trotz dem vielen Alkohol hatten sich seine Sätze in mein Gehirn eingegraben. Und als alles eintrat, wie er es prophezeit hatte, konnte ich die Macht und Existenz dieses Wesens nicht länger leugnen. Spätestens nicht mehr ab den Tag, an dem der Anführer deinen Aufenthaltsort herausgefunden hatte und dich trotz eurer Vergangenheit niederschießen wollte. Knapp sechs Monate waren seit deiner Flucht vergangen … alles, was geschehen war, lief nach dem Willen des mächtigen Herr Akuma ab! Er war der Puppenspieler, wir die Marionetten.

Aus diesem Grund hatte ich mit deinem sicheren Tod gerechnet. Selbst der Anführer, der dich wie einen Sohn geliebt hatte, hat seine Loyalität zu dir verloren und dich verachtet. Ich weiß nicht, wie es zu diesem charakterlichen Umdenken bei ihm kam, aber es müssen die honigsüßen, magischen Worte des Dämons gewesen sein.

Anstatt erschossen zu werden, hast du besser als die Legende gekämpft und triumphiert. Als ich mich im Gebüsch versteckt hielt, musste ich mir eingestehen, mich über deine plötzliche Entwicklung gefreut zu haben. Nur ein kleines bisschen, aber ich habe mich gefreut, weil ein Teil von mir dich immer geliebt hat. Zugleich habe ich, um ehrlich zu sein, auch brennenden Hass gespürt, weil ich es nicht ertrug, dass du ohne Strafe davonkamst. Ich musste an den
320

lächelnden, sich allen Konsequenzen entziehenden Mistkerl denken, der mich zu dieser verbitterten Frau gemacht hat. Das ließ mich zum Messer greifen. Entschuldige, dass ich dich nach dem Duell angegriffen habe, aber ich konnte mich nicht zurückhalten.

Nachdem alles so ablief, wie es der Dämon vorausgesagt hat, wich es im entscheidenden Punkt ab. Rätselhaft! Na ja, auch irgendwie glücklich für uns. Der Dämon ging felsenfest davon aus, dass du stirbst, woraufhin ich dir meine Muttermilch einflößen sollte. Dein Tod blieb jedoch aus, weswegen ich meinen Teil des Paktes nie einhalten musste. Vollkommen hielt er seinen Teil der Abmachung auch nicht ein. Ich frage mich, ob er sich verkalkuliert hatte oder bewusst deinen Sieg voraussah. Vielleicht hatte er diese lächerliche Bitte geäußert, weil es ihm niemals darum ging, meine Milch in deinen Mund zu bekommen? Trotzdem scheint er nicht von mir abzulassen, nachdem er uns in den Kakushiro-Sumpf eingeladen hat. Er strebt weiterhin nach seinem ominösen Ziel, in dem du und ich eine Rolle zu spielen haben …"

Als sie die Geschichte beendet hat, klingt ihre Stimme etwas heißer vom Sprechen und sie nimmt einen großen Schluck aus der Wasserflasche. Gebannt starrt sie in die Flammen, wartet auf meine Reaktion. Sie scheint zu erahnen, dass es Passagen in ihrer Geschichte gibt, die mir missfallen, aber sie wollte die vollkommene Wahrheit offenbaren.

Versteift sitze ich da, denn ein Detail ihrer Geschichte hat mich wütend gemacht. Verdammt wütend sogar! Natürlich richtet sich diese Wut zum Großteil gegen den Dämon, aber diesmal auch gegen Hana. Ich kann nicht glauben, dass sie der Manipulation von meinem Vater zugestimmt hatte, obwohl der Dämon verriet, wie schmerzhaft das für mich wäre. Auch im betrunkenen Zustand gibt es keine Rechtfertigung dafür!

Das bedeutet, dass sie eine Mitschuld am Mord des Anführers trägt. Eine Schuld, die ich bis heute für marginal gehalten habe, aber bei einem Großteil der eskalierten Scheiße und dem Tod meines Vaters ist sie verantwortlich.

„Hana!" Eiskalt verlässt ihr Name meinen Mund, erschrocken schaut sie mich an. Ein Funken Angst glimmt in ihren Augen auf.

Ich springe auf. Der wabernde Nebel um meine Beine verleiht meinem Auftritt eine bedrohliche Aura. Eine Ader pocht an meiner Schläfe, zusätzlich habe ich die Fäuste geballt. Ich würde sie zwar niemals verletzen, aber kann diese Reaktion nicht unterdrücken. Furchtsam schaut sie mich an, unwissend, womit sie meinen Zorn geweckt hat. Sicherlich denkt sie, es gibt eine Menge Passagen in ihrer Geschichte, die meine Wut angepeitscht haben könnten, aber ich beziehe mich allein auf die Rolle meines Vaters.

„Wie konntest du zustimmen, dass mein Vater mich erschießen soll? Hana … du hast doch gewusst, was ich für ihn empfinde. Wieso … wieso hast du meine Liebe zum Anführer so rücksichtslos missbraucht?! Wieso musstest du dich wie eine rachsüchtige Fotze benehmen?"

Blitze der Wut zucken durch meinen Kopf hindurch, weshalb ich nicht länger auf meine Aussprache achte und in die Gossensprache zurückfalle. Ich kann nur daran denken, dass der Dämon gesagt hatte, er benutze meinen Ziehvater für den Mord, wogegen sie nicht widersprochen hatte. Selbst, wenn sie betrunken gewesen war und mich aus tiefstem Herzen verabscheut hatte, gibt es dafür keine Rechtfertigung. Wie soll ich ihr *das* verzeihen? Ich … ich bin mir nicht sicher, ob ich das kann.

Ohne Hana würde er leben und hätte sich im Süden zur Ruhe gesetzt. Sie hat seinen verdienten Ruhestand für ihre Rache zerstört! Sie hat einen Vater gegen seinen Sohn aufgewiegelt!

Aus der lebenden Legende, **meinem Vater**, wurde eine Marionette, dessen Puppenspieler von Hana, **meiner Ehefrau**, beauftragt wurde. Sein Tod hätte verhindert werden können, wenn sie den Dämon gebeten hätte, mich auf eine andere Art und Weise zu ermorden. Alles lief beschissen ab. Verfickt beschissen! Die seelische Qual, mein Vater würde mich hassen, hat mich die ganze Zeit gequält.

„Haru …", haucht sie, Tränen glitzern in ihren Augen. „Haru … ich … entschuldige."

Ich schätze, dass es dem Dämon perfekt in die Karten spielt, wenn wir zerstritten bei ihm auftauchen, doch gegen meine Gefühle bin ich machtlos. Genauso machtlos wie Hana bei ihren Tränen, während sie stammelnd eine Entschuldigung über die Lippen bringt.

Kühl schaue ich sie über das Feuer hinweg an, wobei bereits ihre traurige Mimik einen Teil meines glühenden Zorns wegfegt. Irgendwie besitzt sie die Gabe, unschuldig und liebenswürdig auszusehen, sobald sie zu weinen beginnt. Doch ihre Tränen können nicht ihre Schuld wegschwemmen, dafür wiegt diese zu schwer.

Ständig wischt sie sich mit dem Handrücken über die Augen, ohne es zu schaffen, dass die Tränen versiegen. Sie scheint erst jetzt vollständig zu realisieren, was für einem Pakt sie zugestimmt hatte. Was sie mir angetan hat, nachdem sie meinen Vater in diese Beziehungskrise hineinzog. Mit zarter Stimme murmelt sie die Entschuldigung, wobei mich das nicht besänftigt.

„Deinetwegen ist er gestorben!", entflieht es mir harsch, woraufhin sie erschrocken zusammenzuckt und mit der gemurmelten Entschuldigung aufhört. „Der Dämon hat meinen Vater manipuliert und gegen mich aufgehetzt, aber du hast allem zugestimmt. Wenn du verlangt hättest, dass ich auf eine andere Weise sterbe, wäre der Anführer nicht hineingezogen worden und hätte seinen verdienten Ruhestand bekommen. Du hättest mich hassen oder dir meinen Tod wünschen können, aber ihn heraushalten sollen … warum musstest du *Weib* der hinterhältigen Art des Dämons zustimmen? Warum? Wie kann man so herzlos sein?"

Während ich schreie, fließen bei ihr zusätzliche

Tränen herab und sie verzieht den Mund, als ringe sie um Worte, um sich erklären zu können.

„Ich …", sie schnieft, „… ich habe in jener Nacht keinen Verstand besessen. Ich war betrunken, verletzt, emotional und bin einem Dämon begegnet. Normalerweise wäre ich niemals auf die Idee gekommen, einen Menschen umzubringen. Besonders nicht dich, Haru. Ich will mich von tiefstem Herzen für das, was du durchleiden musstest und dem Anführer widerfuhr, entschuldigen. Ich weiß selbst, wie falsch das alles gewesen ist."

Obwohl sie weint, bleibt ihre Stimme bei der Entschuldigung standhaft und ich glaube ihr, dass Hana in dieser Nacht nicht sie selbst gewesen ist. Wahrscheinlich wurde nicht nur mein Vater, sondern auch sie vom Dämon betrogen und getäuscht. Es brächte nichts, auf Hana beleidigt zu sein … meine Wut muss sich auf den Dämon konzentrieren!

„Hana … ich glaube dir!", antworte ich, als ich aufstehe und ihr in die Augen sehe. Mein Zorn ist nicht abgekühlt, sondern auf jemand anderen gerichtet. Bestimmt hat der Dämon einen Zauber angewandt, sodass er ihre Rachgier zusätzlich angepeitscht hat.

Dankbar nickt sie mir zu, sie hat ihre Gefühle wieder halbwegs unter Kontrolle. Ein erleichtertes Grinsen stiehlt sich auf ihre Lippen. Ich glaube wirklich daran, dass der Dämon sie manipuliert hat … und falls nicht, dann will ich die Wahrheit gar nicht wissen. Ich ertrage es nicht, wenn Hana eine Schuld am Tod meines Ziehvaters trägt.

Solange wir einander vertrauen, berauben wir ihm einer mächtigen Waffe!, rufe ich mir in Erinnerung. Das dürfen wir niemals vergessen, sondern müssen es uns vor Augen halten. Egal, ob ein Teil von mir wütend auf Hana ist, im Augenblick muss ich diesen ignorieren, da die Zweifel im Sumpf meine Kampfleistung hemmen würde.

Als sie kurz darauf schlafen geht, kuschelt sie sich in ihre Decke hinein. Wenig später lege ich mich ebenfalls hin. Weil ich weiß, dass der Dämon im Sumpf wartet und uns lebend will, rechne ich mit keinem Überraschungsangriff. Wir verzichten auf eine Nachtwache, als wir neben dem prasselnden, wärmenden Feuer einschlafen.

Jetzt kenne ich nicht nur die komplette Geschichte von Hanas Begegnung mit dem Dämon, sondern habe ihr auch verziehen, wie mein Vater darin verwickelt wurde. Es war wichtig, das zu klären, bevor wir in die entscheidende Schlacht ziehen. Was hätte ein böser Yokai mit dieser Information anstellen können? Ich will es mir gar nicht ausmalen ...

Kapitel 13:

Der Kakushiro-Sumpf

Am nächsten Tag kommen wir langsam voran, der dichte Nebel ist für unsere Pferde ein akutes Risiko. Da der Boden selten zwischen dem weißen Meer auftaucht, müssen die Pferde blind ihre Hufen setzen und ein gebrochener Knöchel könnte jederzeit zum Sturz führen. Besonders um Hanas Sicherheit sorge ich mich.

Zweimal müssen wir absteigen, als das weiße Meer zu dicht wurde, und die Strecke zu Fuß überwinden. Als sich Hana beim zweiten Absteigen den Zeh anschlägt, da sie den Boden nicht sieht, biete ich an, sie zu tragen. Aus eigenem Stolz verzichtet sie auf das Angebot, sodass sie humpelt, bis wir uns entscheiden, wieder die Pferde zu nutzen.

Auch die Raben bleiben eine gruselige Konstante, von denen ich längst genug habe. Das Gefühl, ständig durch deren dunkle Knopfaugen beobachtet zu werden, nagt an mir. Hinzu kommt deren krächzendes Geschrei, das in den Ohren brennt und an den Nerven zehrt. Kurz bespreche ich mich mit Hana, woraufhin sie gesteht, mental unter diesen beschissenen Vögeln zu leiden. Am liebsten hätte ich die Mistviecher abgeschossen, aber mir fehlt es an Munition, diese Massen zu vernichten. Was hätte es gebracht, eine Handvoll zu töten, wenn hunderte durch die Luft flattern? Uns bleibt keine andere Wahl, als die Raben zu akzeptieren, während wir uns dem verfluchten Kakushiro-Sumpf nähern.

Zur Orientierung bleibt höchstens die ein oder andere Tanne. Blöderweise ist die Präfektur Kiga durchgehend flach, sodass keine Hügel oder Berge emporragen, welche einem die Richtung weisen. Das unterscheidet sie von Aomoris nebligem Gebiet, Hanas Heimat.

Am fünften Tag des Ritts denke ich oft über Hanas Geschichte nach. Einerseits über ihre Begegnung mit dem Dämon, größtenteils über die Manipulation des Anführers. Wehmütig verstehe ich, wie einfach sein Überleben gesichert worden wäre, wenn Hana eine andere Todesart vorgeschlagen hätte. Verdammt! Jedoch mache ich ihr keine Vorwürfe, auch sie dürfte unter der Manipulation des Dämons gestanden haben. Nebenbei kann ich mir unmöglich vorstellen, dass Hana – das Mädchen mit dem unschuldigen Charakter, der fröhlichen Art und kindlichen Neugier – bewusst den Mord einging. Sie mag sich zum letzten Sommer verändert haben, aber seit wir uns auf dieser Reise befinden, erkenne ich viele positive Eigenschaften wieder. Sicher war sie keine bösartige Puppenspielerin, sondern nur eine weitere Marionette des Akuma.

Natürlich hat sie im letzten Jahr oft an ihrer Liebe zu mir gezweifelt, doch diese niemals vollkommen verloren. Andernfalls hätte sie meinem Heiratsantrag beim Duell nicht zugestimmt. Das Problem war, dass in ihrem Herzen Hass entstanden ist, den der Dämon als Nährboden für seinen perfiden, unverständlichen Plan nutzte. Mit dieser Theorie erkläre ich mir, was vorgefallen ist, und kann Hana verzeihen. Falls meine Überlegungen nicht der Wahrheit entsprechen, will ich diese nicht kennen. Ich möchte **und** muss daran glauben, dass meine Ehefrau nicht meinen Vater ermordet hat. Ansonsten würde mich diese Erkenntnis verzehren!

Diese Gedanken beschäftigen mich bis in den Nachmittag hinein, als wir zu meiner Überraschung ein kleines Dörflein erreichen. Wir beiden dachten, längst jegliche Überreste von Zivilisation hinter uns gelassen zu haben, doch selbst im tristen Nebelmeer leben Menschen. Wie sie die deprimierende, niederschmetternde Stimmung jeden Tag aushalten, bleibt mir ein Rätsel.

Wenige Häuser befinden sich am Straßenrand, insofern dieser marode Weg als Straße durchgeht. Die Hütten erscheinen schäbig und baufällig, wir begegnen jedoch echten Menschen. Argwöhnisch mustern sie uns, als wir hindurchschreiten. Sie sind eindeutig keine Reisenden gewöhnt. Manche halten mitten in der Arbeit inne, andere ignorieren uns vorsätzlich; kein Einziger grüßt uns.

Da es mir unangenehm ist, dieses abweisende Völkchen anzuschauen, lasse ich meinen Blick schweifen und erkenne sogar hier die Veränderung durch die

Politik des Shoguns. Bis ins tiefste Hinterland reicht das schwarze Gold, für das unser Herrscher sein Land und seine Seele verkauft hat. Über einer Schmiede steigt der charakteristische, stinkende Qualm des umerikanischen Öls auf. Obwohl dieses Detail unbedeutend ist, verziehe ich angewidert das Gesicht. Bis in den mythischen Regionen von Kiga reicht die Hand der Ausländer heran.

Nicht lange dauert es, bis wir das Dorf verlassen haben und uns wieder im Nebelmeer befinden. Kurz stand zur Debatte, ob wir im Dorf die Nacht verbringen sollen, doch Hana lehnt ab. Bei den harten, eiskalten Blicken der Bewohner lief ihr ein Schaudern über den Rücken. Lieber schliefe sie wieder unterm Sternenhimmel.

Zu unserem Leidwesen kehrt das Krächzen der Raben zurück, sobald wir den Hauch an Zivilisation hinter uns lassen und ihre Knopfaugen spitzeln überall hervor. Dunkle Omen im weißen Meer der Verdammnis. Ich bin überzeugt, der letzten Spur von menschlicher Zivilisation begegnet zu sein; jetzt tauchen wir tief ins Reich des Dämons, dem Kabinett der Yokai, ein.

Am Abend des fünften Tages sitzen wir schweigsam am Feuer, da es uns an Motivation für ein Gespräch fehlt. Der drohende Kampf gegen **ihn** schwebt unheilvoll über uns, hemmt unsere Zungen. Bevor wir uns hinlegen, tauschen wir einen knappen Kuss aus … an weitere Zärtlichkeiten ist in dieser Situation nicht zu denken.

Am sechsten Tag verändert sich die Landschaft, wir erreichen die Ausläufer des Kakushiro-Sumpfes. Die Wiesen, gelegentlichen Wälder und kleinen Bächlein werden durch einen morastigen Boden ersetzt. In der Ferne höre ich das Rauschen eines Flusses, der Boden wirkt feucht, das Quaken von Fröschen und Kröten dringt heran. Als ob sich der Sumpf vor den neugierigen Blicken verbergen will, hüllt er sich wie eine schüchterne Jungfer in sein weißes Kleid hinein. Ich erkenne kaum die Hand vor Augen, aber spüre die bedrohliche Aura.

Zögerlich schaue ich zu Hana hinüber, krampfhaft klammert sie sich an den Zügeln des Pferdes fest; ihr bleiches Gesicht ähnelt dem Nebel. Seit jeher hat sie große Angst vor den Yokai verspürt, da sie auf dem Dorf aufwuchs und viele schauerliche Geschichten über diese Wesen erzählt bekommen hatte. Bereits mich kostet es eine Menge Mut, weiter zu reiten, aber Hana muss zuvor ihre Kindheitsängste bekämpfen. Fünf Minuten stehen wir an der Schwelle zwischen dem festen Land und den matschigen Wegen des Sumpfes. Wir sprechen nicht und Hana jammert auch nicht, stattdessen ficht sie ihren inneren Kampf aus. Dann atmet sie tief durch, nickt mir zu und gibt ihrem Pferd die Sporen. Sie hat sich durchgerungen, in die mystische Welt der Yokai einzutauchen und ihren Ängsten mutig die Stirn zu bieten.

Schmale Pfade, die entweder von Menschen oder Yokai errichtet wurden, schlängeln sich durch den

Morast. Der Geruch von feuchter Erde steigt auf; Schlingpflanzen, Wasserrosen und gelbbraune Büsche wachsen seitlich des Weges. Sobald man von den Pfaden abkommt, landet man im sumpfigen, miefigen Morast der Umgebung. Ich habe keine Ahnung, wie tief dieser Schlamm ist, aber möchte es nicht ausprobieren.

Mit hochgezogener Nase und angewidertem Blick mustert Hana die Umgebung. Ich schließe mich ihrer Mimik an, denn es gibt wenige Orte, die ich abscheulicher finde. Dieser Sumpf passt perfekt zu einem Dämon. Hier fühlt sich kein Mensch wohl! Alles wirkt wie eine Erinnerung an die fernen Tage der Vergangenheit, als der Mensch schwach war und die Wesen der Nacht in ihrer Blüte standen. Der Kakushiro-Sumpf ist das vergessene Fragment aus einer anderen Welt; ein Ort, der sich dem Fortschritt entzog und den alteingesessenen, frühen Herrschern dieses Inselreiches gehört. Die wahre Heimat des Akuma, das Reich der Yokai.

„Hana …", richte ich das Wort an sie, „… bevor wir dem Dämon begegnen, will ich dir eine Sache anvertrauen, die ich bisher geheim gehalten habe."

„Worum geht's?", haucht sie in der Lautstärke einer milden Sommerbrise, sodass ich die Antwort kaum verstehe. Wegen der schmalen Wege reitet sie hinter mir. Zugleich traut sie sich nicht, an diesem mysteriösen Ort die Stimme zu erheben. Ihr Blick schweift von einer Seite zur anderen, stets aufmerksam, ob eine Gefahr in dem nebligen Sümpfen schlummert.

Manchmal schälen sich umgestürzte Bäume aus dem Nebel, die auf den ersten Blick an gruselige Monster erinnern, sodass Hana wiederholt zusammenschreckt und wie eine Maus fiept. Die runzlige Rinde erinnert an entstellte Fratzen.

Jedoch fällt mir eine weitere Sache auf, die ich ihr bewusst verheimliche – in diesem Sumpf beobachten uns nicht nur Raben! Überall erspähe ich rote, gelbe und orangene Augenpaare, die sich in den Nebel hüllen und uns beobachten. Ich schätze, bei ihnen handelt es sich um die anderen Bewohner des Kakushiro-Sumpfes und – wie ich bitter eingestehe – dürften es allesamt Yokai sein.

„Das mag verrückt klingen, aber ich bin neunzehnmal im Todesduell gestorben, bis ich in der zwanzigsten Wiederholung überlebt habe", merke ich ohne eine vorangehende Erklärung an, entscheide mich für den direkten Weg.

„Hä?", entflieht es ihr, der Zweifel erteilt ihrer Stimme eine unpassende Lautstärke.

Sie beendet die aufmerksame Musterung der Umgebung, starrt mich an. Kein Wunder, wenn ihr jemand zu erklären versucht, dass sie mit einem Zeitreisenden unterwegs ist. Wenn ich diese Magie nicht am eigenen Leib erlebt hätte, hätte ich die Geschichte keinem anderen Menschen geglaubt. Wenigstens hat es den schönen Nebeneffekt, sie von ihrer Angst abzulenken.

„Ich fange ganz vorne an, es geht um die Bedingung des Dämons für den Pakt. Du denkst, du hättest das

Ritual mit der Muttermilch nie vollzogen, aber in Wirklichkeit hast du sie mir neunzehnmal eingeflößt. Der Grund, warum der Dämon dir diese Bitte gestellt hat, liegt an einem Zauber, den er über dich gelegt hat. Obwohl ich seine Motivation nie verstanden habe, konnte ich dank des Dämons durch die Zeit springen und mir den Sieg gegen den Anführer sichern. Ansonsten wäre ich schon längst ums Leben gekommen."

Unschlüssig schaut sie mich an, bis sie sich sorgenvoll erkundigt, ob irgendein Zauber über dem Sumpf liegt, der meinen Verstand angegriffen hat und mich wie Opium benebelt. Mein beschissenes Timing hat keinen Applaus verdient. *Warum musste ich auch bis in den Sumpf warten, um es zu offenbaren?* Bisher scheine ich sie keinesfalls überzeugt zu haben, also bleibt mir keine andere Wahl, als ihr die komplette Geschichte vom Todesduell und meinen Zeitschleifen zu erzählen.

Ich erkläre ihr, wie ich vom überforderten Duellanten zum überlegenen Kämpfer heranwuchs und meinen Vater besiegte. Zu Beginn zeichnet Unglaube ihre Mimik, bis langsam ein nachdenkliches Stirnrunzeln einzieht. Ich war dermaßen überlegen im Duell gewesen, als hätte ich die Bewegungen der Gegner vorausgesehen. Des Weiteren weise ich sie darauf hin, dass der Dämon alles richtig vorhergesagt hatte, aber sich bei meiner Niederlage im Duell täuschte. Erst die zwanzigste Schleife machte ihm einen Strich durch die Rechnung. Diese Erklärung verlieh **seiner** bisher merkwürdigen Forderung einen Grund, was Hana ins Grübeln bringt und nachdenklich stimmt. Warum sollte sie das Ritual vollführen, wenn nicht, um einen Zauber auszulösen?

Schweigsam hört sie sich meine Erzählung an, ohne eine Frage zu stellen oder ihre Skepsis auszuformulieren. Als ich ende, drehe ich mich um und bemerke, dass sie die Zeitschleifen zwar weiterhin für unwahrscheinlich hält, aber mir trotzdem glaubt. Mein ernster Gesichtsausdruck verstärkt ihr Grübeln nochmals und fegt ihre Skepsis hinweg. Was bleibt ihr anderes übrig? Sie merkt, dass ich von den Zeitreisen überzeugt bin. Und dann gibt es noch den Punkt, dass sie Magie mit eigenen Augen gesehen hat. Er verhexte vor ihren Augen einen Menschen und ließ einen Raben sprechen. Des Weiteren haust er in einem Nebelreich, dessen Aura spirituell, esoterisch und magisch wirkt. Beim Akuma handelt es sich um kein Wesen der rationalen Logik.

Eilig fahre ich fort, meinen Standpunkt zu erläutern: „In dieser Hinsicht hat er dich betrogen, nein, benutzt. Für ihn spielte dieses Ritual eine große Rolle … vielleicht die allergrößte? Und er verkaufte dir das Ritual als Lappalie, damit du dir keine Gedanken darüber machst. Ich kenne nicht den Grund hinter seinen Taten, aber weiß, dass ich durch die Zeit gesprungen bin. Bevor ich ihm die grinsende Visage verunstalte, will ich eine Antwort erhalten. Das ist er uns beiden schuldig!"

Tief holt sie Luft, atmet langsam aus. Sie rutscht auf

dem Pferderücken herum, umklammert fester die Zügel, runzelt die Stirn. Das Verständnis von Zeitreisen, das Wissen über meine zwanzig Schleifen, ihre fehlenden Erinnerungen; das alles ist schwer zu verarbeiten. Doch Hana ist ein kluges, scharfsinniges Mädchen.

„Wenigstens ergibt jetzt das Ritual einen Sinn", murmelt sie nach einer Pause. Ihr fehlen die Worte für eine richtige Antwort.

Ich will sie zu keiner zufriedenstellenden Reaktion drängen. Wenn ich mir eine Diskussion gewünscht hätte, hätte ich es am Lagerfeuer ansprechen können. Hierfür entschied ich mich nur, um klaren Tisch zu machen. Sie soll mit dem gleichen Wissen wie ich gegen unsere Nemesis antreten, damit dieser die Information nicht als einen versteckten Trumpf benutzen kann.

Dann zieht ein düsteres Schweigen, begleitet von einer schaurigen Atmosphäre, ein. Ich denke über die neunzehn Schleifen nach, während sie sich den Kopf zerbricht, wie eine Zeitreise möglich ist. Sie scheint mit jener Verwirrung und Skepsis zu kämpfen, die mich ereilt hat, als ich nach meinem ersten Tod in Laylas Bett aufgewacht bin. Mit zusammengekniffenen Augen versucht sie, eine Erinnerung aus einer vorherigen Schleife zu beschwören, doch scheitert daran. Diese neunzehn Tage existieren bloß für mich … und für **ihn**!

Der Gedanke an ihn bringt den Ernst der Situation zurück, angespannt schaue ich mich um. Während

Hana sich mit den verlorenen Erinnerungen ablenkt, realisiere ich, dass wir nicht allein im Sumpf sind. Vereinzelt erkenne ich, zu wem die Augenpaare gehören. Hoffentlich fällt es Hana nicht auf, selbst mir schlägt das Herz bis zum Hals. Blasse Geisterwesen mit entstellten Knochengesichtern, blaufarbige Tierwesen mit menschlichen Zügen, Monster aus den Tiefen der tarpanischen Mythologie. Fratzen, wie sie höchstens auf abschreckenden Götzenbildern prangen, stehen Spalier. Ob sie alle unter dem Zauber des Akuma stehen?

Wie Statuen ragen diese Geschöpfe aus dem Sumpfwasser heraus, und werden verhüllt vom Blätterkleid der vereinzelten Bäume und Schlingpflanzen, während der wabernde Nebel sie zum Dasein als Silhouetten verdammt. Der Wahnsinn eines Fiebertraums wirkt im Vergleich realistisch.

Einmal glaube ich, einen rotschwarzen Oni zu erkennen. Ohne mit Dorfgeschichten aufgewachsen zu sein, weiß ich, dass Oni Menschen verspeisen. Zum Glück greift er nicht an. Er weiß wie alle Yokai im Sumpf, dass wir die Beute eines ganz bestimmten Wesens, seines Herrn, sind. Sein Brandmal auf unseren Seelen akzeptieren sie widerspruchslos. Das kleinste Tier bis zum schaurigsten Ungeheuer bleibt im Kern eine Marionette.

Seufzend hole ich Luft, fixiere meinen Blick auf den Weg und blende die Silhouetten des Schauerkabinetts aus. Als mein Verstand bereits mit den Schreckensbildern, die nicht einmal ein opiumsüchtiger Künstler aus Taro hinbekommt, beginnen will, suche ich mein Seelenheil im Gespräch mit Hana. Worum es geht, ist zweitrangig; die Hauptsache ist, einander abzulenken und sich nicht in den Wirren des Fiebertraums zu verlieren.

„Der Sinn hinter den Schleifen bleibt ein Rätsel. Ein Rätsel, das ich unbedingt lösen will!"

„Hat der Dämon es auf dein Leben abgesehen?", fragt sie. Sie begehrt genauso ein ablenkendes Gespräch, unsere Aussagen überschneiden sich teilweise. Bei diesen Wesen versiegt sogar mein Selbstbewusstsein vom Kampf gegen die Legende – wie muss es ihr erst ergehen?

Anstatt direkt zu antworten, wandert mein Blick übers Nebelmeer hinweg. Ich Vollidiot! Unweit ragt ein Baumstamm mahnend wie ein Totem hervor, dessen morsches Holz von weißen Wellen umgeben ist. Als eine leichte Böe die Schlieren des Nebels auseinandertreibt, offenbart sich eine sitzende Gestalt auf dem Stamm, bei der ich beinahe die Nerven verloren und einen Schrei ausgestoßen hätte. Das ist ein Geschöpf, von dem Schreinpriester und Waschweiber im gleichen Maße warnen.

Der Yokai besitzt den Unterleib eines Dachses, den entblößten Oberkörper einer Frau und ein leeres Gesicht, als hätte ihm jemand die Konturen gestohlen. Weiß wie Papier passt es sich dem Nebelmeer an, ein blutunterlaufenes Auge stiert hervor. Als mich die Pupille fixiert, unterbreche ich eilig den Blickkontakt. Wer weiß, in was für Abgründe mich ein Yokai durch puren Blickkontakt entführen und zu welchen bestialischen Ritualen missbrauchen kann?

Zügig fahre ich mit dem Gespräch fort, meine Stimme klingt eine Oktave höher und ich verhasple mich öfters wie ein introvertierter Theaterschauspieler: „Nein, mein Leben ist **ihm** ein Dorn im Auge. Der Rabe hat schon gesagt, mein Sieg habe alles komplizierter gemacht. Warum er dir den Auftrag erteilt hat, mich durch die Zeit zu schicken, ohne sich mein Überleben zu wünschen, bleibt das Rätsel. Darauf will ich eine Antwort erhalten! Warum ein Duell erzwingen, aber mir Unsterblichkeit verleihen und sich dann darüber erzürnen?"

Wir lassen den gesichtslosen Yokai hinter uns, ich starre ab jetzt auf den Hals des Pferdes. Für eine gewisse Zeit höre ich nur das Klappern der Hufen, weil Hana über meine Erklärung nachdenkt. Sie scheint meinen Rücken als Ziel auserkoren zu haben, wahrscheinlich sind ihr die Beobachter genauso aufgefallen.

„Mir fällt keine plausible Antwort ein."

„Vielleicht gibt's auch keine …", murmle ich in meinen nicht vorhandenen Bart hinein.

„Oder er amüsiert sich an deinem Leid?" Unsicher zuckt sie mit den Schultern. „Denkst du, es gefiel ihm, dich sterben zu sehen?"

„Klingt dämlich."

„Stimmt …"

Wahrscheinlich wäre das Gespräch sowieso versiegt, aber wir halten inne, als ein lautes Knurren durch den Sumpf dringt. Die Pferde werfen verunsichert ihre Köpfe herum, dummerweise folge ich deren Beispiel. Wegen dem sumpfigen, morastigen Boden erklingt ein schmatzendes Geräusch aus der Nähe. Hana wimmert!

Etwas schlängelt sich durch den Sumpf. Bevor ich eine Vermutung habe, sehe ich es. Als Hana sich die Hände vor die Augen schlägt, kapiere ich, dass ich sie vor diesem Anblick nicht bewahren kann. Ein hautfarbener, meterlanger, schuppiger Wurm windet sich heran, auf dessen Haupt ein kränklich weißer Kopf sitzt. Pechschwarzes Haar, blutige Lippen, leblose Augen, schlitzförmige Nase. Das Haupt einer Frau, entstellt wie in einer überspitzten Karikatur. Ein Wesen, das aus den albtraumhaften Abgründen entkommen ist, um die surreale Realität zu bewohnen. Hiervor warnen Schreinpriester nicht nur, sondern hätten einen Herzinfarkt bekommen.

„Haru …", haucht Hana zittrig. Ich drehe mich zu ihr herum; sie hat ihre linke Hand an die Brust gelegt, als könne sie anders ihren Herzschlag nicht beruhigen. Er pocht so laut, dass ich mir einbilde, ihn sogar hören zu können. Ob auch die wurmartige Frau ihn vernimmt?

Verflucht! Eilig reiten wir weiter, der stechende Blick des Yokai bohrt sich in unseren Rücken hinein. Der glitschige Bandwurmleib wälzt sich umher, ein matschiges Geräusch ertönt. Egal, was ich höre, ich drehe mich nicht zu dieser grotesken Schattengestalt um.

Das Gespräch erholt sich nicht von diesem Anblick, stattdessen lenke ich mich gedanklich ab. Das Motiv des Dämons wirkt überflüssig und unnötig in Gegenwart dieser Hölle. Pure Bosheit, reiner Wahnsinn und blinder Hass erscheinen mir wie plausible Gründe für seine Taten. Wer sagt, dass ein menschlicher Verstand die Aktionen eines Yokai nachvollziehen kann? Je länger ich mich an diesem Ort aufhalte, umso stärker zweifle ich daran.

In der Zeit, die wir in den Tiefen dieses satanischen Sumpfes verbringen, begegnen wir einer Vielzahl an Yokai, die uns allesamt friedlich beobachten. Wie bei den Raben werde ich das Gefühl nicht los, der Dämon schaue durch deren Augen hindurch, damit er jeden unserer Schritte kennt. Was bleibt uns anderes übrig? Mit der Entscheidung, in den Kakushiro-Sumpf zu gehen, wagten wir uns in sein Terrain hinein.

Wir reiten, bis der Mittag längst vergangen sein muss, obwohl der Nebel das Sonnenlicht aussperrt. Wir halten erst an, als ein Yokai uns den Weg versperrt. Es handelt sich um ein menschenähnliches Geschöpf, obwohl das Schattenreich aus jeder Faser spricht. Es tritt in der Gestalt einer nackten Frau auf, deren Körper von Schattenmustern bedeckt ist, als sei dieser vollkommen tätowiert. Die Brüste heben sich feminin vom Körper ab, ihr schmaler Leib deutet weder auf Rippen noch Organe hin. Drei Meter misst sie in der Höhe, ihre Gliedmaßen sind schmal wie mein Daumen und flattern wie ein dünnes Band im Wind. Wie kann sie stehen? Sich bewegen? Ihre Gestalt wirkt karikativ, grotesk, blasphemisch. Grauenerregend!

Dabei überbietet ihr schmales Gesicht den schauderhaften Leib. Rotumrandete Augen mit einer pechschwarzen Iris, keine Nase, Lippen bis zu den Ohren. Eine Fratze! Eine Grimasse, als hätte sie sich die Wangen aufgeschnitten. Dunkle Zähne ragen wie bei einem Raubtier hervor, das düstere Haar flattert im nicht vorhandenen Wind. Signifikant sprießt ein Elfenbeinhorn aus ihrem Schädel heraus, wie ich es bloß aus Bildern von den grauen Tierriesen vom fernen Kontinent kenne, aber bei denen ragt es aus dem Mund und nicht der Stirn.

„Der Sumpf wird tiefer, lasst eure Pferde zurück. Beim Herrn Akuma braucht ihr sie nicht", erklärt die schaurige, magere Riesin mit einer hohen, dünnen und geisterhaften Stimme. Der Klang genügt, meine Ohren brennen schmerzhaft.

Verängstigt schaut Hana mich an. Im Moment komme ich nicht einmal auf die Idee, nach meinem Revolver zu greifen, denn bei diesem Wesen bringt das nichts. Zum Glück ist es uns nicht feindlich gesinnt, denn sobald es ausgesprochen hat, dreht es sich zur Seite und geht. Erschrocken ziehe ich scharf die Luft ein. Es verschwindet auf Anhieb, es ist dünn wie Papier. Frontal gesehen, wirkt die Frau groß und mager; von der Seite höchstens wie der Umriss eines Haares. Als sich die Riesin wie durch Zauberhand aufgelöst hat, wäre Hana vor Schreck beinahe vom Pferd gerutscht. Mit Mühe hält sie sich im Sattel, ihr

Herz kann sie unmöglich beruhigen. Mir geht es genauso. Wir hatten mit dem Schlimmsten gerechnet, aber dieser Sumpf übersteigt unser Grauen bei Weitem. Was soll ein menschlicher Revolverheld dagegen ausrichten?

Sobald wir uns halbwegs beruhigt haben, klären wir, wie wir vorgehen sollen. Das Sumpfwasser vor uns steigt an, die Wege sind schmal und dünn. Es handelt sich um ein unpassierbares Terrain. Am Ende akzeptieren wir den Rat des Yokai, lassen unsere Pferde zurück. Hier beginnen die wahren Tiefen des Sumpfes.

Als die Pferde, sobald sie vom Zaumzeug befreit wurden, eilig den Weg zurückeilen, muss ich bitter schlucken. Es scheint, als ob die Tiere auf jenen Instinkt vertrauen, der auch mich zum Umdrehen bewegen will. Ich schenke der Furcht nicht nur kein Gehör, sondern handle gegensätzlich und begebe mich auf die Bedrohung zu.

„Lass uns losgehen!", sage ich mit bemüht optimistischer Stimme, sie nickt tapfer und knetet nervös ihre Hände. Ich sehe ihr an, wie sie fürs Wohl unseres Kindes weitergehen will, obwohl sie nervlich am Ende ist; so kurz vor dem Ziel steht eine Umkehr nicht zur Option.

Nacheinander betreten wir den schmalen, höchstens zwanzig Zentimeter breiten Pfad, der sich in den Sumpf hineinschlängelt. Auf beiden Seiten bedeckt das giftgrüne, sich deutlich vom Nebel abhebende Wasser die Landschaft. Kein dichtes Gestrüpp, sondern verschlungene, makaber emporragende Schlingpflanzen bestimmen das Bild und warnen mich vor einem Schritt ins Wasser. Mir scheint, wer den Pfad verlässt, verliert sein Leben.

„Keine Angst, meine süße Hime", erkläre ich ihr ermutigend, strecke ihr meine Hand entgegen, „ich beschütze dich selbst vor dem schlimmsten Feind. Ich habe nicht vergessen, dass du mich Eiyu genannt hast. "

Dankbar ergreift sie diese, ringt sich sogar zu einem sanften Lächeln durch. Reiner Selbstbetrug, wie mir klar wird, als ich ihr Zittern wahrnehme. Die Angst regiert unerbitterlich in ihr, nur mit viel Willenskraft kann sie ihren Kampfgeist bewahren. Sie wirkt wieder wie das schüchterne, zurückhaltende Mädchen aus dem Dorf.

„Lass uns weitergehen ...", erwidert sie mit hauchzarter Stimme wie eine sanfte Böe, „... mein tapferer Eiyu." Dieses Wort aus ihrem Mund zaubert mir ein Lächeln auf die Lippen.

Dann setzen wir unseren Weg zum Dämon fort und betreten den schmalen Pfad, der über den giftgrünen See und durchs geisterweise Nebelmeer führt. Zwei gestrandete Menschen im Reich der Yokai ...

Langsam kommen wir voran, weil wir penibel aufpassen, nicht ins miefige Sumpfwasser zu treten. Dabei fühlt sich der Boden feucht und glitschig an, meine Stiefel verursachen ein ploppendes Geräusch. Aufgeweichte Erde, giftgrünes Moos und ungefähr

344

knöchelhohe Büsche zieren den Pfad in regelmäßigen Abständen.

Verunsichert beschwert sich Hana, dass das Gestrüpp an der Haut kratzt. Ihr für die Umstände viel zu kurzes Kleid und die Sandalen entpuppen sich als scheußliche Wahl, um in die Tiefen des Kakushiro-Sumpfes vorzustoßen. Tapfer steht sie es mit zusammengebissenen Zähnen durch, bis ihr ein Malheur passiert. Sie verwechselt eine verblüffend große Seepflanze mit dem festen Boden. Sobald sie ihr Gewicht auf den verfluchten Fuß verlagert, sinkt sie in den Sumpf ein und ein schriller, vor Schreck hysterischer Schrei entflieht ihr. Bis zu den Knien taucht sie ins Schlammwasser ein, den Boden kann sie weiterhin nicht spüren. Zu ihrem Glück krallt sie sich rechtzeitig an meinen Arm fest.

Das Wasser fühlt sich kalt, dreckig, fast giftig an. Obwohl ihre Schreie in meinem Ohr brennen, reagiere ich rechtzeitig und ziehe sie zurück. Angewidert schüttelt sie ihr Bein aus, das schleimige Wasser bedeckt wie Erbrochenes ihre Haut. Von den Zehen bis zur Hüfte reicht es, ihre Sandalen und das dunkle Kleid haben einen Farbwechsel vollzogen. Sie klammert sich noch fester an mich, um kein weiteres Mal vom begehbaren Weg abzukommen. Währenddessen gibt ihr linker Fuß bei jedem Schritt ein platschendes Geräusch von sich, die Sandale hat sich mit dem giftgrünen Schleim des Sumpfes vollgesogen. Angewidert verzieht Hana das Gesicht zu einer Grimasse.

Doch nicht nur die stete Gefahr, in das Wasser – bei

dem ein Sturz tödlich wäre – zu fallen, begleitet uns. Die Orientierung lässt uns im Stich, alles wirkt in dieser Schauerlandschaft identisch. Mehrmals laufen wir in Sackgassen hinein, sodass wir umdrehen müssen. Gewisse Pfade brechen abrupt ab; das Wasser betrete ich für keinen Preis der Welt.

An manchen Stellen verdichtet sich das Nebelmeer sodass wir den moosgrünen Weg aus den Augen verlieren. Weder Hana noch ich trauen uns dann weiter, denn es kommt uns vor, als verberge der Nebel in diesen Gebieten die wahren Ungeheuer des alten Tarpans vor unserem Blick. Etwas, was wir auf keinen Fall sehen wollen, denn schon die bisherigen Monster peinigen uns genug.

Einmal erblicken wir, was in diesen Tiefen haust und fühlen uns wie auf dem Präsentierteller. Ein einzelnes, mit keinem Körper verbundenes Glubschauge ragt aus dem grünen Wasser heraus. Das Augenlid senkt sich träge herab, die langen Wimpern sind durch den Schlamm verklebt. Wenige Meter entfernt erkenne für den Bruchteil einer Sekunde einen Tentakel, es deutet die Größe und Beschaffenheit eines Ungeheuers an. Wenn wir nicht unter dem unverständlichen Schutz des Dämons stünden, gäbe es aus diesem Sumpf kein Entkommen. Gegen so etwas hat ein Mensch keine Chance.

Hana vergräbt wie ein kleines Kind das Gesicht an meiner Brust, ich streichle ihr liebevoll über den Rücken und unterdrücke meine eigene Furcht. Den Revolver beachte ich nicht, es hätte bei diesem Monster nichts gebracht. Zum Glück taucht es nach wenigen Augenblicken wieder ab. Jedoch werde ich den beißenden Verdacht nicht los, wieder vom Akuma beobachtet worden zu sein. Er lenkt unsere Schritte in bester Puppenspieler-Manier.

Bevor wir weitergehen, streicht sich Hana die Tränen aus den Augenwinkeln heraus. Trotz ihres Muts schimmern die strahlendblauen Augen vor Angst, schon vor dem Entscheidungskampf hadert sie mit der Situation. Ich verschweige ihr als Gentleman, dass der gefährlichste Part unserer Mission noch bevorsteht.

Dann gehen wir weiter, der Ekel bleibt ein beharrlicher, zu jeder Sekunde unerwünschter Begleiter. An manchen Stellen ist der Weg überflutet, knöcheltief waten wir durch das eklige Wasser und meine Stiefel imitieren Schwämme. An wieder anderen Passagen ist der Weg für ein paar Meter unterbrochen. Zum Glück kann ich Hana jedes Mal herüber hieven, sodass unser Weiterkommen nicht stagniert oder endgültig endet.

Nach zwei Stunden, in denen Hana vor Ekel ununterbrochen die Nase gerümpft hat, befürchte ich, mich verlaufen zu haben. Die gelegentlichen Sackgassen haben ein Labyrinth entworfen, dem ich nicht entrinnen kann, da wegen dem Nebelmeer nirgends ein Anhaltspunkt zu erkennen ist. Sogar die Sonne wurde einem als Kompass genommen, die ewige Dämmerung des Sumpfes sieht in allen Himmelrichtungen identisch aus. Mit gespannten Nerven will ich eine Pause

vorschlagen, als ein Rabe ungewöhnlich nah heran-
fliegt. Aus Wut zücke ich den Revolver, aber halte
inne, als er spricht. Entweder hat unser langes Her-
umirren seine Geduld strapaziert oder die Falle ist
zum Zuschnappen bereit. Andernfalls hätte er kaum
einen Boten geschickt.

„Ihr Narren habt die Orientierung verloren!", attes-
tiert der Rabe und landet auf einem Ast, welcher wie
ein Arm aus dem Sumpf herausragt. Wahrscheinlich
versank der Baum vor Jahrzehnten. Möglicherweise
wuchs hier ein Wald, bevor das Sumpfwasser alles er-
tränkte?

Verängstigt sucht Hana hinter meinem Rücken Deckung, seit den Begegnungen mit den Yokai ist ihr
Nervenkostüm dünn gestrickt. An einem Gespräch ist
keiner von uns interessiert. Letztlich bleibt uns in diesem Fabelreich der Dämonen, sprechenden Tieren
und Magie nichts anderes übrig, als dem Raben zuzuhören.

„Der Dämon schickt mich, damit ich euch zu ihm
geleite. Er will nicht länger warten. Kommt, Menschen, ich zeige euch den Weg! Aber achtet darauf,
mich im Blick zu behalten, denn viele Menschen lie-
ßen im Sumpf ihr Leben. Jaja, auch Yokai müssen essen … und nicht jeder gehorcht blind den Worten des
Herrn Akuma."

Von seinen makabren Worten erhalte ich eine Gänsehaut, Hanas Griff verstärkt sich. Wir antworten
nicht, sondern geben dem Raben zu verstehen, er
solle uns führen. Ich habe keine Lust, meine Nerven

mit einem Gespräch zu belasten, wenn der entscheidende Kampf vor der Tür steht.

Daraufhin gehen wir weiter. Eng drückt sich Hana an mich, während ich aufpasse, den Weg nicht aus den Augen zu verlieren. Ich achte auf den Boden, Hana behält den Raben im Blick. Auf diese Weise kommen wir schneller voran. Wie der Rabe sich zurechtfindet, bleibt ein Rätsel. Für mich schaut alles gleich aus. Nebelmeer, moosiger Grund, miefiges Sumpfwasser, trügerische Seerosen, grünbraune Schlingpflanzen, fehlendes Sonnenlicht. Für den Vogel scheint es jedoch unzählige Anhaltspunkte zu geben, denn er fliegt voran, ohne seine Richtung zu korrigieren. Ich rätsle, ob der Dämon ihn mit einem Zauber lenkt. Falls nicht, besitzt der Rabe einen außergewöhnlichen Orientierungssinn.

Wir eilen ihm so schnell wir können hinterher, bis Hana leise zischt: „Haru, mich befällt ein ungutes Gefühl. Es fühlt sich an, als begegnen wir gleich einem bösen Wesen. Ich habe am ganzen Körper eine Gänsehaut!"

Für eine Sekunde halte ich inne, spüre es auch. Eine beunruhigende, nicht in Worte zu fassende Aura strahlt heran, wegen der sich Hanas Gesichtsausdruck ändert. Zum anhaltenden Ekel gesellen sich blanke Furcht, nagende Angst und ein starker Pessimismus. Ihre Mimik avanciert zur Leinwand der Seele. Obwohl sie dem Dämon schonmal begegnet ist, weiß sie, dass das heutige Treffen unter anderen Bedingungen stattfindet. Er will mit keiner Silberzunge einen Pakt erzwingen, sondern zielt auf unser Leben ab. Oder er offenbart einen vollkommen anderen, mit Sicherheit nicht angenehmeren Grund, warum er uns herbat?

Bevor ich sie trösten kann, wendet sich der Rabe zu uns. Mit gleichmäßigen Flügelschlägen verharrt er in der Luft, starrt uns an. Die schwarzen Schwingen und gleichfarbigen Knopfaugen wirken wie ein böses O-men. Und hinter ihm hat sich der sowieso starke Nebel zu einer weißen Wand verdichtet, durch die kein Augenlicht dringt. Weder Hana noch ich widmen dem Raben unsere Aufmerksamkeit, denn wir wissen, am Ziel angekommen zu sein. Irgendwo in der Nähe versteckt sich das wahre Übel: Der Puppenspieler hinter dem Duell! Der Mörder meines Vaters! Der Erpresser meiner Freundin! Mein größter Feind auf der Welt!

„Herr Akuma erwartet seine Opfer zum Entscheidungskampf! Ich empfehle, euch kampflos zu ergeben, denn kein Mensch besiegt den Herrscher der Yokai. Wie ich euch Menschen kenne, werdet ihr dennoch kämpfen, obwohl ihr unterlegen seid. Wie handelt ihr?"

Zuerst schaue ich zu Hana hinüber. Trotz ihrer Schwangerschaft hat sie niemals eine Umkehr bewogen, sondern immer an meiner Seite sein wollen. Gemeinsam werden wir durch diese Nebelwand mit der unheimlichen Aura treten, dessen sind wir gleichermaßen überzeugt.

Dann wandert mein Blick zum Raben hinüber, der

weiterhin auf der Stelle schwebt. „Natürlich kämpfe ich! Und jetzt halt die Klappe, du nerviger Scheißvogel!"

Schneller, wie das Tier reagieren kann, zücke ich meine Waffe und knalle es ab. Ein krächzender Schrei entfährt ihm, als die schwarzen Federn in alle vier Himmelsrichtungen verteilt werden und wie Ascheflocken herabrieseln. Ein dumpfes, platschendes Geräusch folgt, als sein Körper auf den feuchten Boden fällt.

Sobald der Rabe gestorben ist, spüre ich, wie sich die Aura des Dämons verstärkt. Offensichtlich rüstet er sich zum Kampf, da wir uns feindselig gezeigt haben. Damit beginnt die Entscheidungsschlacht, welche entweder vom genialsten Revolverschützen des Landes oder dem Dämon gewonnen wird. Meine Faust versteift sich um den Griff, weil ich um nichts in der Welt verlieren will.

„Komm, meine süße Hime, treten wir durch die Nebelwand!", beschließe ich, nehme ihre Hand und laufe los. „Es wird Zeit, diesem Hurensohn zu beweisen, aus welchem Holz ein echter Yakuza geschnitzt ist."

Kapitel 14:

Der Dämon im Sumpf

Angespannt stehen wir vor dem Leichnam des Raben, trotz der kühlen Temperaturen läuft mir der Schweiß herab. Aus Instinkt ziehe ich Hana näher heran. Mit pochendem Herzen starren wir nach vorne, wo das Zentrum der düsteren Aura schlummert – dort befindet sich der Dämon! Dort haust der Strippenzieher hinter all dem Unheil!

Als habe der Akuma den Schuss als Kriegserklärung wahrgenommen, lichtet sich vor unseren Augen der Nebel. Die Schwaden treiben auseinander, das weiße Meer gibt einen schmalen Pfad frei und die Silhouette einer Person erscheint. Mit langsamen Schritten gehen Hana und ich den Pfad entlang, direkt auf ihn zu.

Anscheinend waren wir vom Raben zu einem kreisrunden Platz geführt worden. Fast wie eine natürliche Arena erhebt sich die kleine Insel mit einem Durchmesser von zwanzig Metern aus dem miefigen Wasser. An den Rändern ragen vereinzelte, morsche und aller Lebenskraft beraubte Bäume empor, der Boden ist von Moos bedeckt. Ein würdiger Ort, um es mit **ihm** aufzunehmen.

Der Dämon hat für Zuschauer gesorgt, Yokai und

Raben tummeln sich in der Nähe. Die schwarzäugigen Vögel sitzen auf den Ästen, manche puppengroßen Männlein mit leblosen Knopfaugen haben sich hinzugesellt. Gemeinsam bevölkern sie die Äste, die Männlein wippen mit den Beinen in der Luft umher. Gelegentlich kreisen schaurige Vögel, die nur ein riesengroßes Auge mit Fledermausflügeln sind, umher. Auch andere Yokai, denen wir bereits begegnet sind, erspähe ich unter den Zuschauern. Eine Horde an Wurmfrauen schwimmt wie Seeschlangen durch das Sumpfwasser, die gesichtslosen Weiber mit den Dachsleibern stehen götzengleich an den Rändern. Manche von ihnen sitzen auch auf den riesigen, teufelsartigen Oni, die riesige Knüppel mit sich tragen und von Schatten umwoben sind.

Manchmal taucht ein Tentakel oder eines der überdimensionalen Augen aus dem Sumpf auf. Ja, auch diese Monster scheinen zum Kampf eingeladen worden zu sein. Und als ich denke, es könne nicht schlimmer kommen, schälen sich die hauchdünnen Riesenfrauen wie eine Sinnestäuschung heraus. Der Akuma hat das Gesindel des Sumpfes zum blutigen Bankett meiner (oder seiner?) Rache eingeladen. Ob es wirklich nur Zuschauer sind, glaube ich beim besten Willen nicht.

Eine höllengleiche Kakophonie schallt herab. Die krächzenden Raben, die höhnischen Männlein, die fauchenden Wurmfrauen, die grölenden Oni, das Platschen der Tentakel und die Beleidigungen der schmalen Riesinnen. Am liebsten würde ich mir die

Ohren zuhalten. Ich verzichte darauf, denn diesen Erfolg gönne ich ihnen nicht!

Stattdessen mustere ich die Yokai, hoffe, sie halten sich aus dem Kampf heraus. Falls sie wie die Männer beim Anführer eingreifen, fehlt es mir an Munition und Talent, um ansatzweise gewinnen zu können. Solange ich nicht das Motiv des Dämons kenne, bringt es jedoch nichts, über sein Verhalten zu grübeln. Der gottverfluchte Puppenspieler muss den ersten Zug machen.

„Interessant, wie aggressiv ihr Menschlein seid. Grundlos den Raben zu erschießen ... ihr gebärdet euch wie Monster! Kleine, quengelnde, arrogante, selbstbezogene Ungeheuer! Parasiten! Höchste Zeit, dass die Yokai euch Invasoren in die Schranken weisen. Auf dieser *unserer* Insel habt ihr Menschen nichts verloren!"

Obwohl Hana es angekündigt hatte, überrascht mich die Stimme des Dämons. Honigsüß, als handle es sich um einen geübten Barden. Er wirkt und klingt weder männlich noch weiblich, diese androgyne Seite beherrscht auch sein Äußeres. Trotzdem verkörpert seine Sprechweise eine angeborene Eleganz, angenehme Tiefe und eindringliche Schärfe. Seine Stimme erinnert mich an die tuntigen Theaterschauspieler aus Taro.

Unpassend, fast deplatziert wirkt dieses Geschöpf im Sumpfgebiet, ein Fremdkörper. Erneut trägt er den noblen Anzug, dessen Stiefel sauber bleiben, obwohl der Boden matschig ist. Die rote Krawatte, das weiße

Hemd, die dezenten Handschuhe. Er könnte als Geschäftsmann der Ausländer durchgehen. Sein volles, schulterlanges Haar, welches er wie eine Welle zurückgekämmt hat, verleiht ihm eine schmierige, hinterlistige Ausstrahlung. Das wird von dem dezenten Bart nochmals verstärkt. Ich wundere mich über seine Hautfarbe, die nur im Gesicht zu erkennen ist. Hell wie Schnee, weiß wie der Nebel, unmenschlich wie bei einer Leiche. Spätestens bei diesem Anblick bin ich mir sicher, einem menschgewordenen Teufel gegenüberzustehen. Er strahlt das Charisma eines verführerischen Wortverdrehers und Ränkeschmieds aus, der nur unter den Menschen wandelt, um deren Sorgen für seine hinterhältigen Machenschaften zu missbrauchen.

„Du bist siegessicher!", rufe ich ihm zu, bleibe mit Hana am Ende des Pfades stehen. Ich versuche, jene provozierende Tonlage hinzubekommen, mit der ich den Anführer kopflos handeln ließ.

„Siegessicher? … ja, durchaus. Doch in erster Linie bin ich zornig. Verflucht zornig! Der Mensch verführt, betrügt, lügt … der Mensch raubt! Klaut! Stiehlt! Nimmt! Sieh mich an, die Verkörperung eurer selbst. Das Resultat eures Seins! Ein Schatten der Zivilisation, ein Spiegelbild der Dekadenz. Ich zog eure Haut wie einen Anzug an und wurde zu dem Teufel, der in euren Seelen haust. Hach ja, des Menschen größte Sünde ist er selbst!"

Gestisch unterstreicht er jedes Wort. Je stärker er mit seinen Händen gestikuliert, desto prägnanter fallen mir die schneeweißen Handschuhe auf. Sein Verhalten, sein Aussehen, seine Art – es kommt mir vor, als habe er seine Identität aus einem überspitzten Kinderbuch kopiert. Er ähnelt einem kinderstehlenden Kaufmann, der in Geschichten auftaucht, damit die Kinder keinen Fremden vertrauen. Er ist weder Spiegelbild noch Schatten, sondern höchstens eine verabscheuungswürdige Karikatur.

An den Inhalt der Ansprache verschwende ich keinen Gedanken. Wenn ich ehrlich bin, verstehe ich nicht einmal, was er aussagen will, aber bei den Zuschauern kommt es blendend an. Das sowieso infernale Geschrei steigert sich zu einer dämonischen Scheußlichkeit. Mit süffisantem Lächeln badet er im Applaus der Masse. Während ich mit geballten Fäusten dastehe, hält sich Hana die Ohren zu und wäre am liebsten im Boden versunken.

„Doch egal, was ich bin, es ändert nichts an dem Fakt, dass ihr meinen Plan zunichtegemacht habt. Ich war zu unvorsichtig … ja, das ist es. Denn wenn ich dich von Angesicht zu Angesicht sehe, erkenne ich, was dereinst dein Ziehvater in dir sah. Deine Augen sind aufmerksam wie von einem Adler, ausdauernd wie bei einem Wolf, wild wie bei einem geschlagenen Hund, vorsichtig wie bei einer geschickten Katze und intelligent wie bei einem klugen Menschen", zählt der Akuma auf.

Schnaubend schaue ich ihn an und kann nicht glauben, dass er die deckungsgleiche Aufzählung wie der einstige Unterweltkönig nutzt. Schlummern diese

Eigenschaften das tatsächlich in meinen Augen? Anstatt ihm eine Antwort zu geben, verunglimpfe ich ihn als Schwanzlutscher. Ich bin nicht hergekommen, um große Reden zu schwingen.

„Wie immer legt der widerliche Gossenjunge, nicht der heroische Revolverschütze dir die Worte in den Mund. Aber scheißegal, was für ein interessanter Mann du bist, ich verzeihe keinen widerwärtigen, sabotierenden Menschen mit ihren mikroskopisch kleinen Lebensspannen, wenn sie mir meine genialen Pläne zerstören. Dafür töte ich dich!"

Je länger er spricht, desto zorniger wird er. Der Speichel spritzt aus seinem Mund, eine Ader zuckt an seiner Schläfe und seine Fäuste sind geballt. Ich gieße mit ein paar weiteren Beleidigungen zusätzliches Öl ins Feuer.

Als er bemerkt, wie unstylish er sich verhält, korrigiert er sein Verhalten. Anstatt uns noch länger anzuschreien, beruhigt er seine Tonlage: „Na ja, egal. Aber wenn *Gnade* zu einem Fremdwort und *Verzeihen* zum Fluch verkommt, seid ihr in meinem Heim angekommen. Dem Ort des Altertums, dem Reich der Yokai, der Provinz der Vergessenen, dem Winkel der Vertriebenen und dem Territorium der Gefallenen – der Arena eures Todes! Für euch müssen wir der Hölle entstiegen sein, aber die einstigen Herren dieser Insel haben sich als gepeinigte Gruppe geschlagener Hunde in diesen Sumpf zurückgezogen und nun zu einem Bankett des Todes versammelt. Ein herzliches Willkommen an euch ausgewählte Menschen! Das

Leben von euch Paktbrechern gehört mir allein! Und was mir gehört, lasse ich mir nicht aus den Händen reißen."

Zum Abschluss breitet er theatralisch wie auf einer Bühne die Arme aus. Es beschränkt sich auf keine imposante Geste, sondern er verstärkt seine magische Aura. Ein Schreckensschrei entflieht Hanas Lippen, auch mich kostet es das letzte bisschen an Willensanstrengung. Und das wonnevolle Geheule der geifernden Yokai beweist, dass sie sich in der Magie wie Säue im Dreck suhlen.

Vor wenigen Minuten hatte sich seine magische Aura wie eine ungute Vorahnung angefühlt, mittlerweile peitscht diese wie ein spitzkörniger Eisregen uns mitten ins Gesicht. Ein Sturm, dessen Wind uns mit voller Breitseite erwischt. Seine bisher unvorstellbare Macht erhält eine spürbare Note, zerschmettert unseren Glauben an den Sieg. Wenn ich Hana nicht festgehalten hätte, wäre sie zusammengebrochen. Sie kämpft gegen die Ohnmacht an. Ich bemühe mich in der Zwischenzeit um eine halbwegs bissige Antwort, doch meine Coolness zersplittert wie Glas im Kanonenhagel der westlichen Artillerie. Was bleibt, ist der verzweifelte Ausdruck der Angst, den ein Bildhauer für ewig in meine Gesichtszüge gemeißelt hat. Ich bin mit Sicherheit nicht jener Hoffnungsschimmer, der Hana an den Triumph glauben lässt, aber hoffe, wenigstens ein kleines Lichtlein im Meer der verschlingenden Dunkelheit ihres Herzens zu sein. Aktuell bin ich ein miserabler Eiyu für meine Hime.

„Obwohl mein Plan zum Scheitern verurteilt ist, werde ich das Mädchen nicht töten, sondern nutzen!", fährt er mit gefasster Stimme fort, und gestikuliert weiterhin wie ein impulsiver Theaterschauspieler, dem das Testosteron ausgegangen ist. „Doch der nervige Junge kann mir egal sein! Hach ja, was verzehren sich meine Geschwister des Sumpfes nach dem Fleisch eines Menschen. Töten und fressen! Während ich dein Blut wie einen guten Wein genieße, dürfen die Yokai dein Gehirn verspeisen, deine Innereien verputzen, sich an deinem zarten Fleisch laben und an deinen Knochen nagen. Genüsslich werde ich deinen verzerrten Todesschreien lauschen."

Ein fieses, diabolisches Gelächter dringt über seine Lippen. Kein Mensch könnte in dieser verzerrten Tonlage lachen, immer unwohler fühle ich mich. Beruhigend streichle ich Hana über den Oberarm, und ziehe sie noch fester an mich heran, um sie vor dem Dämon zu schützen. Mehrere der Yokai kreischen voller Hohn, als Hana verängstigt das Gesicht an meiner Brust vergräbt, um nicht das Schauermär sehen zu müssen.

„Hey, du verfickter Akuma", ringe ich mich zu einer Frage durch, „warum hast du mit ihr einen Pakt geschlossen?" Selbst in der Stunde der Wahrheit begehrt er meinen Tod, während er Hana benutzen möchte.

Auf unmenschliche Weise legt der Akuma seinen Kopf schief, geht ein paar Schritte heran. Das diabolische Lächeln verharrt auf seinen blutleeren Lippen.

Sorgsam streichle ich ihr über den Rücken, Hana zittert wie Espenlaub und vermeidet jeden Blickkontakt mit unserer Nemesis.

„Ach", er fährt sich über den Bart, „im Auftrag eines naiven Mädchens habe ich den Yakuza-Anführer verhext und ihren Geliebten durch die Zeit geschickt. Der Grund für mein Handeln ist, was unter ihrem Herzen wie eine Frucht heranreift: *Ihr wundervolles Kind!*" Anschließend fixiert er seinen Blick auf Hana. „Das, was du gebärst, soll mir gehören! Wissend, dass du's mir nicht schenken wirst, musste ich einen Plan entwickeln, um an deinen Säugling heranzukommen. Wegen manchen magischen Grundregeln entpuppte sich der Plan als sehr kompliziert. Sagen wir's so, ich benötigte den Pakt, um an das Kindlein in deinem Bauch zu gelangen."

Der Zorn züngelt in mir empor, weist meine Angst zurück. Er hat seine Hände nach unserem Kind ausgestreckt, dafür schicke ich ihn unter die Erde. Dennoch wirft sein Verhalten viele Fragen auf. Falls er Hanas Kind begehrt, dann hätte er auftauchen können, wenn sie gebärt. Oder, wenn er ungeduldig ist, hätte er sie entführen können, damit sie im Sumpf das Kind zur Welt bringt. Warum sollte er zuerst den Anführer verhexen, ein Duell inszenieren, meine Wiedergeburt ermöglichen und Hanas Rachgier ausnutzen? Für mich ergibt sein Verhalten keinen Sinn!

Als ich bemerke, dass Hana nicht in der Verfassung ist, um eine Frage zu stellen, hake ich nach. Bevor ich ihm eine Kugel in den Kopf jage und mit seinem

Gehirn den Sumpfboden schmücke, will ich sein Handeln vollkommen verstehen.

„Gut, ich erkläre es euch", beschließt der Akuma. Die wogende Masse an Yokai hält sich zurück, sie gehorcht ihm aufs Wort. „Ich erkläre euch, warum ich all diese Magie gewirkt habe. Und glaubt mir, wenn ich sage, wie schwierig diese Magie zum Teil war. Der Anführer hat Tag und Nacht gegen den Fluch angekämpft, was ihn dermaßen stark auszehrte, dass er in wenigen Monaten um Jahrzehnte gealtert ist. Vielleicht hast du die Legende nur besiegen können, weil er sich innerlich gewehrt hat, zu diesem Duell anzutreten?"

Allein seine Frechheit, über meinen Vater zu sprechen, lässt mich die Faust fester um den Griff des Revolvers schließen. Dank meiner Wut gelingt es mir, die teuflischen Zuschauer auszublenden und mich ausschließlich auf den wahren Feind zu konzentrieren. Sobald er seine Motive offenbart hat, werde ich mit dem Kugelhagel beginnen.

„Wie schon gesagt", fährt der charismatische Dämon fort, „mir geht es um den Körper des Kindes, da ich einen menschlichen Leib benötige. Das, womit ihr gerade sprecht, ist nur eine Marionette. Mit einer Marionette kann ich nicht unter euresgleichen wandeln. Deshalb möchte ich meinen Leib tauschen. Die Gestalt als Yokai möchte ich ablegen, das Baby als neues Kleidungsstück anziehen."

Ein Fauchen jagt durch die Menge, als befürchte jeder, der Akuma sage sich von den Yokai los und schließe sich den Menschen an. Die Oni schlagen mit den Äxten in ihre freien Hände, bei den Dachsfrauen plustern sich die Schwänze auf, die Männlein hüpfen auf den Ästen herum, die Raben krächzen wütend, die Tentakel platschen ins Wasser, die Wurmfrauen winden sich wie sterbende Regenwürmer im Sonnenlicht. Ein Anblick brodelnden Zornes.

„Keine Angst, meine Brüder und Schwestern, euch verrate ich nicht. Nein, euch helfe ich! In Zeiten, in denen der Mensch uns den Lebensraum raubt, müssen wir Yokai unter ihnen wandeln, um sie zu besiegen. Ich begehre den menschlichen Körper, um jeden Menschen von unserem Inselreich zu tilgen, die es besetzt haben. Die uns ausrotten! Die uns bis in den Sumpf zurückdrängten! Ich will als Freund unter den Invasoren leben, sodass ich sie kaltblütig ermorden kann."

Die mörderische Wut unter den Zuschauern schlägt innerhalb eines Augenblicks in Euphorie um, jeder hüpft aufgeregt herum und jubelt dem Dämon zu. Er gleicht einem Erlöser, vereint die Sorgen und Ängste der Aussterbenden in sich.

„Das erklärt nichts!", falle ich ihm ins Wort. „Wenn du unser Kind für deine kranke Rache willst, macht es keinen Sinn, mich durch die Zeit zu schicken. Lügner!"

„Falsch, mein hitziger Feind. Du missverstehst die Beschaffenheit eines Yokai. Erstens möchte ich einziehen in meinen neuen Leib. Deshalb muss ich ihn bewohnen, bevor deine hübsche Freundin diesen Leib gebärt. Es darf sich keine Menschenseele in dem Kind einnisten, weil ansonsten meine Seele nicht hineinfahren kann. Jedoch existiert eine zweite Bedingung, von der die wenigsten Menschen wissen. Ein Akuma muss durch Bosheit geboren werden!

Die Wahrscheinlichkeit, in den Körper des Babys einzuziehen, verbessert sich, wenn die Mutter leidet. Je stärker das Leid, desto höher ist meine Chance, den Säugling zu beherrschen. Mein Plan ist darauf ausgelegt gewesen, dass Hana – jenes Mädchen, das weiterhin in dich verliebt ist! – dich immer wieder sterben sieht. Ihr Verstand vergisst zwar durch die Zeitsprünge, doch ich wirkte einen zweiten Zauber, der ihre schlechten Gefühle im Säugling bündelt. Dort fressen sich die Gefühle als Tumor in diesen herein, bereiten ihn für meine Übernahme vor. Verzweiflung, Frust, Wut, Hass, Zorn, Ekel, Trauer, Erniedrigung, Eifersucht, Misstrauen, Machtlosigkeit, Beklommenheit, Enttäuschung, Reue, Angst, Schuld. Alle Gefühle, die in einem Menschen Bosheit schüren, sind der beste Nährboden für einen Yokai. Mein Zauber schirmt euren Nachwuchs vor einer menschlichen Seele ab, bereitet ihn als Hülle vor.

Nach diesem Zauber fehlte es nur noch an einem Plan, wie ich dieses pechschwarze Gefühlsmeer in Hana auslösen könnte. Mit dem besten Revolverschützen des Landes hatte ich einen würdigen Gegner geschaffen, der Haru regelmäßig umbringen könnte. Ich wollte hunderte, nein, tausende Tode heraufbeschwören, damit der Säugling seine Menschlichkeit verliert und sein Herz zu Eis erstarrt. Leider hat es nur zwanzigmal gereicht, damit du deinen übermächtigen Vater bezwingst und aus meinen Schleifen ausbrichst. Es haben sich viel zu wenig schwarze Gefühle im Baby angesammelt."

Als der Dämon endet, herrscht eine angespannte Stimmung auf der Lichtung. Sogar die Yokai, deren kakophonischen Laute ständig herabschallten, halten zwischenzeitig ihre Mäuler. Alles, weil die Ansprache des Akuma uns gefesselt und seinen Plan offenbart hat.

Neben mir faltet Hana die Hände über ihrem Herzen, als wolle sie sich versichern, ob dieses noch schlägt. Zugleich reibt sie sich über den Bauch, sorgt sich, ob ihr Kind bereits von den schwarzen Gefühlen eingenommen ist.

„Aber warum ihre Muttermilch?"

„Ha …" Seine Mundwinkel heben sich wieder zu jenem diabolischen Lächeln, bei dem mir ein angewidertes Schaudern über den Rücken läuft. „Genau, das Detail fehlt noch. Zeitreisen sind kein Zauber, sondern ein höchst komplexer Trank. Diesen musste ich dir einverleiben, damit es zur Schleife kommt. Zu meinem Glück geben Frauen Muttermilch, ein Freifahrtschein für meinen Plan. Ich benutzte Hanas Milch, um dir den Zaubertrank einzuflößen.

Außerdem gibt es noch ein unschönes Detail bei diesem Zauber. Um die Welt eines Menschen um einen Tag zurückzudrehen, raubt der Trank einen Teil der Lebensspanne des Magiers. In diesem Fall gilt

Hana als Magier, da sie den Zaubertrank weitergibt. Jede Umdrehung kappte ungefähr ein bis zwei Monate ihres Lebens, aufsummiert hat sie zwei bis drei Jahre verloren. Deshalb flöße ich diesen Zauber am liebsten ins Blut meiner Opfer. Bei Schwangeren bietet sich mit der Muttermilch eine noch einfachere Lösung an."

Sofort wandert nach der Erklärung mein Blick zu Hana hinüber. Um gestohlene drei Jahre kümmert sie sich nicht, nachdem sie um ihr gesamtes Leben und die Zukunft des Kindes bangt. Doch für mich ist es ein weiterer Grund, diesem Dämon den Garaus zu machen. Er hat Hana ein Teil ihres Lebens für seinen perfiden Plan gestohlen.

Jetzt, wo ich die Wahrheit kenne, kann ich ihn endlich sorglos abknallen!

Während ich den Griff um den Revolver festige, stellt sich Hana aufrecht neben mich hin. Die anfängliche Angst, sich in diesem Schauermär zu befinden, hat sie überwunden. Jede Beleidigung des Dämons gegen ihr Kind peitscht ihren mütterlichen Beschützerinstinkt voran. Doch unser Mut steht auf dünnen Stelzen, als die Geräuschkulisse sich wie ein Orkan erhebt. Nach der Ansprache dürfen die Yokai wieder krächzen, kreischen, hüpfen, platschen, wüten und schreien. Als Hana zusammenzuckt, breitet sich ein siegessicheres, schmieriges Grinsen auf den glatten Zügen der Marionette aus.

Scheiß drauf …, denke ich mir, denn ich habe alle Informationen erhalten. Lieber wage ich den ersten

Schritt, als später das Nachsehen zu haben. Blitzschnell reiße ich meinen Revolver aus dem Holster, nehme in einer fließenden Bewegung seine Fratze ins Visier. Schneller, wie ein Yokai reagieren kann, drücke ich ab. Die Kugel rauscht über den moosigen Platz hinweg, bohrt sich in die Stirn des Dämons hinein und verpasst ihm ein Arschloch mitten im Gesicht. Sofort hören seine Bewegungen auf, sintflutartig fließt das Blut herab.

Schwankend schaut uns der Dämon an, das Grinsen zersplittert wie Porzellan. Ein Yokai nach dem anderen verstummt, eine ungeahnte Schwere breitet sich auf dem Platz aus. Dann fällt der Dämon um, bleibt still liegen. Habe ich gerade den Herrscher des Sumpfes besiegt?

Meine Skepsis schwindet zu keiner Sekunde, während Hana ihren Augen misstraut. Zuerst blinzelt sie, bis sie sich mit den Knöcheln über die geschlossenen Lider reibt, ob mein Schuss tatsächlich stattgefunden hat. Als sie vom Tod des Dämons überzeugt ist, setzt sie zu einem Freudensprung und -schrei an. Sie blendet für den Moment die wogenden, geifernden Geschöpfe aus.

Ich bin pessimistischer eingestellt, weswegen ich mich vorsichtig an den reglosen Dämon heranwage. Zu keiner Sekunde lasse ich die Yokai aus den Augen, doch diese machen keine Anstalten, mich zu attackieren. Still liegt die Leiche am Boden, mittlerweile quillt eine grünliche Flüssigkeit aus seiner Stirn heraus.

366

Anfangs floss Blut, bis es von dem grünen, ekelhaften Schleim ersetzt wurde.

Hanas panischer Schrei unterbricht meine Untersuchung, die Yokai befreien sich aus ihrer Starre. Oder genauer gesagt, nur das Sumpfungeheuer rafft sich auf. Ein masthoher Tentakel ragt aus dem Sumpf heraus und rauscht herab. Als ich mich zum Sprung bereitmache, erkenne ich, dass das Ziel eine andere Person ist.

Nur dank eines Reflexes weicht Hana aus, doch ich bezweifle, dass es ihr ein weiteres Mal gelingen wird. Verfluchter Mist, wir haben den Zorn der Yokai geweckt. Wie eine Welle breitet sich die Angriffsstimmung unter den monströsen Massen aus. Warum muss sich die verfickte Ausgangslage vom Duell mit dem Anführer wiederholen?

Unruhig drehe ich mich im Kreis, Hana rappelt sich wieder auf. Krächzend flattern die Raben in die Luft, die Oni stoßen ein ohrenbetäubendes Gebrüll aus und die skurrilen, nur aus Augen und Fledermausflügel bestehenden Vögel schwirren umher. Es dürfte eine Frage von Zeit sein, bis jeder Yokai mit dem Angriff beginnt. Die Männlein verfluchen uns in ihrer schnatternden, altertümlichen Sprache, die Wurmfrauen schwimmen auf die Insel zu, die Riesinnen verschwimmen als Silhouetten im allgemeinen Trubel. Und zu allem Überfluss flattern die Raben und Augenvögel zu hunderten übers Firmament. Allein wegen diesen krächzenden Schreien hätte ich am liebsten jeden Raben einzeln erschossen.

Ich kümmere mich nicht um die Yokai, sondern stürme schnell auf Hana zu. Glücklich fällt sie mir in die Arme, die Freude ist aus ihrem Gesicht gefegt. „Keine Angst!", bringe ich ohne Mehrwert über die Lippen, hebe meinen Revolver und stelle mich dem bevorstehenden Grauen.

Die Schergen der Schattenwelt umringen uns, den Angriff übernimmt das Sumpfmonster. Doch selbst ein Optimist weiß, wie sinnlos Kugeln gegen überdimensionale Tentakel sind. Für ihn gleicht ein Schuss einem Kratzer!

„Jetzt weiß ich, wie sich der Rabe gefühlt hat, den du ohne Gnade erschossen hast!", spricht der Dämon, als er aufsteht und sich den Staub vom Anzug klopft. Er richtet sogar seine rote Krawatte und wischt sich ein paar Strähnen seines entflohenen Haares hinter die Ohren.

Entgeistert schaue ich ihn an. Mein Herz sackt mir bis zu den Fußsohlen herab, Hanas Glaube an einen Sieg zerbröselt. Wenn ein Kopfschuss den Akuma nicht tötet, besitze ich als Revolverschütze keine Siegeschance. Tief hole ich Luft und frage mich zum ersten Mal, ob wir eine Zeitreise durchführen sollen. Anderseits weiß ich nicht einmal, ob ihre Muttermilch noch diesen Zauber hinkriegt. Unschlüssig, wie ich vorgehen soll, stehe ich verloren zwischen der wiederauferstandenen Marionette und dem Sumpfmonster mit den Tentakeln.

Die Panik breitet sich wie ein tödlicher Virus aus, meine Optionen sind beschränkt. Selbst, wenn meine

Kugeln gegen das Sumpfmonster und den Dämon eine Chance hätten, würde mir die Munition für alle Yokai fehlen. Bedrohlich dämmert mir, dass ein Entkommen unmöglich und der Untergang festgeschrieben ist.

„Stopp!", befiehlt der Dämon, als die ersten Wurmfrauen die Insel erreichen und mit ihren schleimigen, schlängelnden Leibern angreifen wollen. „Stopp! Halt! Da ich noch immer an meinem Plan hänge, greift niemand diese Menschen ohne meine Erlaubnis an!"

Mit seinen Händen wischt er sich über die Stirn. Das Loch bleibt, doch der grüne, herauslaufende Schleim versiegt. Ein paar Farbkleckse bleiben auf seiner schneeweißen Haut kleben, während die Handschuhe unbrauchbar geworden sind. Angewidert wirft er diese beiseite. Auch sein stylisher Anzug wurde vom Sturz verdreckt, geistesabwesend klopft er den groben Schmutz weg.

„Du hast meine Marionette erschossen, nicht mich", sagt er, erkennt zufrieden Hanas und meinen Schock. „Mein echter Körper lebt im Sumpf! Ich steuere den Menschen im Anzug, die hunderten Raben, die Yokai und den Kraken. Alles gehorcht dem Puppenspieler. Seht ihr langsam, wie unmöglich euer Sieg ist? Ihr närrischen Menschen denkt, eine Chance zu haben? Es ist zwecklos, sich mit dem mächtigsten Yokai von allen anzulegen. Ihr Narren fordert gerade keinen bloßen Akuma, sondern einen Kami heraus! Versteht ihr das?"

Als sein diabolisches Gelächter einsetzt, steigen die Yokai mit ein. Und wir beide fühlen uns wie eine mickrige Beute im Angesicht des Raubtiers oder das Schwein auf der Schlachtbank. Egal, was wir probieren würden, gegen den Schlächter hätten wir keine Chance.

„Aber der Schuss war durchaus ärgerlich. Mir gefällt nämlich diese Marionette sehr gut, mit zu vielen Löchern kann ich sie entsorgen. Deshalb wird es höchste Zeit, das Nebelmeer zur Sicherheit einzusetzen. Stirb, du arroganter Revolverheld!", tönt die Marionette, als sie lässig mit den Fingern schnipst und unser Schicksal besiegelt.

Postum zieht der Nebel auf. Schneller, wie ich es wahrnehme, versinkt die Sumpfinsel in einem weißen Meer. Die Marionette, das Sumpfmonster und die Yokai werden unkenntlich, mein Sichtfeld verschwindet. Jederzeit könnte der Dämon uns angreifen, während wir nicht einmal seine Attacken sehen würden. Verflucht!

„Haru … was sollen wir jetzt machen?", flüstert sie mir leise ins Ohr. Sicherheitshalber ergreift sie meine Hand, um sich nicht machtlos zu fühlen.

Meine Gedanken wirbeln durch meinen Kopf, einen Ausweg erkenne ich nicht. Mit pochendem Herzen bemühe ich mich um einen Plan, der mir nicht einfallen will *oder* kann. Die Wahrscheinlichkeit, jeden Augenblick vom Tentakel zerrissen zu werden, ist immens hoch. Selbst, wenn ich irgendwie den Kraken verwunden sollte, bleibt die bestialische Yokai-Horde sein Trumpf im Ärmel. Die Überzahl des Anführers ist ein Witz im Vergleich zu jener des selbsternannten Kamis. *Scheiße, scheiße, scheiße – wie konnte ich glauben, einen Dämon zu besiegen?*

Aus der Ferne höre ich ein Platschen, das Sumpfmonster bewegt sich. Als ich versuche, mich mithilfe der Ohren zu orientieren, wird mir klar, dass das Gekreische der Raben und Grölen der Yokai einen weiteren Störfaktor bildet. Ich wünsche mir von Herzen, wenigstens diese Mistviecher abzuschießen, wenn ich schon sterben muss.

Ich balle meine Faust fester um den Revolver, sodass meine Knöchel wie weiße Berge hervorstehen, und festige gleichzeitig den Griff um Hanas Hand, um ihr Trost zu spenden. Egal, wie sehr ich meine Augen zusammenkneife, ich erkenne keine Konturen in diesem Nebelmeer. Ein blinder Revolverschütze, das klingt nach einem beschissenen Witz.

„Wir sind in einer Sackgasse, Hana", flüstere ich ihr leise ins Ohr, damit der Dämon nichts mitbekommt. „Wir müssen uns auf den Zeitreisetrank verlassen. Während ich auf Angriffe achte, musst du dein Kleid ausziehen."

Entschlossen nickt sie. Aufmerksam beobachte ich die Umgebung, wobei ich mittlerweile auf mein Gehör vertraue. Hinter mir höre ich ein reißendes Geräusch, als Hana kurzen Prozess mit dem schwarzen Kleid macht.

„Ich bin bereit!", gibt sie mir zu verstehen.

Ich drehe mich zu ihr um. Als ich mich gerade

vorbeugen will, schießt einer der Raben heran. Wie ein Geschoss knallt das Kamikaze-Viech in meinen Rücken hinein, ich stolpere nach vorne. Ein Wirbelsturm aus Federn umgibt mich, für den Moment verliere ich die Übersicht.

Zum Glück halte ich Hanas Hand, sodass wir einander nicht verlieren, doch der Dämon hat mit dem Angriff begonnen. Bevor ich verstehe, was geschieht, rauschen die Raben herab. Wie Kanonenkugeln prasseln sie auf uns nieder. Untermalt von dem schaurigen Gekreische, prallt ein Rabe gegen meinen Arm und ein stechender Schmerz zuckt durch meine Nervenbahnen. Besonders die Schnäbel ähneln Messern, wenn sie sich ins Fleisch hineinbohren. Dabei werde nicht nur ich, sondern auch Hana von den Viechern attackiert. Ihre Schreie schmerzen in meinen Ohren, sie leidet. Kläglich wird mir meine Schwäche vor Augen geführt, ich komme in keine geeignete Schussposition. Nutzlos halte ich den Revolver in der Hand, gebärde mich wie ein Amateur.

Aus Panik schieße ich, die Kugel verschwindet wirkungslos im Nebel. Ich kann mich nicht konzentrieren! Von überall hallt der Lärm heran, ich sehe kaum die Hand vor Augen und werde ununterbrochen attackiert. Meine Augen sind nutzlos, mein Gehör genauso. Der Dämon hat eine feindselige Umgebung für einen Revolverhelden kreiert. Als ich schon denke, schlimmer kann es nicht mehr kommen, lassen sich die Männlein von den Bäumen fallen. Gackernd und feixend landen sie auf unseren Köpfen, benutzen

Hanas Haare als Lianen. Da sie nur ungefähr zwanzig Zentimeter groß sind, reißen sie uns nicht nieder, sondern huschen wie kleine Tiere herum.

Zur Unterstützung blasen auch die herumflatternden Augen mit den Fledermausflügeln zum Angriff. Sie imitieren die Kanonenkugeln noch besser wie die Raben, es sind scheußliche Geschöpfe.

Als einer der gehässigen Männlein mir seinen Finger ins Auge sticht, packe ich ihn und drehe ihm den Hals um. Das Knacksen erinnert an eine zerbrochene Rübe. Im Gegensatz zu den Raben fehlt es den Männlein an Geschwindigkeit, einen nach dem anderen erwische ich. Blöderweise muss ich dafür Hanas Hand loslassen, aber beginne endlich, unsere Gegner zu massakrieren.

Während ich mit ihnen kurzen Prozess mache, verliert sich Hana in Panik. Sie fuchtelt mit den Armen herum, schüttelt die Männlein nicht ab. Manche beißen ihr in die Gliedmaßen oder den nackten Oberkörper. Ein Schmerzensschrei löst sich aus ihrer Kehle, als einer der Männlein seinen Arm in ihrem Auge vergräbt und darin herumbohrt. Die Drecksviecher kennen keine Gnade!

Ich rufe mir in Erinnerung, dass ihre Verletzungen in der nächsten Schleife verschwunden sind, als ich ihr zur Hilfe eilen will. Trotzdem bietet sich mir ein schrecklicher Anblick, als das Männlein ihr Auge wie eine reife Frucht pflückt und es im schrillen Triumphgeheul in den Himmel reckt. Dieses Scheusal hat Hanas Auge ausgerissen! In animalischer Wut reiße ich einem herumwuselnden Männlein die Gliedmaßen vom Leib, weiche den *Kanonenkugeln* aus und kämpfe mich zu Hana vor. Ich muss, so verrückt das klingt, zu ihren Brüsten gelangen, um diesem Todeskampf zu entrinnen und sie aus der Odyssee der Schmerzen zu befreien. Als ich herumwirble, …

… schlägt der beschissene Tentakel zu! Eine baumstammdicke Peitsche rauscht auf mich zu, durch einen Reflex stoße ich Hana zu Boden. Dadurch entkommt sie dem Hieb, dem ich ungeschützt ausgesetzt bin und der mich frontal erwischt. Alle Luft wird mir aus der Lunge getrieben, als sich die Peitsche in meinen Magen bohrt und mich mehrere Meter wegschleudert.

Wie eine Puppe, die den Wutanfällen eines Kindes ausgesetzt ist, schleudert es mich über den Boden. Ungewollte Saltos, Purzelbäume und Radschläge vollführe ich auf eine unartistische Art und Weise. Dank des moosigen Bodens entkomme ich den tödlichen Knochenbrüchen. Als ich mich schmerztrunken aufrapple, verschwindet der Tentakel im Nebelmeer und hinterlässt bloße Ungewissheit. *Scheiße, ich habe Hana aus den Augen verloren! Was werden diese verfluchten Yokai mit ihr anstellen?!*

Mit schmerzverzogenem Gesicht reibe ich mir über den Bauch. Manche Rippen dürften angeknackst sein. Alles, was ich erreichen muss, ist durch die Zeit zu reisen. Keuchend drehe ich mich um die eigene Achse, das undurchdringliche Nebelmeer degradiert mich zum Schicksal eines Blinden. Der abscheuliche

Lärm der Yokai, gewürzt mit dem leidenden Wimmern meiner Ehefrau, lässt mein Gehör so nutzlos wie meinen Revolver sein.

Als meine verfickte Phantasie mir zeigt, wie Hana von den Raben, Augenvögeln und gemeinen Männlein zu Tode gequält wird, wische ich alle Sorgen und Zweifel beiseite. Torkelnd kämpfe ich mich voran, ähnle einem verwundeten Soldaten auf dem Schlachtfeld. Selbst, wenn sich die Nebelschlieren gelegentlich lichten, erkenne ich nur das Chaos von den herumschwirrenden Vögeln. Was machen die Wurmfrauen? Die Riesinnen? Die gesichtslosen Dachsmischlinge? Die Oni? *Und wo zum Teufel befindet sich der Dämon mit dem Sumpfungeheuer?*

Jedes Mal, wenn sich ein Schrei von Hana herauskristallisiert, steuere ich auf diesen zu. Es bricht mir das Herz, ihre Qualen zu hören, doch irgendwie hallen ihre Schreie aus verschiedenen Richtungen heran. Ich weiß nicht, ob das Einbildung ist oder manche Yokai zur Verwirrung ihre Stimme imitieren. Als sich plötzlich eine ekelhafte Wurmfrau vor mir aus dem Nebel schält, nutze ich sie als Ventil für meinen lodernden Hass. Ich trete rüde auf ihren schlängelnden Leib und knalle ihr im Anschluss den Kopf weg. Wenn ich die Chance bekomme, dann töte ich diese Mistviecher; auch, wenn es mich dem Sieg keinen Schritt näherbringt. Das Töten beschert mir eine gewisse Befriedigung.

Ein Rabe knallt gegen meinen Oberarm, ein Männlein beißt mir in den Nasenrücken. Den Raben trete ich wie einen Ball weg, das Männlein zerreiße ich entzwei. Seine Gedärme klatschen auf den Boden, das grüne Blut spritzt mir ins Gesicht. Eklig! Verflucht eklig!

Dann höre ich wieder Hanas Schrei, er ist nah. Unglaublich nah! Wegen der angebrochenen Rippen bekomme ich keinen Sprint hin, aber eile auf das Geräusch zu. Zuerst erkenne ich eine Silhouette, dann bricht mir ihr anschließender Anblick das Herz. An vielen Stellen fließt Blut herab, weil sie gnadenlos von den Kamikaze-Vögeln und bösen Männlein attackiert wurde. Beide Augen wurden brutal herausgerissen, ein Teil ihrer Lippe abgerissen. Kratz- und Bissspuren bedecken sie genauso wie Prellungen und Stichwunden. Ihre Schreie klingen kehlig, was ich erst realisiere, als sie mit schmerzverzerrter Mimik den Mund öffnet – ein Männlein hat ihr die Zunge herausgerissen! Nur ihr Bauch, in dem der neue Körper des Akuma schlummert, wird gehorsam von den Angreifern verschont. Das beweist die unglaubliche Kontrolle, die der Puppenspieler über seine Marionetten besitzt.

Hana ist auf die Knie gesackt, manche Raben zehren mit Schnäbeln und Klauen an ihren Haaren. Ein garstiges Männlein sitzt auf ihrem Haupt und reißt ihr die Wimpern mit seinen kleinen Händen aus. Ihre Schmerzensschreie verkümmerten zu einem qualvollen Wimmern, sie hat sich dem Leid ergeben und die Gegenwehr eingestellt. Sie schlittert in Agonie dem Ende entgegen, wissend, von den Schauergestalten der Hölle zu Tode gefoltert zu werden. Mit einem tränenverschmierten Blick, weil ich diese Frau von Herzen liebe und ihr Schicksal mir die Seele zerreißt, schieße ich los. Ich gerate in jene Trance wie es beim Kampf gegen den Anführer gewesen ist – in diesem Zustand würde ich blind treffen. Ich richte ihre Peiniger gnadenlos!

Manche widerwärtigen Raben und Männlein fallen zu Boden, das verfluchte Arschloch auf ihrem Kopf knalle ich als erstes weg. Dennoch greifen die Überlebenden weiterhin an, als besitzen sie keinen Überlebensinstinkt. Sie kennen weder Gnade noch Zurückhaltung, sondern zielen darauf ab, uns mit Qualen zu überschütten. Fremdgesteuerte Wesen mit abtrainiertem Lebenssinn.

Ich fluche stärker als ein sterbender Seemann mit heraushängenden Gedärmen, als sich meine Revolvertrommel leert und ich nachladen muss. Schnell krame ich in meinen Hosentaschen, werfe sechs Kugeln empor, packe mit der freien Hand einen Vogel aus der Luft. Höchste Zeit, das Meisterstück nicht nur zu wiederholen, sondern zu überbieten. Zorn, Wut und Hass waren schon immer Gefühle, die mich zu neuen Höhen antrieben.

Rücksichtslos drehe ich dem Raben das Genick um, die sechs Kugeln wirbeln durch die Luft. Bevor ich sie auffange, wandert mein Blick zu Hana hinüber, die schützend ihre Hände vor das geschändete Gesicht hält. Obwohl ich sie von den Plagen befreit habe, sind diese sofort zurückgekehrt und zerkratzen ihre Arme und Beine. Blitzschnell fange ich die Kugeln auf, jede einzelne landet in der Trommel des Revolvers. *Oh verdammt, bin ich gut!* Bisher gelang mir dieses Kunststück weder im Training noch beim Prahlen vor einem Mädel. Es im Schlachtgetümmel und dichtem Nebelmeer hinzubekriegen, überrascht mich auf positive Weise.

Normalerweise hätte ich mich auf diesen Lorbeeren ausgeruht, aber im Moment zählt der Kampf. Erneut schieße ich das Magazin leer, um Hana herum fallen die Vögel wie Regen zu Boden. Erst die Raben, dann die Männlein und Augenvögel. Ängstlich nimmt sie die Finger von den Augen weg, aber in den blutgetränkten Augenhöhlen befindet sich nur eine fleischige Masse; sie ist mit Blindheit geschlagen. Sofort renne ich auf sie zu, zehn Meter trennen uns voneinander. Ich sprinte, bis ich spüre, dass etwas heranrauscht. Instinktiv will ich mich auf den Boden fallen lassen, mir fehlt die Zeit. Stattdessen erwischt mich der Tentakel in der Seite, reißt mich mit sich. Ich spüre, wie jede Rippe in der rechten Körperhälfte zerbricht. Eine Welle aus unendlichen Qualen! Meine Organe werden zerquetscht, meine Lunge zerdrückt, mein Rückgrat angeknackst. Scheußliche Schmerzen jagen durch meinen Körper!

Anstatt auf den Boden aufzukommen, schleudert es mich in die Luft empor. Mindestens fünf Meter wirble ich hinauf, bis der Tentakel sich zurückzieht und mich dem freien Fall überlässt. Schreiend rausche ich dem Boden entgegen, meine eingedrückte

Körperhälfte hinterlässt einen blutigen Sprühregen im weißen Nebelmeer. Krachend schlage ich auf dem harten Boden auf. Mühsam lande ich auf den Füßen, keine kluge Idee. Meine Beine brechen wie morsche Äste, jedoch spüre ich diesen Schmerz wegen meines eingedrückten Oberkörpers nicht. Bereits in den Duellen mit dem Anführer habe ich gelernt, dass der menschliche Verstand nur ein gewisses Maß an Leid verarbeiten kann, bis er ein lethargisches Desinteresse entwickelt. Diese Schwelle übertrete ich gerade. Die gequälte Hana wurde schon von den Yokai an diesen Punkt geführt.

Hustend liege ich da, erbreche Blut. Als Mann, der neunzehn Tode hinter sich hat, handelt es sich beim Sterben um einen alten, nie gemochten Bekannten. Nur fehlt mir diesmal die Garantie, in die nächste Schleife zu springen. Stattdessen droht das endgültige Ende!

Oh Hana …

Wegen meinen gebrochenen Beinen und den zerschmetterten Rippen komme ich kaum vom Fleck, höchstens mit den Armen kann ich robben. Ich kapituliere. Genauso wenig hilft ein Schrei, denn meine zerquetschte Lunge füllt sich mit Blut. Es gibt kein ekligeres Gefühl, als am eigenen Blut zu ersticken. So eine verfickte Scheiße! Ich verfluche, wie idiotisch wir uns in den Kampf hineingeworfen haben. Von Rache und meinem Triumph über die Legende geblendet, habe ich nicht bedacht, wie mächtig der Herr des Sumpfes ist. Mein Hochmut kostet uns das Leben.

Verflucht! So gern hätte ich dem arroganten Dämon das Gesicht zerschossen.

Ich werde sterben! Hana wird sterben! *Ich muss unbedingt zu ihr kommen!*

Ich erkenne die Wurmfrauen in meiner Nähe. Ihre Leiber variieren zwischen ein und zwei Metern, eine schlingt sich um mein gebrochenes Bein. Ich kann weder strampeln noch mich wehren. Als ich zu brüllen versuche, entflieht mir ein Gurgeln. Meine vollgelaufene Lunge verweigert genauso wie meine gebrochenen Gliedmaßen den Dienst. Wehrlos bin ich den Yokai ausgeliefert.

Ich gebe mich bereits meinem Schicksal hin, als ein viel größerer Wurm, nein, ein Tentakel sich um mein Bein schlingt. Unnachsichtig zerquetscht es die Wurmfrau, zieht mich zum Ufer hin. Nachdem mir schon die Kraft bei den hässlichen Weibern gefehlt hat, komme ich gegen das Sumpfmonster auf keine Weise an.

Am Ufer steht die grinsende Marionette, schaut herab. Wie eine Made liege ich da. Da er keine Handschuhe trägt, berühren mich seine eiskalten Hände, als er meinen Kopf an den Haaren hochzieht. Mit Abscheu schaut er mich an, dieses Wesen hasst Menschen aus tiefster Seele. Es labt sich an meinem Leid, genießt meine Verletzungen, gönnt mir nur den schlimmsten Tod.

„Törichter Mensch!", spuckt er mir ins Gesicht. „Nun stirb!"

Als er meine Haare loslässt, hebt mich der Tentakel

in die Luft und mein Schicksal ist besiegelt. Ich kenne nicht Hanas Zustand, doch gelange unmöglich zu ihr. Ob sie geistesgegenwärtig genug ist, die Zeitreisemilch zu konsumieren? Ob diese überhaupt funktioniert? Wenn mich noch jemand retten kann, dann ist es Hana.

Unter mir erkenne ich ein schnabelförmiges Maul im giftgrünen Sumpfwasser. Vereinzelte Blutstropfen fallen in den Monsterschlund hinein, während es sich vorbereitet, mich zu verspeisen. Gelegentlich hallt das Kreischen der übrigen Yokai heran, sie schlummern unsichtbar im Nebelmeer und frohlocken über den Tod des verachteten Menschen, den sie als Invasoren der Insel betrachten. Der Tentakel lässt mein Bein los, ich falle in den Schlund des Monsters hinein. Zum Glück spüre ich nicht, wie das schnabelförmige Maul mich zerfleischt und das Sumpfwasser sich rötlich färbt.

Mein Leben endet im Sumpf! … *was für eine gottverfluchte Scheiße!*

Kapitel 15:

Das Dorf im Nebel

Am Morgen kommen wir in den Ausläufern des Sumpfes an. Gerade will ich weiterreiten, als Hana neben mir zusammenbricht. Ob etwas mit dem Baby nicht stimmt? Erschrocken wirble ich zu ihr herum. Wimmernd gleitet sie vom Pferd herunter, sinkt auf die Knie, zittert heftig und atmet hektisch. Sie hat aus dem Nichts eine Panikattacke. Trotz der kühlen Temperaturen läuft ihr der Schweiß herab, ihre Augen sind geweitet und die Haut leichenblass. Unsicher stützt sie sich mit den Händen auf dem Boden ab, aus ihrem Körper ist jede Kraft gewichen. Sofort binde ich unsere Pferde an einem nahen, morschen Baum fest, dann erkundige ich mich nach ihrem Gesundheitszustand.

„Oh Gott ... nein ... verflucht ... nichts ist gut!", stammelt sie, ringt um Atem. Ihre Augen wirken gehetzt, verzweifelt, verängstigt. „Ich ... ich habe die Hölle am eigenen Leib erlebt! Diese Schmerzen ... oh bei Gott, dieses Leid!"

Unsicher torkelt sie zum Wegesrand, steuert einen der querliegenden Baumstämme an. In einem gewissen Abstand folge ich ihr, rätsle, was vorgefallen ist. Mir fällt keine plausible Erklärung ein, vor einer

Minute ging es ihr noch gut.

Als sie den morschen Baumstamm erreicht, schwingt sie sich hinauf und lässt die Beine baumeln. Ich folge ihr. Nebeneinander sitzen wir dar, ich will ihr den Vortritt beim Sprechen überlassen. Tief atmet sie ein und wendet alle Willensstärke auf, erst nach zehn Sekunden auszuatmen. Mit diesem Trick beruhigt sie ein wenig ihre flatternden Nerven. Als zwei Minuten mit dieser Beruhigungsübung vergehen, kneift sie sich in den Oberarm hinein, bis sie mich ansieht. Überprüft sie etwa, ob es sich um einen Traum handelt?

Einen Traum ... etwa wie bei meinem ersten Mal? Ist Hana etwa durch die ...?

„Ich ... ich habe mitangesehen, wie du gefoltert wurdest, bis mir die Männlein meine Augen auskratzten. Und dann ... dann habe ich gehört, wie du gestorben bist. Ununterbrochen quälten sie mich ... du weißt überhaupt nicht, wie schmerzhaft das ist! Und ... und ich dachte, wir kämen niemals aus dieser Hölle heraus. Ich habe mich nur noch an meinem Tod gesehnt!"

Sie schafft keinen weiteren Satz, sondern bricht in Tränen aus. Ich verstehe nicht vollkommen, worum es geht, aber erkenne, dass sie Trost benötigt. Sanft bette ich ihren Kopf an meiner Schulter. Beruhigend streichle ich ihr übers Haar, spüre, wie ihre salzigen Tränen mein Hemd berühren. Schluchzend gesteht sie, ihre Milch getrunken zu haben. Dann fällt es mir wie Schuppen von den Augen! Die Erlebnisse, von denen Hana berichtet, geschahen in einer anderen Zeitschleife, in der wir gegen den Dämon verloren und das beschriebene Unheil erlitten hatten. Sie brach zusammen, weil in diesem Augenblick ihr Ich aus der anderen Schleife in den Körper niederfuhr. Hier liegt der Wiederbelebungspunkt, der in meinem Fall Laylas Bett gewesen ist.

„Dafür bringe ich ihn um!", schwöre ich, streichle ihr weiter über den Kopf. „Keinem Wesen erlaube ich, dieses Verbrechen meiner Hime anzutun! Gnadenlos werde ich ihm …"

„NEIN!", kreischt sie hysterisch, versetzt mir einen Stich ins Ohr. „Nein, nein, nein! Du darfst nicht in den Sumpf! Kein Mensch kann den Akuma besiegen! Lass uns weglaufen … meinetwegen bis ans Ende der Welt oder weiter … ja, noch viel weiter, damit wir nicht den Kampf schlagen müssen!"

Erneut beginnt sie zu zittern. Vorsichtig schlinge ich einen Arm um ihren geschmeidigen Körper, ziehe sie näher heran und hauche ihr einen Kuss auf die Stirn. Anstatt zu antworten, warte ich, bis sie sich beruhigt hat. Hana wurde von den Erlebnissen ihres eigenen Todes schwer traumatisiert. Wenn es jemanden gibt, der diese Erfahrung versteht, dann ist es meine Wenigkeit.

„Aber dir ist klar, dass unser Kind immer in Gefahr schwebt, wenn wir weglaufen?"

Tief holt sie Luft, bis sie vorsichtig hochschaut. „Wir alle sterben in diesem Kampf!", kontert sie.

„Nicht mit einem guten Plan. Er ist besiegbar – jeder

ist das! Mit einer passenden Taktik können wir gewinnen!"

Sofort unterbricht sie unseren Blickkontakt und blinzelt mehrmals, um die Tränen zurückzuhalten. „Haru", sie spricht zu ihren Händen, „kannst du dich an nichts erinnern? An gar nichts? Nicht einmal an den Schmerz, den du erlitten hast, als du gefressen wurdest?"

„Nein ... nichts! So war es auch bei meinen Zeitschleifen. Der Zeitreisende kennt jedes Detail, aber niemand anderes erinnert sich an die Wiederholung. Nur für dich fand der Kampf statt, für mich fordern wir den Akuma zum ersten Mal heraus."

„Schrecklich!" Sie schnieft kräftig, wischt sich die Tränen aus den Augen. „Absolut schrecklich ... wie hast du neunzehn Tode ausgehalten? Ich ... ich verliere schon beim ersten meinen Verstand."

Scheinbar habe ich ihr in der anderen Schleife alles von dem Zeitreisephänomen erzählt, denn sie weiß über meine zwanzig Wiederholungen Bescheid. Zugleich fällt mir außer *Willenskraft* keine Antwort auf ihre Frage ein, jedoch halte ich diese bewusst zurück. Stattdessen erkundige ich mich, ob sie nicht von den Geschehnissen aus der ersten Schleife berichten möchte. Anfangs erstarrt ihr Körper, als könne sie keinesfalls diese grausamen Erlebnisse beschreiben. Erst, als sie genauer darüber nachdenkt, erkennt sie, dass ich es erfahren muss. Daraufhin schluckt sie ihre Angst mitsamt der Verzweiflung herunter, räuspert sich und beginnt mit ihrem Bericht.

Öfters gerät sie ins Stocken, manchmal bricht sie in Tränen aus. Es gibt Passagen, über die sie länger spricht, während sie über die düsteren Momente hastig hinübergeht. Trotzdem erhalte ich einen guten Überblick, wie chancenlos wir gegen den Dämon gewesen sind. Ein übermächtiger Akuma, ein riesiges Sumpfmonster, eine Horde Yokai und ein undurchdringliches Nebelmeer. Halt, eine Marionette! Keine Ahnung, wo sein richtiger Körper steckt. (Das macht es nicht einfacher, diesen selbsternannten Gott zu töten …)

„Verstehst du jetzt, warum wir fliehen müssen? Wir bräuchten eine Armee! Nein, bestimmt würde er sogar eine Armee besiegen können, weil er alles im Sumpf kontrolliert. Haru, mit Worten kann ich nicht diesen Schrecken beschreiben … ich bin keine Bardin! Würdest du dich erinnern, wüsstest du, dass uns nur die Flucht als Option bleibt. Bitte, du musst mir vertrauen!"

„Und dann?", kontere ich harsch.

„Dann laufen wir weg! Über die ganze Insel, meinetwegen bis zum fernen Kontinent. Nein, noch weiter! Wir laufen so lange, bis kein Mensch mehr unsere Sprache spricht und fremde Sitten dort herrschen. Und dann laufen wir noch weiter, bis wir in Sicherheit sind und im Ernstfall den Rand der Welt erreichen … Oh bitte, Haru, lieber ein Leben auf der Flucht als ein Tod in diesem Kampf. Sei nicht so stur und glaub deiner Frau!"

„Denkst du, *Weglaufen* reicht? Zum Schutz gegen

einen Dämon, der die Zeit zurückdrehen kann? Der durch Schatten wandelt? Ein Wesen, das Vögel, ein Sumpfmonster, die Yokai, ein Nebelmeer und Menschen kontrollieren kann? Wenn er unseren Tod will, rettet uns nicht einmal das Ende der Welt! Verdammt, eine Flucht ist keine Lösung!"

„Selbst, wenn er uns jagt, könnten wir auf der Flucht mehrere Jahre überleben. Vielleicht keine einfachen oder glücklichen, aber immerhin gemeinsame Jahre. Wir könnten uns gute Taktiken zum Verstecken ausdenken … und selbst, wenn wir sterben, hätten wir genug Zeit, unser Kind zu retten. Bitte, Haru, glaube mir in dieser einen Sache. Erfülle mir diesen einen Wunsch und ich werde dich nie wieder um etwas bitten!"

Natürlich verstehe ich ihre Angst, aber will den Akuma auf keinen Fall am Leben lassen. Wenn ich auf eines verzichten kann, dann einen lebenslangen Häscher, der jederzeit auftauchen und ein Massaker an meiner zukünftigen Familie anrichten kann.

„Legen wir uns einen Plan zurecht. Vielleicht fällt uns einer ein?", erwidere ich unnachgiebig, bis ich ihr zugestehe: „Und wenn nicht, können wir uns zurückziehen, damit wir in Sicherheit sind. Klingt doch besser, als direkt feige zu flüchten."

Sie stützt ihren Kopf in den Händen ab, beginnt damit, sich die Schläfen zu massieren. Es ist eindeutig, dass sie nichts von meinem Vorschlag hält. Trotzdem stimmt sie zu. Wir bleiben auf dem gefällten Stamm sitzen, lehnen uns halbwegs gemütlich an den emporragenden Ästen an. Zum Glück befinden wir uns in den Ausläufern des Sumpfes und nicht tief drin, wo eine Rückkehr durchs Nebelmeer unmöglich wäre.

Es wird schwierig, eine Einigung zu finden. Besonders, weil es nicht zu meinen Stärken gehört, Pläne zu entwerfen oder kreativ vorzugehen. Mein Trumpf ist mein Revolver, der mir in diesem Kampf nicht hilft. Verflucht! Ich fühle mich wie ein stinknormaler Bürger, kein legendärer Revolverschütze.

Ohne Plan wird Hana niemals in das Duell ziehen ..., rufe ich mir in Erinnerung. Nachdenklich lehne ich mich an einem der morschen Äste an, bei jeder Bewegung knackst das Holz. Wenn ich alleine wäre, hätte ich mich wagemutig in den Kampf gestürzt, doch ich muss an die Frau an meiner Seite denken. Die blinden Aktionen vom Duell mit dem Anführer gehören der Vergangenheit an.

Unweit von mir sitzt Hana, spielt an der Rabenfeder aus ihrem Gepäck herum und lässt die Beine baumeln. Ob sie ebenfalls an einem Plan feilt? Oder wartet sie nur, bis ich eingestehe, dass ein Kampf keine Zukunft hat? *Möglicherweise hofft sie, dass ich zu dumm für einen Plan bin?* Seufzend versuche ich, verschiedene Szenarien in meinem Kopf zu simulieren. Selbstverständlich tappe ich auf der Stelle, außer meinem Revolver besitze ich kein Ass – Sumpfmonster lassen sich nicht mit Kugeln umbringen, eine beschissene Situation. Auf keinen Fall will ich mit eingeklemmtem Schwanz davonlaufen, das verbietet mir meine Ehre.

Und eine lebenslange Flucht kann ich weder Hana noch unserem Kind zumuten.

Mindestens zwanzig Minuten sitzen wir auf dem morschen Baum, denken schweigend nach. Mehrmals ermahnt mich Hana, endlich von einem Kampf abzusehen und führt mir meine Chancenlosigkeit vor Augen. Da ich mich nach dem Duell gegen den Anführer für unbesiegbar gehalten habe, schmeckt mir ihre Einschätzung gar nicht.

Sie erklärt etwas von: *„beschützen heißt manchmal, vor der Gefahr wegzulaufen"*, aber darüber denke ich nicht nach. Ein idiotischer Spruch. Erst, wenn die Gefahr ausgemerzt ist, kann man sich zufrieden zurücklehnen. Das habe ich spätestens bei der unglücklichen Scheiße, die mit dem Anführer abgelaufen ist, gelernt. Nachdem ich sechs Monate auf der Flucht war, weiß ich, wie gehetzt man sich fühlt. Besonders schlimm wäre dieser Zustand bei einem Dämon, der in jeder Sekunde aus den Schatten heraustreten und seine gierigen Finger nach uns ausstrecken kann. Das ist kein Umfeld, in dem ein annehmbares Leben möglich ist! Blöderweise fällt mir kein Plan ein, während Hana mit logischen, stichhaltigen Argumenten auf einen Rückzug drängt.

Verzweifelt schlage ich vor: „Wir können die Zeitreisemilch nutzen!"

„Du denkst, der Dämon erlaubt das?" Eine ungläubige Note stiehlt sich in ihre Stimme hinein. „Schon beim letzten Mal war es Glück, aber dieses Mal wird der Kraken verhindern, dass du oder ich auch nur einen einzigen Tropfen konsumieren. Ich bezweifle, dass die Zeitreisemilch uns einen dritten Versuch gewähren wird!"

Anstatt zu antworten, versinke ich wieder in Gedanken. Währenddessen zwirbelt sie die Rabenfeder zwischen ihren Fingern, schaut angespannt ins Nebelmeer hinein. In den folgenden dreißig Minuten erstelle ich eine grobe Liste, was hilfreich wäre. Zuerst bräuchten wir bessere Waffen. Am besten ein Katana oder Äxte, mit denen ich die Tentakel abhacken könnte. Wie gut das am Ende des Tages klappt, ist eine andere Frage. Feuer wäre auch ein gutes Hilfsmittel. Ich weiß nicht, wie viele tierische Instinkte in den Yokai stecken, aber gegen Feuer dürften sie nicht immun sein. Vielleicht könnten wir auf diese Weise ihr Eingreifen eindämmen oder, wenn es ideal läuft, unterbinden. *Aber wie entfache ich mitten im Sumpf ein riesiges Feuer?*

Als ich schon deprimiert den Kopf hängenlassen will, kommt mir das stinkende Öl der Umerikaner in den Sinn. Der schwarze Dreck, der die Metropolen Taro, Nanto, Tosaka oder Nyushu in stinkende Nester verwandelt hat. Der Fluch, an den der Shogun seine Seele mitsamt seinem Volk verkaufte. Dieser klebrige Mist, mit dem die seelenlosen Maschinen des Westens angetrieben werden. In einer Schmiede des nahen Dorfes stiegen die charakteristischen Wolken dieses Giftes auf. Beim Hindurchreiten hatte ich noch angewidert das Gesicht verzogen, jetzt danke ich heimlich dem Landesverräter. Sein Bestreben, das
390

Gift der Umerikaner bis in die abgeschiedensten Winkel des Landes zu träufeln, könnte unsere Rettung gegen die Schatten des Altertums ermöglichen. Ein Ölbrand brächte sogar die Yokai in Bredouille.

Mit glitzernden Augen springe ich vom Baum herunter, strahle Hana an. „Lass uns ins Dorf zurückreiten! Jenes, welches wir am fünften Tag gesehen haben."

„Aber …"

„Ich habe einen genialen Plan, Hana. Komm, ich erkläre ihn dir beim Reiten. Ich räuchere nämlich diesen verfluchten Dämon mitsamt seiner Brut aus!"

Sie schaut mich schief an, keinesfalls überzeugt. Erst, als ich sie erneut dränge, ergreift sie schweigsam die Zügel ihres Reittiers und löst diese vom Ast. Ich ahne schon, wie viel Überzeugungsarbeit notwendig ist, aber hoffe, mein Plan spricht für sich. Gleichzeitig schwingen wir uns in den Sattel hinein. Zur Durchführung benötige ich Waffen und Öl. Das Zweitgenannte besitzen die Dörfler einhundertprozentig, bei passablen Waffen hege ich meine Zweifel. Wir sprechen von Bauern, keinem Militär. Selbst der Schmied dürfte sich auf landwirtschaftliche Werkzeuge spezialisiert haben.

Aber egal, ich überzeuge mich mit eigenen Augen. Dann reiten wir den Weg zum Dorf zurück. Seite an Seite, wobei ich mit der Erklärung meines Plans beginne.

Im Laufe des Tages legen wir ein ordentliches

Tempo hin, um zeitig das Dorf zu erreichen. Der Großteil der Früh verläuft mit dem Ritt, in dieser Zeit weihe ich Hana ein. Regelmäßig werden wir unterbrochen, wenn das Krächzen eines Raben erschallt, doch kein Vogel wagt sich in unsere Nähe. Gut so, denn der Dämon darf auf keinen Fall erfahren, was mir vorschwebt.

Bei jedem Krächzen wird Hana leichenblass, schaut sich geschockt um, kämpft im Inneren gegen die bitteren Erinnerungen aus dem Kampf an. Unbewusst legt sie schützend die Arme um ihren Bauch, sie will wenigstens ihr Kind vor dem Dämon bewahren. Es kostet mich viel Überzeugungsarbeit, ihr ansatzweise meinen Plan mit dem Ölfeuer näherzubringen. Eine halbe Stunde nimmt die Erklärung, drei weitere Stunden die Überzeugungsarbeit ein. Egal, wie beruhigend und selbstsicher ich klinge, ihre Angst vor eine Rückkehr in den Sumpf bleibt. Die Panik und Furcht schlummern in ihrer Seele.

Einen Teil des Ritts beschreibe ich, wie gigantisch ein Feuer mit dem Öl der Umerikaner brennt. Möglichst plastisch will ich dieses Phänomen skizzieren, um sie zu überzeugen. Anstatt mir danach zu antworten, beginnt sie zögerlich, von unserer Familie zu erzählen. Dabei malt sie sich aus, wie wir gemeinsam in der Zukunft leben. Zu Beginn verstehe ich nicht, was das bedeuten soll, bis ich begreife, dass sie auf ihre Weise den Wunsch einer friedlichen Zukunft darstellt.

Je länger wir über meinen Plan reden, desto

überzeugter kommt sie mir vor, dass wir die friedliche Zukunft auf diese Weise am besten erreichen können. Bald versteckt sich in ihren Worten kein ängstlicher Funke mehr, sondern sie brennt vor Entschlossenheit, dieses Ungetüm aufzuhalten und sich für die erlittenen Schmerzen zu rächen.

„Heißt das, wir wagen es?", frage ich, beuge mich wissbegierig vor.

„Bevor ich dir zustimme, sollten wir schauen, alles Notwendige im Dorf zu finden. Andernfalls ist der Plan nicht durchführbar, sodass wir unmöglich in den Sumpf zurückkehren können. Ansonsten …", sie holt tief Luft, „… sollten wir es für das Wohl unseres Kindes probieren! Immerhin können wir durch die Zeit springen."

Mir fällt ein Stein vom Herzen, als ich ihre Zustimmung höre. Nachdem sie in der Früh von ihrer unbändigen Angst übermannt wurde, hatte ich befürchtet, sie niemals zu einer Rückkehr in den Sumpf bewegen zu können. Glücklich balle ich die Faust und recke sie siegessicher zum Himmel empor. Ich bin überzeugt, dass wir mit meinem Plan unmöglich den bevorstehenden Kampf verlieren.

Daraufhin manövriere ich mein Pferd so nahe an ihres heran, dass die Tiere unruhig die Köpfe herumwerfen, und beuge mich vor. Spitzbübisch und erleichtert drücke ich ihr einen Kuss auf die Lippen, für mich ist die Rückkehr in den Sumpf somit entschieden.

Als wir nach vier Stunden – kurz nach Mittag – das

winzige Dorf erreichen, fehlt nur die Suche nach den nötigen Utensilien. *Die Gewissheit bleibt.* **Sein** *Tod ist der Preis, den wir für ein ruhiges Leben bezahlen müssen.* Ohne den Tod des Dämons bringt mich niemand aus dem düsteren Kakushiro-Sumpf heraus.

Am liebsten hätte ich vorgeschlagen, Hana dürfe im sicheren Dorf bleiben, aber allein ließe sie mich niemals in den Kampf ziehen. Außerdem besitzt nur sie Zugang zur Zeitreisemilch. Ich muss sie in das Duell mitnehmen, ohne sie käme ein Tod dem sicheren Ende gleich. Gemeinsam mit Hana werde ich diesen übermächtigen Feind in die Knie zwingen!

Das Dorf ist winzig, veraltet und heruntergekommen. Ob ich hier Waffen finde, halte ich für unwahrscheinlich, aber das Öl existiert. Wie beim ersten Besuch erspähe ich sofort die charakteristische Rauchwolke. Als ich Hana darauf hinweise, reagiert sie gleichermaßen erleichtert und bedrückt. Weiterhin plagt sie die erste Zeitschleife.

Einvernehmlich binden wir die Zügel unserer Pferde an einer der Stangen fest, mustern die Umgebung. Knapp fünfzig Holzhütten stehen herum. Die Straße besteht aus keinen Steinen, sodass die kiesige Erde unter meinen Stiefeln knirscht. Zusätzlich wabert das Nebelmeer durch die Gassen hindurch, verleiht dem Ort eine düstere Aura und bringt Hana zum Zittern.

Da wir dieses Mal nicht von der Haupt-, sondern einer Nebenstraße in das Dorf gekommen sind, begegnen wir zu Beginn keinen Menschen. Stattdessen wirkt der Ort ausgestorben. Unsicher drehe ich mich im Kreis, entdecke niemanden. Entmutigt greife ich nach Hanas Hand, dankbar erwidert sie die Geste. Gemächlich schlendern wir durch die nebligen Gassen. Es wirkt wie der letzte Ort vor der Grenze zum Dämonenreich, weshalb die Menschen vorsichtig bei Fremden sind und ungern auf der Straße herumgehen. Wahrscheinlich träumt jeder Bewohner von einem Leben in den großen Industriestädten, aber kann sich den Wegzug nicht leisten. Das harte Schicksal der hiesigen Bevölkerung.

Hinter einer Kreuzung begegnen wir einem alten Mann mit langem, schlohweißem Bart, der ihm bis zum Brustkorb reicht. Obwohl das Haar auf dem Kopf nicht sprießt, hängen die vereinzelten Strähnen seiner Halbglatze bis zu den Schultern herab. Mich, einen Mann aus der Hauptstadt, erinnert er an das Idealbild eines Hinterwäldlers.

„Hey!", rufe ich, woraufhin er sich griesgrämig zu uns umdreht.

„Was gibt's?", lautet seine Antwort, bei seinem Dialekt gerate ich beinahe ins Stolpern.

Es wird keine leichte Unterhaltung, sich mit diesem Mann auf die notwendigen Materialien zu verständigen. Mit Hanas Hilfe meistern wir das Gespräch, sodass ich herausfinde, dass das Öl vorrätig ist. Ich bin ihr etwas schuldig, als Bäuerin aus Aomori spricht sie eine ähnliche Mundart wie die Menschen in Kiga. Jedoch kann sie im Gegensatz zu ihm in ein richtiges

Tarpanisch wechseln.

Auf Anweisung des alten Mannes klopfen wir am größten Haus – einer vergleichsweise kleinen Hütte – des Dorfes an, in dem der Statthalter lebt. Zuvor verabschiedet sich Hana bei ihm, ich stolpere bereits bei der Betonung der Silben und verfluche leise den hiesigen Dialekt.

Nach wenigen Augenblicken wird geöffnet, ein von der Arbeit gezeichneter Mann steht uns gegenüber. Mein Bild, das ich von Statthaltern besitze, lässt sich nicht mit ihm in Einklang bringen. In diesem kleinen Dorf befreit seine Position nicht von der körperlichen Arbeit, sondern bürdet ihm bloß weitere Pflichten auf. In knappen Sätzen erkläre ich ihm unser Begehr. Zum Glück versteht und spricht er richtiges Tarpanisch und keinen Dialekt. Als er sich dann nach einer Bezahlung erkundigt, juckt es mir gewaltig in den Fingern. In diesem Hinterwäldlerdorf könnte mir als Revolverschütze niemand gefährlich werden, aber Hana würde es mir nie verzeihen, wenn ich Gewalt einsetze.

Das Verhalten des Statthalters verändert sich glücklicherweise vollkommen, als ich erwähne, mit diesem Material die Yokai bekämpfen zu wollen. Sein düsterer Gesichtsausdruck, der Furchen in seine Stirn getrieben hat, verschwindet und wird von einem optimistischen Lächeln ersetzt. Ich scheine die richtigen Worte benutzt zu haben.

„Ihr wollt den Herrn des Sumpfes töten?", fragt er verwirrt, aber hoffnungsvoll. Seine bedrückte Miene ist von Trauer und Schmerz gezeichnet, seine Augen erzählen eine Geschichte von inniger Hoffnung und bitterem Unglauben.

Nicht nur ich, sondern auch Hana nicken. Als er skeptisch zu ihrem Bauch herabschaut, beginne ich zu erklären, was passiert ist. Da ich ein begnadeter Revolverschütze bin, will ich den Dämon töten, um meine Frau vor ihm zu beschützen. Selbstverständlich erzähle ich ihm nichts von der Zeitreise, weil er das niemals geglaubt hätte, aber spreche das Öl der Umerikaner an.

„Vielen Dank!" Nachdem ich meine Erklärung beende, beginnt er mit der überschwänglichen Bedankung, die mehrere Minuten dauert und viele Gestiken besitzt. Er scheint mich nicht nur für einen wagemutigen Mann, sondern einen wahren Helden zu halten. Na ja, vielleicht habe ich beim Sieg über den Anführer zu sehr geprahlt.

„Natürlich bekommt Ihr das Öl", versichert er nickend. „Ihr müsst wissen, seit einer Ewigkeit versinkt das Dorf im Nebel und die Bewohner leiden. Wir können wegen dem Wetter keine Landwirtschaft betreiben, Hunger und Armut sind das Resultat. Sollten die Yokai verschwinden, wird sich alles ändern! Nimmt, was ihr benötigt, damit ihr den Akuma und seine Lakaien umbringt."

Während ich zufrieden grinse, bedankt sich Hana bei der Unterstützung des Statthalters. Ich hatte mit harten Diskussionen oder Diebstahl gerechnet, stattdessen würden wir zu den Helden des Dorfes aufsteigen. Als ich schon die Besorgung vom Öl und den Waffen in die Wege leiten will, beginnt der Statthalter von der Vergangenheit des Dorfes zu erzählen. Unbewusst schlittert er in den Dialekt aus Kiga hinein, sodass ich Verständnisprobleme besitze.

Scheinbar lebten in Kiga und Aomori seit jeher viele Yokai, nur Tokkaido übertraf dieses Phänomen noch. Doch seit sich die Menschen auf der Insel ausbreiteten und der Shogun sogar die Grenzen öffnete, wurden die Yokai immer weiter verjagt. Aus allen Präfekturen Tarpans flohen sie in den dünn besiedelten Norden, zum Unmut der hiesigen Bevölkerung lag das riesige Tokkaido hinter dem Meer. Besonders Kiga litt unter diesem Ansturm. Die Gebirgsregion hinter Hanas Dorf und die Sümpfe in Kiga wurden zu Sammelplätzen. Dereinst sprühte dieses Dorf vor Leben und lebte von Landwirtschaft, heute leidet es im Nebelmeer des Herrn des Sumpfes. Ich frage mich, ob sich der Nebel lichten würde, wenn wir das Ungeheuer töten. *Oder geschieht das erst, wenn wir alle Yokai im Sumpf massakrieren?*

Ehrlich gesagt, will ich gar nicht wissen, wie viele Menschen in diesem Dorf von den Yokai getötet wurden. Ich kenne viele Schauergeschichten von den Monstern aus der alten Zeit, die Kinder entführen, Frauen schänden und Menschen verschlingen. Besonders bei den riesigen Oni, den garstigen Männlein und den ekligen Wurmfrauen kann ich mir gut vorstellen, wie sie sich an den unschuldigen Dörflern vergehen.

„Es gibt eine Sache, die wir berücksichtigen müssen", schalte ich mich rüde in den wehklagenden Monolog des Statthalters ein. „Das Öl darf nicht von den Raben gesehen werden, denn diese Mistviecher dienen dem Akuma als Spione. Wenn er von meinem Plan erfährt, ist dieser zum Scheitern verurteilt. Verstanden?"

Eifrig nickt Hana, auch der Statthalter akzeptiert es wortlos. Beklommen erkenne ich, wie viele Vögel herumsitzen. Auf manchen Dächern hocken die schwarzen Tiere mit den leblosen Knopfaugen, am liebsten hätte ich sie alle erschossen. Um Munition zu sparen, gedulde ich mich jedoch und beuge mich vor. Ab jetzt gilt Fingerspitzengefühl, um nicht aufzufliegen. Knapp erkläre ich Hana und dem Statthalter, wie wir vorgehen. Er kümmert sich mit den Männern um die Waffen, Hana verstaut in der Zwischenzeit klammheimlich das Öl. Ich begleite derweil den Dorfvorsteher, weil der Dämon weiß, dass ich der Kämpfer bin. Sein Fokus wird hauptsächlich mir gelten, das nutze ich aus.

„Lass es so aussehen, als ob du nach Lebensmitteln und Wasser suchst", ermahne ich sie. „Er darf nichts vom Plan erfahren, wir brauchen das Überraschungsmoment auf unserer Seite."

„Klar!", versichert sie.

Im Anschluss trennen wir uns. Da Hana weiß, dass das Öl in der Schmiede gelagert wird, agiert sie allein. Die Raben werden sich auf die Menschentraube, nicht das einsame Mädchen konzentrieren. Langsam glaube ich zu verstehen, wie der Dämon tickt – und das werde ich mir gnadenlos zum Vorteil machen. Um ihn zu verwirren, gehe ich mit den anderen Männern mit, um mir Äxte zu besorgen. Manche, die den Yokai schon einmal begegnet sind, lachen über meine Waffenwahl. Grinsend erzähle ich ihnen von dem Sumpfmonster, mit den Äxten zerhacke ich seine Tentakel am besten.

Derweil schleicht Hana sich in die Schmiede herein und achtet tunlichst darauf, von keinem Raben gesehen zu werden. Sie füllt das teure Öl in unscheinbare Tongefäße ab, die zum Transport von Wasser oder Lebensmitteln genutzt werden. Insofern der Dämon nicht allzu aufmerksam ist, wird er es für Proviant halten.

Um den Fokus des Akuma noch stärker auf die Waffen zu richten, erkundige ich mich beim Statthalter, ob im Dorf ein Katana existiert. Zwar sterben die edlen Samurai durch die Verbreitung der Schusswaffen nach und nach aus, aber der Statthalter besitzt das Katana seines verstorbenen Bruders. Obwohl es ein wertvolles Andenken ist, leiht er es mir. (Das unterstreicht nochmal, wie wichtig diesem Mann das Verjagen der Yokai ist.)

Mit dem Katana werden wir den Dämon verwirren. Er wird denken, dass ich mit einer Axt für den Kraken und dem Katana für die Yokai zurückkehre. Für die herumflatternden Raben, aggressiven Männlein, ekligen Augenvögel und seine Wenigkeit spare ich mir den Revolver auf. Das klingt sogar nach einem guten

Plan, wenn ich nicht das Öl bekäme, mit dem ich alles abzufackeln plane.

Obwohl ich mit Sicherheit nicht das Geschick eines Samurai besitze, lehrte mir der Anführer aus traditionellen Gründen den Umgang mit einem Katana. Ich beherrsche die Waffe unseres Volkes gut genug, um ein paar beschissene Yokai niederzumetzeln. Und der Dämon hat überhaupt keine Ahnung, wie mein Können mit dieser Waffe ist. Provozierend funkle ich die Raben an, mir einbildend, ihn in deren Knopfaugen zu erkennen. Eine selbstbewusste Aura kann in Duellen Wunder wirken, schon den Anführer habe ich mit meiner unverschämten Art zur Weißglut getrieben. Da ich weiß, wie arrogant und siegessicher der Akuma ist, dürfte ihn meine Überzeugung amüsieren. Nichts verursacht häufiger einen Fehler als Hochmut.

Mach dich bereit, dass ich dir den Arsch aufreiße, du Hurensohn!

Als ich damit beginne, die Äxte und das Katana an den Pferden festzubinden, verfolgen die Raben jeden Handgriff. Deswegen verkünde ich hörbar, als Hana mit einem der Tontöpfe zurückkommt, dass sie hoffentlich leckeren Proviant besorgt hat. Ich bin mit Sicherheit kein guter, aber als charmanter Bandit durchaus respektabler Schauspieler. Grinsend stimmt sie zu, während ich ihren Augen ablese, wie schwer ihr das Schauspiel fällt. Die panische Angst, welche sie in der Nähe der Raben verspürt, kann sie bloß mit sehr viel Willensstärke unterdrücken. Jedoch gibt meine

Ehefrau alles, damit der Plan klappt.

Beide Pferde packen wir bis zum Zusammenbruch mit den Tongefäßen voll. Wir erzählen einander eine wirre Geschichte von mehreren Tagen, die wir im schlimmsten Fall im Sumpf verbringen müssen, womit wir diesen arroganten Bastard in Sicherheit wiegen wollen. Dabei achte ich darauf, es angemessen häufig zu erwähnen, um nicht aufzufallen. Als Bandit und Dieb gehört das Lügen zu meinen größten Begabungen, die Unwahrheit kommt mir problemlos von der Zunge.

Sobald wir alles festgeschnürt haben, setze ich mich auf mein Tier. Hana reitet hinterher. Anschließend verabschieden wir uns vom Statthalter und den herumstehenden Männern. Egal, in wessen Augen ich blicke, alle strahlen wegen dem neuerwachten Hoffnungsschimmer.

„Wir werden den Dämon töten!", versichere ich hörbar für die Menschen **und** Raben. „Wir werden die ekelhaften Yokai vertreiben!"

Mit diesen Abschlussworten gebe ich dem Pferd die Sporen, es setzt sich gemächlich in Bewegung. Die Glückwünsche hallen nach. Unter den dankbaren Blicken der Dorfbewohner reiten wir in die Entscheidungsschlacht gegen den großen Feind. Im Gegensatz zum letzten Mal besitzen wir einen echten Plan, um ihn zu besiegen.

Kapitel 16:

Entscheidungskampf im Sumpf

Zwei Dinge haben sich bei unserer Rückkehr in den Kakushiro-Sumpf geändert. Erstens brauchen wir keinen Raben als Führer, denn Hana erinnert sich an den Weg. Eine positive Erkenntnis, denn es erlaubt mir, diese Mistviecher abzuknallen. Ein diabolisches Grinsen breitet sich nach jedem Mord auf meinen Lippen aus, meine Mimik hätte ideal zu einem Bösewicht gepasst. Auch Hanas Augen strahlen. (Und wenn wir uns kurz verirrt haben, taucht sofort ein Rabe auf, um unseren Weg zu korrigieren.) Jedes Mal knalle ich den Scheißvogel nach dem Ratschlag ab.

Zweitens lassen wir die Pferde nicht am Beginn des schmalen Pfades zurück, sondern führen sie an den Zügeln durch den Sumpf. Zwar ist die Wahrscheinlichkeit, dass eines der Tiere stürzt, enorm hoch, und die Anzahl an Flüchen steigt ins Unermessliche, aber diesen Preis nehme ich in Kauf. Wir brauchen die Tiere, um die Tontöpfe zur Insel zu schaffen.

„Ihr seid also zurückgekehrt!", tönt die Marionette, spaltet das Nebelmeer.

Der weiße Dunst teilt sich, die unfassbare und mörderische Aura trifft mich wie ein Boxschlag ins

Gesicht. Verunsichert gerate ich ins Wanken, im Gegensatz zu Hana handelt es sich um meinen ersten Kontakt mit seiner Magie. Abrupt zweifle ich am Plan. Die Vorstellung, mit Feuer ein magisches Wesen zu besiegen, klingt wie ein Segelschiff, das es mit der westlichen Kriegsmarine aufnimmt. Absolut lächerlich! Vollkommen unterlegen! Ich komme mir wie ein General vor, dessen Armee von einer unbesiegbaren Übermacht bedroht wird und bloß Seppuku begehen kann.

Mit einem intensiven Kopfschütteln verjage ich die Skepsis aus meinem Kopf.

Zuerst schält sich eine Silhouette heraus, nach zwei Sekunden erkenne ich den anzugtragenden Dämon. Ein blasser, eleganter Mann, der an einen Ausländer erinnert und mir erstmals unter die Augen tritt. Dagegen ist es Hanas dritte Begegnung mit dem charismatischen, androgynen Scheusal, das unser Kind als neuen Körper begehrt.

Als Mauer umschließt der Nebel die winzige Insel mit einem Durchmesser von zwanzig Metern. Morsche Bäume ragen am Rand empor, besetzt von kreischenden Männlein und gackernden Raben. Auch die schauerlichen Yokai lud der Dämon erneut zum großen Duell ein, zu Dutzenden versammelten sich die Wurmfrauen, Oni, gesichtslosen Dachsmenschen, Augenvögel und Riesinnen im Sumpfwasser. Sie umringen uns als Zuschauer, die gehässigen Gesichter erinnern an Fratzen. Nervös ringe ich die düstere Aura nieder, Hana kämpft gegen die Erinnerungen aus der letzten Schleife an. Bildhaft schimmern die Schmerzen vor ihrem inneren Auge, die Männlein dürften sie bis ans Lebensende in den Albträumen verfolgen. Trotz ihrer Tapferkeit zittert sie am ganzen Körper.

Elegant setzt der Dämon einen Schritt nach dem anderen, ohne Vorwissen würde er einem Gentleman ähneln. Umso länger ich seinem Anblick ausgesetzt bin, desto stärker peitscht diese meinen Zorn an. Wenn dieses Arschloch denkt, sich in mir einen leichten Gegner ausgesucht zu haben, hat er sich gehörig verkalkuliert. Es wird mir ein Vergnügen sein, ihn mitsamt seinen Schergen und dem gigantischen Kraken abzufackeln.

„Bin zurückgekehrt, um dir den verfluchten Arsch aufzureißen, du Hurensohn!", töne ich großspurig. Wie beim Anführer greife ich auf meine Lieblingstaktik zu, ich provoziere mein Gegenüber bis er vor Zorn leichtsinnig wird.

Das wohlbekannte, abartige Lächeln hebt seine Lippen an. Er bleckt die Zähne, meine fehlende Angst gefällt ihm nicht. Normalerweise nimmt er die Rolle des Fuchses auf Hasenjagd ein, ich betrachte unsere Beziehung lieber als einen Revierkampf unter Artgenossen. Gut, vielleicht bin ich in seinen Augen nur ein streunender Wolf, der sich mit einem Rudel anlegt. Aber lieber der verzweifelte Wolf als das wehrlose Häschen!

„Du willst mich besiegen?" Ein unangenehmer, aggressiver Spott stiehlt sich in seine Stimme hinein. Die honigsüße Note weicht. „Verzeih mir, wenn ich dir stattdessen die größten Qualen zufüge. Sicherlich hat deine nette Freundin erzählt, dass sich die Bosheit mit jeder Schleife stärker im Baby manifestiert. Wenn's nach mir geht, könnt ihr gern hunderte Wiederholungen absolvieren, bis ich in den Säugling hineinschlüpfe."

Beim Anführer lag mir immer die passende Erwiderung auf der Zunge, weil ich wusste, was die bescheuerten Banditen zum brüllenden Gelächter animierte. Dagegen sind Yokai ein undankbares Publikum, sogar auf einen cleveren Witz springt keiner von ihnen an. Anstatt zu antworten, verziehe ich nur mein Gesicht zu einer steinernen Maske. Hana kriegt ihre Mimik nebenbei nicht unter Kontrolle. Sie wirkt wie die überforderte Protagonistin in einem Horrortheaterstück.

„Verschlägt es dir die Sprache?" Seine Lippen heben sich so weit an, dass das rosafarbige Zahnfleisch sichtbar wird. „Stirbt, kehrt zurück! Und stirbt, und stirbt, und stirbt, und stirbt, und stirbt, und stirbt … ha! Das gefällt mir! Wiederholung auf Wiederholung, bis sich die Seele des Säuglings pechschwarz gefärbt hat und er die Bosheit selbst verkörpert. Stirbt, stirbt, stirbt, stirbt, stirbt, stirbt und tausendmal stirbt! Alles für euren Tod! Wisst ihr was, ich flöße euch sogar die Milch ein, also müsst ihr euch nicht vor dem endgültigen Tod fürchten. Dieser ist viele Schleifen entfernt; so viele, bis die Seele des unschuldigen Babys rabenschwarz ist!"

Ein Schaudern überkommt Hanas Körper.

„Weißt du", noch nie im Leben kostete es mich so viel Kraft, ein Grinsen hinzubekommen, „ich will dir deine feuchten Träume nicht zerstören, aber mir genügt ein einziger Tod: Deiner! In der Hinsicht bin ich bescheiden. Ich bin glücklich, wenn du verreckst. Wobei ich gestehen muss, es zu genießen, wenn du möglichst grausam und leidvoll ins Gras beißt. Na ja, sogar die Bescheidenen besitzen ihre Laster."

„Wenn da nicht einer seine scharfe Zunge wiedergefunden hat …" Er vergräbt eine Hand in der Hosentasche, beherrscht den lässigen Auftritt bravourös. Ob die Marionette zu Lebzeiten ein Schauspieler gewesen war? „Mal sehen, in welcher Zeitschleife dich die Verzweiflung einholt und verschlingt. Verletzungen, Qualen, Schmerzen und bestialische Tode. Ein Meer des Leidens erwartet euch beide und der menschliche Verstand ist fragil wie Porzellan. Manchmal kann schon durch ein Schnipsen ein Haufen an Scherben entstehen. Während sich in dem Säugling das Böse ansammelt, wird sich der Wahnsinn gierig durch eure Hirne fressen und eure herumschwirrenden Gedanken in Matsche verwandeln. Klingt das nicht wunderschön?"

Nachdenklich tippt er sich mit der anderen Hand ans Kinn. „Hm … die Frage ist, wem ich die Milch einflöße. Wisst ihr, beim Duell gegen den Unterweltkönig entschied ich mich für Haru, weil Hana unwahrscheinlich ihre eigene Milch getrunken hätte. Jetzt kann ich es ihr genauso gut gewaltsam einflößen.

Warum nicht? Dann soll Haru unwissend in den Duellen erscheinen, während ich Hana wieder und wieder durch die Zeit schicke. Verabschiede dich von deinem Verstand, Mädchen … ach, und wenn du schon dabei bist, kannst du ebenso deinem Kind Lebewohl sagen. Ich werde es dir erst aus dem Leib schneiden, wenn du im Meer des Martyriums ertrunken bist und kein Land der Hoffnung erblickst. Wenn du noch wie ein Verrückte vor dich hin brabbelst, ist der Augenblick gekommen, um den Säugling aus deinem offenen Bauch zu entnehmen und dich elendig verbluten zu lassen."

Kreidebleich steht Hana neben mir, jede seiner Zukunftsprophezeiungen trifft sie härter wie ein Messerstich. Unsicher schwankt sie, ich lege sanft meinen linken Arm über ihre Schultern und stütze sie. Die Aussicht, dass der Dämon sie auf diese Leidensodyssee schickt, erweckt ein siedendes Zornesfeuer in mir. Meine Hand ballt sich um den Revolver, bereit, die grinsende Marionette abzuknallen. Wenn es ein Attribut gibt, bei dem ich mich nicht verstecken muss, dann ist es das Schießen. Sobald ich wieder ins Stadium der Trance gelange, hält mich nichts und niemand auf.

Der Akuma freut sich wie ein beschissener Clown auf einer Party, als er Hanas bröckelnden Kampfgeist erkennt. Er schürt ihre Verzweiflung, wie ein Parasit nistet sich diese in unserem Kind ein. Wenn ich das Leben unseres Kindes und das unschuldige, unbeschwerte Lachen meines Mädchens bewahren will,

408

muss ich es in dieser Schleife beenden. *Ich freue mich schon, wie dein tuntiges Grinsen schmilzt, wenn der Sumpf zum Inferno wird*, denke ich höhnisch und setze ein wölfisches Grinsen auf.

„Gut." Ich festige den Griff so fest um den Revolver, dass meine Knöchel weiß hervorstehen. „Eine letzte Gegenfrage hätte ich noch an dich, du mutterfickender Hurensohn: *Verspürst du Schmerzen, wenn ich deine Marionette töte?* Oder muss ich mich gedulden, bis ich deinen echten Leib quäle?"

„Es sind Marionetten! Zu diesen besitze ich keine nervliche Verbindung."

„Also deinen wahren Körper. Dann wappne dich, ungekannte Schmerzen zu verspüren, Akuma. Ich zeige dir, wie ein Yakuza aus der Unterwelt von Taro die Dinge regelt."

Eiskalt funkeln wir einander an. Selbst seine mörderische, übermächtige Aura bringt mich nicht aus der Fassung, aber an Schneid und der richtigen Portion Wahnsinn hat es mir nie im Leben gefehlt. Schon als Dieb in der Gosse stahl ich von jenen Leuten, bei denen ein Leichtsinnsfehler mir den Tod beschert hätte. Was ist eine Herausforderung ohne das Risiko des Todes?

Mit dem Katana und der Axt, die beide in meinem Gürtel befestigt sind, realisiere ich, dass der verlorengeglaubte Geselle namens Hoffnung zurückgekehrt ist. Vom schwarzen Gold hat der hochnäsige Dämon keine Ahnung. Diesmal wird es keine zwanzig Wiederholungen geben; nein, ich töte dieses Arschloch mit dem zweiten Versuch.

„Okay, obwohl es nichts bringt, aber du hast genug geredet. Halt die Fresse, du Schwanzlutscher! Am liebsten verstümmle ich zu Beginn deine Marionette! Nicht, weil es dich schmerzt, sondern weil mir diese Kackfresse auf die Eier geht."

Nach meiner Drohung herrscht für einen Augenblick eine greifbare Stille. Die Raben und Männlein beobachten uns mit ihren Knopfaugen von den morschen Bäumen aus, unsere Lasttiere scharen unruhig mit den Hufen, die Yokai grummeln und die Puppe starrt uns grinsend an. Mir schlägt das Herz bis zum Hals, Zorn fließt als Blutersatz durch meine Adern. Als der Augenblick der Stille sich dem Ende zuneigt, schieße ich aus Gehässigkeit der Marionette ein Loch zwischen die Augen. Als hätte ich die Fäden des Puppenspielers durchtrennt, sackt die Marionette zusammen. Mir egal, dass er gleich wieder aufsteht, denn ich genieße das Gefühl, diese grinsende Fresse zu durchlöchern.

Hiermit ist der Entscheidungskampf eröffnet! Dabei bin ich nur ein schießwütiges, Yokai-zerhackendes Ablenkungsmanöver, damit Hana das umerikanische Öl verteilen kann. Die Vorstellung spendiert mir das Lächeln eines Bösewichts. Ich werde das größte Feuer, das die Welt je gesehen hat, entfachen. Ich werde den Akuma mitsamt seinen Schergen und Ungeheuern verbrennen. *Komm schon, Mistkerl, jetzt zeige ich dir, wie ein Bastard aus der gottverlassenen Gosse von Taro kämpft!*

410

Als wäre nichts vorgefallen, steht die Marionette auf, klopft sich den Staub vom Anzug ab, wischt sich den grünen Schleim von der Stirn und funkelt uns an. Diesmal habe ich ihm einen Teil der hinteren Schädeldecke weggeschossen, das abgestorbene, faulige Gehirn der Puppe sieht ekliger wie ein Scheißhaufen aus. Vertrockneter Kot, der einen eisigen Winter gereift ist, steckt ihm zwischen den Ohren. Trotzdem schlummert in den schwarzen Augen eine tiefe Bosheit. Vielleicht sollte ich ihn mit meinem Katana zerhacken, bis ein zuckender Fleischhaufen vor mir liegt? Mir gefällt die Vorstellung, aber noch verlockender wäre es, den richtigen Leib zu massakrieren. Mein boshaftes Grinsen reicht mittlerweile von einem Ohr zum anderen.

„Du enttäuscht mich!" Ein spöttisches Lächeln hebt die Lippen der Marionette an. „Ein Kopfschuss … wie beim letzten Mal? Dabei dachte ich, du würdest mit den Bauernwerkzeugen herumfuchteln und dir damit eine Chance ausrechnen. Ich frage mich, ob du wirklich an einen Sieg glaubst, wenn du mit einer Axt auf die Tentakel einschlagen willst?"

Ich verzichte auf eine Antwort, mustere die Umgebung, registriere die Raben und Yokai. Bisher fehlt vom Sumpfmonster jede Spur, doch ich weiß, dass dieses in den Tiefen des Sumpfes auf sein Zeichen wartet. Als ich schon rätsle, wie ich vorgehen soll, bläst der Akuma zum Angriff. Vier Raben schießen mit ihrer Kamikaze-Mentalität von den Ästen herab. Das laute Krächzen verwandelt sich in ein dumpfes

Knallen, als mein Revolver seine unverwechselbare Melodie anstimmt. Schneller, wie ein menschliches Auge es wahrnehmen kann, fallen die Vögel zu Boden.

Gleichzeitig greifen die übrigen Raben mit den Männlein und Augenvögeln an. Panisch schlägt Hana die Hände über dem Kopf zusammen, während mir die Munition ausgeht. Mit einem Geschoss kann ich wenig anfangen. Anstatt auf meinen meisterhaften Trick mit den hochgeworfenen Kugeln zurückzugreifen, verstaue ich den Revolver im Holster und zücke das Katana. Der elegante, weiße Griff schmiegt sich in meine Hand, die gebogene Klinge strahlt in einem sanften Silber. Die königliche Waffe unserer Insel. Das Relikt alter Tage, als noch Samurai die Straßen bevölkerten und die geheimen Herrscher darstellten. Man sagte, ein Samurai sei stärker als hundert Mann, bis die Umerikaner und Oiropäer die Schusswaffen brachten. Im Kampf zwischen Menschen mag ein Revolver überlegen sein, aber dieses Gesetz gilt nicht bei einem Massaker unter Monstern.

Schwungvoll verstümmle ich drei Männlein, fließend gleite ich in die nächste Bewegung hinein und töte die identische Anzahl an Raben und Augenvögeln. Mein Körper erinnert sich an die Technik, die ich genauso wie das Schießen von meinem verstorbenen Ziehvater lernte. *Das hier ist nicht nur meine, sondern unsere Rache am Dämon, Vater! Bitte schaue mir von dort, wo deine Seele gelandet ist, zu.*

Weitere schwache Gegner attackieren mich, einen

Raben zerteile ich mitten in der Luft. Seine Innereien gehen in einem Blutregen nieder, um mich herum häufen sich die Leichen. Jene von den Männlein wirken makaber wie Kinder, ein Blick in deren entstellte Fratzen fegt jedes Mitleid beiseite. Solange sie mich attackieren, erlaube ich dem Katana, das verstummte Lied des Todes zu spielen. Ich übertreffe jeden Virtuosen. Unmöglich kommen sie mit den Krallen, Schnäbeln oder Ärmchen an mich heran. Stattdessen verwandle ich mich in einen Berserker, der das Katana wie die Samurai der alten Zeit führt und sich zu einer Legende krönt. Staunend schaut mich Hana von der Seite an, ungläubig, was für eine Koryphäe ich bin. Ich entpuppe mich nicht nur als der beste Revolverschütze, sondern auch als der letzte Samurai, den Tarpan besitzt!

Ich trenne Gliedmaßen, Flügel und Köpfe ab, während ich die kleinen Leiber meiner Gegner wie ein geübter Metzger zerschneide. Für Gnade hat es mir schon immer an Mitgefühl gefehlt, die Gosse raubte mir dieses Gefühl bereits in Kindertagen. Deshalb interessiert es mich einen Scheißdreck, wenn die verstümmelten Tiere und Yokai grausam verbluten. Wie mein Gegner stirbt, ist völlig egal, solange er verendet. Nichts anderes zählt!

Mitten im Kampf suche ich Blickkontakt mit Hana, tadle sie, nichtsnutzig herumzustehen. Existiert überhaupt eine bessere Ablenkung als ein schwertschwingender Berserker? Sie soll mit dem Plan beginnen und mich nicht schmachtend anstarren. Dieses dumme

Mädchen.

Entschlossen nickt sie; zum ersten Mal finde ich, dass sie einer Kriegerin ähnelt. Ihr schwarzes Kleid ist nicht nur vom Blut entstellt, sondern mit Innereien bedeckt. Gedärme hängen als Schmuck über ihren Schultern, manche winzigen, abgetrennten Gliedmaßen haben sich wie die Rabenfedern in ihrem Haar verfangen. Ihr Gesicht besitzt durch den Blutregen einen bedrohlichen Teint, der an die Kriegsbemalung unserer Ureinwohner, den Ainu, erinnert.

So schnell sie kann, sprintet sie zu den Pferden hin. Für den Dämon ähnelt es einer Flucht, auf diesen Eindruck haben wir es abgesehen. *Gut, Hana! Weiter so!* Solange das Sumpfmonster fernbleibt, metzle ich Raben, Männlein und Augenvögel nieder. Schnell bemerke ich, wie ungeübt meine Muskeln sind und dass meine Arme an die Grenzen stoßen. Der Kampfstil mit einem Katana verschlingt eine riesige Menge an Kraft. Zusätzlich trübt der Blutregen mein Blickfeld, alles scheißegal. Mit zusammengekniffenen Augen schlachte ich weiter. Es ist zweitrangig, was passiert – wenn nur ein Ablenkungsmanöver hilft, liefere ich das Bestmögliche ab.

„Du schlägst dich respektabel!", brüllt die Marionette. „Ich hätte nicht gedacht, wie geschickt du mit einem Katana umgehen kannst! Bist du ein Samurai?"

Ich lasse mich zu keiner Antwort herab, doch halte für einen Augenblick inne, um die Gesamtsituation zu analysieren. Da er den Yokai keinen Angriffsbefehl erteilt hat, stehen diese weiterhin wie Statuen herum und beobachten mich. Als ich schon überlege, ob er sie als nächstes auf mich hetzt, fährt er das stärkste Geschütz auf. Er entfesselt jenes Monster, von dem mir Hana erzählt hat, obwohl meine kümmerliche Vorstellungskraft mir kein Bild ermöglichte.

„Mal schauen, wie du dich gegen die Tentakel des Sumpfmonster wehrst!", brüllt er verhöhnend, bringt den gigantischen Kraken ins Spiel. Baumstammdicke Tentakel, messerscharfe Zähne und zu allem Überfluss auch noch absoluter Gehorsam. *Ein unbesiegbares Ungeheuer* lautete Hanas Urteil!

Die restlichen Männlein bleiben in den morschen Bäumen sitzen. Manche Raben folgen deren Beispiel, andere kreisen durch die Luft. Und die Yokai, die durchweg unter dem Einfluss des Dämons stehen, akzeptieren ihr Dasein am Rand. Sie bereiten die Bühne für den Kraken vor.

Vor Anstrengung schwer atmend, stehe ich blutüberströmt inmitten des Leichenmeers. Angewidert kicke ich ein paar Leiber beiseite, die mir im Kampf möglicherweise im Weg liegen, während ich das Katana im Gürtel verstaue. Vielleicht hilft es mir später, aber bei den Tentakeln verlasse ich mich auf die Axt.

Lässig schlendert die Marionette zum Rand der Insel. Dort blubbert das Wasser wie in einem Kochtopf. Ein Seufzer entflieht mir, mein Körper fühlt sich bereits wegen des Katanas schwer an. Angespannt rotiere ich meine Schultern und lockere die Muskeln. Ich hoffe, Hana kriegt es hin, rechtzeitig die Tontöpfe zu leeren. Es ist ungewiss, wie lange ich eine gute Ablenkung biete.

Heimlich spähe ich zu ihr hinüber, der Fokus von allen gilt mir. Sogar die Raben, Männlein und Augenvögel lassen sie in Frieden. Ich bin eine verflucht gute Ablenkung. Der Dämon scheint entschieden zu haben, dass die Verzweiflung am stärksten in ihr wütet, wenn ihr Geliebter vor ihren Augen zerfleischt wird. Im Nachhinein würde dieses Ungeheuer Hana foltern.

Außerdem gelingt es Hana bravourös, sich unscheinbar hinter den Pferden oder manchen Nebelschlieren zu verbergen. Obwohl der Dämon verzichtet hat, das Nebelmeer zu schließen, hüllt eine trübe Sicht den Kampfplatz ein. Hana ist clever genug, das zum Vorteil zu nutzen, und schüttet einen Topf nach dem anderen ins trübe Wasser hinein. Es läuft ideal für uns.

Da ich zufrieden mit ihrem Handeln bin, widme ich mich wieder dem brodelnden Sumpfwasser und der akuten Bedrohung. Krampfhaft festige ich meinen Griff um den kurzen Stiel, die Axt wurde zum Bäume fällen designt. Wahrlich keine Waffe, um ein Sumpfmonster zu erlegen. Anstatt den Mut zu verlieren, muntere ich mich mit der Vorstellung auf, wie der Sumpf in Flammen steht. Die Raben würden als Feuerbälle vom Himmel fallen, die Marionette lichterloh brennen, das Sumpfmonster lebend gekocht werden und die Yokai im Inferno verglühen. Ein Mensch – und hoffentlich auch ein Dämon - kann dieses Öl unmöglich löschen. Die Umerikaner haben etwas erschaffen, das auf dem Wasser schwimmt und gegen jede Flüssigkeit immun ist. Ein für Normalsterbliche unvorstellbares Teufelswerk!

Wie eine Schlange erhebt sich der Tentakel aus dem giftgrünen Sumpfwasser empor. Mein Herz rutscht bis zu den Fußsohlen herab, mein Mut verraucht wie ein kleines Feuer in der Regenzeit. Meine Phantasie genügt, um mir grausige Schreckensszenarien auszumalen. Wenn die Yokai sich als Volk des Altertums bezeichnen, dann muss der Kraken aus jenem Zeitalter stammen, als die nebulösen Kami auf der Insel wandelten und den Menschen noch nicht erschaffen hatten.

Dick genug, um mich nicht nur zu zerquetschen, sondern ein ganzes Schiff zu versenken, schaut der Tentakel aus. Instinktiv umfasse ich noch fester die Axt. Plötzlich schießt ein Bild vor meinem inneren Auge hindurch, ein Déjà-vu. *So eine verfluchte Scheiße, das muss ein Erinnerungsfetzen aus der vorherigen Zeitschleife sein.* Das grüne Sumpfwasser lichtete sich für den Bruchteil einer Sekunde, ich blickte durch die Nebelschlieren herab und erhaschte das Sumpfmonster. Mir verschlägt es die Sprache! Ein überdimensionaler Kraken mit monströsen Tentakelarmen, der im Wasser haust, ein schnabelförmiges Maul besitzt und dem Dämon wie ein Hund ergeben ist. Das bestialischste Haustier aller Zeiten.

„Viel Spaß beim Sterben!", ruft die Marionette, der weiterhin der halbe Kopf fehlt. Eines seiner Augen ist auf eine unappetitliche Weise aus dem Kopf heraus-gequollen, da ich ihm einen Teil der Schädeldecke weggeschossen habe. Das verfaulte Gehirn starrt mir entgegen. Beim Anführer hätte ich mich zur coolen Antwort genötigt gesehen, in diesem albtraumhaften Schauermär spielt es keine Rolle.

Meine Antwort gebe ich auf eine universelle Weise, wie sie auch Monster verstehen. Blitzschnell zücke ich den Revolver, drücke ab, und verwende die letzte Kugel, um dem Dämon den Kopf weg zu sprengen. Das verfaulte Gehirn verteilt sich auf dem moosigen Boden, schwankend fällt die Marionette um. Es platscht, als sie im Wasser landet und wie ein einsames Floß entlangtreibt.

Eilig lade ich nach, rechne damit, in ein Hornissen-nest gestoßen zu haben. Kein Yokai bewegt sich. Na-türlich nicht, es war nur eine Marionette. Der echte Dämon verbirgt sich irgendwo anders, kontrolliert seine Schergen, hält die Fäden in der Hand. Gut, dann bleibt meine Aufmerksamkeit auf das Sumpfmonster gerichtet. Es dauert nicht lang, bis ein weiterer Tenta-kel hochschießt und sich um die Marionette schlingt. Wild beginnt das Wasser zu blubbern, als der leblose Leib herabgezogen und verschlungen wird. Meine Freude bleibt aus, sein Tod bringt mir wenig Ertrag. Stattdessen intensivieren die Raben und Yokai ihr ka-kophonisches Geschrei, echauffieren sich über meine hinterlistige Tat. Die infernale Geräuschkulisse zehrt – beeinflusst von den riesigen Tentakeln – an meinen Nerven.

Anschließend erheben sich drei weitere Tentakel, vier dieser tödlichen Waffen ragen bedrohlich in den Himmel empor. Jeder Greifarm misst zehn Meter und schwankt in der Luft. Ein Baum im schlimmsten Monsun hätte mehr Ruhe besessen. Mittlerweile blubbert das Wasser nicht nur, sondern ist aufgeschäumt von der Gischt. Während die Raben ihr krächzendes Lied anstimmen, grölen und geifern die Yokai als unmelodische Begleitung. Alles um mich herum verschmilzt zu einer albtraumhaften Melodie des Bösen, einem Rhythmus wahrer Unmenschlichkeit! Dennoch greift niemand an, denn der Dämon hat für den Endkampf den Kraken auserkoren.

Der immer dunkler werdende Tag trübt meine Sicht, die Dämmerung zieht auf. Kein Vergleich zu den Verhältnissen beim letzten Mal, wo laut Hana das Nebelmeer einem die Hand vor den Augen verwischte. *Egal, egal. Alles, was zählt, ist für ein paar Minuten durchzuhalten. Sie hat fast alle Tontöpfe geleert!* Der Gedanke endet mit einem herabrauschenden Tentakel. Ich springe wie bei einem umfallenden Baum beiseite, der Tentakel erschüttert den Boden und sendet Schockwellen durch die kleine Insel hindurch. Die Vibration bringt mich beim Aufstehen zum Schwanken.

Mit Mühe halte ich die Balance, sofort rauscht ein zweiter Tentakel heran. Mit einem schiefen Purzelbaum entkomme ich dem Schaden, elegant sieht anders aus. Danach raffe ich mich auf, schaue hektisch umher. Zwei Arme ragen senkrecht hinauf, mit den anderen beiden attackiert mich der Kraken. Meine Devise lautet, durchzuhalten. Gleich mehrmals weiche ich mit spektakulären Sprüngen aus, zweimal lande ich unsanft auf dem Bauch. Eine Mischung aus Eleganz und Glück. Ich hole mir eine Menge blauer Flecken ab, irgendwann werfe ich die Axt beiseite. Damit zu kämpfen, war eine blöde Idee gewesen, und sie behindert mich bei den lebensrettenden Ausweichmanövern.

Eilig ziehe ich mich auf die andere Seite des Kampfplatzes zurück, und behalte Hana im Blick, damit ich die Tentakel nicht in ihre Richtung führe. Die nagende Frage, wie lange ein Mann gegen ein Monster bestehen kann, geistert mir durch den Kopf. *Er muss es so lang schaffen, wie eine Frau braucht, um den Sumpf in Öl zu tränken.*

Wenn die Yokai und Raben angreifen würden, wäre es längst um mein Leben geschehen. Die Vorgehensweise des Dämons, mich zu quälen, sichert unseren Plan. Dabei müssen wir – nur knapp entkomme ich einem weiteren Schlag – in dieser Schleife gewinnen. Wenn der Dämon vom Öl weiß, lässt er uns dieses nie wieder einsetzen.

Als ich fünf Minuten den Schlägen entkomme, hätte ich mir am liebsten anerkennend auf die Schulter geklopft. Das ist besser als erwartet! Als ich gerade einen Blickkontakt mit Hana riskieren will, springe ich nicht hoch genug und der Tentakel reißt mir die Beine weg. Es schleudert mich wie eine Puppe über den Boden hinweg. Mehrere Meter wirble ich durch die Luft;

420

ich versuche alles, um eine gute Landung hinzubekommen. Es gelingt mir halbwegs, sodass ich mir
zwar keine Knochen breche, aber trotzdem mit
Schmerzen, blauen Flecken und Prellungen gestraft
werde. *Scheiße! Scheiße, verfickte scheiße … gönne mir
wenigstens eine kurze Pause!*

Meine Verzweiflung kocht hoch, es rauscht ein
Tentakel heran. Erst bleibe ich liegen, er donnert einen Zentimeter über mein Haupt hinweg. Als er wie-
derkehrt und diesmal den Boden aufwirbelt, wiederhole ich den Trick, bei dem es mich letztes Mal erwischt hat. Ich bündle meinen Mut, springe hoch und
segle darüber hinweg. Einigermaßen sicher kriege ich
die Landung hin. Trotzdem beiße ich schmerzhaft die
Zähne zusammen. Der Schlag gegen die Beine hat
zwar nicht den Knochen gebrochen, aber mich lädiert
zurückgelassen. Gottverflucht! Dabei hält der Dämon
nicht nur seine Horden zurück, sondern beschränkt
den Kraken auf zwei mickrige Fangarme. Er spielt mit
mir, um die Verzweiflung zu nähren und mich qual-
voll zu töten. Er …

„LEGE LOS!", brüllt Hana inbrünstig, würgt meine
Gedanken ab, wandelt meine Sorgen in ein loderndes
Hoffnungsfeuer um. Jetzt ist der Zeitpunkt gekom-
men, um den Trumpf auszuspielen!

Meine Mundwinkel heben sich zu jenem siegessi-
cheren Grinsen an, das ich trug, bevor das Ablenkungsmanöver zum Überlebenskampf umschwang.
Es passt zu einem Straßenjungen und jahrelangen Yakuza-Mitglied. Auch Hana sehe ich die Freude an.

Bedeckt von Staub, Sumpfwasser und Blut schaut sie mich an, als könne sie ihre Euphorie kaum zügeln. Knapp versichere ich mich, wie es um unsere Pferde steht, die vor Angst erstarrt sind. Wegen den Yokai können sie nicht fliehen, vor dem drohenden Inferno kann ich sie kaum beschützen. Außer sie achten darauf, im Zentrum der Insel zu bleiben.

„Hey, Akuma", knurre ich, verfalle – wie beim Duell mit dem Anführer – in die Stimmlage eines Wolfes, „es ist höchste Zeit, dir Hurensohn zu zeigen, wie ein richtiger Yakuza seine Kämpfe klärt. Schmutzig, dreckig und immer mit einem Trumpf im Ärmel. Du Schwanzlutscher wärst am ersten Tag verreckt, wenn du wie ich in den schäbigen Gossen von Taro aufgewachsen wärst."

Keine Ahnung, ob ich ihn zu sehr provoziere, aber ich krame eine Zigarette aus meiner Hosentasche heraus und zünde diese an. Coolness besaß für mich schon immer eine hohe Bedeutung. Als ob der Dämon eine düstere Vorahnung besitzt, visieren mich alle Tentakelarme an – dafür ist es längst zu spät! *Sajonara, Akuma*, verabschiede ich mich gedanklich, nehme einen tiefen Atemzug, drehe mich zum Sumpfwasser um und atme aus. Ich forme einen Rauchkringel, wie ich ihn bravourös beherrsche und einst drei Huren beibringen wollte, bis ich die Kippe durch den Rauchkringel ins giftgrüne Wasser spicke.

Zum Großteil hat Hana das Öl in den Sumpf, in dem sich die Monster tummeln, geschüttet. Auch ein wenig hat sie auf die morschen Bäume gespritzt, aber die Insel ließ sie unbedeckt. Wenn wir uns im Zentrum aufhalten, sollten wir von den Flammen geschützt sein. Gerne hätte ich die Pferde hinzugeholt, aber diese kauern sich zittrig in die Nähe des schmalen Pfades.

Bevor die Tentakel mich erreichen, trifft die Kippe den von einer Ölschicht bedeckten Sumpf. Eine gigantische Stichflamme, als wäre die Sonne vom Himmel gestürzt, entsteht. Ein Flammenmeer breitet sich in allen Richtungen aus, das Hölleninferno ist entfesselt. Mein Plan mündet in seinem fulminanten, tödlichen Finale!

Kapitel 17:

Der Herr des Sumpfes

Schneller, heißer und länger brennt das umerikanische Öl wie jedes vergleichbare Feuer. Dieses Teufelswerk kann nicht durch Wasser gelöscht werden, wie ich mir in Erinnerung rufe, sondern treibt an der Oberfläche und verwandelt den Sumpf in einen riesigen Kochtopf. Von diesem Effekt bin ich seit dem ersten Anblick erstaunt.

Das Sumpfwasser steht in Flammen, ein Inferno von unvergleichlichem Ausmaß. In unterschiedlichen Farben brennt das Öl. Nah am Boden besitzt es ein intensives Violett, bis es die Farbpalette hinaufklettert. Ein tiefes Blau, ein sattes Rot, ein grelles Orange, ein warmes Gelb. Anstatt aufzuhören, wandelt es sich in pechschwarzen Rauch um, der dunkler als die Rabenfedern schimmert. So etwas habe ich noch nie mit eigenen Augen gesehen, obwohl ich schon viele Häuserbrände in Taro miterlebt habe. Diese Massen an Öl lösen ein Feuer aus, das die Sonne überbietet.

Der dämmrige Himmel färbt sich innerhalb kürzester Zeit dunkel wie die Nacht. Der Qualm gleicht dicken Wolken, die an einen Gewittersturm erinnern und den Nebel verschlingen. Es kommt mir vor, als würden wir den schädlichen Einfluss ausmerzen.

Zuerst fallen die Raben vom Himmel, ersticken im Rauch. Das Krächzen erstirbt in deren Kehlen. Wenige Sekunden später folgen die Männlein, deren gerötete Augen im Todeskampf geweitet sind. Wie Schlangen winden sie sich auf dem Boden der Insel, kratzen sich den Hals auf und kriegen keinen Atemzug in die Lunge hinein. Ein armseliger Tod für diese abscheulichen Wesen.

Weder dem Kraken noch den Yokai ergeht es besser, sie stehen in dem kochenden, flammenbedeckten Sumpf. Gierig frisst sich das Feuer an den Tentakeln empor, sodass es aussieht, als stünden Baumstämme in Flammen. Der Kraken muss Höllenqualen erleiden. Sein Unterkörper wird in einem *Kochtopf* geschmorrt, seine herumwirbelnden Arme gleichzeitig verbrannt. Genüsslich stelle ich mir vor, welche Schmerzen dieses Mistvieh verspürt, da es mich töten wollte.

Von den übrigen Yokai erkenne ich kaum etwas. Seit dem Beginn sind sie Teil des Flammenmeers und werden dermaßen von dem vielfarbigen Inferno eingehüllt, dass ich nur deren schmerzhafte Agonie mitbekomme. Selbst, wenn ein Yokai entkommen sollte, ändert das nichts am Kampfausgang. Mein Trumpf merzt das Schauermär des Altertums aus. Trunken vor Siegessicherheit, lasse ich meinen Blick im Kreis wandern und halte Hana schützend in den Armen. Wir haben uns ins Zentrum der Insel zurückgezogen, hier sind wir einigermaßen in Sicherheit. Zwar springen manche Flammen über, aber der moosige

Erdboden bietet keinen Nährstoff. Sogar die paralysierten Pferde haben mitbekommen, wo sie in Sicherheit sind und sich zu uns gesellt.

Der frische Wind peitscht die Flammen hin und her, der Rauch verdeckt das Firmament und das Sumpfwasser blubbert und verdampft. Gewiss hätte der Akuma nie erwartet, ein Mensch könne ihn dermaßen in Bedrängnis bringen. Ich habe seine Monsterhorden mit der mächtigsten Waffe der Menschheit, dem Feuer, im Alleingang ausgelöscht. Ich fühle mich trotz der schmerzhaften Hitze erhaben. Gerne hätte ich seine hochmütige Fratze im Todeskampf gesehen, ihm entgegengeworfen, was für eine armselige Kreatur er im Vergleich zu mir ist.

Schon nach wenigen Minuten quält uns ein widerlicher Gestank. Das Sumpfmonster und die Yokai riechen nicht nach gebratenem Fleisch, stattdessen sondern sie einen Geruch nach Verwesung ab. Wahrscheinlich ist das Fleisch dieser Kreaturen giftig. (Nicht, dass ich auf die Idee gekommen wäre, es zu essen.) Doch letztendlich und glücklicherweise verbrennt alles, was nicht ins Zentrum der Insel gekommen ist, im Flammensturm! Das Feuer reitet im Wind, der Qualm wirbelt übers Firmament, vom Nebel ist keine Spur zu sehen. Sogar der kakophonische Gesang, den die Yokai in schauerlicher Manier angestimmt hatten und anschließend in Schmerzensschreie übergegangen war, ist auf eine kümmerliche Weise verstummt.

Obwohl Hana und ich auf der sicheren Insel stehen,

schützt diese nur bedingt vor der stickigen Luft. Zum Glück treibt der Rauch nach oben, dennoch reiße ich beide Ärmel von meinem Hemd ab und kreiere einen provisorischen Atemschutz. Dankbar binden wir uns diesen vors Gesicht, echte Hilfe sieht anders aus. Regelmäßig brechen wir in starkes Husten aus, unangenehm kratzt mein Hals.

Ein genauso großes Problem stellt die sengende Hitze dar. Mir fehlt es an Vorstellungskraft, um die Temperatur einzuschätzen, aber jeder Atemzug glüht in meiner Brust und schmerzt schlimmer als ein Messerstich. Meine Lunge fühlt sich an, als würde sie gebacken werden. Schützend schlingt Hana die Arme um ihren Bauch, hofft, dass die Extremsituation nicht dem Kind schadet. Wir kauern uns hin, ich lege einen Arm um sie. Unweit von der Ohnmacht entfernt, schauen wir dem surrealen Treiben der Flammen zu und ertragen bestmöglich den Schmerz. Die Pferde imitieren unser Verhalten, wobei auch sie um jeden Atemzug kämpfen. Dabei wurde es noch schlimmer, als nach ungefähr einer Stunde der Ascheregen einsetzt.

Kochendheiß rieselt der schwarze Schnee herab, trotz ihres Widerwillens schirme ich Hanas Körper mit meinem Leib ab. Es ist ein halbgares Unterfangen, denn unzählige kleine Brandnarben überziehen unsere Haut. Trotz der Leidensodyssee beschwert sich Hana kein einziges Mal, denn sie weiß, dass wir diesen Preis zahlen müssen, um unseren Erzfeind loszuwerden.

Als irgendwann jede Bewegung des Kraken, jedes Krächzen der Raben und das qualvolle Lied der Yokai verstummt, halte ich Hana weiterhin in den Armen, als dauere das Schauermärchen, in das wir geraten sind, noch immer an. Zögerlich lässt das Inferno nach, aber die Rußwolken bleiben. Erst, als der Ascheregen endet, stehe ich auf. Das entfesselte Flammenmeer ist beendet und mein Plan abgeschlossen. Jetzt muss herausgefunden werden, ob es auch den Akuma, der sich selbst als einen Kami – als den letzten Retter der Yokai vor ihrer Auslöschung durch den Menschen! – wahrnimmt, erwischt hat.

Zurückgeblieben ist nichts außer Zerstörung. Pechschwarz ist der Boden der Insel gefärbt, die Überreste von den Opfern sind zu Asche verkommen. Das gilt auch für die Tentakel des Kraken, dessen Leib gekocht unter der Wasseroberfläche liegt. Von den Yokai erspähe ich keine Regung, das Inferno hat sie gnadenlos ausgemerzt. Die vereinzelten Aschehäufchen, die traurigen Erinnerungen gleichen, werden vom Wind verweht. Mir gefällt das grausame Ende für meine höhnischen Feinde, ich strahle vor Schadenfreude.

Den erstaunlichsten Effekt bildet der Sumpf. Das grüne, dickflüssige Wasser wurde durch die Hitze verhärtet. Matsch und Morast nahmen eine feste Form an, ein bisschen erinnert es mich an einen verwahrlosten Acker. Ob darauf gelaufen werden kann? Das ist zweitrangig, denn die wichtigste Frage lautet:

Ist der Dämon verbrannt? Er muss in dem Inferno gestorben sein!

Zwei weitere Stunden harren wir an unserem Platz aus, bis die letzten Flammen vergangen sind und der gehärtete Sumpfboden abgekühlt ist. Vereinzelt erhellen kleine Brände die rauchgeschwängerte Luft, sie bedeuten keine Gefahr. Stattdessen bin ich dankbar für die Lichtquellen, weil die Sonne nicht durch die künstliche Wolkenwand dringt. Möglicherweise könnte es tief in der Nacht sein. Ich habe das Zeitgefühl verloren.

Im Dämmerlicht der Nachwehen des Flammenmeers machen wir uns auf den Weg. Nicht nur die Landschaft, auch wir sehen ramponiert aus. Die Körper von uns beiden hat es erwischt. Wir sind von Narben und Brandwunden bedeckt, ich sehe schlimmer als ein Soldat nach der Schlacht aus. Unsere schwarzen Haare haben durch den Ascheregen eine grauweiße Färbung bekommen, unsere Haut ist vom Ruß entstellt. Mit einem löchrigen Hemd, das an manchen Stellen beinahe auseinanderbricht, richte ich mich auf. Ihr Kleid hängt in Fetzen am Körper, sie wirkt wie eine Frau nach einem Banditenüberfall. Von uns beiden wandert der müde, erschöpfte und trotzdem erleichterte Blick über den verhärteten, abgestorbenen Sumpf.

„Suchen wir zur Gewissheit den echten Körper des Akuma", beschließe ich.

Sie will antworten, aber wird von einem Husten durchgeschüttelt, sodass sie nur mit feuchten Augen nickt. Ein paar Tränen rinnen über ihr rußiges Gesicht herab, hinterlassen saubere Rillen auf den Wangen. Sie klagt, dass bei jedem Atemzug ihre versengte Lunge schmerzt und ihr Körper sich geschändet anfühlt. Ich teile ihr Leid. Wir schauen schmutzig wie Bergarbeiter, verwahrlost wie Gossenkinder und glücklich wie ein Liebespaar aus.

Zur Hilfestellung reiche ich ihr meine Hand, dankbar nimmt sie diese entgegen. Dann gehen wir langsam von der Insel herunter, suchen nach dem verbrannten Dämon. Ansonsten bestünde die Möglichkeit, dass er überlebt hätte und erneut seine gierigen Finger nach uns ausstrecken würde. Wir müssen uns rückversichern.

Der giftige Gestank des Wassers ist verflogen, eine grüne, puddingartige Oberfläche hat sich gebildet. Vorsichtig setze ich einen Fuß darauf, belaste zögerlich diese Substanz mit meinem Gewicht. Meine anfängliche Sorge, einzusinken, stellt sich als nichtig heraus. Wenige Zentimeter sackt der sumpfige Boden ein, als handle es sich um eine festgefrorene Schneedecke im tiefsten Winter. Entschlossen betrete ich den Sumpf, Hana folgt mir. Mit langsamen Schritten bewegen wir uns über das grünbraune *Eis*, das durch die unglaubliche Hitze des Feuers entstanden ist. Hinter uns ziehen wir eine Fußspur her. Wir laufen so weit, bis der hartgewordene Sumpf langsam seinen flüssigen Zustand zurückgewinnt. Als ich bis zu den Knien einsinke, suchen wir lieber in einer anderen Himmelsrichtung weiter. Der eklige Morast verklebt

430

zwar meine Hose und Stiefel, aber darum kümmere ich mich nicht.

Auf dem Rückweg folgen wir den Fußspuren, bis wir nach links abbiegen. Immer drückender wird die Dunkelheit, langsam erlöschen die Feuer endgültig. Selbst, wenn wir irgendwann mit Finsternis gestraft sind, können die Rußwolken nicht ewig am Himmel stehen. Irgendwann muss das Sonnenlicht hindurchdringen.

„Schau!", ruft Hana.

Mit ausgestrecktem Finger deutet sie in die Ferne. In zwanzig Metern entstand ein kleiner Erdhaufen im verhärteten Sumpf. Es wirkt, als ob ein Maulwurf einen Hügel errichtet hat. Mit zügigen Schritten laufen wir los, zur Sicherheit zücke ich meinen Revolver. Als wir das Erdhäufchen erreichen, ragt aus diesem ein winziges Köpfchen heraus. Ein apfelgroßes Haupt mit grüner Haut, dunkelgrünem Haar und bitterbösen Gesichtszügen. Charakteristisch sind die Augenbrauen grimmig zur Nase ausgerichtet, sodass es aussieht, als wäre er stinkig. Auf den ersten Blick erinnert das Geschöpf an die Männlein, die vom Baum heruntergesprungen sind, doch die Hautfarbe unterscheidet sich. Ebenfalls besaßen die Männlein gewöhnliche Augen, jene des Sumpfmännleins sind pechschwarz wie die Nacht. Von einer Iris oder einem Augapfel fehlt jede Spur.

Schwerkeuchend, als wäre es fast erstickt, schnappt das Männlein nach Luft. Obwohl es resistent genug gewesen ist, um im kochenden Wasser zu überleben, hat es trotzdem Schaden genommen. Erschöpft bettet es den Kopf auf dem Erdhaufen, ohne uns wahrzunehmen. Erst, als ich mit meinem Stiefel knapp vor seinem Gesicht auftrete, schreckt es hoch – ängstlich sieht es in unsere Richtung!

Gnadenlos beuge ich mich herab, packe den winzigen Kopf des koboldartigen Wesens, ziehe ihn aus dem Schlamm heraus. Daraufhin erscheint sein vollkommener Leib. Dreißig Zentimeter misst das suspekte Geschöpf! Es ist vollkommen nackt, besitzt eine grüne Haut und keine Geschlechtsmerkmale. Es ist androgyn. Höchstwahrscheinlich erobern die Männlein fremde Körper zur Fortpflanzung. *Kann dieses kleine Scheusal tatsächlich der übermächtige Puppenspieler sein?*

Strampelnd versucht es, meinem Griff zu entkommen, doch besitzt gegen die Stärke eines Menschen keine Chance. Bevor ich ihm mehrere Kugeln in den kleinen Leib jage, will ich verifizieren, ob es sich um unseren Feind handelt. Ich funkle ihn an, wie ich nicht einmal Hanas pfannengesichtigen Mörder angesehen hatte. Mit eisiger Stimme stelle ich ihm die entscheidende Frage. Skeptisch schaut mich Hana an. Für sie kann der übermächtige Dämon kein kleines Sumpfmännlein sein. Doch mich plagt das Gefühl, dass er der Strippenzieher hinter allem ist. Schon bevor er antwortet, spüre ich, wie Abscheu und tiefliegender Hass emporbrodeln.

Erschöpft ruht sein Kopf auf seiner Schulter, keuchend geht sein Atem, die Augenlider sind zur Hälfte

432

geschlossen. Mit Mühe öffnet er den Mund: „Ja, ich bin der Herr des Sumpfes!", bringt er zaghaft über die Lippen. Von seiner Arroganz und Selbstsicherheit ist nichts geblieben. Er weiß, dass er den Kampf verloren und sein Todesurteil unterschrieben hat. Bei ihm kenne ich keine Gnade!

Ich zücke meinen Revolver, die Zeit der ausgetauschten Worte gehört der Vergangenheit an. Wie eine störrische Katze packe ich ihn im Genick, halte den Revolver an seinen – wie mir jetzt auffällt – überdimensionalen Schädel. Nachdem er seine Identität gestanden hat, funkelt Hana ihn mit einer lodernden Rachgier an.

„Noch letzte Worte, Abschaum!", knurre ich. Als ehemaliges Yakuza-Mitglied kriege ich die erforderliche Tonlage mit Bravour hin. Nicht nur Hana, sondern auch finde es lächerlich, dass der Puppenspieler hinter der Marionette, dem riesigen Kraken, den unzähligen Raben und den Yokai-Horden ein kleines Sumpfmännlein ist. Jedoch erklärt das, warum der Dämon nie aktiv geworden ist, sondern immer seine Puppen vorgeschickt hat. Er war kein Kämpfer, nein, er war einfach nur ein geschickter Magier und Manipulator.

„Bitte … bitte … bitte tötet mich nicht!"

Mit wimmernder Stimme, als habe es sich bei seinen bisherigen Plänen um Missverständnisse gehandelt, fleht er um sein Leben. Ich kann nicht anders, als mein diabolischstes Lächeln aufzusetzen. Ich bin kein gnädiger Held, nein, ich bin ein Yakuza.

Kurz reiche ich Hana den Revolver. Dann krame ich mit der freien Hand nach einer Zigarette, stecke sie mir in den Mund und entzünde sie. Nach einem tiefen Atemzug nehme ich den Revolver zurück, lasse machohaft die Kippe im Mundwinkel hängen. Und ich bin nicht nur irgendein Yakuza, sondern auch ein unverschämter Angeber.

„Dich verschonen? Sei ehrlich ... sehe ich wie 'ne mitfühlende Tunte aus? Überleg dir deine Antwort zweimal, denn ich werde ungern als Tunte beleidigt. Willst du jemanden beleidigen, der dir 'ne Knarre an die Stirn hält? Das ist eine verflucht beschissene Idee!"

Ich weiß, schon einmal auf diese Weise ein Duell beendet zu haben, aber knurre dennoch in wölfischer Tonlage dieses Ultimatum.

Ein erstarrter Ausdruck wandert auf sein Gesicht, er kennt sein Schicksal. Vor Angst hüpfen seine Augen hoch und nieder, flehend hat er die Hände wie einer von den verdammten Kreuzträgern vom Kontinent gefaltet. Doch ich bin ein gnadenloser, kaltherziger Mann – ein Bandit! Ein Yakuza! Ein Arschloch. Jemand, der zum Abschaum der Gesellschaft gehört und für den Gnade ein Fremdwort ist.

„Hey, Akuma, ein richtiger Mann fleht nicht, sondern gesteht mit erhobenem Haupt seine Niederlage ein", schließe ich ab, länger halte ich seine armselige Erscheinung nicht aus.

Ich drücke ab! Meine Kugel erwischt das Sumpfmännlein mitten in der Stirn, ein lauter Knall. Seine

Schädeldecke platzt auf und das Gehirn – so grün wie sein Körper! – fließt herab. Angewidert lasse ich den Dämon fallen, nehme einen weiteren Atemzug von der Zigarette und puste süffisant einen Rauchring in die Luft. Damit ist der Strippenzieher besiegt und unser Sieg endgültig!

Ein Blick zu Hana zeigt, wie eine schwere Last von ihren Schultern abfällt. Die Erleichterung steht ihr ins Gesicht geschrieben. Jetzt kann sie ohne Angst das Kind aufziehen. Ich hätte mit einem befreiten Lachen gerechnet, stattdessen beginnt sie zu weinen. Erschrocken drehe ich mich zu ihr um, bis ich erkenne, dass es Freudentränen sind. Die Erleichterung, dem übermächtigen Feind entkommen zu sein, bricht aus ihr heraus.

Ebenso erleichtert, gewonnen zu haben, nehme ich sie in die Arme. Dankbar kuschelt sie sich an meine Brust heran, und weint weiter, weil sie unseren Sieg nicht fassen kann. Nach der ersten Schleife hatte Hana den Glauben an ein gutes Ende verloren gehabt, doch der Dämon hat den genialsten Revolverschützen der Insel unterschätzt. Sein Fehler war, sich mit mir angelegt zu haben.

„Die harten Zeiten sind vorbei, Kleine", flüstere ich ihr ins Ohr, streichle ihr beruhigend über den Rücken. „Du musst keine Angst mehr haben, sondern kannst dich auf die Zukunft freuen! Ab jetzt brechen ruhige Tage an, das verspreche ich dir."

Mit dem Handrücken wischt sie sich über die Augen, nickt kräftig und setzt ein strahlendes Lächeln auf. Ihr befreites Grinsen gleicht dem Sonnenschein. Trotz des rußverschmierten Gesichts schimmern ihre hellblauen Augen wie der Himmel. Sie sieht wunderschön aus. Ich kann auf einen Kuss unmöglich verzichten. Zart drücke ich meine Lippen auf ihre. Ich schmecke den Ruß, die Asche und die salzigen Tränen. Ihre Lippen sind trocken und rau. Trotzdem ist es der schönste Kuss meines Lebens, da ich ihn mit jenem süßen Mädchen teile, das ich über alles auf der Welt liebe. Sie lasse ich nie wieder los!

Nur widerwillig lösen wir uns voneinander, gerne hätten wir noch einen weiteren Kuss getauscht. Jedoch fühlen wir uns erst sicher, wenn die Leiche des Dämons wie seine Artgenossen zu Asche verbrannt ist. Um seinen Tod zu garantieren, hebe ich dessen Leib auf und laufe zu einem lodernden Feuer herüber. Hana folgt mir, um mitanzusehen, wie die letzten Überreste unseres Feindes verbrennen. Angewidert schmeiße ich ihn hinein, leere danach mein Magazin in seinem Körper aus. Ich zermatsche seinen Kopf, damit auch ein Magier nicht zurückkehren kann. Dann fressen sich, obwohl er das kochende Sumpfwasser überstanden hat, die Flammen in sein Fleisch hinein.

Dicke, grüne Rauchschwaden steigen empor, während das Männlein verbrennt. Schweigend schauen wir zu, wie aus dem winzigen Körper ein Aschehaufen wird. Zufrieden nicken wir einander zu, als eine Windböe die Asche aus der Glut herausträgt und über den gesamten Sumpf verteilt. Das unrühmliche

Ende des Herrn der Yokai.

„Lass uns zurückgehen!", richte ich das Wort an Hana, reiche ihr meine Hand und spicke den Zigarettenstummel in das glimmende Feuer, in dem unsere mächtige Nemesis verbrannt ist.

Dankbar ergreift sie meine Hand. Wir gehen zu den Pferden zurück, die das Inferno glücklich überstanden haben. Als wir den schmalen Pfad zurückreiten, bemerke ich, wie die ersten Sonnenstrahlen durch die Rußwolken herabscheinen. Vom Nebel gibt es keine Spur. Ob dieser nach dem Tod des Akuma verschwunden ist? Ich betrachte es nicht nur als gutes Omen, sondern als einen Hoffnungsschimmer für unsere gemeinsame Zukunft …

Mittlerweile ist der Nebel gewichen, weder von den Yokai noch knopfäugigen Raben bleibt eine Spur. Bestimmt sind nicht alle im Inferno gestorben, sondern vor Angst geflohen. Vielleicht noch weiter in den Westen von Kiga hinein? Oder in das Gebirge nach Aomori? Über die Zukunft der Yokai zerbreche ich mir nicht den Kopf. Stattdessen genieße ich den Ausblick über den geläuterten Sumpf. Natürlich bleibt das grüne Wasser, die verschlungenen Pfade, die morschen Bäume und die feuchte Luft bestehen, doch es fühlt sich an, als wäre dieser Ort dem schädlichen Einfluss des Akuma entkommen. Sogar das Wasser hat seine giftige Note verloren, als wäre es gereinigt worden.

Keiner von uns kann glauben, wie schnell aus dem

sumpfigen Reich des Dämons ein normales Biotop entstand. Nach dem Sumpf durchqueren wir ein bekanntes Gebiet, das vollkommen anders aussieht. Beim letzten Mal war die Sicht schlecht gewesen, ohne Nebel erkennen wir eine hüglige Landschaft. In regelmäßigen Abständen tauchen kleine Waldstücke auf, den Großteil machen weite Wiesen aus. Die Umgebung erinnert an Hanas Heimat, für sie gleicht es einem nostalgischen Anblick.

Heute planen wir keine lange Strecke zurückzulegen. Während des Kampfes hielt das Adrenalin uns wach, jetzt kehrt die Müdigkeit zurück. Bei dem umgefallenen Baum, zu dem Hana aus der ersten Schleife geschickt worden war, machen wir Rast. Wir sind so erschöpft, dass wir uns einfach ins feuchte Gras legen und schlafen.

Frühmorgens wache ich auf, als die Sonne den Himmel in ein Farbenmeer taucht. Während der Westen vom nachtblauen, glitzernden Sternenhimmel beherrscht wird, entsteht im Osten die feuerrote Färbung des neuen Tages. Auf einen Schlag kehrt auch mein Appetit zurück, weshalb ich mich um die Jagd kümmere und Hana ausschlafen lasse.

Bevor die Sonne vollends aufgegangen ist, habe ich zwei Hasen geschossen und ein Lagerfeuer entfacht. Ich brate die Hasen, während ich aus Langeweile mehrere Zigaretten qualme und über den Erfolg nachdenke. Als die Hasen durchgebraten sind, wecke ich Hana und wir frühstücken gemeinsam. Dann schwingen wir uns wieder in den Sattel und reiten weiter.

Auf dem Weg reden wir über verschiedenste Themen, ein lockeres Gespräch. Hana beschäftigt sich am
meisten mit unserem Kind, lang rätselt sie über das
Geschlecht. Ich halte mich eher zurück, höre ihr zu.
Es gefällt mir, wie unbeschwert und lebensfroh sie
spricht. Bereits in den wenigen Stunden seit unserem
Sieg erkenne ich, wie sie wieder aufblüht. (Erstmals
finde ich ihren Namen zu einhundert Prozent passend.)

Im Laufe des Tages erreichen wir das frühere Dorf
im Nebel, es hat sich grundlegend verändert. Es wirkt
ausgetauscht und mit neuem Leben erfüllt. Natürlich
bleiben die kleinen, ärmlichen Hütten bestehen, doch
die triste Stimmung ist verschwunden, nachdem der
Nebel sich verzogen hat. Die Last ist von den Schultern der Bewohner gewichen. Beim ersten Mal waren
die Straßen verwaist gewesen, diesmal tummeln sich
Menschen auf den Pfaden. Ich sehe hübsche Frauen
und spielende Kinder, beim letzten Mal waren nur
die Männer unterwegs gewesen. Auch bei denen ist
der Schwermut verflogen, viele sitzen beisammen
und spielen Karten und trinken Sake.

Wir planten, unbemerkt ins Dorf zu reiten, aber das
Gerücht von den zwei Wahnsinnigen, die den Kampf
gegen den Dämon wagten, hat die Runde gedreht.
Viele hielten einen Triumpf für aussichtslos, doch wir
hatten es allen gezeigt. Von lautem Jubel werden wir
begrüßt, Hana errötet. Ich genieße dagegen den Lob-
gesang und winke – am liebsten den hübschen Frauen

– zu. Besonders die Mütter, welche ständig gefürchtet hatten, ihre Kinder könnte etwas zustoßen, himmeln uns an. Bei den Frauen ohne (und manchen mit einem) Ehemann hätte ich gute Chancen, sie ins Bett zu kriegen. Früher wäre das mein Hauptziel gewesen, aber die Zeiten haben sich geändert und ich bleibe meinem Mädchen treu. Geniert wendet Hana derweil den Blick ab.

Unter den Dankesrufen, dem Applaus und den neugierigen Blicken kehren wir ins Dorf zurück, sie fühlt sich sichtlich unwohl. Das verstärkt sich nochmal, als die Leute herkommen und uns mit Fragen löchern. Immer häufiger verlangen sie zwischen den Dankesbekundungen, die Geschichte hinter den Vorkommnissen zu erfahren. Es dauert nicht lange, bis jeder Bewohner des Dorfes mir an den Lippen hängt. Niemand hat für möglich gehalten, dass ein Mensch einen Dämon bezwingen kann, doch der beste Revolverheld des Landes trat an. Ordentlich prahle ich während meiner Erzählung, die Leute glauben mir jedes Wort. Und als ich die endgültige Bestätigung vom Tod des Akuma gebe, bricht ein riesiger Jubelsturm aus.

Die Leute umarmen sich. Mehrere Männer klatschen einander ab, die Frauen liegen sich in den Armen, die Kinder hüpfen herum. Viele Paare küssen sich, die Erleichterung steht jedem ins Gesicht geschrieben. Bestimmt kommt irgendwann der Tag, an dem diese Schlacht zur Legende wird. Eine Legende, die Hanas und meinen Namen trägt.

440

Nachdem wir uns aus der Menschentraube gelöst haben, sprechen wir mit dem Statthalter. Ihm ergeht es wie den anderen, er überschüttet uns mit Dank. Dann bietet er an, dass wir in seinem Haus bis zur Weiterreise übernachten können. Da wir erschöpft sind, gehen wir auf das Angebot ein. Nach dem Sieg braucht es keine Eile.

Der Statthalter bietet uns sogar ein Bad an, daraufhin strahlen Hanas Augen wie zwei Sterne. Ihre Scham von der jubelnden Menge ist weggespült, natürlich lasse ich ihr den Vortritt für das heiße Wasser. Danach wasche auch ich mir den Ruß ab und bemerke erschrocken, wie viele Wunden ich aus dem Kampf davongetragen habe. Mein Rücken ist von Schürfwunden und Verbrennungen übersät, während mein rechter Arm sogar eine große Brandblase aufweist. Wunden und blaue Flecken wechseln sich ab, und ich überprüfe, ob es irgendeine Stelle an meinem Körper gibt, die nicht vom Kampf belastet wurde. Vor Adrenalin habe ich gar nicht mitbekommen, wie ramponiert ich bin.

Nach dem Bad wechsle ich die zerrissene Kleidung und style mein Haar vor dem Spiegel. Schon viel zu lange laufe ich wie ein Bauerntölpel herum; auch als verheirateter Mann ist mir mein Auftreten wichtig, wegen dem mich die Banditen oft als *Schwuchtel* bezeichneten. Erst, als ich die gewünschte Frisur hinbekommen habe, verlasse ich das Badezimmer. Danach legen wir uns erschöpft ins Bett. Wir beiden stimmen eine jammernde Litanei über unsere Beschwerden an, die erst unterbrochen wird, als Hana mittendrin einschläft. Wenig später folge ich ihrem Beispiel, die nachhallende Erschöpfung blendet die Schmerzen aus.

Am folgenden Morgen werden wir von der hereinfallenden Sonne geweckt. Während sich Hana wie eine müde Katze räkelt, stehe ich auf. Weiterhin schmerzen unsere Muskeln und Wunden, aber dieses Leid klingt mit jedem Tag ab. Es war nach dem Sieg ein kleiner Preis.

Anschließend frühstücken wir beim Statthalter, ich darf wieder die Geschichte erzählen und schmücke sie noch ein wenig mehr aus. Seine Familie hängt mir wie die Bewohner an den Lippen, er überschüttet uns ein weiteres Mal mit Dank. Obwohl ich mein Leben lang ein Bandit gewesen bin, genieße ich die positive Aufmerksamkeit eines Helden. Haben sich so die Samurai gefühlt?

Bevor ich es vergesse, gebe ich ihm das Katana zurück. Sicherlich hätte ich es für einen ordentlichen Preis verkaufen können, doch besitze den Anstand, es ihm zu überlassen. Immerhin hat es seinem verstorbenen Bruder, einem der letzten Samurai auf unserer Insel, gehört. Ich erkläre ihm, was für eine große Hilfe diese Klinge im Kampf gegen die Raben und Yokai gewesen war. Es erfüllt ihn sichtbar mit Stolz, dass die Waffe seines getöteten Bruders im Kampf gegen den Akuma geholfen hat.

Danach schlage ich vor, noch ein paar Tage im Dorf zu verbringen, weil Hana in ihrem hochschwangeren

Zustand Ruhe braucht. Niemand im Dorf besitzt ein Problem, seine Helden zu beherbergen oder sie mit Proviant zu versorgen. Hier wären wir bis ans Ende unserer Tage willkommen.

Schlussendlich erholen wir uns fünf Tage lang von den Strapazen, in denen Hana viel im Bett liegt, während ich mit den Männern Sake saufe und meine Schießkünste präsentiere. Ich beeindrucke Kinder und Frauen mit meinem Können. Früher hätte ich die hübschen Mädels mit ins Bett genommen, doch diese Zeit gehört der Vergangenheit an. Obwohl kein Ring an meinem Finger steckt, bin ich ein verheirateter Mann und nur ein Mädchen darf an meiner Seite stehen.

Am Morgen des sechsten Tages reisen wir auf Hanas Wunsch hin ab.

Epilog

Zwischenzeitig diskutieren wir, ob Hana das Kind im Dorf auf die Welt bringen soll. Letztendlich spricht sie sich dagegen aus und möchte in ihre Heimat zurückkehren, um ihren Eltern das Enkelkind zu präsentieren. Außerdem will sie sich mit ihrem Vater aussprechen, nachdem sie im Streit auseinandergegangen sind. Ich frage mich, ob ich erwünscht bin, nachdem ich ihn letztes Mal mit einem Revolver bedroht habe.

Kiga und Aomori trennt ein einwöchiger Ritt, bei dem wir mit jedem Tag langsamer vorankommen, da Hana das Reiten immer schwerer fällt. Jedoch schaffen wir es ohne größere Probleme und erreichen die hüglige Landschaft. Noch immer wird die Region vom Reisanbau des Feudalherrn, aber auch von den Drogenplantagen der Yakuza bestimmt. Von Weitem kann ich den Hügel mit dem Apfelbaum sehen, auf dem sie ihre Unschuld verloren hat. Ich erkenne, wie heimisch sich Hana in dieser Gegend fühlt. Nostalgisch bewundert sie jedes Detail, eine Menge Leute grüßen sie und werfen ihr überraschte Blicke zu. Bevor wir ihr Elternhaus erreichen, ist klar, dass sie aus dieser Region stammt. Hier war sie bis vor einem Jahr zuhause.

Anschließend entsteht ein klärendes Gespräch mit ihren Eltern, bei dem Hana viel Überzeugungsarbeit braucht, damit ihr Vater mich in seinem Haus toleriert. Vielleicht hätte es geholfen, wenn ich mich entschuldigt hätte, aber das bringe ich als Bandit nicht über die Lippen. Gleichzeitig kann ich ihm seinen Groll nicht verübeln, nachdem ich die ganze Familie mit einer Waffe bedroht und seine Tochter gestohlen habe.

Am Ende verhindert das ungeborene Kind eine Eskalation. Ihre Eltern wollen Zeit mit dem Enkelkind verbringen und würden Hana niemals fortschicken. Gleichzeitig weigert sich Hana, das Haus zu betreten, wenn ich nicht herein darf. Das glättet die Wogen, zu einer guten Beziehung zwischen mir und ihren Eltern kommt es nie.

Als sich dieses komplexe Thema geklärt hat, wird sie gefühlvoll und stürmisch von ihrer kleinen Schwester begrüßt. Diese hing schon immer sehr an Hana, das hat sich nicht geändert. Sie ist Feuer und Flamme, ihre Schwester zurückzuhaben. Auch Hana sehe ich die Freude an, sich mit ihren Eltern versöhnt zu haben.

Bis zur Geburt verbringe ich den Großteil meiner Zeit mit Hana. Oft haben wir das Haus für uns, weil ihre Eltern sich um die Felder kümmern müssen. Der Vater traut sich nicht, mich um Hilfe zu bitten, da ich sogar im Haus den Revolver trage. Gleichzeitig biete ich ihm nicht meine Hilfe an, weil ich auf Feldarbeit keine Lust habe. Ich bin eben ein Bandit, kein Arbeiter.

Oft schlendern wir auch zu dem Hügel hinauf,

lehnen uns an den Apfelbaum und genießen die ruhigen Nachmittage. Diesem Rhythmus folgt unser Leben auf dem Hof, bis es zur Geburt kommt. Daraufhin dauert es nicht lange, bis ich meinen Sohn in Armen halte. Wenn ich ehrlich bin, habe ich mir die ganze Zeit einen Jungen gewünscht, damit ich ihm meine Tricks beibringen kann. Er soll genauso brillant schießen wie sein alter Herr, bei diesem Gedanken muss ich grinsen.

Hana strahlt an diesem Tag vor Glück und Stolz, wie es nur eine frischgebackene Mutter hinkriegt. Genauso ergeht es ihren Eltern, welche kaum von Hanas Seite weichen. Obwohl ich eine moderatere Freude als meine Frau verspüre, kann ich nicht leugnen, glücklich zu sein. Ob ich meinen Sohn zu einem genauso großen Revolverschützen und Yakuza, wie ich es bin, erziehen kann? Es wäre zu cool, wenn mir das gelänge.

Mehrere Monate bleiben wir noch bei den Eltern, bis Mutter und Kind für die Reise gewappnet sind. Dann besorgen wir uns einen Pferdewagen, um in eine größere Stadt zu fahren. Begeistert scheinen zwar weder die Großeltern, die Schwester noch Hana selbst zu sein, doch ich möchte nicht länger auf diesem Hof bleiben. Da Hana weiß, dass zwischen ihren Eltern und mir nie eine gute Beziehung entstand, stimmt sie dem Aufbruch zu.

In der Großstadt will ich wieder als Bandit beginnen. Einer gewöhnlichen Arbeit könnte ich niemals nachgehen, mit meinem Talent für Schusswaffen eigne ich mich am besten als Verbrecher. Seit mittlerweile über einem Jahr weiß Hana, was es bedeutet, mit mir zu leben. Am Ende kümmert es sie nicht, wie ihr Ehemann das Geld verdient.

Bevor wir uns ein eigenes Haus leisten, mieten wir uns eine kleine Wohnung in der Innenstadt von Tagoshima in der gleichnamigen Präfektur. Wir entschieden uns für den südlichsten Teil der Insel, weil wir beide uns nach warmem Wetter sehnen. Es dauert ein Jahr, bis ich dort die Verbrecherkartelle unter mir vereine. Mein verstorbener Ziehvater wäre stolz auf mich gewesen.

Zwei Jahre nach der Geburt unseres Sohnes heirate ich Hana offiziell. Wir sind zu zweit und haben keine Gäste eingeladen. In dem eleganten Kimono sieht sie wunderschön aus. Das ist zu der Zeit, in der wir bereits ein eigenes Haus am Rand von Tagoshima unser Eigen nennen, da ich zum König der hiesigen Unterwelt aufgestiegen bin. Natürlich ist das nicht mit meinem Vater vergleichbar, denn Taro besitzt die dreißigfache Größe von Tagoshima. Jedoch ist es ein guter Anfang, um ein wohlhabender, einflussreicher Yakuza-Boss zu werden.

Es dauert nicht lange, bis Hana mit einem zweiten Kind schwanger wird. Sie wünscht sich noch viele weitere Kinder, diesen Wunsch erfülle ich ihr gerne. Notfalls kann ich ein Dutzend Kindermädchen einstellen, wenn sie sich überfordert fühlt. Das finanziere ich genauso leicht, wie ich ihr den teuersten Ring der

Stadt gekauft habe. Wegen diesem strahlt sie an jedem Tag.

Zum Symbol meiner Yakuza-Organisation wird ein Seeschlangen-Tattoo. Bei einem wahren Meister lasse ich kleine Änderungen am Drachen-Tattoo auf meiner Brust und meinem Rücken vornehmen, die Seeschlange muss sich jedes meiner Mitglieder stechen lassen. Bald wird es zum Erkennungszeichen meiner Gang in der ganzen Region. Da ich alle Bordelle übernommen habe, garantiert das Tattoo sogar einen Gratisbesuch bei den hübschesten Geishas. Manche Jugendlichen wetteifern nur deswegen um einen Beitritt in meiner Bande.

Von meinen Verbrechen bekommt Hana kaum etwas mit, mit diesem Kram möchte ich ihre zarte Seele auch ungern belasten. Doch nach dem zweiten Kind lässt sie sich ebenfalls das Seeschlangen-Tattoo stechen. Der Schweif des Tieres beginnt beim unteren Rücken, schlängelt sich bis zur Schulter hinauf und bedeckt ihren rechten Busen. Das Maul befindet sich auf Höhe ihres Bauches. Ihre tätowierte Brust finde ich unfassbar sexy, ab jetzt wirkt sie wie eine echte Banditin.

Des Weiteren lässt sie sich über dem Herzen die Namen ihrer Familie eintätowieren: *Haru, Hana, Hirohito* und *Mariko*. Unser zweites Kind ist ein Mädchen namens Mariko, unser Sohn heißt Hirohito.

Bald erhält mein Status als bester Revolverschütze überregionale Bekanntheit. Gepaart mit der Tatsache, der Boss der hiesigen Unterwelt zu sein, bringt mir

448

das eine Menge Zweikämpfe ein. Doch völlig egal, gegen wen ich zum Duell antrete, am Ende gewinne ich. So lautet die Regel. Eigentlich kein Wunder, nachdem ich die Fähigkeit besitze, eine Kugel in der Luft zu treffen. Jeder Heißsporn, der gegen mich antritt, hält dieses Kunststück für ein Gerücht, bis ich es bei ihm wiederhole. *Vielleicht bin ich zum besten Schützen aller Zeiten geworden?* Ein arrogantes Arschloch bleibe ich eben bis zum Schluss.

Da die Ereignisse nach dem Tod des Akuma und der Geburt des Kindes jedoch eine andere Geschichte sind, spielen sie für diese Erzählung keine Rolle. Mein Bericht, wie ich das Todesduell gegen meinen Vater gewann, das Herz meines Mädchens eroberte und den boshaften Puppenspieler besiegte, hat seinen verdienten Schlusspunkt erreicht. Na ja, wer weiß, vielleicht erzähle ich euch die Geschichte meines Aufstiegs zum Verbrecherkönig von Tagoshima an einem anderen Tag …?

Ende des Buches

Nachwort

Hey, Leute! Und, wie war's? Halt, vor der Frage erst einmal: *Vielen Dank für den Kauf des Buches.* Ich hoffe, ihr hattet Spaß und fandet die Kämpfe genauso cool wie ich. Ganz ehrlich, ich bin immer noch erstaunt, wie aus der bloßen Idee im Jahr 2022 ein fertiger Roman geworden ist. Ohne eingebildet klingen zu wollen, für mich ist *Die Last eines Yakuza* eine Herzensangelegenheit gewesen und hoffentlich auch für euch zu einer Perle geworden.

Wer interessiert ist, ich möchte euch ein wenig über die Entstehung dieses Buches sowie die Zusammenhänge mit meinen anderen Werken erzählen. Der ursprüngliche Gedanke bei diesem Projekt lautete nämlich, ein anderes Werk wie bisher zu schreiben. Nicht schon wieder ein Fantasy-Jugendbuch, sondern einen brutalen Actionroman, der zwischen amerikanischem Western und japanischem Flair pendelt. Hach ja, selbst heute klingt das noch genauso verrückt wie damals.

Am Anfang ist mir die Dynamik für die Action und dieser derbe Schreibstil sehr schwergefallen. Ich bin dermaßen oft aus der Rolle gefallen, dass die Rohfassung ein einziges Auf und Ab war. Eine halbe Katastrophe. Und noch viel öfters eine Vollkatastrophe! Doch ein Buch über Yakuza mit einem machohaften

Banditen als Hauptfigur muss mit dem Stil meiner bisherigen Werke brechen, das war für mich von Anfang an klar. Und nur, weil ich daran beim Erstversuch gescheitert bin, gab's an diesem Entschluss nichts zu rütteln. Aus diesem Grund habe ich mir bei der Korrektur alle Mühe gegeben, um den derben Schreibstil hinzubekommen und mitreißende Dialoge zu schreiben. Seid ehrlich, ist er mir gelungen?

Ich hoffe doch! Immerhin habe ich viel gewagt und mein bekanntes Terrain verlassen. Keine Er-Perspektive und Vergangenheitsform wie in *Die Legende von Grim und Tamara*, dafür Ich-Perspektive und Gegenwartsform. Keine Ahnung, ob sich dieser Stilbruch für einen renommierten Autoren anders anfühlen würde, aber ich hatte daran echt zu beißen. Glaubt mir, schon der Weg von meinen ersten Schreibversuchen bis zu *Die Last eines Yakuza* war weitaus stärker von Fleiß als von Talent geprägt. Das war hier genauso.

Ach ja, für all jene Interessierten und Geduldigen unter euch, möchte ich dieses Nachwort ab jetzt nutzen, um ein paar Details über die Entstehung meiner Bücher zu erzählen. Ein wenig aus dem Nähkästchen plaudern, wie ich von den ersten Schreibversuchen zu diesem fertigen Roman gelangt bin. Meine *Karriere* (ein großes Wort für ein Hobby) begann im Jahr 2015. Genauer gesagt, im Januar 2015. Im Alter von 15 Jahren traf ich den Entschluss, meine Begeisterung für Geschichten zu Papier bringen zu wollen. Mein großes Engagement mündete in einem erbärmlichen, 30-

seitigen Drehbuch, das eine Beleidigung für den Begriff *Vollkatastrophe* darstellt. Nennen wir es eine ultimative Schandtat, die zum Glück mit meinem alten Laptop beerdigt wurde und seitdem in der tiefsten Hölle schmachtet.

Doch nicht alles war schlecht, Leute, denn zu Beginn machte ich große Fortschritte. Eine Überarbeitung folgte der nächsten und im Sommer 2016 hatte sich das Drehbuch in einen tausendseitigen Roman verwandelt. Ich erlaube mir zu behaupten, dass mein Können derart sprunghaft angestiegen war, dass ich das Wort *Vollkatastrophe* für diesen Roman hernehmen darf, ohne diesem Begriff eine neue Bedeutung zu verleihen. Glaubt mir, dieser Roman war nicht gut. Oh nein, mit Sicherheit nicht. Er besaß das Niveau eines siebzehnjährigen Amateurs, sodass ihn kein Verlag annahm und mir der Wind aus den Segeln genommen wurde. Verständlich, wenn ich dermaßen naiv gewesen war, dass ich von einer Hollywoodverfilmung phantasierte und bereits über die erste Hürde stolperte.

Daraufhin folgte eine einjährige Schreibpause, beinahe wäre meine Autorenkarriere an den Nagel gehängt worden. Doch das Kribbeln unter meinen Fingernägeln, meine Geschichten zu Papier bringen zu wollen, ermutigte mich, mit einer ausführlichen Korrektur des abgelehnten Manuskripts zu beginnen. Im Sommer 2018 ging nach vielen, vielen Arbeitsstunden die neue Version an den Start. Und ich nehme mir die Freiheit heraus, zu behaupten, dass sich darin gute

452

Ansätze verbargen. (So viele gute Ansätze sogar, dass ich manchmal mit Wehmut auf dieses verstaubte Werk zurückblicke und ihm zu gerne Leben einhauchen würde.) Dennoch hagelte es reihenweise Absagen. Rückblickend kann ich sagen: *Ja klar, verständlich.* Trotzdem konnte ich damals nicht verstehen, noch immer nicht durchzustarten und wieder hart auf dem Boden zu landen. (Ich sollte jetzt sagen, ich müsste endlich aufhören, von Verfilmungen und weltweiten Bestsellern zu phantasieren und realistisch zu träumen, aber mache mich selbst heute noch dieser Sünde schuldig.)

Jedoch hatte ich Blut geleckt. Anstatt wieder den Kopf in den Sand zu stecken, machte ich mich nach einem kleinen, unrühmlichen Exkurs in ein anderes Genre an das Werk: *Die Legende von Grim und Tamara* heran. Wie ihr wisst, ist diese Buchreihe auch bei BoD erhältlich. Mittlerweile sage ich zu jedem, der mich fragt, dass *Grim & Tamara* mein Erstlingswerk ist. Alles davor betrachte ich als Übung aus der Feder eines ambitionierten Jugendlichen.

Doch das Schicksal kann mich scheinbar nicht leiden. Tragischerweise konnte auch Grim & Tamara weder bei den Agenturen noch Verlagen bestechen. Anstatt jedoch die Buchreihe zu wechseln und wieder von vorne anzufangen, hatte ich mich dermaßen in die Figuren verliebt, dass ich weitermachen wollte. Immer nur Anfänge zu schreiben, ohne zu Mittelteil oder Ende vorzudringen, ist entmutigend. Auf diesen Entschluss folgte meine längste Loyalität gegenüber einer Buchreihe, denn ich plante, Grim und Tamara ohne fremde Hilfe ihr verdientes Epos zu schenken.

Von Oktober 2018 bis März 2022 drehte sich meine Welt nur um die beiden. Ich wusste zwar, dadurch einer erfolgreichen Publikation keinen Schritt näherzukommen, aber schrieb in dieser Zeit aus Hobbygründen. Die Vorstellung, zeitnah meinen Durchbruch zu erzielen, hatte ich beinahe zu den Akten gelegt. Meine Träume von großen Bestsellern und geplanten Kinoverfilmungen rückte in den Hintergrund. Jedoch wurde mir Ende 2021 bewusst, dass es nichts bringt, allein für mich und meinen Bekanntenkreis zu schreiben. Nebenbei könnte Grim & Tamara gerne fortgeführt werden, aber mein Fokus muss anderen Manuskripten gelten, um nicht für immer auf der Stelle zu treten.

Obwohl ich mit der Buchreihe: *Mein Schicksal als Weltenreisender* im Oktober 2021 noch ein weiteres, in meinen Augen vielversprechendes Projekt gestartet habe, rückt unser Fokus nun auf Juni 2022 – die Geburtsstunde von: *Die Last eines Yakuza.* Hauptsächlich traf ich den Entschluss, weil ich genug von Endlosreihen hatte, bei denen Band 1 abgelehnt wird und danach die Luft draußen ist. Ein kurzes, bündiges Manuskript mit Anfang, Mittelteil und Ende war das Ziel. Und idealerweise hatte ich die richtige Idee, um das umzusetzen. (So Gnade mir Gott, dass ich am Ende des Romans mir nicht verkneifen konnte, eine Fortsetzung anzuteasern. Ich bin ein schrecklich wankelmütiger Autor!)

454

Von dieser Ambition angetrieben, machte ich mich ans Werk. Im Sommer und Frühherbst des Jahres 2022 verfasste ich die Rohfassung, ein Jahr später folgte die Korrektur und im Winter 2024 der endgültige Feinschliff. Eine Menge Arbeit, aber ganz ehrlich, ich bin hochzufrieden mit dem Ergebnis … und trotzdem im Selfpublishing gelandet. Offenbar bleibt die Warterei auf den Durchbruch bestehen … vielleicht muss *Das Schicksal als Weltenreisender* (oder irgendein anderes Projekt) brillieren …?

Am Ende des Tages glaube ich, Harus Geschichte war zu brutal und derb, um eine Agentur zu überzeugen. Na ja, egal. Am Ende habe ich das Buch geschrieben, damit es mir selbst gefällt. Und das habe ich geschafft. Mehr als geschafft sogar, denn ich liebe es von Herzen. Anstatt mir von irgendeinem Redakteur oder Lektor hereinreden zu lassen, habt ihr nun jenen Roman gelesen, der exakt meiner (und hoffentlich auch eurer) Vorstellung von dieser Story entspricht.

Aber gut, so viel zur Geschichtsstunde über meine (noch nicht einmal) richtig angelaufene Karriere. Ansonsten gibt es nicht mehr viel zu sagen, außer: Über Rezensionen würde ich mich freuen. Wenn ihr das Buch gelesen habt, dann teilt gerne eure Eindrücke und lasst mich teilhaben. Mich interessiert es nämlich sehr, wie das Buch außerhalb meiner privaten Testleser ankommt.

Wer keine Infos verpassen will, sollte mir auf Insta (*flodre99*) folgen. Ich bin zwar mit Sicherheit nicht der aktivste Autor auf Social Media, aber auf diese Weise verpasst ihr keine Ankündigung. Und um mal Klartext zu reden, ich habe mir in den letzten Jahren die Finger wund getippt. Glaubt mir, die Zukunft wird wild und da steht eine Menge Lesestoff in den Startlöchern.

Ach so, schonmal eine kleine Info vorweg, bevor ich es vergesse: Ich bin guter Dinge, noch dieses Jahr den dritten Band von Grim & Tamara zu veröffentlichen. Für alle, die warten: *Seid gespannt!* Auch das wird richtig geil werden, Leute. Jedoch sollte ich keine zu großen Versprechungen machen, die ich am Ende nicht halten kann. Deshalb verzichte ich in weiser Voraussicht auf einen genauen Termin.

Also dann, genug der überflüssigen Worte nach dem Epilog gewechselt. Nochmals vielen Dank fürs Lesen und wir sehen uns hoffentlich wieder. Bis zum nächsten Mal …